21 世纪高等职业教育财经专业核心课程系列教材

西方经济学

主　编　王景馨

副主编　崔洪亮　刘　晶

李雪洁

立信会计出版社

LIXIN ACCOUNTING PUBLISHING HOUSE

图书在版编目(CIP)数据

西方经济学/王景馨主编. 一上海:立信会计出版社,
2010.8

21世纪高等职业教育财经专业核心课程系列教材

ISBN 978-7-5429-2593-0

Ⅰ.① 西… Ⅱ.① 王… Ⅲ.① 现代资产阶级经济
学—高等学校:技术学校—教材 Ⅳ.① F091.3

中国版本图书馆 CIP 数据核字(2010)第 157463 号

责任编辑 陈 旻
封面设计 周崇文

西方经济学

出版发行	立信会计出版社		
地　　址	上海市中山西路 2230 号	邮政编码	200235
电　　话	(021)64411389	传　　真	(021)64411325
网　　址	www.lixinaph.com	E-mail	lxaph@sh163.net
网上书店	www.shlx.net	Tel：(021)64411071	
经　　销	各地新华书店		

印　　刷	常熟市梅李印刷有限公司
开　　本	787 毫米×960 毫米　　1/16
印　　张	22.5
字　　数	452 千字
版　　次	2010 年 8 月第 1 版
印　　次	2010 年 8 月第 1 次
印　　数	1—3 100
书　　号	ISBN 978-7-5429-2593-0/F
定　　价	33.00 元

如有印订差错　请与本社联系调换

总　序

当今世界,科学技术突飞猛进,知识经济已见端倪,国际竞争日趋激烈。教育在综合国力的形成中处于基础地位,国力的强弱越来越取决于劳动者的素质,取决于各类人才的质量和数量,这对于培养和造就我国21世纪的一代新人提出了更加迫切的要求。

作为高等教育体系中的一个重要组成部分,高等职业教育近几年来进入了高速发展时期,其中财经专业学生占有相当大的比例。围绕培养财经专业高技能人才这个根本目标,加强财经专业的教材建设是实现教学计划、达到培养目标的重要保证,是加强教学管理、提高教学质量的重要措施,是深化教学改革、提高人才培养质量的根本途径。教材建设重在提高质量,培育特色。

经过多方努力,"21世纪高等职业教育财经专业核心课程系列教材"已正式出版发行。这是十几所院校几十位既具有扎实的理论基础,又具有丰富的实践经验的"双师型"教师倾注了大量的人力、物力和财力共同努力的结果。

本套教材编写的特点是:第一,力求做到理论与实际相结合,既保持理论体系的系统性和方法的科学性,更注重教材的实用性和针对性。第二,每本教材的编写,注意吸收国内外优秀教材的成果,教材力求深入浅出、突出重点和通俗易懂。第三,在广泛调查研究的基础上,经过多所高等职业院校一批有着丰富教学和实践经验的专家学者的论证和推荐,优化选题,优选编者。

值此出版之际,我们谨向所有支持本套教材出版的各校领导和参编老师表示诚挚的谢意。

感谢济南铁道职业技术学院党委书记刘邦治、院长邓洪基,他们对本套教材的顺利出版,给予了大力支持。感谢立信会计出版社陈旻编辑对本套教材的热情帮助。

本系列教材第一批10本教材出版后,得到了各高职院校广大师生的大力支持与帮助,对此,我们深表感谢。为满足各高职院校财经专业教学的需要,我们经过近两年的努力,本系列教材的第二批,已陆续完稿并交付出版。至此,我们的编写任务已基本完成,余下的工作就是在此基础上不断修订、锤炼,同时,我们也热忱欢迎使用本套教材的院校提出宝贵的意见和建议,力争经过两三年的努力,使本系列教材成为国家级精品教材。

张世体

2010 年 1 月

前 言

西方经济学,就是运用于西方市场经济国家的经济学,有市场经济学之称。以 1776 年由亚当·斯密撰写《国富论》一书出版为标志,西方经济学历经了 200 多年的风雨沧桑。

西方经济学主要介绍了流行于西方市场经济国家的现代经济理论与经济政策。它既研究古老而又现代的家政管理,又研究多姿多彩的企业经营方式,还大胆解说了政府日益加码的经济调控手段;既赞美价格机制这只"看不见的手"的效率优势,又无情地剖析了市场机制在不少领域资源配置上的诸多缺陷。我们置身于瞬息万变的经济时代,不学习研究经济学是不可思议的。在高等职业教育中,西方经济学已成为经济、管理类专业的必修课程。

西方经济学主要包括微观经济学和宏观经济学。本教材共 13 章,第 1 章,经济学导论,介绍经济学的研究对象和内容;第 2 至第 8 章,分别介绍需求、供给与均衡价格理论,消费者行为理论,生产理论,成本与收益理论,市场理论,分配理论,市场失灵和微观经济政策,这部分基本属于微观经济学的内容;第 9 至第 13 章,分别介绍国民收入核算理论,国民收入决定理论,失业与通货膨胀理论,经济增长与经济周期理论,宏观经济政策,这部分基本属于宏观经济学的内容。

根据高等职业教育人才培养目标和学生的特点,在参考国内外有关教材的基础上,融合我们多年的高职教学经验和成果,本书在内容、体系等方面努力做到题材新颖、选材适当、突出案例、重在应用。本教材在编写上力求突出以下特点:

第一,在结构的安排上,更强调各章之间的经济理论及其内容的联系性和完整性。

第二,在内容的阐述上,尽量淡化量的分析,用通俗浅显的语言讲述经济学原理,注重运用经济理论来分析、解释经济现实。每一章以案例导入开始,由此引出本章的基本内容,从案例分析、案例讨论、单元实训等训练中,提高学生分析问题和解决问题的能力;为了拓宽学生的视野,有的章节还增加了一些阅读资料和知识链接。

第三,不同类型的思考与练习,给予读者在经济学知识的学习、复习及应考方面更多的帮助。每一章精心设计与本章内容相关的选择题、简答题、技能题、分析题和实训题,引导学生更深入地思考所学的经济学基本理论与方法。

本教材主要可作为高职高专经济管理专业和培养应用型人才的普通本科院校的教材,也可作为各类层次学历教育和短期培训的选用教材,同时,也是广大对经济学感兴趣的自学者不可多得的经济学入门书。

本教材由济南铁道职业技术学院王景馨担任主编,由江苏省无锡市经济开发区经济发展局崔洪亮、山东政法学院刘晶、滨州职业学院李雪洁担任副主编。编写具体分工为:济南铁道职业技术学院王景馨(第1、第7、第13章),江苏省无锡经济开发区经济发展局崔洪亮(第8、第11章),山东政法学院刘晶(第3、第4章),滨州职业学院李雪洁(第6章),济南铁道职业技术学院王焕毅(第2章),济南铁道职业技术学院张惠(第9章),山东经济学院崔琳(第5章),济南铁道职业技术学院米巨亮(第12章),济南铁道职业技术学院张利民(第10章)。全书由王景馨统稿。

由于时间仓促,加之水平有限,书中疏漏之处,恳请读者和同行批评指正。

编　者

2010 年 8 月

目　　录

1 经济学导论 ……………………………………………………… 1
　1.1 经济学的研究对象 …………………………………………… 2
　1.2 经济学十大原理 ……………………………………………… 8
　1.3 微观经济学与宏观经济学 …………………………………… 13
　1.4 经济学的分析方法 …………………………………………… 18
　　思考与练习 …………………………………………………… 26

2 需求、供给与均衡价格理论 …………………………………… 29
　2.1 需求分析 ……………………………………………………… 30
　2.2 供给分析 ……………………………………………………… 36
　2.3 市场均衡 ……………………………………………………… 41
　2.4 弹性理论 ……………………………………………………… 47
　　思考与练习 …………………………………………………… 60

3 消费者行为理论 ………………………………………………… 63
　3.1 欲望与效用 …………………………………………………… 64
　3.2 基数效用论 …………………………………………………… 65
　3.3 序数效用论 …………………………………………………… 75
　3.4 消费者行为理论的运用 ……………………………………… 82
　　思考与练习 …………………………………………………… 88

4 生产理论 ………………………………………………………… 92
　4.1 生产函数 ……………………………………………………… 93
　4.2 一种可变生产要素的生产函数 ……………………………… 95
　4.3 两种可变要素的生产函数 …………………………………… 101

　　4.4　规模经济 ·· 107
　　思考与练习 ·· 110

5　成本与收益理论 ·· 113
　　5.1　成本及分类 ·· 114
　　5.2　短期成本分析 ·· 119
　　5.3　长期成本分析 ·· 123
　　5.4　收益与利润最大化 ······································ 126
　　思考与练习 ·· 129

6　市场理论 ·· 133
　　6.1　市场结构的划分 ·· 134
　　6.2　完全竞争市场的均衡 ···································· 136
　　6.3　完全垄断市场的厂商均衡 ································ 141
　　6.4　垄断竞争市场的厂商均衡 ································ 149
　　6.5　寡头垄断市场的厂商均衡 ································ 155
　　思考与练习 ·· 163

7　分配理论 ·· 166
　　7.1　生产要素价格的决定 ···································· 167
　　7.2　工资、利息、地租和利润的决定 ·························· 173
　　7.3　洛伦兹曲线和基尼系数 ·································· 184
　　思考与练习 ·· 189

8　市场失灵和微观经济政策 ·································· 192
　　8.1　市场失灵 ·· 193
　　8.2　微观经济政策与政府失灵 ································ 197
　　思考与练习 ·· 204

9　国民收入核算理论 ·· 206
　　9.1　国内生产总值的核算体系 ································ 207
　　9.2　国民收入核算中的供求恒等关系 ·························· 217
　　思考与练习 ·· 223

10 国民收入决定理论 ································ 228
　10.1 简单的国民收入决定模型 ·············· 229
　10.2 IS-LM 模型 ······························· 239
　10.3 总需求—总供给模型 ················· 255
　思考与练习 ······································ 262

11 失业与通货膨胀理论 ······················· 265
　11.1 失业理论 ································· 266
　11.2 通货膨胀理论 ··························· 272
　11.3 失业与通货膨胀的关系 ·············· 280
　思考与练习 ······································ 284

12 经济增长与经济周期理论 ················· 287
　12.1 经济增长理论 ··························· 288
　12.2 经济周期理论 ··························· 298
　思考与练习 ······································ 307

13 宏观经济政策 ······························· 309
　13.1 宏观经济政策概述 ····················· 310
　13.2 财政政策 ································· 313
　13.3 货币政策 ································· 321
　思考与练习 ······································ 329

参考答案(部分) ································· 332

参考文献 ··· 347

1 经济学导论

【学习目标】

学习本章,掌握经济学研究的对象与方法;了解经济学的基本内容(经济学研究的两个层面——微观经济学和宏观经济学);理解两个基本的经济模型和资源配置与资源利用的基本问题及解决方式;掌握经济学的十大原理;对经济学有一个初步的认识。

【案例导入】

我国资源拥有与消耗状况

我国资源总量和人均资源量都严重不足。在资源总量方面,我国石油储量仅占世界的1.8%,天然气占0.7%,铁矿石不足9%,铜矿不足5%,铅矿不足2%。在人均资源方面,我国人均矿产资源是世界平均水平的1/2,人均耕地、草地资源是世界人均水平的1/3,人均水资源是1/4,人均森林资源是1/5,人均能源占有量是1/7,其中人均石油占有量是1/10。

而我国资源消费增长速度惊人,1990～2001年,石油消耗量增长100%,天然气增长92%,铜增长189%,铅增长380%,锌增长311%,10种有色金属增长276%。如今,我国钢材消耗量已经达到大约2.5亿吨,接近美国、日本和欧盟钢铁消耗量的总和,约占世界的50%;电力消耗量已经超过日本居世界第二位,仅低于美国。

但与此同时,我国在资源利用上仍处于粗放型增长阶段。例如,以单位国内生产总值(GDP)产出能耗量表征的能源利用效率,我国与发达国家差距非常之大。日本为1,意大利为1.33,法国为1.5,德国为1.5,英国为2.17,美国为2.67,加拿大为3.5,而我国高达11.5。每吨标准煤的产出率,我国相当于美国的29.6%,欧盟的16.8%,日本的10.3%。

中国油气资源的现有储量将不足10年消耗,最终可采储量勉强可维持30年消费。在铁、铜、铅、铝等重要矿产的储量上,无论是相对值还是绝对值,中国已无大国地位可言。而我国在原储量、产量和出口量上均居世界首位的钨、稀土、锑和锡等优势矿种，因为滥采乱挖和过度出口，绝对储量已下降了 1/3～1/2，按现有产量水平保障程度亦已不超过 10 年。

　　　　（资料来源：中华人民共和国建设部 http://www.cin.gov.cn/statis/dt/2005051103.html）

　　这个案例说明了这样几个问题：第一，改革开放以来，我国经济的快速发展和人民生活水平的大幅提高是建立在大量资源被消耗的基础之上的。第二，我国国民经济和社会的快速发展与有限的资源之间存在着尖锐的矛盾，未来我国面临着巨大的能源危机，而能源危机有可能导致我国国民经济和社会发展的危机。第三，尽管我国资源储量有限，但是还存在着巨大的资源浪费现象，资源的利用效率极其低下。

1.1　经济学的研究对象

　　经济学虽然只有 200 多年的历史，但却是近代发展最为迅速的学科之一，被称为"最古老的艺术、最新颖的科学"。

　　经济学的产生是基于资源的稀缺性和人类社会欲望的无限性之间的基本矛盾。因此，在有限的社会资源条件下，如何对稀缺资源进行有效配置和充分利用，最大限度地满足人类社会的无穷欲望就成为经济学研究的对象。

1.1.1　资源的稀缺性

　　所谓欲望，经济学家将其定义为：人对生活资料和服务的不间断的需求。人类的欲望是无限的，即一个人的某种欲望得到满足时，另一种欲望就会出现。比如，人们在基本的物质生活需要得到满足之后，就会产生精神生活的需要。人需要空气、食物和水来维持生命并领悟生命的意义，需要合适的衣着和住所，需要一个属于自己的家和一个属于自己的空间，即使基本欲望满足了，其他更高级、更新的欲望还会自行出现：要有更舒适的家、娱乐、教育、交通、生活环境，人们的欲望不断增加、日趋复杂。作为理性的人，多多益善的偏好是支配日常消费行为的一个重要因素。此外，人们的消费欲望具有随着产品和劳务的发展而不断发展的趋势。正是这种需求的无限性，才不断地推动人类社会的发展进步。

　　经济学家把满足人类需要的物品分为自由物品（free goods）和经济物品（economic goods）。自由物品是指自然界中原来就存在的物品，不用付出任何代价就可以得到，而且数量无限，自由取用，如空气、阳光等。但自由取用的物品在满足人类欲望的过程中所占的比例非常低，人类的各种欲望主要是由经济物品来满足的。经济物品是指由人类通过劳动生产出来的物品,要获得这类物品必须付出代价,而且这类物品的数量是有限的,如石油。据预测,用不了几十年世界石油资源将被耗尽,石油危机已向人类敲响了警钟。相对于人类的欲望而言,绝大多数物品都属于经济物品,这些物品和生产这些物品所需资源总是不足的,这种不足就是资源的稀缺性。由此可见,资源的稀缺性(scarcity)是指无限的欲望和有限的资源之间的关系,相对于人类多样无限的需要而言,满足需要的资源是有限的。

我们可以感受到身边资源稀缺性的存在:收入有限、上班族时间不够用、政府财政紧张、住房短缺、交通拥挤、能源危机等。所以,人类欲望是永无止境、多种多样、不断变化的,相对于人类欲望而言,满足这些欲望的资源始终是稀缺的。资源稀缺性无论是贫穷的非洲还是富裕的欧美都同样存在。

1.1.2 经济学解决的基本问题

1. 选择性与资源配置

(1)选择的必然性。无论是个人还是企业,甚至是政府都面临着资源的稀缺性。个人的时间、收入和财富是有限的,企业投入的资金是有限的,政府的财政资金是有限的,于是导致了个人、企业和政府总是处于选择当中。选择性是指资源配置,即如何利用既定的资源去生产量多质优的经济物品,以便更好地满足人类的需要。

个人面临分配时间的选择问题——是工作还是读书? 是学习还是休息? 是与家人共处还是与朋友相聚? 似乎时间总是太少。

个人面临分配收入的选择问题——多少钱用于消费或者用于储蓄? 用于消费的钱在吃、穿、住、行等方面各自分配多少? 似乎收入总是太少。

个人面临分配财富的选择问题——储蓄的钱是购买房产还是投资股票? 或是简单地存在银行? 采用何种形式持有财富,让个人犹豫不决。似乎财富总是太少。

企业也面临各种选择问题——生产什么产品以及生产多少? 采用何种方式生产? 收入如何分配? 到底怎样组合才能赚得最多?

政府同样面临各种选择问题——财政收入是用于基础建设还是教育方面? 是用于国防还是社会福利? 财政收入似乎太少,需要支出的项目却如此之多。

稀缺性决定了个人、企业和政府必须做出选择。如何合理地配置和有效地利用有限的资源,就成了人类社会永恒的问题,于是,经济学就应运而生了。经济学就是研究选择问题的一门学科,即经济学是研究个人、企业和政府如何进行选择,才能把有限的资源得到合理配置和有效利用的一门学科。经济学的产生,如图1-1所示。

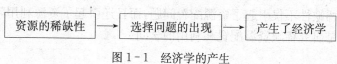

图1-1　经济学的产生

（2）资源配置的基本问题。人类进行选择的过程也就是资源配置的过程,选择要解决三个基本问题:

第一,生产什么。由于资源有限,用于生产某种产品的资源多一些,用于生产另一种产品的资源就会少一些。人们必须做出抉择:用多少资源生产某一种产品,用多少资源生产其他产品。例如1公顷(1公顷＝10 000平方米)土地,可以建商场、宾馆,也可以建娱乐场、游泳池,又能种植玉米、棉花,当然,还能挖塘灌水养鱼。选择了一种用途,就不能再用于其他的用途,因此,人类需要为既定资源的用途做出选择。

第二,怎样生产。不同的生产方法和资源组合是可以相互替代的。同样的产品可以有不同的资源组合(劳动密集型方法或资本技术密集型方法)。例如制作服装,在流水线上加工,用资本少而劳动多;手工缝制,用劳动多但资本少。再如,生产一定量的水稻,多用些化肥农药,可节约劳动时间,就是粗放经营;相反,增加劳动时间,精耕细作,少用化肥农药,也可达到相同的产量,即集约经营。人们必须决定:各种资源如何进行有效组合,才能提高经济效率。同样的产品生产在不同的外部环境下,会有不同的劳动生产率,所以,人们还必须决定,资源配置到哪里最有效。

第三,为谁生产。产品如何在人们之间进行分配,根据什么原则,采用什么机制进行分配,分配的数量界限如何把握等等。

由资源的稀缺性和选择性引发的这三大基本问题,被称为资源配置问题。经济学既然产生于资源的稀缺性,因此,它首先就应研究由稀缺性引起的资源配置问题。正是在这种意义上,许多经济学家把经济学定义为"研究稀缺资源配置的科学"。

2. **资源利用**

既然资源是稀缺的,人类社会就应当充分利用现有资源生产更多的经济物品,然而人类社会往往处于稀缺资源却得不到充分利用的矛盾境地。例如,当失业出现时,也就意味着经济资源的闲置与浪费。英国著名经济学家琼·罗宾逊(John Robinson)针对20世纪30年代的经济大危机不无讽刺地说,当经济学家们把经济学定义为研究稀缺资源在各种可供选择的用途之间进行分配的科学时,英国有300万工人失业,而美国的国民生产总值的统计数字刚下降到原来水平的一半。所以,资源的稀缺性给人类社会带来的另一个问题是资源利用。所谓资源利用,是指人类社会如何更好地利用现有的稀缺资源,使之生产出更多的物品。资源利用包括以下三个问题:

第一,充分就业。为什么资源得不到充分利用,如何解决失业,实现充分就业。

第二,经济增长与周期。经济水平和产量为什么会波动,如何实现经济增长。

第三,通货膨胀。货币如何影响经济社会,如何对待通货膨胀或通货紧缩问题。

由此可见,稀缺性不仅引起了资源配置问题,而且还引起了资源利用问题。主流经济学认为,经济学是研究稀缺资源配置和利用的学问。

1.1.3　两个基本的经济模型

1. 生产可能性曲线

资源的稀缺性决定了在一定社会的一定时期内,可以利用的资源是有限的,从而可以生产的产品数量也是有限的。生产可能性是指在一定的资源条件下,利用现有资源可能生产的最大产量组合。

生产可能性曲线主要用来考察一个国家应该怎样分配其相对稀缺的生产资源问题。我们知道,一国可利用的资源,按用途来说,主要用来生产资本品和消费品。由于资源总量是一定的,所以要多生产消费品就必须减少资本品的产量。那么,一个国家如何兼顾目前利益和长远利益,把有限的资本分配使用于消费品和资本品的生产,是经济学必须回答的一个重要问题。这个问题可以用生产可能性曲线来解释和回答。

现在,假定一国现有资源用来生产 X(消费品)和 Y(资本品)两种产品。如果全部用来生产 X 产品,可生产 0D 单位;如果全部用来生产 Y 产品,可生产 0A 单位;如果同时用来生产 X 和 Y 两种产品,则可能有各种不同的 X 与 Y 的产量组合。将 X 和 Y 的各种不同的产量组合描绘在坐标图上,便可得出生产可能性曲线,如图 1-2 所示。

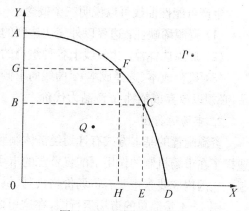

图 1-2　生产可能性曲线

图 1-2 中,AD 曲线即生产可能性曲线,或称生产可能性边界(production possibility frontier)。生产可能性曲线是用来描述在一定的资源与技术条件下可能达到的最大的产量组合曲线,它可以用来进行各种生产组合的选择。F 点和 C 点比较,少生产 GB 数量的 Y 产品(资本品),就可以多生产 HE 数量的 X 产品(消费品),因此,生产 HE 单位 X 产品的机会成本就是 GB 单位的 Y 产品。那么,一个国家关于消费品和资本品这两大部类的生产,到底是选择 F 点还是 C 点,或者是 AD 曲线上的任何其他一点? 这就是经济学所面临和必须回答的问题。

生产可能性曲线还可以用来说明潜力与过度的问题。生产可能性曲线以内的任何一点(如 Q 点),说明生产还有潜力,即还有资源未得到充分利用,存在资源闲置;而生产可能性曲线之外的任何一点(如 P 点),则是现有资源和技术条件所达不到的。只有生产可能性曲线上的点,才是资源配置最有效率的点。因为它说明了一个社会的全部资源都得到了充分利用,不存在闲置资源和失业,社会经济达到了充分就业的状态。

在资源数量和技术条件不变的情况下,一个社会现有资源可能生产的产品产量组合是既定的,但当资源数量变化和技术条件改变时,生产可能性曲线会相应移动。随着资源

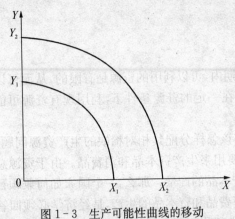

图1-3 生产可能性曲线的移动

数量的增加和技术的进步,生产可能性曲线会向外平行移动。生产可能性曲线的移动,如图1-3所示。

图1-3中,在原来的技术水平和资源条件下,生产可能性曲线为 X_1Y_1。现假定资源数量增加了,或者技术进步,劳动生产率提高了,使生产可能性曲线向外平移至 X_2Y_2。在 X_2Y_2 上,每一点所代表的两种产品的产量组合都比 X_1Y_1 上相应的一点所代表的产量组合要大。因此,生产可能性曲线向外移动,代表着一个社会生产能力的提高。

生产可能性曲线可以说明三个概念:

(1) 资源稀缺性:边界以外无法达到的组合意味资源的有限性。

(2) 资源选择性:边界线上各种组合的存在意味着选择的必要。

(3) 机会成本(选择成本):曲线向下倾斜意味着机会成本。要想获得多一些的 X 产品,必须以放弃或牺牲 Y 产品为代价。

2. 市场运行图

资源配置的基本方式有计划经济体制和市场经济体制。当今世界绝大多数的国家都选择了在市场机制的作用下配置资源的市场经济体制。市场机制就是市场运行的实现机制。它的构成要素主要有市场价格机制、供求机制、竞争机制和风险机制等。

图1-4是简单的市场运行图,在这里之所以称它为简单,是因为不考虑政府在经济中的作用(实际上,各国政府在市场经济中正在发挥着其越来越大的作用)。

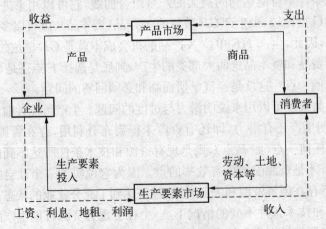

图1-4 市场运行图

在市场运行图中,企业在生产要素市场上取得其所需求的由消费者(个人、家庭、其他企业)提供的生产要素,并为此支付报酬(包括工资、利息、地租、利润),然后把各要素组合生产出消费者所需的商品,在产品市场上以一定价格出售;消费者通过在要素市场上出售生产要素而获得收入,并用所得收入到产品市场上购买自己所需的商品。在图1-4中,市场是连接企业和消费者的桥梁,而生产要素和产品的市场价格成为要素及商品生产流通的关键。内圈实线为实物流循环,外圈虚线为资金流循环。

在市场机制中,价格机制处于核心地位。价格机制是指商品或资源的供给与需求同价格变化诸因素之间的有机联系。价格机制以三个重要的假设为前提条件。

(1)商品交易者是理性的经济人。在市场上,无论是居民或厂商,每一个人都有能力自觉地追求个人利益的最大化。只有这样,价格才能自发地、有效地引导人们的经济行为。

(2)市场是完全竞争的。这就是说,每一个消费者或生产者都不能通过人为的关系改变由市场决定的价格,市场上的商品价格是由所有供给者和需求者双方共同决定的,每个交易者只是价格的接受者,不是决定者。

(3)信息是完全畅通的。这就是说,市场上任何一个消费者或生产者都可以免费得到做出决策所需要的信息。任何一方都不能利用信息优势欺骗对方。

在这样的前提下,美国经济学家费里德曼把价格在经济中的作用归纳为三种:一是传递情报;二是提供一种刺激,促使人们采用最节约的办法进行生产;三是决定谁可以得到多少产品。这三种作用实际上解决了资源配置的三个问题:生产什么、如何生产和为谁生产的问题。其作用可以具体化为:

第一,作为指示器反映市场的供求状况。市场供求关系是受各种因素影响的,每时每刻都在变化。这种变化必然要反映在价格上,人们通过价格的波动来了解供求的变动。

第二,价格的变动可以调节市场需求。消费者为了实现效用最大化,一定要按价格的变动来进行购买与消费。当某种商品的价格下降时,消费者就会多买;当某种商品的价格上升时,消费者就会少买。

第三,价格的变动可以调节市场供给。生产者为了实现利润最大化,一定要按价格的变动来进行生产与销售。当某种商品的价格下降时,生产者就会少生产,当某种商品的价格上升时,生产者就会多生产。

第四,价格可以使资源配置达到最优化。市场通过价格调节需求与供给,最终会使需求与供给相等,实现消费者的效用最大化,同时实现生产者的利润最大化,达到消费者与生产者的均衡,实现资源配置的最优化。

价格机制是一种没有上级指令的工作系统,它的运转不需要人们用语言传达命令,不管彼此是否喜欢,价格犹如无声的语言、无言的指挥灯,它通过一系列供求、竞争的联系,起着无意识的协调作用。人们把价格机制比喻为一架精巧的机器,尽管它存在着不完善之处,却解决着牵涉到数以万计的、关系复杂的问题。任何一个大城市,人口成百万甚至上千万,每天要消费难以计数的粮食、果品、肉类和蔬菜,每天有成千上万的人去购买电器、衣物和日用品,这就需要有物品的流进、流出,但是,每天有多少种不同的产品被多少个生产者生产出,又被多少个不同的批发商分给多少个不同的零售商,再转卖给多少个收入、爱好各不相同消费者? 每天消费的大米、白面、蔬菜和鸡蛋又是经过多少道环节才到达消费者手中? 如此庞大而复杂的经济流程是如何进行的? 这一切,都是在没有任何人设计、指导和计划下自行完成的,是市场机制这只神奇的"看不见的手"创造出来的。

1.2　经济学十大原理

　　经济学家研究人们如何做出决策,他们工作多少,购买什么,储蓄多少,以及如何把储蓄用于投资;经济学家还研究人们如何相互交易;最后,经济学家分析影响整个经济的力量和趋势,包括平均收入的增长,人口中找不到工作的人的比例以及价格上升的速度。虽然经济学的研究是多方面的,但可以用经济学的十大原理把这个领域统一起来。

1.2.1　交替关系原理

　　关于做出决策的第一课,可以归纳为一句谚语:天下没有免费的午餐。为了得到我们喜爱的一件东西,通常就不得不放弃另一件我们喜爱的东西。做出决策要求我们在一个目标与另一个目标之间有所取舍。

　　例如,一个学生必须决定如何配置他最宝贵的资源——时间。他可以把所有的时间用于学习经济学;他可以把所有的时间用于学习心理学;他也可以把时间分配在这两个学科上。当他把某 1 个小时用于学习一门课时,他就必须放弃本来可以学习另一门课的 1 小时。而且,对于他用于学习一门课的每个小时,他都要放弃本来可用于睡眠、骑车、看电视或打工赚点零花钱的时间。

　　又如,父母决定如何使用自己的家庭收入。他们可以购买食物、衣服或全家度假;或者为退休或孩子的大学教育储蓄一部分收入。当他们选择把额外的 1 美元用于上述物品中的任何一种时,他们在其他物品上就要少花 1 美元。

　　当人们组成社会时,他们面临各种不同的交替关系。典型的交替关系是"大炮与黄油"之间的交替。我们把更多的钱用于国防以保卫我们的国家免受外国人侵(大炮)时,我们能用于提高国内生活水平的个人物品的消费(黄油)就少了。在现代社会里,同样重要的是清洁的环境和高收入水平之间的交替关系。要求企业减少污染的法律增加了生产物品与劳务的成本。由于成本高,结果这些企业赚的利润少了,支付的工资低了,收取的价格高了,或者是这三种结果的某种结合。因此,尽管污染管制给予我们的好处是更清洁的环境,以及由此引起的健康水平提高,但其代价是企业所有者、工人和消费者的收入减少。

社会面临的另一种交替关系是效率与平等之间的交替。效率是指社会能从其稀缺资源中得到最多的东西。平等是指这些资源的成果公平地分配给社会成员。换句话说,效率是指经济蛋糕的大小,而平等是指如何分割这块蛋糕。在设计政府政策的时候,这两个目标往往是不一致的。例如,其目的在于实现更平等地分配经济福利的政策。某些政策,如福利制度或失业保障,是要帮助那些最需要帮助的社会成员。另一些政策,如个人所得税,是要求经济上成功的人士对政府的支持比其他人更多。虽然这些政策对实现更大平等有好处,但它以降低效率为代价。当政府把富人的收入再分配给穷人时,就减少了对辛勤工作的奖励;结果,人们工作少了,生产的物品与劳务也少了。换句话说,当政府想要把经济蛋糕切成更均等的小块时,这块蛋糕也就变小了。

认识到人们面临交替关系本身并没有告诉我们,人们将会或应该做出什么决策。一个学生不应该仅仅为了要增加用于学习经济学的时间,而放弃学习心理学的时间。社会不应该仅仅为了环境控制降低了我们的物质生活水平,而不再保护环境,也不应该仅仅为了帮助穷人,扭曲了工作激励,而忽视了穷人的存在。然而,认识到生活中的交替关系是重要的,因为人们只有了解自己可以得到的选择,才能做出良好的决策。

1.2.2 机会成本原理

由于人们面临着交替关系,所以,做出决策就要比较可供选择的行动方案的成本与收益。但是,在许多情况下,某种行动的成本并不像乍看时那么明显。例如,考虑是否上大学的决策。收益是使知识丰富和一生拥有更好的工作机会。但成本是什么呢?要回答这个问题,你会想到把你用于学费、书籍、住房和伙食的钱加总起来。但这种总和并不真正代表你上1年大学所放弃的东西。

这是因为,一方面,它包括的某些东西并不是上大学的真正成本。即使你离开了学校,你也需要有睡觉的地方,要吃东西。只有在大学的住宿和伙食比其他地方贵时,贵的这一部分才是上学的成本。实际上,大学的住宿与伙食费可能还低于你自己生活时所支付的房租与食物费用。在这种情况下,住宿与伙食费的节省是上大学的收益。

另一方面,它忽略了上大学最大的成本就是时间。当你把1年的时间用于听课、读书和写文章时,你就不能把这段时间用于工作。对大多数学生而言,为上学而放弃的工资是他们受教育的最大单项成本。

机会成本(opportunity cost)是为了得到某种东西而所要放弃另一些东西的最大价值。当做出任何一项决策,如是否上大学时,决策者应该认识到伴随每一种可能的行动而来的机会成本。实际上,决策者通常是知道这一点的。例如,正在上大学的运动员如果退学而从事职业运动就能赚几百万美元,他们深深认识到,他们上大学的机会成本极高。因此,他们往往认为不值得花费这种成本来获得上大学的收益。

1.2.3　边际决策原理

生活中的许多决策涉及对现有行动计划进行微小的增量调整。经济学家把这些调整称为边际变动。在许多情况下,人们可以通过考虑边际量来做出最优决策。

例如,一位朋友请教你,他应该在学校上多少年学。如果你用一个拥有博士学位的人的生活方式与一个没有上完小学的人的生活方式进行比较,他会抱怨这种比较无助于他的决策。你的朋友很可能已经受过某种程度的教育,并要决定是否再多上一两年学。为了做出这种决策,他需要知道,多上 1 年学所带来的额外收益和所花费的额外成本。他通过比较这种边际收益与边际成本,就可以判断多上 1 年学是否值得。

再举一个考虑边际量如何有助于做出决策的例子。一家航空公司决定对正在等待补票的乘客收取多高的票价。假设一架 200 个座位的飞机横越国内飞行一次,航空公司的成本是 10 万美元。在这种情况下,每个座位的平均成本是 10 万美元/200 个座位,即 500 美元。有人会得出结论:航空公司的票价决不应该低于 500 美元。

但航空公司可以通过考虑边际量而增加利润。假设一架飞机即将起飞时仍有 10 个空位。在登机口等待补票的乘客愿意支付 300 美元买一张票。航空公司应该卖给他票吗? 当然应该。如果飞机有空位,多增加一位乘客的成本是微乎其微的。虽然一位乘客飞行的平均成本是 500 美元,但边际成本仅仅是这位额外的乘客将消费的 1 包花生米和 1 罐汽水的成本而已。只要等待补票的乘客所支付的钱大于边际成本,卖给他机票就是有利可图的。

正如这些例子说明的,个人和企业通过考虑边际量将会做出更好的决策。只有边际收益大于边际成本,一个理性决策者才会采取这项行动。

1.2.4　激励原理

由于人们通过比较成本与收益,从而做出决策,所以,当成本或收益变动时,人们的行为也会改变。这就是说,人们会对激励做出反应。例如,当苹果的价格上升时,人们就决定多吃梨少吃苹果,因为购买苹果的成本高了。同时,苹果园主决定雇佣更多工人并多摘苹果,因为出售苹果的收益也高了。

再如,经济学家发现,广泛地提高税率反而会减少政府的财政收入。因为,税率提高降低了对生产者的激励,从而使其生产活动减少。罗纳德·里根描述过征税的激励反应:第二次世界大战期间拍电影,演员赚过大钱,但战时附加所得税高达 90%,演员只要拍 4 部电影,收入就达到最高税率——90%,所以,演员们拍完 4 部电影就停止工作,并到乡下度假。高税率引起少工作,低税率引起多工作。所以,1980 年里根当选总统后的施政计划的重要内容之一就是减税,这一激励政策被称为里根经济学——供给学派的经济学观点。

1.2.5　比较优势原理

也许你在新闻中听到过,在世界经济中,美国和日本是竞争对手。例如福特公司和丰田公司在汽车市场上争夺同样的顾客。但在思考国家之间的竞争时,美国和日本之间的贸易并不像体育比赛一样,一方赢而另一方输。实际上,事实正好相反:两国之间的贸易可以使每个国家的状况都变得更好。

贸易可以使每一个人的状况变得更好。我们可以设想一下,与世隔绝的你必须自己种粮食,自己做衣服,盖自己住的房子。贸易使每个人可以专门从事自己最擅长的活动,人们通过与其他人交易,可以按较低的价格买到各种各样的物品与劳务。

国家与家庭都从相互交易中获益。尽管在经济社会中,人们总是相互竞争,但是,贸易可以使人们专门从事自己最擅长的活动,并享有很多的各种各样的物品与劳务。

1.2.6　"看不见的手"原理

"看不见的手"原理是指家庭或企业受价格这只看不见的手的指引,决定购买什么、购买多少、何时购买,决定生产什么、生产多少、如何生产、为谁生产,他们时刻关注着价格,不知不觉地考虑他们行动的收益与成本。结果,价格指引这些个别决策者通过市场在大多数情况下实现了整个社会福利的最大化。

"看不见的手"原理最早由经济学家亚当·斯密提出。17世纪和18世纪是资本主义形成和发展的初期阶段,生产规模还相对狭小,经济自由竞争还受到各种限制。英国资产阶级古典经济学家亚当·斯密在其1776年出版的名著《国民财富的性质和原因的研究》(简称《国富论》)中,对经济自由竞争、自由贸易进行了详尽的阐述,斯密表述了使他欣喜若狂的伟大发现(著名经济学家萨缪尔森把这一发现与牛顿的伟大发现相提并论):动机良好的法令和干预手段,不能帮助经济制度运转,不要计划,利己的润滑油会使经济齿轮奇迹般地正常运转,市场这只"看不见的手"会解决一切。每个人既不打算促进公共的利益,也不知道他所增进的公共福利为多少,他所追求的仅仅是他个人的利益。在这种场合,像在其他许多场合一样,他受一只"看不见的手"的引导,去促进一个目标,而这个目标绝不是他所追求的东西,由于他追逐自己的利益,他经常促进了社会利益,其效果要比他真正想促进社会利益时所得到的效果更大。

后来的经济学家发现,这是人们对市场经济描绘中最经典、最清楚的一段文字。斯密的思想反映了资本主义的时代精神以及处于上升阶段的资产阶级的利益。斯密把个人利己行为与社会经济福利统一起来,由此得出价格调节经济是一种正常的自然秩序——"上帝"的旨意的结论,使后来的新老自由主义者相信,通向"地狱"的道路是用良好的愿望铺成的,这使人们时刻警惕干预主义被滥用。

1.2.7 "看得见的手"原理

"看得见的手"原理是指在"看不见的手"失灵或市场失灵的领域和时期,政府干预或宏观调控就不可避免,政府干预有时可以改善市场结果。

市场失灵是指市场本身不能解决资源有效配置的情况。市场失灵包括:① 失业和经济周期。尽管 100 多年前马克思就科学地说明了经济自发性、盲目性导致的危机和失业,但是西方学者直到 20 世纪 30 年代才承认失业是一个普遍现象,并且用有效需求不足、三大心理规律说明失业的原因。凯恩斯提出的宏观财政政策和货币政策刺激总需求的措施在第二次世界大战时期盛行一时,凯恩斯主义(干预主义)又称需求管理。② 公共产品领域(国防、路灯、公路、公共设施、基础研究、广播电视、教育卫生、医疗保险等)具有的非竞争性和非排他性,使市场机制无能为力,需要政府出面提供这些产品或采取措施保护公平竞争、限制垄断。③ 外部性问题。外部性包括正外部性(新发明、播种疫苗、教育投资、助人为乐等)和负外部性(环境污染、汽车尾气、噪音释放等)。解决正外部性,需要政府的奖励和专利保护以及慈善机构和社会公益团体参与;解决负外部性,靠政府制定法律、法规、税收政策或权利界定。④ 平等问题。市场配置会导致贫富悬殊和两极分化,需要政府采取公共政策,消减或缓解残酷的市场竞争后果。例如,累进所得税、社会救济、福利再分配等政策增进社会经济福利,但前提是不降低社会经济效率,争取把社会"经济蛋糕"做大。

"看得见的手"原理必须建立在市场基础上,在市场失灵的领域发生作用。由于信息不完全、政策程序等原因,政府干预可以改善市场结果,但并不意味着它总能促进经济福利。

1.2.8 生产率差异原理

世界各国生活水平的差别是惊人的。1993 年,美国人的平均收入为 2.5 万美元;墨西哥人的平均收入为 7 000 美元;尼日利亚人的平均收入为 1 500 美元。毫不奇怪,这种平均收入的巨大差别反映在生活质量的各种衡量指标上。高收入国家的公民比低收入国家的公民拥有更多的电视机、更多的汽车、更好的营养、更好的医疗保健,以及更长的预期寿命。

随着时间推移,生活水平的变化也很大。在美国,从历史上看,收入的增长每年为 2% 左右(根据生活费用变动进行调整之后)。按这个比率,平均收入每 35 年翻一番。在一些国家,经济增长甚至更快。例如,在日本,近 20 年间平均收入翻了一番,而韩国在近 10 年间平均收入翻了一番。

用什么来解释各国和不同时期中生活水平的巨大差别呢?答案之简单,出人意料。几乎所有生活水平的变动都可以归因于各国生产率的差别,即 1 个工人 1 小时所生产的物品与劳务量的差别。在那些每单位时间工人能生产大量物品与劳务的国家,大多数人享有高生活水平;在那些工人生产率低的国家,大多数人必须忍受贫困的生活。同样,一国的生产率增长率决定了平均收入增长率。

1.2.9　通货膨胀与失业短期交替关系原理

通货膨胀是指一国经济中物价总水平的持续上升。货币量的迅速增长、货币流通速度加快和生产率的大幅度下降都会导致通货膨胀。失业是指在法定劳动年龄范围内,有劳动能力和就业愿望的公民未能实现就业的状态。许多国家都遇到通货膨胀与失业交替出现的问题,即通货膨胀率与失业率此消彼长,失业率高,通货膨胀率低;失业率低,通货膨胀率高。经济学家菲利浦斯把这种交替关系划成一条凹形曲线——菲利浦斯曲线。这条曲线仍然是一个有争议的问题,但大多数经济学家认为,通货膨胀与失业之间存在短期交替关系。

1.2.10　收益递减原理

收益递减是一条广泛观察到的经验性规律,是指当保持其他投入不变时,连续增加同一单位的某种投入所增加的收益(或产量)越来越少,又称边际收益递减规律。收益递减的原因是:随着某一种投入(如劳动)的更多单位增加到固定数量的土地、机器和其他投入上,劳动可使用的其他要素越来越少。土地变得更加拥挤,机器超负荷运转,所投入的劳动也变得较不重要了。

边际收益递减的另一面是边际成本递增。在短期内,当把可变生产要素用于不变的生产要素就表现出收益递减的倾向,这就意味着边际成本有上升的倾向。如果最初存在着收益递增,那么,边际成本就下降,但在一定时间后,边际收益递减和边际成本递增总会出现。成本的"U"型变化规律和收益的"n"型变化规律对企业和厂商来讲意义深远。

1.3　微观经济学与宏观经济学

经济学研究领域广泛,可按研究问题的内容、领域和方法等进行分类。而最常见的分类方法是分为研究资源配置的微观经济学与研究资源利用的宏观经济学。

1.3.1　微观经济学

微观经济学(microeconomics,"micro"来自希腊语,其含义是"小"的意思)是研究单个经济单位(包括企业、家庭、消费者、市场等)的经济行为以及它们之间的相互影响,并由此说明市场经济如何解决资源配置问题。

微观经济学对单个经济单位的研究,是通过三个层次进行的。第一个层次是分析单个消费者(或家庭)和单个生产者的经济行为,即分析单个消费者(或家庭)如何进行最优的消费决策以获得最大效用,单个生产者如何进行最优的生产决策以获得最大利润。第二个层次是分析单个市场均衡价格的决定。这种单个市场均衡价格是作为单个市场中所有消费者和生产者最优经济行为共同作用的结果而出现的。第三个层次是分析所有的单个市场均衡价格的同时决定。这种决定是作为所有单个市场相互作用的结果而出现的。

微观经济学的内容主要包括需求理论、生产理论、厂商均衡理论和分配理论等。微观经济学的中心理论是价格理论。如上节所述,价格是市场经济制度中经济主体配置资源的依据,价格像一只看不见的手,调节着整个社会的经济活动,通过价格的作用,社会资源实现了优化配置。可以说,整个微观经济学以价格理论为中心,围绕价格如何被决定及如何影响资源配置而展开,因此,有人干脆把微观经济学称作"价格理论"。微观经济学的中心理论实际上是解释英国古典经济学家亚当·斯密的"看不见的手"这一原理。亚当·斯密认为,每个人都在追求自己的个人利益,但在这样做的同时,由于一只看不见的手的指引,结果是增进了社会利益。这只"看不见的手"就是价格。

微观经济学主要采取个量分析的研究方法,通过对单个消费者(或家庭)、单个生产者和单个市场的考察,对微观经济活动进行研究。

微观经济理论的构建是以一系列的假设条件为前提的。在微观经济分析中,经济学家根据所研究问题和所建立的模型的不同需要,采用不同的假设条件。在诸多假设条件中,有三个最基本的假设条件,即完全理性、完全信息和市场出清。

(1) 完全理性,即假定各经济主体(企业、个人)都是完全理智的,他们都以利己为目的,力图以最小的代价去追逐和获得自身最大的经济利益。正如亚当·斯密在《国富论》中所说:"我们的晚餐并非来自屠宰商、酿酒师和面包师的恩惠,而是来自他们对自身利益的关切。"该假设也称为"经济人"假设。经济人是不懈地追求自身最大满足程度的理性人。显然,经济人是自利的,但自利不等于自私。例如,一个虔诚的基督教徒由于相信上帝的原因,会充满行善的愿望,但他人得到幸福时,他会觉得自己更幸福——他是自利的,但并不自私。

(2) 完全信息,即假定各经济主体都能迅速而免费地获得各种信息,并根据这些信息及时调整自己的行为,以便实现利益最大化目标。由于各主体信息完备,因此,他们能确切地知道自己行为的后果,从而处于无风险的境地。例如,每个消费者都能充分地了解每一种产品的性能和特点,准确地判断一定的产品组合给自己带来的消费满足程度,掌握产品价格在不同时期的变化等等,从而能够做出最优的消费决策以获得最大效用。

(3) 市场出清,即假定市场价格自由而迅速地上下变动,足以对供求变化做出及时反应,从而导致供需总是相等的状态。具体地讲,即商品价格自由而及时地波动使该商品供需平衡,利率(资本价格)自由而及时地上下波动使资本供需平衡。在这种均衡状态下,不存在资源的闲置和浪费,资源的充分利用问题已得到了解决。

只要上述三个假设条件成立,市场经济就会成为最美妙的经济制度。但是,只要稍微有些生活常识,我们就会认识到这三个假设的不可靠。人是不完全理性的,做出错误决定的情况时有发生；信息是不完全的，尤其是关于未来经济的变化，经济学家们也只是一知半解；市场出清是相对的，而商品的过剩或不足却是绝对的。这些疑问向传统的经济学提出了挑战。

1.3.2　宏观经济学

宏观经济学(macroeconomics，"macro"来自希腊语，其含义是"大")研究的是国民经济有关总量的决定及其变化，以此来说明市场经济如何实现资源的充分利用。宏观经济学的研究对象是国民经济整体。如果把微观经济学研究的对象比喻为一棵棵树木，那么宏观经济学研究的对象就是由这些树木组成的森林。

宏观经济学解决的是资源利用问题。微观经济学中，市场出清的假设把资源的充分利用看做既定的前提，由此来研究资源配置。恰恰相反，宏观经济学把资源的最优配置作为既定前提，由此来研究现有资源未能得到充分利用的原因，达到充分利用的途径，以及如何获得更多的社会资源以实现经济增长。

宏观经济学包括国民收入决定理论、经济周期理论、经济增长理论、失业与通货膨胀理论、宏观财政与货币政策等内容，宏观经济学的中心理论是国民收入决定理论。微观经济学研究单个商品数量和价格的决定，宏观经济学研究全部商品数量和价格决定，这个数量就是国民收入，因此，其中心理论是国民收入决定理论。

宏观经济学的研究方法是总量分析。微观经济学研究的单项数量指标有两类，即数量和价格；宏观经济学研究能反映整个经济运行情况的经济变量，也可分两类：一类是总量指标，是个量的总和，如国民收入是全部商品市场价值之和，总投资是各企业投资之和，总储蓄是所有个人储蓄之和，还有总消费、货币供给量等总量指标；另一类是平均量指标，是个量的平均数，如反映各种商品平均价格的价格水平。在这些指标中，国民收入和价格水平是最重要的。

宏观经济学作为一门独立的理论经济学分支，始见于1936年出版的凯恩斯的《就业、利息和货币通论》一书。凯恩斯主义的宏观经济学认为，当由消费、投资、政府购买和净出口所形成的对产品的总需求小于社会对产品的总供给时，就会导致生产下降，失业增加；反之，就会出现通货膨胀。因此，政府要采取一定的经济政策来减少失业，稳定物价，促进经济增长。

宏观经济学的基本假设主要是市场失灵和政府调节经济：

(1)市场失灵。市场经济发挥作用是建立在前述完全理性、完全信息和市场出清三个基本假设基础上的。然而，市场主体的不完全理性、信息的不完全性及商品的短缺或过剩，使市场经济的效率大打折扣。不仅如此，市场经济并不能自动实现资源的最优配置和充分就业；相反，经济停滞、失业、通货膨胀常常伴随市场经济而生。因此，只靠市场机制实现不了我们的经济目标。

(2)政府调节经济。政府有能力调节经济，纠正市场机制的缺点。人类不是只能顺从市场机制的作用，而且还能够在遵从基本经济规律的前提下，对经济进行调节。能够进行这种调节的就是政府,政府可以通过观察与认识经济运行的规律,并采取适当的手段进行调节。宏观经济学的研究就是建立在对政府调节经济运行的能力充分信任的基础之上的。尽管经济学家对政府调节经济的手段、目标及有效性还有很大争议,但各国政府的经济作用显然在不断加强。

1.3.3　微观经济学与宏观经济学的关系

传统上,经济学领域被分为微观经济学和宏观经济学两个次领域。微观经济学研究家庭和企业如何做出决策,以及它们在某个市场上的相互交易。宏观经济学研究整个经济的运行方式与规律,从总量上分析经济问题。微观经济学家可以研究租金控制对纽约市住房的影响,外国竞争对美国汽车行业的影响,或者接受义务教育对工人收入的影响。宏观经济学家可以研究联邦政府借债的影响,经济中失业率随时间推移的变动,或者提高一国生活水平增长的不同政策。

微观经济学和宏观经济学是密切相关的。由于整体经济的变动产生于千百万个人的决策,所以,不考虑相关的微观经济决策而要去理解宏观整体经济的发展是不可能的。例如,宏观经济学家可以研究个人所得税减少对整个物品与劳务生产的影响。为了分析这个问题,他必须考虑所得税减少如何影响家庭收入分配的决策。

尽管微观经济学与宏观经济学之间存在固有的关系,但这两个领域仍然是不同的。在经济学中,也和在生物学中一样,从最小的单位开始向上发展看来是自然而然的。但这样做既无必要,也并不总是最好的方法。从某种意义上说,进化生物学建立在分子生物学之上,因为物种是由分子构成的。但进化生物学和分子生物学是不同的领域,各有自己的问题和方法。同样,由于微观经济学和宏观经济学探讨不同的问题,所以,它们采用相当不同的方法,并在不同的课程中讲授。微观经济学与宏观经济学的关系,如表 1-1 所示。

表 1-1

微观经济学与宏观经济学的关系

	微 观 经 济 学	宏 观 经 济 学
概　　念	以单个经济单位为研究对象,通过研究单个经济单位的经济行为和相应的经济变量单项数值的决定,并以此来说明价格机制如何解决资源的配置问题	以整个国民经济为研究对象,通过研究经济中有关总量的决定及其变动,来说明资源如何才能得到充分利用
研究对象	单个经济单位的经济行为	整体经济
解决的问题	资源配置问题,即选择问题	资源利用
中心理论	价格理论	国民收入决定理论
分析方法	个量分析	总量分析

【推荐阅读】

观一叶可否知秋

赵　晓

　　经济学一直以为自己是研究资源配置的学问(罗宾逊夫人),后来发现自己其实可以为提高社会福利出招(凯恩斯),再后来发现自己是研究"选择"的学问(贝克尔),并足以分析人类行为(非理性病变行为除外)。经济学每一次对自身的再认识,都带来经济学帝国主义意识的膨胀以及新的开疆拓土。

　　20世纪30年代大萧条的一个具有深远历史影响的产物就是宏观经济学的兴起。正是因为有了宏观经济学,当时的人们才忽然"明白"了该怎么去对付经济波动和经济危机。凯恩斯创立的宏观经济学及其发展,在当时一举消除了经济学自身的学科危机,挽救了职业经济学的声誉。

　　从那时起至今,70多年光阴弹指过去,经济学中几经"革命"与"反革命",至今主流经济学仍坚定地徘徊在宏观与微观两大领域。虽然有许多经济学家反对这种宏、微观分裂的局面(斯蒂格利茨),而且芝加哥的经济学家早就提出宏观经济学必须寻找微观经济学的基础,但是,宏观经济学与微观经济学再也没有合二为一。宏观经济学的人反问道,为什么微观经济学不寻找宏观经济学的基础?还有经济学家则提出,宏观与微观作为总量与个体的差异,两者之间的关系极其复杂,从数学上的大数定律可以证明,微观潮汐变动很可能是互相抵消的,宏观经济学根本不可能寻找到微观基础。

　　微观行为与宏观结果甚至可能是背离的。对此,萨缪尔森在他经典的教科书上曾打过一个精辟的比方。他说,好比在一个电影院看电影,有人被前面的人挡住了视线,如果他站起来的话,他看电影的效果将会改善。因此,站起来就微观而言是合理的。但是,如果大家都站起来的话,则大家看电影的效果都不能得到真正的改善,站着和坐着的效果是一样的,不过是徒然增加了一份"折腾"的成本而已。这个例子足以说明,在微观上合理的事情在宏观上未必合理,在个体是理性的事情在总量上未必理性。

　　类似于个体最优未必是集体最优的例子有许多,最著名的是"公共地悲剧"。一块地属公共所有,大家在公共地上放羊,每个人都想,我多放一头羊,对于这么大的一块公共地来说影响应该是微乎其微的,个人收入却会提高许多,于是会产生不断增加牧羊数量的冲动。这在个人是理性的,但是否会导致放羊者集体总收入的提高呢?不会的。因为,唯一的结果是天下大乱,这块公共地上的羊会增加到令土地无法承受的地步,集体福利也破坏殆尽。中国的草场退化、沙漠化,许多公共地的破坏,以及国有企业、银行、证券等无形公共地的破坏,可以说印证了这一点。

　　另一个例证是金融危机。当有人发现银行不稳,他的最佳办法就是将存款取出,以保全自己。但是否会导致全体的安全呢?恰恰相反,如果所有人都这么做的话,银行就会完蛋,金融危机就会发生,个人也将受损。亚洲金融危机就是这样,有人看到本币不稳,纷纷抛售本币,购买外币,其结果是本币一落千丈,而且引发金融危机,全国人民都受损。

在北京坐车,我经常发现个体最优与集体失败的例子。前边有堵车现象,有的司机看旁边还有一条路,就闯了进去,结果这条路也被堵上,最后堵得严严实实,连清路的交警车也挤不进来。这就是个人最优让集体彻底失败。

因此,我们无法从微观现象简单推导出宏观结论。在宏观经济学方面,所谓"观一叶而知秋"的说法是靠不住的。

前段时间闹"非典",有人看到餐饮业不好,就得出结论说对中国经济影响一定很大。但是,历史上对传染病的研究却发现,传染病对经济增长的影响很小,甚至有利于经济增长。是不是很奇怪呢?的确奇怪。但事实上,经济学家发现,传染病使人们对未来生命保障的需求上升,直接导致储蓄率上升,而由于储蓄率上升,全社会可用于发展的资金得到增长,因此反而导致了经济增长。"非典"对中国经济影响究竟如何,不能简单地由餐饮业的损失得出宏观变坏的结论。比如,由于政府对公共健康系统的加固,很可能会提高中国人的消费信心,并且因政府抗击"非典"的有力而强化外资信心,最后的结果对中国经济是一件好事也未可知。所以,从微观传导到宏观有许多传导渠道,有许多变数,观一叶而知秋,难矣哉!

最近,笔者从新闻中又发现了一宗微观与宏观相背离的事情,可谓有趣。报载,2000年是龙年,又是新世纪的第一年。不少年轻夫妇集中在该年孕育,期望生个"世纪婴儿",得个好"彩头",因此造成2000年的全国性生育高峰。然而,这些父母没有料到,3年后的今天,这些"世纪婴儿"连上幼儿园都成了难题。由于"龙子龙女"过分集中,造成今年夏天幼儿园报名热火朝天的现象。杭州一所甲级幼儿园往年来报名的学生一般都不到200名,今年一下子增长了近100人,增加了50%。可以预料,烦恼还刚刚开始。由于这次生育高峰具有全国性,由它所引发的社会问题还将逐渐显现,龙子龙女们今后的教育、就业等都将成为新的烦恼和问题。

生龙子龙女也许是个人的最优选择,但对社会则是一个大麻烦,政府免不了要花费更多成本来安置这些因"理性"而生的孩子们,这对社会来说无论如何不是理性的,从宏观来说,无论如何不是资源配置最优的。不明白这一点,我们就无法明白宏观经济研究与微观研究的不同,无法明白宏观政策为什么还有其必要性。交警之所以必要,也许不是最优的制度安排,却是个体与集体选择矛盾现实下的次优选择。

(资料来源:《IT经理世界》2003年第131期)

1.4　经济学的分析方法

人们在研究经济学时,会有两种态度和方法,一种是只考察经济现象是什么,即经济现状如何,为何会如此,其发展趋势如何,至于这种经济现象好不好,该不该如此,则不做评价。这种研究方法称为实证分析方法,又称实证经济学。另一种是对经济现状及变化做出好与不好的评价,或是该与不该的判断,这种研究方法被称为规范分析方法,又称规范经济学。

1.4.1 实证分析方法

实证分析方法是以一种摆脱或排斥价值判断、集中研究和分析经济活动与经济过程如何运行的分析方法。它只研究经济现象间的联系,分析和预测经济行为的后果,只回答"是什么",对诸如"状态"、"可选择的政策"、"实施某方案的后果"等方面进行描述、解释。用实证分析方法分析失业、通胀、财政政策、增长、发展等经济问题和经济现象的,称为实证经济学。萨缪尔森认为,当代政治经济学的首要任务在于对生产、失业、价格和类似现象加以描述、分析和解释,并把这些现象联系起来。我们必须尽力树立一种客观和超然的态度,不管个人的好恶,要就事物真相来考察事物。检验一种理论是否正确,要看是否有助于说明观察到的现象。它的逻辑是否完美,讲得是否细致美妙,那是次要的。萨缪尔森在这里讲的,就是实证分析方法的基本特征和基本要求。实证分析的结果可以用事实、证据或者从逻辑上加以证实或证伪,因此,实证分析具有客观性,即实证的命题有正确和错误之分,其检验标准是客观事实,所以实证研究的目的是了解经济如何运行。我国城乡居民收入差距表,如表1-2所示。

表1-2

我国城乡居民收入差距表

年 份 \ 项 目	农村居民家庭人均纯收入(元)	城镇居民家庭人均可支配收入(元)	农村居民与城镇居民收入比
1990	686.3	1 510.2	1:2.20
1995	1 577.7	4 283.0	1:2.72
2000	2 253.4	6 280.0	1:2.79
2001	2 366.4	6 859.6	1:2.90
2002	2 475.6	7 702.8	1:3.11
2003	2 622.2	8 472.2	1:3.23

(资料来源:《中国统计年鉴——2003》,中国统计出版社,2004年9月)

从表1-2中,我们可以明显地看出我国农村居民与城镇居民收入之间的差距较大,并且这种差距正在逐渐拉大,1990年的农村居民与城镇居民收入比为1:2.20,到了2000年上升到1:2.79,到了2003年更是上升到1:3.23。

表1-2分析了我国农村居民与城镇居民收入差距的现状与变动趋势,当然还可以做进一步分析,即分析造成我国农民和市民收入差距拉大的原因是什么。这里所有的分析都是客观的,可以用客观事实来进行检验,因而是实证分析。

1.4.2　规范分析方法

规范分析方法是以一定的价值判断(伦理学意义上的好或坏)为基础,提出某些标准作为分析处理经济问题的标准,作为制定经济政策的依据,并研究如何才能符合这些标准。它回答"应该做什么","应该是什么",其分析结论往往无法通过经验事实来检验。由于人们的价值观是不同的,因而对于同一个经济现象会有不同的看法,也就是规范分析不具有客观性,不同的分析者会得到不同的结论。

我们再看表1-2,站在不同立场的人就会产生不同的看法。一些人认为,农民与市民收入差距的拉大是经济学发展的客观结果,用不着大惊小怪,因而也用不着采取一定的政策和手段来矫正;而另外一些人会认为,农民与市民收入差距过大是不公平的,并且有可能会危害经济的正常发展,因而要采取一定的手段来缩小这种差距。自2004年以来,我国政府对农民实施免征农业税、种粮补贴等一系列优惠政策,其目的在于支持农业发展,增加农民收入,缩小城乡差距。

1.4.3　实证分析方法与规范分析方法的关系

实证分析方法和规范分析方法是经济学研究经济问题的两种基本方法,两者之间既有区别,又有联系。实证分析方法与规范分析方法的区别主要表现在以下三个方面:

(1)是否以一定的价值判断为依据,是实证方法与规范方法的重要区别之一。实证分析方法为了使经济学具有客观科学性,就要避开价值判断问题,只研究经济本身的内在规律;而规范分析方法要判断某一具体经济事物的好坏,则从一定的价值判断出发来研究经济问题。

(2)实证分析方法与规范分析方法要解决的问题不同。实证分析方法要解决"是什么"的问题,即确认事实本身,研究经济本身的客观规律与内在逻辑,分析经济变量之间的关系,并用于进行分析与预测;规范分析方法要解决"应该是什么"的问题,即要说明事物本身是好还是坏,是否符合某种价值判断,或者对社会有什么意义。这一点就决定了实证分析方法可以避开价值判断,而规范分析方法必须以价值判断为基础。

(3)实证分析方法研究经济问题所得出的结论具有客观性,可以通过经验事实进行验证,也不会以人们的意志为转移;规范分析方法研究经济问题所得出的结论要受不同价值观的影响,没有客观性。处于不同阶级地位、具有不同价值判断标准的人,对同一事物的好坏会做出截然相反的评价,谁是谁非没有什么绝对标准,从而也就无法进行检验。

尽管实证分析方法与规范分析方法存在着上述三点差异,但它们并不是绝对互相排斥的。它们也有一定的联系。规范分析方法要以实证分析方法为基础,而实证分析方法也离不开规范分析方法的指导。一般来说,越是具体的问题,实证的成分越多,而越是高层次、带有决策性的问题,越具有规范性。因此,我们在对经济问题进行分析时,应将两者结合起来。

1.4.4 实证分析的工具

1. 均衡分析与非均衡分析

均衡分析就是假定经济变量中的自变量为已知的固定不变的,以观察因变量达到均衡状态时所出现的情况以及实现均衡的条件。由于在观察过程中,外界条件不断地发生变化,均衡可能是转瞬即逝的一刻,也可能永远达不到,但在均衡分析中,我们只考察达到假想中的均衡时的情况。均衡分析又可以分为局部均衡分析与一般均衡分析。局部均衡分析考察在其他条件不变时单个市场均衡的建立与变动。一般均衡分析考察各个市场之间均衡的建立与变动,它是在各个市场的相互关系中来考察一个市场的均衡问题的。非均衡分析则认为经济现象及其变化的原因是多方面的、复杂的,不能单纯用有关变量之间的均衡与不均衡来加以解释,而主张通过对历史、制度和社会等因素的分析作为基本方法,即使是个量分析,非均衡分析也不强调各种力量相等时的均衡状态,而是强调各种力量不相等时的非均衡状态。微观经济学与宏观经济学运用的主要分析工具是均衡分析。比如,微观经济学中的均衡分析,是以理性的经济人假设为前提,以实现最优化为目标,主要通过边际分析方法来进行均衡状态分析的。

2. 静态分析与动态分析

按照分析经济活动时是否考虑时间因素来划分,分析方法可以分为静态分析与动态分析。静态分析不考虑时间因素,不涉及时间因素所引起的变动,不考虑均衡和变动过程,只考察一定时期内各种变量之间的相互关系,因而静态分析是一种状态分析,是对一种事物横断面的分析。动态分析则是引入时间因素,要涉及时间因素所引起的变动,考察各种变量在不同时期的变动情况,因而动态分析又称过程分析,是一种时间序列分析。静态分析研究的是经济现象相对静止的状态,而动态分析研究的是经济现象的发展变化过程。

3. 定性分析与定量分析

定性分析就是分析研究经济现象内在的性质与规律性。具体地说,是运用归纳、综合以及抽象与概括等方法,对获得的各种材料进行思维加工,从而去粗取精、去伪存真、由此及彼、由表及里,达到认识事物本质、揭示其内在的规律性。定性分析常被用于对事物相互作用的研究中。它主要是分析和解决研究对象"有没有"或者"是不是"的问题。定量分析是将所研究的经济现象的有关特征及其变化程度实行量化,然后对取得的数据进行统计学处理,从对事物量变过程的分析中得出结论。从根本上说,定量分析渗透着这样一个观念:世界上一切事物不依赖人的主观意志而存在,是可以被认识的;它们的各种特征都表现为一定的量的存在或以不同的量的变化表现其变化的过程。定量分析是要说明事物或现象是"如何变化的"或"变化过程与结果怎样"的问题。定性分析与定量分析相互补充,相得益彰,具有不可分离的关系,处在统一的连续体之中。在实际经济问题分析过程中,定性分析为定量分析提供基础,定性分析的结果要通过定量分析来解释和理解。定性分析与定量分析这两种分析方法之间的区别与联系,如表1-3所示。

表1-3

定性分析与定量分析之间的区别与联系

定　性　分　析	定　量　分　析
1. 自然观察	1. 操纵和控制
2. 现象学观点:"站在活动者本人的角度去了解人类行为。"	2. 逻辑实证主义观点:"对社会现象事实和原因的了解无需考虑个人的主观状态。"
3. 归纳	3. 演绎
4. 综合	4. 分析
5. 描述性	5. 推断性

4. 个量分析与总量分析

经济学中,在运用总量分析与个量分析方法对经济问题进行考察时,首先假定制度是已知的、既定的,在这个前提下,对经济中的总量和个量进行分析。这并不是说经济学认为制度对经济不起作用,而是认为不管制度对经济活动会产生什么样的影响,制度本身或制度变动的原因和后果不是微观经济分析和宏观经济分析能够解决的,所以,在进行数量分析时,可把这些作为既定的条件而不予讨论。个量和总量分析作为一种数量分析的具体形式,都广泛地采用边际增量分析方法。所谓边际增量分析,是指分析自变量每增加一单位或增加最后一单位的量值会如何影响和决定因变量的量值。比如微观经济学中的边际收益、边际成本和边际生产力等;宏观经济学中的边际消费倾向和资本边际效率等,都属于边际增量分析之列。现代经济学的产生和发展,是和边际分析方法的广泛应用分不开的。正是边际增量分析方法的深入应用,20世纪30年代才建立起完整的微观经济学体系。可以说,没有边际增量分析方法,便没有现代经济学。

1.4.5　经济理论的组成与表述方法

实证分析是一种根据事实加以归纳和演绎的陈述,而这种实证性的陈述则可以简化为某种能根据经验数据加以证明的形式。

在运用实证分析法研究经济问题时,就是要提出用于解释事实(即经济现象)的理论,并以此为根据做出预测。这也是形成经济理论的过程。

1. 经济理论的组成

一个完整的理论包括定义(definition)、假设(assumption)、假说(hypotheses)和预测(prediction)。

(1) 定义。定义是对经济学所研究的各种变量规定的明确的含义。变量是一些可以取不同数值的量。在经济分析中常用的变量有内生变量与外生变量、存量与流量。内生变量是一个理论中要研究的变量,又称因变量;外生变量是在一个理论以外的变量,又称自变量。比如在研究需求问题时,需求量是内生变量或称为因变量,商品价格是外生变量或称为自变量。存量是指变量在某一时点上存在的数值,其数值大小与时间维度无关;流量是指一定时期内发生变化的变量,其数值大小与时间维度有关。

(2) 假设。假设是某一理论所适用的条件。因为任何理论都是有条件的、相对的,所以在理论形成中假设非常重要。比如,供给定理就是以厂商对某种商品的供应量的变动只与其价格变动有关,而厂商的生产目标、相关商品的价格等因素相对不变作为假设条件,研究厂商对某种商品供应量的变动与其价格变动之间数量关系的理论。离开了这个假设条件,供给定理所说明的厂商在一般情况下对某种供应量与其价格之间的同方向变动关系就不存在或没有什么实际意义了。

(3) 假说。假说是对两个或更多的经济变量之间关系的阐述,也就是未经证明的理论。在理论研究中提出假说是非常重要的,这种假说往往是对某些现象的经验性概括或总结。假说必须经过验证才能说明它是否能够成为具有普遍意义的理论。因此,假说并不能凭主观臆断而产生,必须来源于社会经济实践,通过对客观实际的观察分析来得出。

(4) 预测。预测是根据假说对未来进行预期。就是根据过去和现在估计未来,根据已知推断未知。科学的预测是一种有条件的推测性说明,这种推测性说明是根据历史与现实之间的客观联系,以所掌握的过去发生的与现在存在的反映客观事物状态和发展过程的信息资料为基础,是进行科学决策的一种依据条件。正确的假说的作用就在于它能够正确地预计未来,降低经济决策的风险性。

2. 理论的表述方法

理论的表述方法主要有以下几种:

(1) 口述法,又称叙述法,即用文字来表述经济理论。

(2) 算术表示法,又称列表法,即用表格来表述经济理论。

(3) 几何等价法,又称图形法,即用几何图形来表述经济理论。

(4) 代数表达法,又称模型法,即用函数关系来表述经济理论。

在实际的经济分析过程中,往往是把上述几种方法结合起来进行运用的。

【理论应用】

关于占座现象的经济学分析

"占座"这一现象在生活中时有发生,在大学校园里更是司空见惯。无论是三九严冬,还是烈日酷暑,总有一帮"占座族"手持书本忠诚地守候在教学楼或图书馆门前,大门一开,争先恐后地奔入,瞅准座位,忙不迭地将书本等物置于桌上,方才松了一口气,不无得意地守护着自己的"殖民地"。后来之人,只能望座兴叹,屈居后排。上课的视听效果大打折扣,因而不免牢骚四起,大呼"占座无理"。

问题:

1) 大家为什么要提前花费这么多的时间占座? 结合经济学的基本假设进行分析,并以此分析经济学的基本假设是否合理和必要。

2) 分析占座是否能提高经济效率。如果不是,如何改进?

【参考阅读】

从经济学的角度看,当我们假设所有的人都是理性人时,理性人追求利益最大化,制度本身不涉及道德问题,一项制度的制定如果能够满足理性人利益最大化的追求,即实现了普遍意义上的公平正义,就是一项合理的制度。下面笔者将运用经济学原理对占座行为的合理性予以分析。

占座——理性人的选择

"占座"意味着什么? 意味着你可以拥有令你满意的座位,可以不必伸长脖子穿过重重障碍捕捉老师的每一个动作、每一个眼神,可以不必端起眼镜费神地辨认黑板上的板书,可以不必伸长耳朵生怕漏听了什么,而这一切都意味着当你和你的同学同样用心时,你比他们更容易集中精神,获得更好的听课效果,最终得到更优异的成绩,而这一切都仅仅是因为你占了个好座位。

当然,天下没有免费的午餐,你需要为占座付出一定的代价。你可能无法在床上多躺一会儿,可能无法吃顿悠闲的早餐,它们是你为占座付出的机会成本,关键在于机会成本与收益比较孰轻孰重。对于一个学生而言,取得好成绩的意义是不言自明的,而上述的机会成本,当你用积极的态度看待它们时完全可以被压缩到很小,甚至为负值——早起有益于身体健康,精力充沛,而把时间浪费在早饭上是没有必要的。这么看来,你为占座付出的机会成本是很小的,而得到的收益却大得多,那么占座无疑是理性人的最佳选择。

替他人占座——理性人考虑边际量

我们发现那些占座的同学往往不仅为自己占座,还会为自己的室友占座。当然,这可能表明这些同学比较细心周到。但是,从经济学的角度看,这里包含了"理性人考虑边际量"的原理。

当你已经提前赶到了教室,多占个座儿对你来说不过是举手之劳。在这里边际成本几乎不存在,而这一行为将带来怎样的边际收益呢?首先,你的室友可能会认为你很体贴,并因此提高对你的评价;其次,即便是你所服务的人不认为这是美德的表现,而将之视为一项投资,那么遵循等价交换的原则,在适当的场合下,他也必定会为之付出某种程度的报酬。

这种情况,民间叫做"顺水人情",本小利大,何乐而不为呢?

固定占座人——发挥相对优势使交易群体获利

如果说,你们寝室每天需要有一个人负责占座,那么是每天轮流由不同的人充当占座人好呢,还是固定专人占座好呢?答案是后者。这体现了人们发挥自己的相对优势,创造价值,并将之与具有其他相对优势的人进行交易,从而使得交易各方从中获利的经济学原理。

规定轮流占座并非不可,大家的收益并未改变,问题在于,不同的人在这件事情上的机会成本是不同的。小王习惯晚睡,因此早起半个钟头对他来说无异于酷刑加身,勉强爬起来完成"神圣使命",可能将导致一天的无精打采,哈欠连天。相反,小李习惯早起,占座对他来说不费吹灰之力。而小张不仅可以早起,而且拥有先进的代步工具——自行车,占座对他来说更加容易。三者在占座这一行为的相对优势比较中,小张>小李>小王。那么,当在3人中做出选择时,小张无疑是最合适的,而小王也许可以利用晚睡的时间为大家提水,小李也许可以利用早起时间去买早餐。于是各自发挥相对优势,结果使整个交易群体从中获利。

座位轮换制——另一种制度设计的优劣

抨击"占座"的人,往往会指出占座违背了公平的原则,每个人都应当平等地拥有占有好座位的机会。于是,他们提出他们认为公平的制度——座位轮换制,即每人编号入座,每周逐排调动。

这种制度的优越性在于,首先,它的操作性较强,同时它为人们提供了明确的预期。你可以不必为占座操心,因为座位就在那里等你,因此你可以更灵活地安排自己的时间。其次,正如它的支持者所言,在长期内,每个人都有机会获得好位子(当然也必然获得坏位子),于是实现了一种表面上的公平。

而这种制度的弊端在于其极有可能引发不效率的结果,因此从实质上背离了公平原则。首先,由于它是强制性的而非建立在个人意志自由选择的基础上的,于是就会出现两种情况,一方面,那些给予某些座位最高评价的人得不到该座位;另一方面,某些人可能由于对这门课不感兴趣而对这些座位评价很低。于是,这些座位无法在他们身上发挥最大效用,甚至还会由于他们的缺席而导致资源的无谓损失。这种趋势的出现,正如一方面穷人食不果腹,一方面富人挥霍无度的反差。你能说这是公平的吗?其次,座位轮换制显然使前面论及的种种占座所带来的好处都无法实现。

综上所述，不难发现，座位轮换制弊大于利，而导致其不效率的根本原因在于其违背了竞争原则。考察"座位轮换制"，我们会发现它与计划经济思维模式何其相似，而几十年单一计划经济带来经济落后的教训告诉我们，竞争观念必须加强。

运用"行政"手段——对占座无效率的克服

至此，我们已经看到了占座带来的种种优越性。但是，在具体实施中，由于运用不当也可能造成无效率的出现。因此，我们还需进一步讨论对这种无效率的抑制。

比如说，如果8点上课，而楼门6点就打开了，由于竞争的存在，意味着占座人必须6点前赶到，这便加大了占座的机会成本，而影响人们的获利。于是，在一定情况下，当人们认为机会成本超过了其收益时，便会退出竞争，而使得占座带来的优越性得不到发挥。更严重的是，由于必定有人坚守阵地，而这个坚守者作为一个理性人，为了弥补这部分增加的机会成本必定会努力扩大收益。由于此时不存在其他竞争者，他想占多少座位都不受限制，于是便形成了其对座位的垄断，那些对座位高评价的人仍无法得到座位，从而导致无效率、不公平。那么，是不是需要对占座的数量加以限制呢？答案是不需要，也不可能（因为没有人可以监督其占了多少座位）。事实上，只要将开门时间做一调整即可。当调整到上课前半小时时，由于大量竞争者的介入便有效地遏制了这一情况。

再如，有人长期以本占座，妄图一劳永逸，对付这一行为的措施是开门前将本收回，以保证每个人有平等竞争的机会。

总之，正如政府在市场中对"市场失灵"的干预，用"行政"手段调整占座制度，同样可以发挥积极功效。

思 考 与 练 习

1. 选择题

1) 下列物品中，不属于经济物品的是（　　）。

A. 手机　　　　　　B. 彩电　　　　　　C. 空气　　　　　　D. 汽车

2) 现有资源不能充分满足人的欲望，这一事实被称为（　　）。

A. 机会成本　　　　　　　　　　B. 稀缺性

C. 规范经济学　　　　　　　　　D. 生产是什么的问题

3) 经济物品是指（　　）。

A. 有用的物品　　　　　　　　　B. 稀缺的物品

C. 要用货币购买的物品　　　　　D. 有用且稀缺的物品

4) 一种行为的机会成本是指（　　）。

A. 为这种行为所花费的金钱

B. 投入这种行为的资源的其他可能用途

C. 任何不能弥补的成本

D. 为这种行为所花费的时间价值

5) 如果一个经济体增加了投入量,或者它确实发现了新的生产技术,那么生产可能性曲线会(   )。

A. 保持不变   B. 向里向左移动

C. 向外向右移动   D. 以上选项都不是

6) 以下问题中,不属于微观经济学所考察的问题的是(   )。

A. 一个厂商的产出水平

B. 失业率的上升或下降

C. 政府货物税的高税率对货物销售的影响

D. 某一行业中雇佣工人的数量

7) 下列各项中,属于实证经济学的是(   )。

A. 研究如何作出评价   B. 关注"应该是什么"

C. 从属于规范经济学   D. 预测行动的结果

8) 下列命题中,不属于实证经济学的是(   )。

A. 1982 年 8 月美联储把贴现率降到 10%

B. 1981 年失业率超过 9%

C. 所得税对中等收入家庭是不公平的

D. 美国社会保险税的课税依据现已超过 30 000 美元

9) 当经济学家说人们是理性的时候,这是指(   )。

A. 人们不会做出错误的判断

B. 人们总会从自己的角度做出最好的决策

C. 人们根据完全的信息而行事

D. 人们不会为自己所做出的任何决策而后悔

2. 简答题

1) 西方经济学的研究对象是由什么基本经济问题引起的?你如何看待这一问题?

2) 简述实证分析方法与规范分析方法的区别与联系。

3) 理性选择的含义是什么?请分别举出一个理性选择和非理性选择的例子。

3. 技能题

表 1-4 是某国在面包和公寓这两种商品的生产上的各种可能的产品组合。表中的每一个产出都以该国资源及技术的充分利用为前提条件,请做出该国的生产可能性曲线图。

表1-4

面包和公寓生产产品组合

可　能　性	公寓(千套)	面包(百万条)
A	0	30
B	6	29
C	12	26
D	18	22
E	24	16
F	30	0

4. 分析题

捐资助学是否与理性的"经济人"假设相矛盾?

2 需求、供给与均衡价格理论

【学习目标】

学习本章,掌握需求理论、供给理论;理解均衡价格理论的形成及其在经济中的应用;掌握弹性的含义;熟悉应用需求价格弹性理论;分析其与经济收益的关系;了解其他弹性理论。

【案例导入】

"是先有蛋还是先有鸡"

当然,有一个问题还不能说清:究竟是先产生需求再产生供给呢,还是先产生供给再产生需求? 这有点像问"是先有蛋还是先有鸡"。我想,可能有时候是需求带动供给,很多的新产品就是在人们强烈的需求下产生的;也有时候是供给诱导需求,比如新潮的时装,常常是生产出来之后,才左右了人们的视线,引发了人们的需求。但在某一种商品的价格决定中,供给与需求就像一把剪刀的两个刀片,其作用是不分彼此共同决定一种商品的价格;同时,价格又像一只无形的手在市场经济中自发地调节需求、调节供给,调节的结果是使市场达到了均衡——社会资源配置合理。

总之,许多东西在经济学家眼里都成了产品,都可以从供给和需求的角度来进行分析。需求是提供产品的动力,供给是满足需求的前提。比如要兴办教育,是因为存在大量的对"教育"产品有需求的人,而有了"教育"产品的供给,才能满足"教育"产品的需求。如果想上学的都能上学,教育资源得到充分利用,也就达到了教育市场的供求平衡。

(资料来源:梁小民,《微观经济学纵横谈》)

经济学是关于资源配置的科学,而资源配置是通过市场价格来进行的。价格信号引导着资源的流向。而市场上的产品价格是由需求和供给这两方面的相互作用决定的。因此,需求、供给与价格的决定理论便成为微观经济学理论的出发点。本章分析需求、供给及其如何共同决定价格。

2.1　需求分析

2.1.1　需求与需求量

需求（demand）是指消费者在某一特定时期内，在每一价格水平上愿意并且能够购买的商品或服务的数量。需求的成立需要满足两个条件：一是消费者对该商品有购买欲望；二是有购买能力。如果消费者对某种商品只有购买欲望而无支付能力，就不能算做需求。例如，某人有购买别墅的欲望，可是别墅价位过高，支付不起，所以，需求难以实现，只能称其为需要。

除了需求这个概念外，我们还经常用到需求量这个概念。所谓需求量，是指在一定时期内，对应于某一确定的价格水平，消费者对某种商品或服务愿意并且能够购买的数量。

这两个概念是有区别的，需求是在各种可能的价格水平上，消费者对某种商品或服务愿意且能够购买的数量。而需求量则是指在某一确定的价格水平上，消费者对某种商品或服务愿意且能够购买的数量。需求这个概念经常用于理论分析，而对应于现实来说，我们所提及的"需求"往往是指在确定价格水平上的需求，也就是需求量。

2.1.2　影响需求的因素

一种商品的需求量是由许多因素共同决定的，其中主要因素有如下七个方面。

1. 商品的价格

商品价格是影响商品市场需求的最基本因素。通常情况下，需求量随价格的变化而做相反方向的变化。商品价格越高，需求量越小；价格越低，需求量越大。例如，我国财政部、信息产业部规定，从 2001 年 7 月 1 日起取消电话初装费，7 月 1 日当天，仅济南市区的装机登记用户就达到 1 237 户，而此前每天只有 100 余户（《生活日报》2001 年 7 月 3 日第 6 版）。

2. 消费者的收入

对于大多数商品来说，需求与消费者收入呈同方向变化。消费者收入水平提高，需求量就增加；消费者收入水平下降，需求量就减少。例如，这些年农民对彩电的需求增加很快，是因为农民的收入提高了。但对低档商品来说，消费者收入的增加反而会导致需求的减少。例如，在城市里，人们对黑白电视机的需求就是随着人们收入的增加而减少的。

3. 消费者的偏好

当消费者对某种商品的偏好程度增强时，该商品的需求量就会增加；相反，偏好程度减弱，需求量就会减少。消费者的偏好是心理因素，但更多地受人们生活与社会环境，特别是当时当地的社会风俗习惯影响（如攀比心理等）。

4. 相关商品的价格

当一种商品本身的价格保持不变,而和它相关的其他商品价格发生变化时,这种商品本身的需求量也会发生变化。商品之间的关系有两种,一种是互补关系,另一种是替代关系。相关关系不同,对商品本身需求量变化的影响也不同。

(1) 互补关系,即两种商品共同满足一种欲望,它们之间是互相补充的。例如,录音机与磁带。这种有互补关系的商品,当一种商品(如录音机)价格上升时,对另一种商品(如磁带)的需求量就减少。反之,当一种商品的价格下降时,对另一种商品的需求量就增加。互补商品价格变化引起该商品需求量反方向变动。

(2) 替代关系,即两种商品可以相互代替来满足同一种欲望,它们之间是可以相互替代的。例如,羊肉和牛肉就是这种替代关系。这种有替代关系的商品,当一种商品(如羊肉)价格上升时,对另一种商品(如牛肉)的需求量就增加。因为羊肉价格上升,人们少吃羊肉,必然多吃牛肉。反之,当一种商品价格下降时,另一种商品的需求量就减少。替代商品价格变化引起该商品需求量同方向变动。

5. 该商品的预期价格

如果消费者预期某种商品的价格将会上升,那么,他们可能现在就购买该种商品,以免在将来支付更高的价格;反之,当消费者预期价格将下降时,他们可能会减少当前的购买,以等待价格更低的时候购买。

6. 广告费用

广告会影响人们对商品的爱好和选择。一般说来,广告支出越大,人们对商品的需求也就越大。

7. 该商品的市场饱和度

耐用品的市场饱和度越低,其需求量越大;市场饱和度越高,需求量越小,此时的需求将主要来自新消费者的需求以及原消费者的更新、替换。

以上只是影响商品需求的主要因素,影响需求的其他因素还有季节、时间、地点和政策法律等等。

2.1.3 需求函数

商品的需求量受许多因素影响,需求函数表示某一特定时期内市场上某种商品的各种可能需求量和决定这些需求量的因素之间的关系。

$$Q_d = f(P, Pr, Pe, I, F, T, \cdots)$$

式中: Q_d ——对某种商品的需求数量;

P ——产品价格;

Pr ——相关产品价格;

Pe——预期价格；

I——家庭收入；

F——个人偏好；

T——时间变化。

鉴于影响一种商品需求数量的因素十分复杂，所以，我们在论述需求函数时，通常假设影响需求变化的其他因素不变，只研究价格和需求数量之间的关系。这样需求函数可以写作：

$$Q_d = f(P)$$

2.1.4　需求曲线

1. 需求表

商品的需求表是一张表示某种商品的各种价格水平和与其相对应的该商品的需求数量之间关系的数字序列表。某种彩色电视机的需求表，如表2-1所示。

表2-1

某种彩色电视机的需求表

价格—数量组合	a	b	c	d	e
价格(元/台)	2 600	2 400	2 200	2 000	1 800
需求量(台)	1 000	1 200	1 450	1 750	2 100

从表2-1可以清楚地看到商品价格与需求量之间的函数关系。譬如，当商品价格为2 000元时，商品的需求量为1 750台；当价格上升为2 200元时，需求量下降为1 450台；当价格进一步上升为2 400元时，需求量下降为更少的1 200台；如此等等。需求表实际上是用数字表格的形式来表示商品的价格和需求量之间的函数关系。

2. 需求曲线

需求曲线是某种商品价格与需求量之间关系的图形表示形式，也就是表示商品价格与需求量之间关系的曲线。我们可以依据彩色电视机的需求表绘制出彩色电视机的需求曲线，如图2-1所示。

在图2-1中，横轴0Q代表需求量，纵轴0P代表价格，D为需求曲

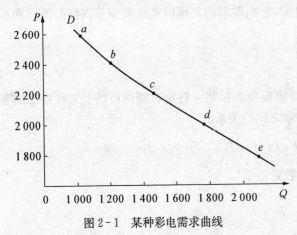

图2-1　某种彩电需求曲线

线。需求曲线向右下方倾斜,表明需求量与其价格之间成反方向变动。需求曲线的形状可能是曲线,也可能是直线。如果需求函数是一元一次的线性函数,则相应的需求曲线为直线型;如果需求函数是非线性函数,则相应的需求曲线就是曲线型的。

2.1.5 个人需求和市场需求

1. 个人需求(individual demand)

这是每个居民户在一个特定时期内,在每一价格水平时愿意且能够购买的商品数量。在一个国家中,社会对商品的总需求是由各个居民户的个人需求构成的。在实际经济生活中,居民户对商品的个人需求除了受商品价格的影响外,还受到多种因素变化的影响。

2. 市场需求(market demand)

商品的市场需求是某一市场上全体居民户个人需求的总和。在这里,我们假设在同一市场上所有的消费者对同一商品价格变动的反应都相同,即需求量随价格上升而减少,随价格下降而增加。因此,在分析该种商品需求时,可以把该市场上所有消费者的个人需求加总在一起。比如,在某一市场上有 3 个居民户,他们的个人需求函数分别为:

$$Q_A = 30 - 5P$$

$$Q_B = 40 - 4P$$

$$Q_C = 50 - P$$

该市场商品的市场需求函数为:$Q = Q_A + Q_B + Q_C = 120 - 10P$

又如,某地市场上有 A、B、C 三大类消费者,每类消费者的个人需求如表 2-2 中的资料所示。该市场上对该种商品的市场需求可以通过对表中 A、B、C 三类消费者的个人需求进行相加求得。

个人需求与市场需求数量关系表,如表 2-2 所示。

表 2-2

个人需求与市场需求数量关系表

商品价格	个 人 需 求			市场需求 $Q = Q_A + Q_B + Q_C$
	Q_A	Q_B	Q_C	
20	10	2	1	13
16	14	4	2	20
14	16	6	3	25
12	20	10	5	35
8	26	15	8	49
6	32	20	12	64

2.1.6 需求定理

1. 需求定理

人们通过大量事实的观察、统计和分析，可以得到这样一条规律——需求规律，也就是需求定理(law of demand)。即在影响需求量的其他条件不变的情况下，一种商品的需求量与其价格之间存在着反方向的变动关系，即需求量随着商品本身价格的上升而减少，随着商品本身价格的下降而增加。

对需求定理的理解，要注意两个方面的内容：

(1) 其他条件不变。所谓"其他条件不变"，是指除了商品本身的价格之外，其他影响需求的因素都是不变的。离开了这一前提，需求定理就无法成立。

(2) 需求定理表明的商品价格与需求量成反方向变动的关系，是替代效应(substitution effect)和收入效应(income effect)共同作用的结果。

替代效应是指实际收入不变的情况下，某种商品价格变化对其需求量的影响。也就是说，如果某种商品价格上涨了，而其他商品的价格没变，就消费者而言，就是其他商品的相对价格下降了，消费者就要用其他商品来代替这种商品，从而对这种商品的需求就减少了。

收入效应是指货币收入不变的情况下，某种商品价格变化对其需求量的影响。也就是说，如果某种商品价格上涨了，而消费者的货币收入并没有变，就消费者而言，就意味着实际收入减少了，从而对这种商品的需求也就减少了。例如，如果大米价格上升而消费者的货币收入不变，则消费者实际收入减少，对大米的需求量必然减少。这种由于某种商品价格上升而引起实际收入减少从而导致商品需求量的减少就是收入效应。

替代效应强调了一种商品价格变动对其他商品相对价格水平的影响，收入效应强调了一种商品价格变动对实际收入水平的影响。需求定理所表明的商品价格与需求量反方向变动的关系正是这两种效应共同作用的结果。

【理论应用】

商品价格下降带来什么?

在货币收入不变的情况下，商品价格下降会发生收入效应和替代效应。为了分析这两种效应，让我们看看当某种商品价格下降，消费者会做出怎样的反应。例如，假设某商场张贴出海报——牛肉降价了。可能带来的结果是：

(1) 消费者的收入相对增加了，比以前更富有了，相应的购买力增加了。可以购买更多的牛肉和其他相关商品。这是收入效应在起作用。

(2) 消费者可以放弃其他肉类(羊肉、猪肉等)的消费，增加更多牛肉的消费。这是替代效应在起作用。

2. 需求定理的例外

需求定理反映的是一般商品的需求量与价格变动关系的规律,但这一规律也有例外。需求定理的例外有三种情况:

第一,炫耀性商品。其价格与需求量呈同方向变动,如首饰、豪华型轿车、知名品牌产品等。这些商品只有高价才能显示其社会身份,低价时,该商品大众化后,高档消费群对其的需求量反而下降。

第二,低档生活必需品(吉芬商品)。其需求量与价格之间的关系,被西方经济学家称为"吉芬之谜"。1845年,英国经济学家吉芬发现,爱尔兰发生大灾荒时,马铃薯的价格上升,需求量反而增加。这种商品价格上升,需求量增加的现象被称为"吉芬之谜"。主要原因是因为在经济萧条时期,普通居民生活水平普遍下降,马铃薯价格虽然上升,比正常年景高出许多,但它的价格比其他食物的价格还是低许多。因此,当时大多数穷人在生活消费中只能多吃马铃薯,而少吃其他食物。

第三,投机性商品(股票、债券、黄金、邮票等)。其价格大幅度升降时,由于人们采取观望态度,会使需求曲线呈现不规则的变化,有时出现"买涨不买落"。

2.1.7　需求量的变动和需求的变动

影响商品需求的因素大致分为两类,商品本身的价格和商品价格以外的其他因素。在其他因素不变的条件下,商品本身价格变动所引起的需求数量的变动称为需求量的变动。需求量的变动表现为同一需求曲线上点的移动,如图2-2所示。

当价格为 P_1 时,需求量为 Q_1,当价格由 P_1 下降到 P_2 时,需求量由 Q_1 增加到 Q_2,在需求曲线上表现为从 a 点向 b 点移动。需求曲线上的点向左上方移动是需求量的减少,向右下方移动是需求量的增加。

在商品本身价格不变的条件下,由其他因素变动所引起的需求变动称为需求的变动。需求的变动表现为需求曲线的平行移动,如图2-3所示。

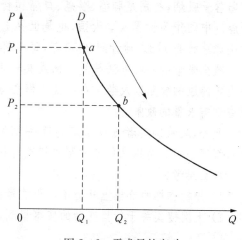

图2-2　需求量的变动

在商品价格 P_0 保持不变的情况下,收入减少时,需求量由 Q_0 减少到 Q_1,需求曲线由 D_0 移动到 D_1,收入增加时,需求量由 Q_0 增加到 Q_2,需求曲线由 D_0 移动到 D_2。需求曲线向左下方移动是需求的减少,需求曲线向右上方移动是需求的增加。

总之,需求量变动与需求变动是由不同因素变动引起的,变化表现形式也不同。一般

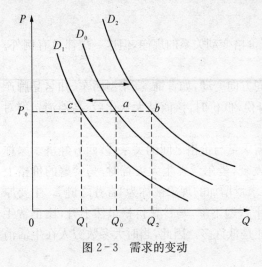

图 2-3　需求的变动

来说,需求的变动都会引起需求量的变动,而需求量的变动不一定引起需求的变动。例如,当苹果的价格上涨时,若其他条件不变,改变的只是苹果的需求量,苹果的需求并不产生变动。明确两者区别,便于正确理解政府的微观经济政策,如政府规定,香烟包装必须明确标注"吸烟有害健康",这一政策将改变人们对香烟的需求,使其需求量减少。又如,2004 年以来,我国部分省区实行免收农业税政策,粮食主产省区实施增加农业补贴政策,这都将会使农民收入增加,并将有效地刺激农产品需求的增加。

【案例分析】

政府如何减少人们吸烟的数量

香烟的许多成分是致癌物质,该是最可怕的事了。研究表明,30％的癌症招致的死亡可归咎于吸烟,特别是肺癌、喉癌、口癌和食道癌。此外,吸烟还可导致膀胱癌、胰腺癌和肾癌。中国作为世界人口大国,也是世界上最大的烟草生产及消费国,吸烟人数 3.2 亿,占全球总数的 1/3。估计到 2050 年,每年将有 300 万人死于与吸烟有关的疾病。

减少吸烟的一种方法是使香烟或其他烟草产品的需求曲线移动。公益广告、香烟盒上有害健康的警示以及禁止在电视上做香烟广告,均是旨在减少任何一种既定价格水平时香烟需求量的政策。

此外,政策制定者可以试着提高香烟的价格。例如,对香烟制造商征税(我国的税率),烟草公司就会以高价格的形式把这种税的大部分转嫁给消费者。

课后思考:

1) 分析香烟的价格上升会不会影响毒品的需求。

2) 上网搜集关于价格变动的实事报到,并分析价格变动的原因。

2.2　供给分析

2.2.1　供给与供给量

供给(supply)是指在一定时期内,在一定条件下,生产者愿意并且能够提供的商品或服务的数量。在这里需要指出,供给不是指生产者实际卖出的商品或服务的数量,而是生产者不但愿意生产,而且还有能力生产或提供的商品或服务的数量。

除了供给这个概念外,我们还经常用到供给量这个概念。所谓供给量,是指在一定时期内,对应于某一确定的价格水平,生产者对某种商品或服务愿意并且能够生产或提供的商品或服务的数量。

这两个概念是有区别的,供给是在各种可能的价格水平上,生产者对某种商品或服务愿意且能够生产或提供的数量。而供给量则是指在某一确定的价格水平上,生产者对某种商品愿意且能够生产或提供的数量。供给这个概念经常用于理论分析,而对应于现实来说,我们所提及的"供给"往往是指在确定价格水平上的供给,也就是供给量。

2.2.2　影响供给的因素

影响商品供给的因素很多,主要有以下四个方面。

1. 商品的价格

一般情况下,商品价格提高后,商品的供给量就会随之增加,这是由于价格提高后,原有的生产者更有利可图,会进一步扩大生产,同时,又会吸引新的企业加入到这个行业里来进行生产,结果使得企业和行业的供给量增加。反之,商品价格下降后,供给量随之减少。

2. 生产中相关商品的价格

与消费领域的商品有替代作用一样,在生产领域内的商品也有替代作用。例如,对于农民来说,同一块土地既可以种小麦,又可以种棉花,则小麦和棉花就是生产中可以互相替代的商品。如果小麦价格上涨,而棉花价格不变,人们就会在下一个生产周期中多生产小麦,少生产棉花,结果在下一个生产周期中小麦的供给增加,而棉花的供给下降。

3. 商品的成本

一般来说,商品成本越低,供给就会越大。这是因为,在商品价格既定的情况下,成本降低,单位商品的利润就会增加,因而厂商提供商品的数量就会增加;反之,商品的成本提高,供给就会减少。

商品成本的高低,是由厂商的生产技术水平、原材料价格和生产率水平等因素决定的。如果技术水平提高了,或原材料价格下降了,或工人工资水平降低了,就会使商品成本降低;反之,就会使商品成本增加。

4. 生产者对商品未来价格的预期

如果生产者预期商品的价格要上升,就将增加生产;反之,则会减少生产。但也有另外的情况:如果某种商品的行情看涨,生产者将减少现在的供给,等待价格上涨到一定程度后再增加供给;如果某种商品的行情看跌,厂商就会把现有的存货尽快抛售出去,从而增加现在的供给。这主要取决于该商品的制造周期和保留价格等因素。

此外,气候(农作物最为明显)、新资源的开发或旧资源的耗竭、政府税收和补贴等也会影响供给。

2.2.3　供给函数

供给函数表示某一特定时期内市场上某种商品的各种可能的供给量(Q_S)与其影响因素之间的关系用函数形式表示出来,这个函数就是供给函数。下面我们给出一个典型的供给函数

$$Q_S = f(P, P_X, C, E, \cdots)$$

式中：Q_S——对某种商品的供给数量；

P——该商品的价格；

P_X——该商品相关商品的价格；

C——生产该商品的成本；

E——生产者对商品价格的预期。

鉴于影响一种商品供给数量的因素十分复杂,所以我们在论述供给函数时,通常假设影响供给变化的其他因素不变,只研究价格和供给数量之间的关系。这样供给函数可以写作：

$$Q_S = f(P)$$

2.2.4　供给表与供给曲线

1. 供给表

商品的供给表是一张表示某种商品的各种价格和与之对应的该商品的供给数量之间关系的数字序列表。某商品的供给表,如表2-3所示。

表2-3

某商品的供给表

价格—数量组合	a	b	c	d	e
价格(元)	2	3	4	5	6
供给量(单位数)	0	200	400	600	800

表2-3清楚地表示了商品的价格和供给量之间的函数关系。例如,当价格为6元时,商品的供给量为800单位;当价格下降为4元时,商品的供给量减少为400单位;当价格进一步下降为2元时,商品的供给量减少为零。供给表实际上是用数字表格的形式来表示商品的价格和供给量之间的函数关系的。

2. 供给曲线

商品的供给曲线是指在特定的时期内,在其他因素保持不变的情况下,生产者愿意且能够提供的商品数量与该商品价格之间关系的曲线。与上面所讲的供给函数相联系,供给曲线可以看成是以几何图形表示商品的价格和供给量之间的函数关系。

供给曲线是根据供给表中的商品的价格—供给量组合在平面坐标图上所绘制的一条曲线。根据表2-3所绘制的某商品的供给曲线,如图2-4所示。

图2-4中的横轴0Q表示商品数量,纵轴0P表示商品价格。在平面坐标图上,把坐标点 a、b、c、d、e 连接起来的线,就是该商品的供给曲线。它表示在不同的价格水平下生产者愿意而且能够提供的商品数量。和需求曲线一样,供给曲线也是一条光滑的和连续的曲线,可以是直线型,也

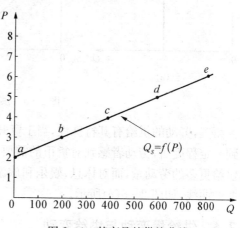

图2-4 某商品的供给曲线

可以是曲线型。如果供给函数是一元一次的线性函数,则相应的供给曲线为直线型,如图2-4中的供给曲线。如果供给函数是非线性函数,则相应的供给曲线就是曲线型的。

2.2.5 供给定理

1. 供给定理

我们通过大量事实的观察、统计和分析,可以得到这样一条规律:在其他条件不变的情况下,某商品价格上涨,供给量就会增加,价格下降,供给量就会减少,即商品价格与其供给量成同方向变动。这种现象普遍存在,被称为供给定理。

供给定理同样是通过科学的假设而得出的,它以影响供给量的其他因素不变为前提条件。这就是说,只有在这一条件下,才能揭示商品本身价格与其供给量之间的本质联系,得出科学的供给定理。

2. 供给定理例外

供给定理反映的是一般商品供给量与其价格之间的变动规律,它也有例外情况。

第一,有些商品的供给量是固定的,如名画、古玩,出售价格再高也无法增加供给数量,因而供给曲线是一条与横轴垂直的线,其斜率为无穷大,如图2-5(a)所示。

第二,某些厂商在大规模生产时平均成本锐减,这时商品价格虽有所下降,但厂商仍愿意提供更多的商品。此类商品往往是那些适于机械化大批量生产的高技术产品,如小汽车和电视机的生产等。其供给曲线是向右下方倾斜的,斜率为负,如图2-5(b)所示。

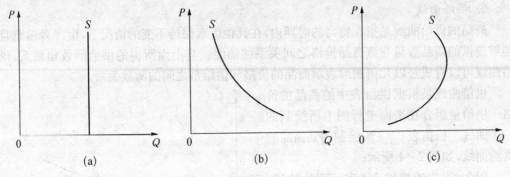

图 2 - 5　供给曲线的例外

第三,劳动的供给有其特殊性,当工资开始提高时,劳动的供给会增加,当工资水平上升到一定程度后,劳动者感到对货币的需要并不迫切了,这时工资再提高,劳动者也不会再供给更多的劳动量,而对休息、娱乐和旅游更感兴趣,因而劳动的供给曲线是一条向后弯曲的曲线,如图 2 - 5(c)所示。

2.2.6　供给量变动与供给变动

如同我们要区分需求量变动与需求变动一样,我们也要区分供给量变动与供给变动。在其他因素不变的条件下,商品本身价格变动所引起的供给数量的变动称为供给量变动。供给量的变动表现为同一供给曲线上点的移动(见图 2 - 6)。当价格为 P_1 时,供给量为 Q_1,当价格由 P_1 上升到 P_2 时,供给量由 Q_1 增加到 Q_2,在供给曲线上表现为从 a 点向 b 点移动。而在商品本身价格不变的条件下,由其他因素变动所引起的供给的变动称为供给的变动。供给的变动表现为供给曲线的平行移动(见图 2 - 7)。供给曲线向左移动是供给的减少,供给曲线向右移动是供给的增加。

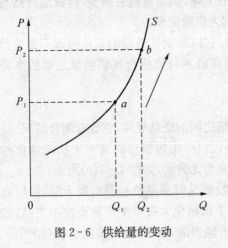

图 2 - 6　供给量的变动

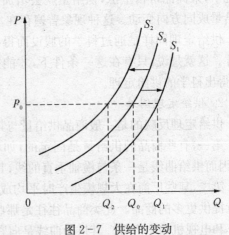

图 2 - 7　供给的变动

2.3　市场均衡

2.3.1　均衡价格与均衡数量

　　若将供给曲线和需求曲线画在同一坐标中,我们可以清楚地看到供给与需求共同作用的结果。注意此时的横坐标,既表示需求量也表示供给量。供给曲线和需求曲线相交于一点,这一点被称为市场均衡。这两条曲线相交时的价格被称为均衡价格,相交时的数量被称为均衡数量。如图 2-8 所示,D 线和 S 线的交点 E 所对应的价格 P_0 和产量 Q_0 分别为均衡价格和均衡产量。

　　字典中,"均衡"这一词是指各种力量处于平衡状态。经济学中的均衡是指经济主体再次改变资源的配置或购买已不可能带来更多的利益,从而不再改变其经济行为的状态。在均衡价格时,买者愿意且能够购买的数量正好与卖者愿意且能够出售的数量相等。均衡价格有时也被称为市场出清价格,此时,市

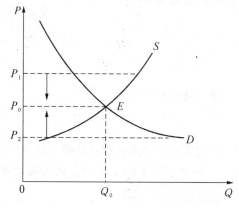

图 2-8　均衡数量与均衡价格

场上的每一个人都得到满足:买者买到了他想要的东西,卖者卖出了他想卖的东西。显然,均衡价格和均衡产量只是一种理想状态,并且是市场竞争的结果。

　　买者和卖者的行动是市场向供需均衡的变动过程。为了说明原因,我们来考虑市场价格不等于均衡价格时会出现什么情况。当市场价格高于均衡价格时,即 $P_1 > P_0$ 时,市场出现供大于求商品过剩的状况,在市场自发调节下,一方面,会使需求者压低价格来得到他要购买的商品量;另一方面,又会使供给者减少商品的供给量。这样,该商品的价格 P_1 必然下降,一直下降到均衡价格 P_0 的水平。当市场价格低于均衡价格时,即 $P_2 < P_0$ 时,市场出现供不应求、商品短缺的状况,同样在市场自发调节下,一方面,需求者提高价格来得到他所需要购买的商品量;另一方面,又使供给者增加商品的供给量。这样,该商品的价格 P_2 必然上升,一直上升到均衡价格 P_0 的水平。由此可见,当实际价格偏离时,市场上总存在着变化的力量,最终达到市场的均衡或市场出清。

　　均衡价格和均衡数量的形成过程也可以通过对市场需求和市场供给的模型分析来说明。市场需求是市场上所有个人需求的总和。如果某地市场上有 3 个消费者,他们的需求函数分别为:

$$D_A = 30 - 3P$$
$$D_B = 40 - 4P$$
$$D_C = 50 - 3P$$

则市场需求函数为：

$$Q_D = D_A + D_B + D_C = 120 - 10P$$

市场供给是市场上所有个人供给的总和。如果某地市场上有 3 个商品生产者，他们的供给函数分别为：

$$S_A = -5 + 15P$$
$$S_B = -4 + 14P$$
$$S_C = -11 + 13P$$

则市场供给函数为：

$$Q_S = S_A + S_B + S_C = -20 + 60P$$

均衡价格的形成过程就是价格的决定过程。价格是市场上供求双方通过竞争共同决定的。用经济模型表示，均衡价格的决定条件是：

需求函数：　　　　　　　　$Q_D = f(P)$

供给函数：　　　　　　　　$Q_S = g(P)$

如果令：　　　　　　　　　$Q_D = Q_S$

　　　　　　　　　　　　　$Q_D = a - bP$

　　　　　　　　　　　　　$Q_S = -c + dP$

给出 a、b、c、d 的值，令：

$$a - bP = -c + dP$$

就可以求出均衡价格和均衡数量。

在上例中，有：

　　　　　　　　　　　　　$Q_D = 120 - 10P$

　　　　　　　　　　　　　$Q_S = -20 + 60P$

因为

　　　　　　　　　　　　　$Q_D = Q_S$

所以，由上式解得，均衡价格　　$P_0 = 2$

均衡数量　　　　　　　　　　$Q_0 = 100$

2.3.2 均衡价格的变动

市场均衡是供求双方共同决定的,如果需求和供给任一方出现新的变动,就会打破原来的均衡,出现新的均衡状态。

1. 需求变动对均衡的影响

就是在供给不变的情况下,需求变动对均衡价格和均衡产量的影响。需求变动对均衡的影响,如图 2-9 所示。

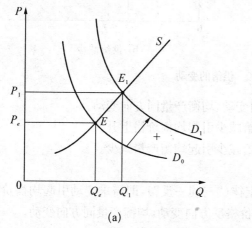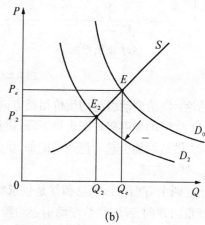

(a)   (b)

图 2-9 需求变动对均衡的影响

在图 2-9 中,假设供给不变而需求变动引起需求曲线的移动。(a)图表示需求增加的情况,需求曲线从 D_0 右移到 D_1,均衡价格和均衡产量分别从 P_e、Q_e 上升到 P_1、Q_1;同理,(b)图表示需求减少的情况,需求曲线从 D_0 左移到 D_2,均衡价格和均衡产量分别从 P_e、Q_e 下降到 P_2、Q_2。

结论:需求变动引起均衡价格与均衡产量同方向变动。

(1)需求增加引起均衡价格上升,需求减少引起均衡价格下降。

(2)需求增加引起均衡产量增加,需求减少引起均衡产量减少。

2. 供给变动对均衡的影响

就是在需求不变的情况下,供给变动对均衡价格和均衡产量的影响。供给的变动,如图 2-10 所示。

在图 2-10 中,假设需求不变由供给变动引起供给曲线的移动。(a)图表示供给增加的情况,供给曲线从 S_0 右移到 S_1,均衡价格从 P_e 下降到 P_1,均衡产量从 Q_e 增加到 Q_1;同理,(b)图表示供给减少的情况,供给曲线从 S_0 左移到 S_2,均衡价格从 P_e 上升到 P_2,产量从 Q_e 减少到 Q_2。

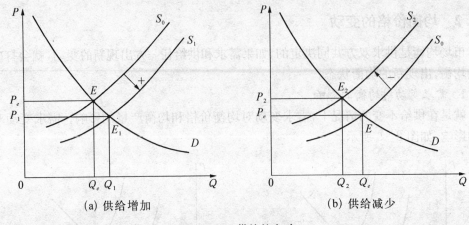

(a) 供给增加　　　　　　　　　(b) 供给减少

图 2-10　供给的变动

结论：供给变动引起均衡价格反方向变动，均衡产量同方向变动。

(1) 供给增加引起均衡价格下降，供给减少引起均衡价格上升。

(2) 供给增加引起均衡产量增加，供给减少引起均衡产量减少。

3. 供求定律

上述两个方面的影响总和就是供求定律（"三同一反"），即需求变动引起均衡价格与均衡产量同方向变动；供给变动引起均衡价格反方向变动，均衡产量同方向变动。

(1) 需求增加引起均衡价格上升，需求减少引起均衡价格下降。

(2) 需求增加引起均衡产量增加，需求减少引起均衡产量减少。

(3) 供给增加引起均衡价格下降，供给减少引起均衡价格上升。

(4) 供给增加引起均衡产量增加，供给减少引起均衡产量减少。

2.3.3　均衡价格理论的应用

1. 支持价格（最低价格）

支持价格（support price）是指政府为了支持某一行业和某种商品的生产而规定的该行业产品的最低价格。支持价格一定高于均衡价格。支持价格，如图 2-11 所示。

在图 2-11 中，供给曲线 S 与需求曲线 D 相交于 E 点，决定了均衡价格为 P_e，均衡数量 Q_e。政府为了支持某一行业而规定的支持价格为 P_s，$0P_s > 0P_e$，供给量大于需求量，该商品市场将出现过剩（ab 部分）。为维持支持价格，就应采取相应措施。这类措施有：一是政府收购过剩商品，或用于储备，或用于出口。在出口受阻的情况下，就必将增加政府财政开支。二是政府对商品的生产实行产量限制，但在实施时需有较长的指令性且有一定的代价。

在我国目前的情况下，采取对农业的支持价格政策是有必要的，对于稳定农业经济的发展有着积极的意义。主要表现在：一是稳定了农业生产，减缓了经济波动对农业的冲击；二是通过对不同农产品的不同支持价格，可以调整农业结构，使之适应市场的变动；三是扩大农业投资，促进了劳动生产率的提高和农业现代化的发展。

支持价格的干预产生的后果：一是价格过高引起需求不足，供给过剩，产品积压；二是高价格保护了经营不善的企业，并使其继续得到过多的资源；三是处置积压产品的负担。

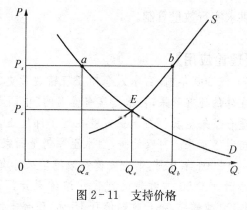

图 2-11 支持价格

2. 限制价格（最高限价）

限制价格（ceiling price）是指政府为了限制某一行业和某种商品的生产而规定这些产品的最高价格。限制价格一定低于均衡价格，其目的是为了稳定经济生活。限制价格政策一般是在某些特殊的情况下运用的，如在战争时期或特殊的自然灾害时期。限制价格，如图 2-12 所示。

在图 2-12 中，供给曲线 S 与需求曲线 D 相交于 E 点，决定了均衡价格为 P_e，均衡数量 Q_e。政府为了防止价格上涨，确定某种产品的限制价格为 P_c，$0P_c < 0P_e$，供给量小于需求量，该商品市场将出现供给不足（ab 部分）。为解决商品短缺，政府可采取的措施是控制需求量，一般采取配给制，发放购物券。限制价格的干预会产生以下后果：第

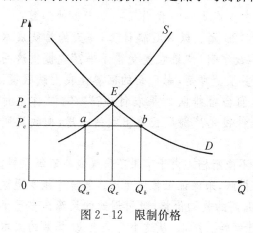

图 2-12 限制价格

一，价格水平低，不利于刺激生产，从而会使产品长期存在短缺现象。第二，价格水平低，不利于抑制需求，从而会在资源短缺的同时又造成严重的浪费。第三，限制价格之下所实行的配给，会引起社会风尚败坏，产生寻求活动、黑市和寻租。正因为以上原因，一般经济学家都反对长期采用限制价格政策，一般只在战争或自然灾害等特殊时期使用。

不论是限制价格还是支持价格，都是政府利用国家机器的力量对商品供求实行的价格管制，限制价格是远远低于均衡价格的商品最高价格，支持价格一般是高于均衡价格的最低价格。前者的长期实行会造成商品持续的严重供不应求，后者的长期实行会造成商品的持续的供过于求，两者都会对市场供求关系的正常实现造成不利的影响，政府为了在实行价格管制的条件下，维持社会稳定，就必须对社会商品供求实行管制，由此就导致经济学上一个基本定理的产生与存在：实行价格管制的国家必然导致对商品

供求实行数量管制。

【理论应用】

4 500年前,白水人仓颉任轩辕黄帝史官,创造了中国最早的象形文字。令白水名声在外的还有苹果,白水是享有盛名的"中国苹果之乡"。根据林业专家介绍,北纬38度最适合苹果生长。白水正好就在这个纬度上,因此,在白水全县的72万亩土地中,有41万亩种了苹果。可叹的是,白水至今仍是国家级贫困县。

2001年9月,烟台安德利浓缩苹果汁有限公司在白水投资8 000万元,兴建了一家每小时加工50吨鲜果的现代化浓缩果汁厂,2002年9月12日正式投产,每天收购加工1 000吨鲜果,每斤收购价0.15元,现金支付。9月12日清晨,我们从县城乘车前往4公里之外的厂区,一路上不仅看到道路两旁挂满果实的苹果园,更注意到自2公里外一直排到厂区门口的车队,景象之壮观,不禁让人心潮澎湃。于是,我问坐在旁边的副厂长:"他们要排多长时间才能卖出苹果?""1天,2天,也有3天的。""有多少车在这里排队?""300~400辆吧。"这么多车和人都要排3天的队,这要多少成本啊?我做了一个大致的测算:一辆车每天的费用少说100元,加上吃喝,大致120元。以300辆计算,一天的排队成本就是36 000元,这对果农来说,可不是一个小数字啊!"果农能受得了吗?"我提出这问题时,猜想副厂长会说:"那也比卖不出去强多了。"可是,副厂长的回答让我大跌眼镜:"这个成本其实是由厂里来付的。""什么,你们会给排队的果农付钱?""不。""你不付钱,当然就是果农自己承担了,怎么是厂里来付钱呢?"副厂长看出我的心思,向我说明这其中的奥秘。

果汁加工讲究生产的连续性,尤其是原料不能断档。由于苹果不像煤或矿石等原料,不能提前大量囤积。因此,要形成一定规模的排队,来保证正常的生产。怎样才能实现这个生产条件呢?答案是价格。厂家通过相对偏高的收购价格,吸引周边的果源向自己集中,从而形成源源不断的供给链,保证生产的连续性。所以,从这个意义上说,排队的成本其实已经包含在收购价里面了。也就是说,没有相对偏高的价格激励,就不会有这么多人忍受排队之苦把苹果送到厂里来。又由于装车后的苹果3天后质量会受到影响,所以厂家要时刻关注排队的情况,并及时地调节收购价,以此来调整队伍的长度。队伍太长就降价,太短就提价,从而保证生产所需的均衡量,并实现成本最小化。

那么,分散在方圆几十公里内的千家万户果农,又是如何接收到这个价格信息呢?副厂长告诉我,在厂家和果农之间,还有一个环节,即"果贩"。他们不仅是信息传递的枢纽,还是苹果运输的主要组织者。在白水的果农与厂家之间存在一支人数不少的果贩队伍,而且形成了若干体系。每个体系都有一个中心,他们通过自己的方式传递信息,指挥着各个分点上的果贩,下达在什么时间、以什么价格、收购多少苹果的指令,然后组织运输力量源源不断地向厂家供货。具体的情况是,果贩掌握了厂家的"收购价",根据距离的远近,写出对果农的果园现场收购价,价差一般在 4 分钱每斤左右。果贩利润等于差价减去运输成本、平均排队成本、损耗等正常开支。据介绍,这一部分开支大约是 2 分钱每斤。这是一种不需要刻意安排的自发秩序。其实,有市场就会自发地出现分工,给交易各方都能带来好处。更重要的是,这些好处最终受惠的也包括消费者。

按照当地不成文的行规,三方之间长期以来形成了一种均衡价格,即果贩的收入在扣除各种费用(主要是运输成本)之后,最后利润必须守住 2 分钱每斤,这是果贩的利润底线。如果低于 2 分钱每斤,果贩就停止收购。当然,果贩的利润也可能大。如果太大,果农就会自己租拖拉机送货,或其他竞争者进入,使价格回落,厂家也会相应调低收购价。在果农、果贩和厂家三方的交易中,2 分钱每斤成为一个重要的均衡点,这个均衡点既影响着果农与果贩之间的均衡价格,也影响着果贩与厂家之间的均衡价格。

(资料来源:郭梓林,《经济学消息报》2002.10.18)

2.4　弹性理论

假如你是一个大型艺术博物馆的馆长。财务经理告诉你,博物馆缺乏资金,并建议你考虑改变门票价格以增加总收益。你将怎么办呢?你是要提高门票价格,还是降低门票价格?

前面我们对需求的讨论,仅仅限于需求量变动的方向,而不是变动的大小。为了衡量需求对其影响因素变动的反应程度,经济学家用了弹性这一概念。在经济学中,弹性是指需求量或供给量对其决定因素中某一种变化的反应程度的衡量,经济变量之间存在着函数关系时,即因变量对自变量变化的反应敏感程度。弹性的大小可用弹性系数来衡量,弹性系数是因变量 Y 变动的比率与自变量 X 变动的比率的比值,用 E 来表示,公式为:

$$E = \frac{因变量变动的百分比}{自变量变动的百分比} = \frac{\Delta Y/X}{\Delta X/X} = \frac{\Delta Y}{\Delta X} \cdot \frac{X}{Y}$$

2.4.1　需求弹性

1. 需求价格弹性

1) 需求价格弹性的定义

需求价格弹性是指需求量变动对价格变动的反应敏感程度,即价格每变动 1% 所引起的需求量变动的百分比。一般用需求价格弹性系数来表示其弹性的大小,以 E_d 来表示:

$$E_d = \frac{需求量变动的百分比}{价格变动的百分比} = -\frac{\Delta Q/Q}{\Delta P/P} = -\frac{\Delta Q}{\Delta P} \cdot \frac{P}{Q}$$

式中：Q——需求量，

　　　ΔQ——需求量的变动量；

　　　P——价格；

　　　ΔP——价格的变动量。

一般而言,由于需求量与价格成反方向变动,所以,E_d为负值。但在实际运用中,为了计算和分析方便,一般取其绝对值。

2)需求价格弹性的类型

不同商品的需求价格弹性也是不同的。根据它们的弹性系数绝对值的大小可分为五类。需求价格弹性的类型,如图2-13所示。

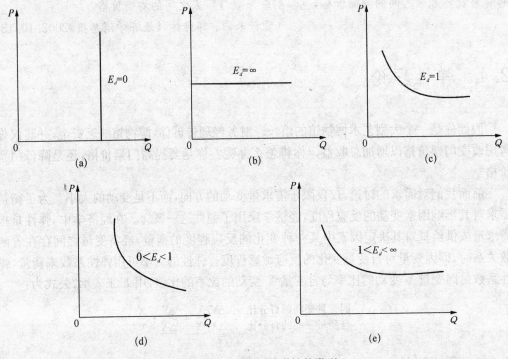

图2-13　需求价格弹性的类型

(1)需求完全无弹性(perfectly inelastic),即$E_d = 0$,如图2-13(a)。在这种情况下,无论价格如何变动,需求量都不会变动。此时的需求曲线是一条与横轴垂直的线。例如,糖尿病人对胰岛素这种药品的需求。

(2)需求完全有弹性(perfectly elastic),即$E_d = \infty$,如图2-13(b)。在这种情况下,当价格为既定时,需求量是无限的。此时的需求曲线是一条与横轴平行的线。例如,银行以某一固定价格收购黄金,无论有多少黄金都可以按这一价格收购,银行对黄金的需求是无限的。

（3）单位需求弹性(unit elastic)，即 $E_d = 1$，如图 2-13(c)。在这种情况下，需求量变动的比率与价格变动的比率相等。这时的需求曲线是一条正双曲线。例如，某人每月总是从工资中取出 50 元买鸡蛋，如果鸡蛋涨价他就少买一些，鸡蛋降价他就多买一些。那么他对鸡蛋的需求曲线就是单元弹性。

以上二种情况都是需求弹性的特例，在现实生活中是很少见的。现实中常见的是以下两种。

（4）需求缺乏弹性(inelastic)，即 $0 < E_d < 1$，如图 2-13(d)。在这种情况下，需求量变动的比率小于价格变动的比率。此时的需求曲线是一条比较陡峭的线。生活必需品，如粮食、蔬菜等属于这种情况。

（5）需求富有弹性(elastic)，即 $1 < E_d < \infty$，如图 2-13(e)。在这种情况下，需求量变动的比率大于价格变动的比率。此时的需求曲线是一条比较平坦的线。奢侈品，如汽车、珠宝、出国旅游等属于这种情况。

不同商品需求价格弹性分类表，如表 2-4 所示。

表 2-4

不同商品需求价格弹性分类表

分 类	含 义	实 例	数 值	图 形
完全无弹性	无论价格如何变化，需求量都不变	胰岛素等	$E_d = 0$	
缺乏弹性	需求量变化幅度小于价格变化的幅度	食物、衣服、农产品、住房、饮料和保险等	$0 < E_d < 1$	
单位弹性	需求量变化幅度等于价格变化的幅度	报纸等	$E_d = 1$	

（续表）

分　类	含　义	实　例	数　值	图　形
富有弹性	需求量变化幅度大于价格变化的幅度	汽车、旅游和专业服务等	$E_d > 1$	
完全有弹性	当价格为既定时，需求量无限	货币等	$E_d \to \infty$	

【案例分析】

七宝古镇的收费教训

　　上海近郊的七宝古镇以物美价廉的各色小吃见长，且交通便利，吸引了大批游客，客流滚滚带来了财源滚滚。但有关方面却动起了圈起古镇卖门票的念头，尽管反对者众多，还是要"试收费半年"，结果实际门票收入与预期相去甚远，游客减少让镇上商户叫苦连天。管理者只好在2005年春节黄金周到来之际，叫停试行了半年的10元门票收费。放弃收费之后的七宝古镇又恢复了收费前的人流如织。这说明七宝古镇门票的需求弹性是很大的。

（资料来源：《新民晚报》2005.2.18）

【理论应用】

航空客运与铁路客运的需求弹性

　　20世纪末21世纪初的几年间，我国的航空客运票价与铁路客运票价成为媒体与老百姓关注的热点之一。过去，各大航空公司根据航空客运市场的情况，实际上都对机票实行不同程度的折价出售。后来，民航总局为了整顿航空客运市场的票价秩序，强制性统一规定机票一律按全价出售，不得折价出售。这样，机票实际上相当于涨价了。于是，人们纷纷改乘火车等其他交通工具，飞机乘客大幅度减少。那时，一架波音777航班上只坐着十几位乘客的现象并不少见。航空公司普遍性亏损。在航空公司的呼吁和现实市场压力下,民航总局后又对机票折价出售采取默许态度,飞机乘客量马上明显反弹,航空公司的销售收入也相应地明显增加。

与航空客运的较大需求弹性相反,我国铁路客运市场的需求弹性很小,尤其是在春运期间。铁道部为了减轻铁路客运压力,提高了春运期间的列车客运票价,实际上为列车客运经营部门增加了可观的收入。许多消费者对于铁道部的提价行为表示不满,有的消费者甚至于对铁道部的提价行为提起了诉讼。

讨论:

1)为什么我国航空客运的需求弹性大而铁路客运的需求弹性小?

2)非春运期间的火车票价适度降低能否增加客运收入?

3)影响需求价格弹性的因素

(1)商品本身的性质用途。一般而言,生活必需品的需求弹性较小,如日常生活中的必需品:粮食、油、食盐、煤气等,消费者不可能因其价格提高就会不买或少买,同样,消费者也不会因为这些商品的价格大幅度降低而大量增加其购买量。而像录像机、摄影机或出国旅游就不是生活必需的,可以随价格或时间因素进行调节、拖延,因此,这类商品的弹性就比较大。

(2)商品可替代程度。对某种商品进行替代的难易程度决定了这种商品价格弹性的大小。一种商品越容易被替代,其需求弹性就越大;反之,则越小。例如,城市出租车有较高的价格弹性。因为当出租车价格上涨时,乘客可能会更多地选择乘坐公交车、地铁、轻轨,甚至自己开车。

(3)商品本身用途的广泛性。一般来讲,用途比较广的商品,当其价格上涨时,消费者就会只买较少的数量用于其最重要的用途上,而当其价格下降时,消费者的购买量就会逐渐增加,将商品越来越多地用于其他用途,因而,其需求价格弹性就大;相反,用途较窄的商品,其需求价格弹性就小。

(4)商品消费支出在消费者预算支出中所占的比重。当一种商品在消费者预算支出中占很小的部分时,消费者并不太注意其价格的变化,如买一包口香糖,你可能不太会注意价格的变动。所以,支出比重越小的商品,其需求价格弹性就越小;反之,需求价格弹性就越大。

(5)商品的耐用程度。一般而言,耐用品的需求价格弹性就大,非耐用品的需求价格弹性就越小。例如,家用汽车和家用空调的弹性往往大于报刊这类印刷品的需求价格弹性。

(6)消费者调整需求量的时间。一般而言,消费者调整需求的时间越短,需求的价格弹性越小;相反,调整时间越长,需求的价格弹性越大。例如,汽油价格上升,短期内不会影响其需求量,但长期人们可能寻找替代品,从而对其需求量产生重大影响。

4) 需求价格弹性系数的计算

需求价格弹性的计算，一般包括点弹性（point elasticity）和弧弹性（arc elasticity）两种。需求点弹性是指某商品需求曲线上某一点的需求价格弹性，它衡量在需求曲线某一点上的需求量极微小的变动率对于价格极微小的变动率的反应程度。

例如，某商品价格从 1 000 元降至 999 元，需求量从 10 000 增加到 10 003，即 $P_1 = 1 000$，$P_2 = 999$，$Q_1 = 10 000$，$Q_2 = 10 003$，则该商品的需求价格弹性为：

$$E_d = -\frac{\Delta Q}{\Delta P} \cdot \frac{P}{Q} = -\frac{10\ 003 - 10\ 000}{999 - 1\ 000} \cdot \frac{1\ 000}{10\ 000} = 0.3$$

如果知道了需求曲线的函数形式，可以用微分法来计算点弹性。公式为：

$$E_d = -\lim_{\Delta P \to 0} \frac{\Delta Q/Q}{\Delta P/P} = -\lim_{\Delta P \to 0} \frac{\Delta Q}{\Delta P} \cdot \frac{P}{Q} = -\frac{dQ}{dP} \cdot \frac{P}{Q}$$

例如，某商品的需求函数为 $Q = 18 - 2P$，求出点弹性的表达式，并计算价格为 3 和 4 时的点弹性。

根据上述公式，可得需求点弹性表达式如下：

$$E_d = -\frac{dQ}{dP} \cdot \frac{P}{Q} = -(-2) \cdot \frac{P}{Q} = 2\frac{P}{Q}$$

当 $P = 3$ 时，$Q = 18 - 2 \times 3 = 12$，$E_d = 2 \times (3/12) = 0.5$
当 $P = 4$ 时，$Q = 18 - 2 \times 4 = 10$，$E_d = 2 \times (4/10) = 0.8$

可以看出，当商品价格从 3 上涨到 4 时与价格从 4 下降到 3 时，需求价格点弹性系数并不相同，为了避免这种情况，价格和需求量可以采用平均值，即用弧弹性计算方式。需求弧弹性是指商品需求曲线上两个价格（数量点）之间所具有的平均弹性。其公式如下：

$$E_d = \frac{需求量变动的百分比}{价格变动的百分比} = -\frac{\Delta Q/Q}{\Delta P/P} = -\frac{\Delta Q}{\Delta P} \cdot \frac{P_1 + P_2}{Q_1 + Q_2}$$

应用此公式，上例商品的需求价格弹性计算如下：
价格从 3 上涨到 4 时，$P_1 = 3$，$P_2 = 4$，$Q_1 = 12$，$Q_2 = 10$，则：

$$E_d = -\frac{\Delta Q}{\Delta P} \cdot \frac{P_1 + P_2}{Q_1 + Q_2} = -\frac{10 - 12}{4 - 3} \cdot \frac{3 + 4}{12 + 10} = 0.64$$

价格从 4 下降到 3 时，$P_1 = 4$，$P_2 = 3$，$Q_1 = 10$，$Q_2 = 12$，则：

$$E_d = -\frac{\Delta Q}{\Delta P} \cdot \frac{P_1 + P_2}{Q_1 + Q_2} = -\frac{12 - 10}{3 - 4} \cdot \frac{4 + 3}{10 + 12} = 0.64$$

应用弧弹性计算公式，消除了价格上升与下降时所计算的弹性系数的差别。

在实际生活中，弧弹性运用得较为广泛，一般所说的弹性系数是指弧弹性的弹性系数。在这里,需要注意的是,需求曲线的斜率不等于弹性系数,即便是同一条需求曲线上的不同两点之间,其弹性系数也是不一样的。

2. 需求收入弹性

1) 需求收入弹性的定义

需求收入弹性是指需求量变动对收入变动的反应敏感程度,即收入每变动的1%所引起的需求量变动的百分比。

一般而言,由于需求量与收入成同方向变动,所以,需求收入弹性系数为正值。

$$E_I = \frac{需求量变动的百分比}{收入变动的百分比} = \frac{\Delta Q/Q}{\Delta I/I} = \frac{\Delta Q}{\Delta I} \cdot \frac{I}{Q}$$

式中:E_I——需求的收入弹性;

  Q——需求量;

  I——收入;

  ΔQ——需求量的变化量;

  ΔI——收入的变化量。

具体计算时,收入弹性也有计算点弹性和弧弹性两种。需求收入点弹性的计算公式为:

$$E_I = \lim_{\Delta I \to 0} \frac{\Delta Q/Q}{\Delta I/I} = \frac{\mathrm{d}Q}{\mathrm{d}I} \cdot \frac{I}{Q}$$

式中:E_I——点收入弹性;

  I——收入;

  Q——需求量;

  ΔQ——需求量的变化量;

  ΔI——收入的变化量。

相应的,需求收入的弧弹性公式为:

$$E_I = \frac{\Delta Q/Q}{\Delta I/I} = \frac{\Delta Q}{\Delta I} \cdot \frac{I_1 + I_2}{Q_1 + Q_2}$$

式中:E_I——弧收入弹性;

  Q_1——对应于收入水平为 I_1 时的需求量;

  Q_2——对应于收入水平为 I_2 时的需求量。

2) 需求收入弹性的分类

需求收入弹性与需求价格弹性一样,同样也有上述五种类型。在这里,主要介绍在实际经济生活中运用的分类。

(1) 如果一商品的 $E_I > 0$,这意味着随着收入增加,对这些商品的需求也上升了。我们把这些商品称为正常商品,如水果、汽油、牛肉等。

(2) 如果一商品的 $E_I < 0$,表明需求量随收入增加而减少,或者说,随着收入的提高,消费者用更好的商品替代了它们,显然这些商品为劣低档品或劣质品,如便宜的衣服、肉食鸡肉、公共交通等等。

(3) 如果一商品的 $E_I > 1$,表明需求量随收入增加而增加,则该商品为奢侈品,如精美食品、大屏彩电等。

(4) 如果一商品的 $0 < E_I < 1$,表明需求量增加的幅度小于收入增加的幅度,则该商品为生活必需品。恩格尔定律所反映的商品就是这类商品。

3. 需求交叉弹性

需求交叉弹性表示在一定时期内,两种相关商品中一种商品价格变动的比率对另一种商品需求量变动比率反应敏感程度。也就是说,如果另一种相关商品的价格变化1%,这种商品的需求量将变化百分之几。

设有两种商品 X 和 Y,则商品 X 的交叉弹性的一般公式为:

$$E_d = \frac{X 商品需求量变动的百分比}{Y 商品价格变动的百分比} = \frac{\Delta Q_X}{\Delta P_Y} \cdot \frac{P_Y}{Q_X}$$

计算时,交叉弹性也分为点弹性和弧弹性两种计算方法。其中,点弹性的计算公式为:

$$E_{XY} = \lim_{\Delta P_Y \to 0} \frac{\Delta Q_X / Q_X}{\Delta P_Y / P_Y} = \frac{\mathrm{d} Q_X}{\mathrm{d} P_Y} \cdot \frac{P_Y}{Q_X}$$

式中:E——X 商品的点交叉弹性;

　　　P_Y——Y 商品的价格;

　　　ΔP_Y——Y 商品价格的变化量;

　　　Q_X——X 商品的需求量;

　　　ΔQ_X——X 商品需求量的变化量。

弧弹性的计算公式为:

$$E_{XY} = \frac{Q_{X2} - Q_{X1}}{P_{Y2} - P_{Y1}} \cdot \frac{P_{Y1} + P_{Y2}}{Q_{X1} + Q_{X2}}$$

式中:E_{XY}——X 商品的弧交叉价格弹性;

　　　Q_{X1}——当 Y 商品价格为 P_{Y1} 时,X 商品的需求量;

　　　Q_{X2}——当 Y 商品价格为 P_{Y2} 时,X 商品的需求量。

不同的交叉弹性的值,具有不同的经济含义。下面我们简单介绍一下:

(1) 如果 $E_{XY} > 0$,说明商品 Y 价格的变动与商品 X 需求量的变动方向一致,则两种商品为替代品,如钢笔与圆珠笔、苹果与梨、米饭与馒头等等。

（2）如果 $E_{XY} < 0$，说明商品 Y 价格的变动与商品 X 需求量的变动方向相反，则两种商品为互补品，如汽车与汽油、羽毛球与球拍、录音机与磁带等等。

（3）如果 $E_{XY} = 0$，说明商品 Y 价格的变动与商品 X 需求量的变动没有影响，从而表明两种商品为互相独立、互不相干。

【案例分析】

美国司法部与杜邦公司的官司

1947 年，美国司法部指控杜邦公司生产的玻璃纸是垄断商品。但杜邦公司辩称：塑胶纸、蜡纸、锡箔纸等都可以代替玻璃纸用作包装材料，玻璃纸具有很高的需求交叉弹性，不是垄断商品。这个案件缠讼多年。1953 年，联邦法院只好接受杜邦公司的观点，无法根据反托拉斯法制裁杜邦公司。

（资料来源：黎诣远，《微观经济分析》，清华大学出版社，1987 年）

2.4.2 供给弹性

在西方经济学中，供给弹性包括供给价格弹性、供给交叉弹性和供给预期价格弹性等。在此仅考察供给的价格弹性，它通常被简称为供给弹性。

1. 供给价格弹性

供给价格弹性是指商品价格变动的比率所引起的供给量变动的比率，它反映了供给量变动对价格变动反应的敏感程度。不同商品供给量变动对价格变动反应的敏感程度不同，一般用供给弹性系数来表示弹性的大小。公式如下：

$$Es = \frac{供给量变动的百分比}{价格变动的百分比} = \frac{\Delta Q/Q}{\Delta P/P} = \frac{\Delta Q}{\Delta P} \cdot \frac{P}{Q}$$

式中：Es——供给弹性系数；

Q——供给量；

ΔQ——供给量的变动量；

P——价格；

ΔP——价格的变动量。

2. 供给价格弹性的分类

供给曲线根据 Es 值也分为五个类型：

（1）供给完全无弹性 $Es = 0$，即价格无论怎样变动，供给量都不会变动，所以，其供给曲线为一条垂直直线。例如，土地和一些文物古董品就具有这种属性。

（2）供给无限弹性，即价格既定时，供给量无限增长。所以，其供给曲线为一条平行于横轴的直线。

（3）单位弹性 $Es = 1$，在这种情况下，供给量变动的百分比与价格的变动百分比是相等的，所以，其供给曲线是一条向右上方倾斜的 $45°$直线。

（4）供给缺乏弹性 $0 < Es < 1$，在这种情况下，供给量变动的百分比小于价格的变动的百分比，所以，其供给曲线是一条比较陡直的曲线。

（5）供给富有弹性 $Es > 1$，在这种情况下，供给量变动的百分比大于价格的变动的百分比，所以，其供给曲线是一条比较平缓的曲线。

3. 影响供给价格弹性的因素

（1）生产技术类型。生产技术类型主要可以分为资本密集型和劳动密集型两类。一般而言，生产技术越复杂、越先进，固定资本越多，生产周期就相对越长，增加供给并非易事，所以供给弹性越小。而劳动密集型产品主要受劳动力投入多少的限制，增加产品供给就较为容易。

（2）生产能力的利用程度。对拥有相同技术的生产者而言，拥有多余生产能力的生产者的供给会更富有弹性，因为它在价格变动时，特别是价格升高时，更容易调整产量。

（3）生产成本的因素。一般说来，成本上升比产量增长得快，供给弹性就越小；反之，就越大。这是由生产的目的性决定的。

（4）生产者调整供给量的时间（生产时间）。当商品的价格发生变化，生产者对供给量进行调整需要一定时间，时间越短，生产者越来不及调整供给量。例如，在 1 个月内，考察西瓜的供给，它可能缺乏弹性，但如果跨年度考察西瓜供给量的变化，则其供给弹性可能很大。

2.4.3 弹性理论的应用

1. 总收益

总收益又称总收入，是指厂商出售一定量商品所得到的全部收入，也就是销售量与价格的乘积。应该注意，在这里总收益不是指利润，而是指成本与利润之和。总收益的计算公式为：

$$TR = P \times Q$$

式中：TR——总收益；

　　　　Q——销售量；

　　　　P——价格。

我们假设需求量也就是销售量，不同商品的需求弹性不同，价格变动引起的销售量（需求量）的变动不同，从而，总收益的变动也就不同。下面我们主要分析需求富有弹性的商品与需求缺乏弹性的商品需求价格弹性与总收益之间的关系。

2. 需求富有弹性的商品需求价格弹性与总收益之间的关系

如果某商品是富有弹性的,该商品的价格下降导致需求量(销售量)增加的幅度大于价格下降的幅度,总收益会增加。该商品的价格上升时,需求量(销售量)减少的幅度大于价格上升的幅度,从而总收益减少。

例:设电视机的 $|E_d| = 2$,原来的价格 500 元,此时,销售量 $Q_1 = 100$ 台。$TR_1 = P_1Q_1 = 500 \times 100 = 50\,000$(元)。

(1) 现价格下降 10%,即 $P_2 = 450$ 元,销售者的总收益将会发生什么样的变化?

因为 $|E_d| = 2$,所以销售量增加 20%。

即 $Q_2 = 120$ 台,此时

$$TR_2 = P_2Q_2 = 450 \times 120 = 54\,000(元)$$

$$TR_2 - TR_1 = 54\,000 - 50\,000 = 4\,000(元)$$

(2) 现假设该种电视机的价格上升 10%,即 $P_2 = 550$ 元时,销售者的总收益又将发生什么样的变化?

因为 $E_d = 2$,当价格上升 10%,即价格上升到 550 元时,销售量将减少 20%,即 $Q_2 = 80$ 台,此时总收益 TR_2 为:

$$TR_2 = P_2Q_2 = 550 \times 80 = 44\,000(元)$$

$$TR_2 - TR_1 = 44\,000 - 50\,000 = -6\,000(元)$$

结论:如果某商品是富有弹性的,则价格与总收益呈反方向变动,即价格上升,总收益减少;价格下降,总收益增加。需求富有弹性的商品需求价格弹性与总收益之间的关系,如图 2-14 所示。

3. 需求缺乏弹性的商品需求价格弹性与总收益之间的关系

如果某商品是缺乏弹性的,当该商品的价格下降时,需求量(销售量)增加幅度小于价格下降的幅度,从而总收益会减少。该商品价格上升时,需求量(销售量)

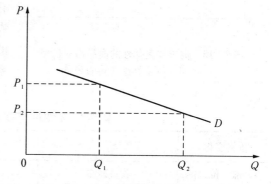

图 2-14　需求富有弹性的商品需求价格弹性与总收益之间的关系

减少幅度小于价格上升的幅度,从而总收益会增加。

例:假定面粉的需求是缺乏弹性的,$|E_d| = 0.5$,原来的价格 $P_1 = 0.2$ 元,此时,销售量 $Q_1 = 100$ 千克,$TR = P_1Q_1 = 0.2 \times 100 = 20$(元)。

(1) 现价格上升 10%,即 $P_2 = 0.22$ 元,销售者的总收益将会发生什么样的变化?

因为 $|E_d| = 0.5$，故销售量减少 5%，$Q_2 = 95$ 千克，此时

$$TR_2 = P_2 Q_2 = 20.90(元)$$

$$TR_2 - TR_1 = 20.90 - 20 = 0.90(元)$$

此时，面粉总收益增加。

（2）若价格下降 10%，即 $P_2 = 1.80$ 元时，销售者的总收益将会发生什么样的变化？

因为 $E_d = 0.5$，当价格下降 10% 时，需求量增加 5%，即

$$Q_2 = Q_1 \times (1 + 5\%) = 105(千克)$$

又因为：$TR_1 = P_1 \times Q_1 = 2 \times 100 = 200(元)$

$$TR_2 = P_2 \times Q_2 = 1.80 \times 105 = 189(元)$$

$$TR_2 - TR_1 = 189 - 200 = -11(元)$$

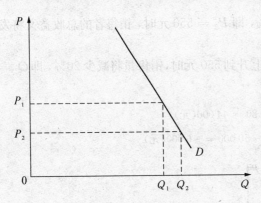

图 2-15　需求缺乏弹性的商品需求价格
弹性与总收益之间的关系

结论：如果某商品的需求是缺乏弹性的，则价格与总收益呈正方向变化，即价格上升，总收益增加；价格下降，总收益减少。需求缺乏弹性的商品需求价格弹性与总收益之间的关系，如图 2-15 所示。

"薄利多销"这一营销策略并不是在所有情况下都适用的，只有在价格弹性是富有弹性时，薄利才能多销。相反，"谷贱伤农"就是在粮食价格缺乏弹性下的最明确的表现。需求价格弹性与销售收入的关系，如表 2-5 所示。

表 2-5

需求价格弹性与销售收入的关系

价格变化	$1 < E_d < \infty$	$E_d = 1$	$0 < E_d < 1$
涨　价	收益减少	收益不变	收益增加
降　价	收益增加	收益不变	收益减少

【案例分析】

谷贱伤农

"谷贱伤农"是经济学的一个经典问题。农民粮食收割后到底能卖多少钱，取决于两

个因素,即产量和粮价,是两者的乘积。但这两个变量并不是独立的,而是相互关联的,其关联性由一条向下倾斜的对粮食的需求线来决定。也就是说,价格越低,需求量越大;价格越高,需求量越小。另外还要注意的是,粮食需求线缺少弹性,也就是说,需求量对价格的变化不是很敏感。当粮价下跌时,对粮食的需求量会增加,但增加的不是很多。其基本的道理在于,粮食是一种必需品,对粮食的需求最主要的是由对粮食的生理需求所决定的。此外,当今对大部分人来说,粮食方面的花费在全部花费中所占比例已很小了,并且还会越来越小,这也导致人们对粮价的变化反应不敏感。

认识到粮食市场的这一特性后,就不难理解下面的现象:当粮食大幅增产后,农民为了卖掉手中的粮食,只能竞相降价。但是,由于粮食需求缺少弹性,只有在农民大幅降低粮价后才能将手中的粮食卖出,这就意味着,在粮食丰收时往往粮价要大幅下跌。如果出现粮价下跌的百分比超过粮食增产的百分比,就会出现增产不增收甚至减收的状况,这就是"谷贱伤农"。

由于粮食是最基本的生活资料,绝大多数国家重视本国粮食生产,尤其是具有一定人口规模的国家,采取了各种为保证粮食安全、保护农民利益的干预粮食市场的支农政策。美国就是这样,但总的说来,效果并不理想。一是费用很高,要维持粮价,政府就要按保护价收购在市场上卖不掉的粮食,为此,纳税人要支付相当大的粮食库存费用。二是由于对农民的补贴是按产量来进行的,结果大农场主得到的补贴最多,但他们并不是农村中的穷人,而真正需要补贴的小农场主因产量低反而得到的补贴少。最严重的是,这项政策减缓了农业生产的调整,使得投入到农业的劳动力和其他生产要素没有及时按价格信号转移到其他部门。

现在,我们要关注 2005 年及以后的几年会不会出现"谷贱伤农"的问题。这两年有几项重要的支农政策值得关注:最严格的农地保护政策、种粮直补和取消农业税。这些政策有一个共同点值得关注,就是增加了农业对农民的吸引力,鼓励农民继续当农民,甚至可以把已经脱离农村的农民工又吸引到农村。这样,农业劳动力的投入增加了,种粮面积也会增加,甚至一些林地也可能被用来种粮。如果 2005 年没有大的自然灾害,2005 年粮食应可继续 2004 年的趋势进一步增加,甚至可能是大幅增加。如果对粮食需求没有大的变化,粮价就可能下跌。为此,政府应未雨绸缪。既要让粮食价格比较合理,又要尽可能避免为维持粮价而大量收购导致巨大的库存费用。为此,增加对粮食需求是最值得考虑的问题。在这方面,美国的经验之一是把食品代购券直接发给穷人来增加其食品的消费,从而增加对粮食的需求。作为我国粮食主产区的河南,可进一步发展用粮食做原料的乙醇汽油项目,采取种种可行措施加大对粮食的需求。

概括地说,农产品的需求曲线低是缺乏弹性的。农产品的丰收使供给曲线向右下方移动,在缺乏弹性的需求曲线的作用下,农产品的均衡价格曲线向下移动。由于农产品的均衡价格的下降幅度大于农产品的均衡数量的增加幅度,最后致使农民的总收入减少。

成语解释：

词目　谷贱伤农

释义　谷：粮食。指粮价过低,使农民受到损害。

出处　《汉书·食货志上》:"籴甚贵,伤民;甚贱,伤农。民伤则离散,农伤则国贫。"

思考与练习

1. 选择题

1) 汽车价格上升,将直接导致(　　　)。

A. 汽车的需求量增加　　　　　　　　B. 汽车的需求量减少

C. 汽车的需求增加　　　　　　　　　D. 汽车的需求减少

2) 在某一时期内彩色电视机的需求曲线向左平移的原因可以是(　　　)。

A. 彩色电视机的价格上升　　　　　　B. 消费者对彩色电视机的预期价格下降

C. 消费者的收入水平提高　　　　　　D. 黑白电视机的价格上升

3) 需求量和价格之所以呈反方向变化,是因为(　　　)。

A. 替代效应的作用　　　　　　　　　B. 收入效应的作用

C. 上述两种效应同时作用　　　　　　D. 以上都不正确

4) 彩电行业工人工资提高将使(　　　)。

A. 彩电供给曲线左移并使彩电价格上升

B. 彩电供给曲线右移并使彩电价格下降

C. 彩电需求曲线左移并使彩电价格下降

D. 彩电需求曲线右移并使彩电价格上升

5) 某农户今年扩大播种面积并取得丰收,则可预期他的收入将(　　　)。

A. 增加　　　　　B. 减少　　　　　C. 不变　　　　　D. 不确定

6) 在需求水平和供给水平同时下降的情况下(　　　)。

A. 均衡价格和均衡交易量都将下降

B. 均衡价格将下降,均衡交易量的变化无法确定

C. 均衡价格的变化无法确定,均衡交易量将减少

D. 均衡价格将上升,均衡交易量将下降

7) 如果价格下降10%引起销售量增加5%,那么,需求曲线在这一区域内的需求价格弹性为(　　　)。

A. 富有弹性　　　　　　　　　　　　B. 具有单位弹性

C. 缺乏弹性,但不是完全无弹性　　　　D. 完全无弹性

8) 如果一个企业降低其产品价格后,发现收入增加,这意味着(　　　)。

A. 商品需求缺乏价格弹性 B. 商品需求富于价格弹性

C. 商品需求具有单位价格弹性 D. 商品需求曲线向下倾斜

9) 某类电影票现行平均售价为 4 元,对该类电影需求的价格弹性为 1.5,经常出现许多观众买不到票的现象,这些观众大约占可买到票的观众的 15%,采取( )的方法,可以使所有想看电影而又买得起票的观众都能买到票。

Λ. 电影票降价 10% B. 电影票降价 15%

C. 电影票提价 10% D. 电影票提价 15%

10) 两种商品中,若当其中一种的价格变化时,这两种商品的购买量同时增加或减少,则两者的交叉需求价格弹性系数为( )。

A. 负 B. 正 C. 0 D. 1

11) 某种商品价格下降,对其互补品最直接的影响是( )。

A. 互补品的需求曲线向右移动 B. 互补品的需求曲线向左移动

C. 互补品的供给曲线向右移动 D. 互补品价格上升

12) 在下列情况中,使总收益增加的是( )。

A. 价格上升,需求缺乏弹性 B. 价格下降,需求缺乏弹性

C. 价格上升,需求富有弹性 D. 价格下降,需求具有单位价格弹性

13) 政府规定最低价格,会使( )。

A. 过分旺盛的需求得到遏制 B. 供给不足现象消失

C. 供过于求的现象加剧 D. 供不应求的现象加剧

14) 假定政府对每出售的 1 瓶威士忌额外征收 1 元的税,由此引发每瓶威士忌的市场价格从 12 元上升到 12.63 元。根据这一信息,我们可以说( )。

A. 供给曲线相对需求曲线更缺乏弹性 B. 需求曲线相对供给曲线更缺乏弹性

C. 供给和需求的价格弹性相等 D. 卖者承担了全部税收负担

2. 判断题

1) 商品价格的下降导致需求曲线的位置发生移动,使该商品的需求量上升。( )

2) 照相机与胶卷是互补品。如果照相机降价,胶卷的需求就会增加。( )

3) 猪排与牛排是替代品。如果猪排降价,对牛排的需求就会增加。( )

4) 市场上某种商品存在超额需求,这是因为该商品价格超过了均衡价格。( )

5) 统计显示,人造黄油的消费随着收入增加而减少,这表明该商品为低档商品。

( )

3. 计算题

已知某一时期内某商品的需求函数为 $Q_x^d = 50 - 5P$,供给函数为 $Q_x^s = -10 + 5P$。

(1) 求均衡价格和均衡产量,并画出几何图形。

(2) 假定供给函数不变,由于收入水平提高,需求函数变为 $Q_s^d = 60 - 5P$。求出相应的

均衡价格和均衡产量,并画出几何图形。

(3) 假定需求函数不变,由于生产的技术水平提高,使供给函数变为 $Q_x^s = -5 + 5P$。求出相应的均衡价格和均衡产量,并画出几何图形。

4. 分析题

1) 发生下列几种情况时,苹果市场的需求曲线是否会发生移动? 如果会,将如何移动? 并说明原因。

(1) 卫生组织发布一份报告,称市场上销售的苹果农药含量过高。

(2) 消费者的收入增加了。

(3) 市场上的梨和香蕉的价格下跌了。

(4) 种植苹果的工人工资提高了。

2) 下列事件对商品 A 的供给有何影响? 为什么?

(1) 生产 A 商品的技术有重大突破。

(2) 生产 A 商品的企业数目增加了。

(3) 生产 A 商品的工人工资和原料价格上涨了。

(4) 消费者预期 A 商品的价格下跌。

(5) 新一代产品将逐步替代 A 商品。

5. 简答题

1) 请解释需求量变动和需求变动之间的区别。

2) 影响需求的因素有哪些?

3) 什么是供求规律?

4) 如果两种商品的交叉价格弹性系数是正值,它们是什么关系? 请举例说明。

5) 通常公共汽车、自来水公司都会一再要求涨价,请用弹性理论解释这种现象。

6. 技能题

结合实例解释"薄利多销"和"谷贱伤农"现象。

3 消费者行为理论

【学习目标】

学习本章,掌握边际效用分析法和无差异曲线分析法;熟悉消费者剩余的含义;注重边际效用递减规律的应用;了解消费者均衡的内容。

【案例导入】

"幸福方程式"与"阿Q精神"

我们消费的目的是为了获得幸福。对于什么是幸福,美国的经济学家萨缪尔森用"幸福方程式"来概括。这个"幸福方程式"就是:幸福＝效用/欲望,从这个方程式中,我们看到欲望与幸福成反比,也就是说人的欲望越大越不幸福。但我们知道人的欲望是无限的,那么多大的效用不也等于零吗? 因此,我们在分析消费者行为理论的时候,假定人的欲望是一定的。那么,我们在离开分析效用理论时,再来思考萨缪尔森提出的"幸福方程式",真是觉得他对幸福与欲望关系的阐述太精辟了,难怪他是诺贝尔奖的获得者。

在社会生活中,对于幸福,不同的人有不同的理解,政治家把实现自己的理想和抱负作为最大的幸福;企业家把赚到更多的钱当做最大的幸福;我们教书匠把学生喜欢听自己的课作为最大的幸福;老百姓往往觉得平平淡淡衣食无忧是最大的幸福。幸福是一种感觉,自己认为幸福就是幸福。但无论是什么人,一般都会把拥有财富的多少看做是衡量幸福的标准,一个人的欲望水平与实际水平之间的差距越大,他就越痛苦;反之,就越幸福。从"幸福方程式"使我想起了"阿Q精神"。

鲁迅笔下的阿Q形象,是用来揭示中国老百姓的那种逆来顺受的劣根性。而我要说的是,人生如果一点阿Q精神都没有,就会感到不幸福,因此此"阿Q精神"在一定条件下也是人生获取幸福的手段。市场经济发展到今天,贫富差距越来越大,如果穷人欲望过高,那只会给自己增加痛苦。倒不如用"知足常乐",用

"阿Q精神"来降低自己的欲望,使自己虽穷却也活得幸福自在。富人比穷人更看重财富,他会追求更富,如果得不到他也会感到不幸福。

"知足常乐"、"适可而止"、"随遇而安"、"退一步海阔天空",这些说法有着深刻的经济含义,我们要为自己最大化的幸福做出理性的选择。

（资料来源：梁小民：《微观经济学纵横谈》）

一般来说,需求产生于消费,而供给决定于生产。因此,要说明需求和供给的决定就应该联系生产和消费。本章就是要分析作为需求主体的消费者的行为方式及其规律性。

3.1　欲望与效用

消费者(consumer)又称居民户,是指具有独立经济收入来源,能做出统一的消费决策的单位。消费者可以是个人,也可以是由若干人组成的家庭。消费者的最终目的不仅要从物品和劳务的购买和消费中获得一定的满足,而且要在既定收入的条件下获得最大的满足。

3.1.1　欲望和效用

1. 欲望

欲望(wants)又称需要(needs),是指想要得到而又没有得到某种东西的一种心理状态。即不足之感与求足之愿的心理统一。

人的欲望是多种多样的,一种欲望被满足之后,另一种新的欲望便随之产生,因此,从这种意义上说,人的欲望是无限的,但又有轻重缓急和层次不同之分。马斯洛把人的需要分为五个层次:生理需要、安全需要、社交需要、尊重需要和自我实现需要。马斯洛认为,人的需要按照以上五个层次由低级向高级逐层发展,当低层次的需要获得满足后,人们就开始追求更高一层的需要。驱使人们不断追求更高层次需要的动力就是人们无限的欲望。

2. 效用

效用(utility)就是消费者通过消费某种物品或劳务所能获得的满足程度。消费者消费某种物品能满足欲望的程度高就是效用大;反之,就是效用小。如果消费某种物品不仅得不到满足感,反而感到痛苦,就是负效用。因此,这里所说的效用不同于使用价值,它不仅在于物品本身具有的满足人们欲望的客观物质属性(如面包可以充饥,衣服可以御寒),而且它还依存于消费者的主观感受。

由于效用是一种纯粹的主观感受,无法用统一的客观标准去衡量,因此,某种物品效用的大小就会因人、因时、因地而异。例如,香烟对吸烟者来说具有很大的效用,而对那些根本不抽烟的人来说就没有效用,甚至是负效用;羽绒服在热带地区对人没有什么效用,但对于南极探险的人却有很大的效用;电扇在冬季没有什么效用,但在夏季它的效用却很大。

另外,效用本身并不包括有关是非的价值判断。也就是说,一种商品和服务的效用大小,仅仅看它能满足人们的多少欲望或需要,而不考虑这一欲望或需求的好坏。例如吸毒,从伦理学上看,毒品满足了人的某种不正当的欲望,而且损害人的身体健康,但对于一个吸毒者来说,毒品有很大的效用。

3.1.2 基数效用论与序数效用论

用效用观点分析消费者行为的方法称为效用分析。效用分析又分为基数效用分析与序数效用分析。

1. 基数效用论

基数效用论的基本观点是效用的大小是可以测量的,它可以像计量货币和物品一样,用统一计数单位和基数(1,2,3,…)来表示并可加总计量。例如,消费者消费 1 块面包的效用为 5 单位,1 杯牛奶的效用为 7 单位,这样,消费者消费这两种物品所得到的总效用就是 12 单位。根据此理论,可以用具体数字来研究消费者效用最大化问题。基数效用论采用边际效用分析法。

2. 序数效用论

序数效用论的基本观点是效用仅是次序概念,而不是数量概念。在分析商品效用时,无需确定其具体数字或商品效用是多少,只需用序数(第一,第二,第三,……)来说明各种商品效用谁大谁小或相等,并由此作为消费者选择商品的根据。例如,消费者认为消费牛奶的效用大于消费面包的效用,那么牛奶的效用是第一,面包的效用是第二。序数效用论可通过无差异曲线进行分析比较。

由此可见,两种效用分析尽管分析的方法不同,但其分析的目的、分析对象和分析的结论却是一致的。两者在分析方法上的最主要区别是:基数效用分析采用了效用可计量的假定,而序数效用分析采用了效用大小不可计量,只能分为高低、排顺序的假定,序数效用避免了使用基数效用所存在的计算上的困难。

3.2 基数效用论

3.2.1 总效用与边际效用

1. 总效用

总效用(total utility,简写为 TU),是指消费者消费商品或服务所获得的总满足程度。根据上述效用的理解,总效用是所有各单位的效用加总,TU_n 表示消费者所消费的 n 单位某种商品的总效用,以 U_1,U_2,…,U_n 分别表示第一至第 n 单位某种商品的效用,则总效用可用下式求得：

$$TUn = U_1 + U_2 + \cdots + Un$$

2. 边际效用

边际效用(marginal utility,简写为 MU),是指在一定时间内消费者每增(减)1 个单位物品的消费量所引起的总效用的增(减)量。即每增加 1 个单位物品消费所增加的效用。例如,一个人吃香蕉,从第 1 个吃到第 7 个,每一个带给他的满足程度是不一样的,最后一个香蕉所带来的效用即为边际效用。其数学表达式为：

$$MU = \frac{\Delta TU}{\Delta X}$$

或者

$$MU_X = \frac{dTU}{dX}$$

式中：MU——边际效用；

　　　　ΔTU——总效用的增加量；

　　　　ΔX——X 商品的增加量。

例：已知某一消费者对 X 商品的总效用函数是：$TU_X = 64X - 2X^2$,求其边际效用函数。

解：

$$MU_X = \frac{d(TU_X)}{dX} = 64 - 2X$$

通过对总效用函数求导,即可得到边际效用函数。

消费某种商品总效用和边际效用数量表,如表 3-1 所示。

表 3-1

消费某种商品总效用和边际效用数量表

消费量(Q_X)	总效用(TU)	边际效用(MU)
0	0	
1	10	10
2	18	8
3	24	6
4	28	4
5	30	2
6	30	0
7	28	−2

表 3-1 表示,消费者随着所消费的商品数量的增加,在一定范围内所获得的总效用也会增加。他消费 1 个单位商品所获得的效用为 10,消费 2 个单位所获得的总效用为 18,消费 3 个单位所获得的总效用为 24,消费 4 个单位所获得的总效用为 28,消费 5 个单位所获得的总效用为 30,消费 6 个单位所获得的总效用没有增加仍为 30,消费 7 个单位所获得的总效用为 28……该表还表示,当他的消费量由 1 个增加到 2 个时,他从增加的这个商品所获得的效用(即边际效用)是 8;消费量从 2 个增加到 3 个时,他从这个商品中得到的边际效用(即第 3 个单位所增加的效用)是 6;消费量从 3 个增加到 4 个时,他从这个商品中得到的边际效用(即第 4 个单位所增加的效用)是 4;消费量从 4 个增加到 5 个时,他从这个商品中得到的边际效用(即第 5 个单位所增加的效用)是 2;消费量从 5 个增加到 6 个时,他获得的总效用并无变化,这表示从这个商品中得到的边际效用是 0;消费量从 6 个增加到 7 个时,第 7 个单位的消费不但不能增加总效用,反而使总效用减少了 2 个单位,他从这个商品中得到的边际效用为 -2。

总效用与边际效用关系示意图和总效用与边际效用,分别如图 3-1 和图 3-2 所示。

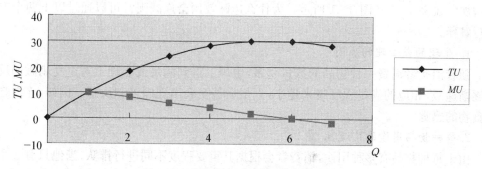

图 3-1 总效用与边际效用关系示意图

根据表 3-1 可以做出表示总效用和边际效用曲线图 3-1。图 3-1 中,横轴代表物品消费量,纵轴代表总效用和边际效用。图中的 TU 为总效用曲线,MU 为边际效用曲线。由表 3-1 及图 3-1、图 3-2 都可以看出:总效用曲线的变动趋势是先递增后递减;边际效用曲线的变动趋势是递减的。两者的关系为:

(1) MU 为正值时,TU 线呈上升趋势;即当 MU > 0 时,TU 上升。

(2) MU 为 0 时,TU 线达到最高点;当 MU = 0 时,TU 达到最大。

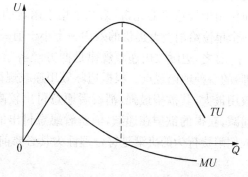

图 3-2 总效用与边际效用

（3）MU 为负值时，TU 线呈下降趋势；当 $MU < 0$ 时，TU 下降。

例：接上一例题，求总效用最大时 X 商品的消费量。

解：∵ 当 $MU = 0$ 时，TU 达到最大值。

$$\therefore 令 MU_X = \frac{\mathrm{d}(TU_X)}{\mathrm{d}X} = 0，即 64 - 2X = 0，解得 X = 32。$$

即当 $X = 32$ 时，总效用最大。

3.2.2　边际效用递减规律

从表 3-1、图 3-1 和图 3-2 中可以看到这样一种情况：随着消费者消费某物品数量的增加，他从该物品连续增加的消费单位中所达到的边际效用是递减的，即边际效用随着消费数量的增加而逐渐递减。这种现象被称为边际效用递减规律（law of diminishing marginal utility）。

一般来说，消费者所消费的 X 商品的数量增加时，在一定范围内所获得的总效用也会增加。如表 3-1 和图 3-1 所示。为什么边际效用会递减呢？可以通过以下两个方面进行解释。

1. 生理的或心理的原因

随着消费者消费一种物品的数量越多，生理上得到满足或心理上对重复刺激的反应会逐渐递减，相应的满足程度越来越小，到最后甚至会出现痛苦和反感。例如，连续吃一种食物的感觉。

2. 每种物品用途的广泛性

由于每种物品有多种用途，消费者会根据其重要程度不同进行排队，当他只有一个单位的物品时，作为理性的人一定会将该物品用于满足最重要的需要，而不会用于次要的用途上，当他可以支配使用的物品共有 2 个单位时，其中之一会用在次要的用途上；有 3 个单位时，将以其中之一用在第三级用途上，如此等等。例如，消费者有 3 个面包，他会把第一个面包用于最重要的充饥，第二个用于赠送朋友，第三个用于施舍。所以，某种消费品最后一个单位给消费者提供的效用一定小于前一单位提供的效用，也就是边际效用递减现象。

总之，边际效用递减规律是西方经济学在研究消费者行为时用来解释需求规律（定理）的一种理论观点。根据边际效用递减规律，消费者在对某商品的最初消费中所获得的效用最大，其欲望最强，消费者愿意付出较高的价格。随着消费数量的递增，边际效用在递减，获得的欲望在递减，消费者愿意付出的价格越来越低。当然，它的有效性要以假定人们消费行为的决策是符合理性为其必要前提的。

【思考练习】

如果你有一辆需要 4 个轮子开动的车子已经有了 3 个轮子，那么当你有第四个轮子的时候,这第四个轮子的边际效用似乎超过第三个轮子的边际效用,这是不是违反了边际效用递减律?

【理论应用】

吃3个面包的感觉

美国总统罗斯福连任3届后,曾有记者问他有何感想,总统一言不发,只是拿出1块三明治面包让记者吃,这位记者不明白总统的用意,又不便问,只好吃了。接着总统拿出第二块,记者还是勉强吃了。紧接着总统拿出第三块,记者为了不撑破肚皮,赶紧婉言谢绝。这时罗斯福总统微微一笑:"现在你知道我连任三届总统的滋味了吧。"这个故事揭示了经济学中的一个重要的原理:边际效用递减规律。

总效用是消费一定量某物品与劳务所带来的满足程度。边际效用是某种物品的消费量增加一单位所增加的满足程度。我们就从罗斯福总统让记者吃面包说起。假定,记者消费1个面包时的总效用是10效用单位,2个面包时总效用为18个效用单位,如果记者再吃1个面包总效用还为18个效用单位。就是说,记者消费1个面包的边际效用是10效用单位,2个面包时边际效用为8个效用单位,如果记者再吃1个面包边际用为0个效用单位。这几个数字说明记者随着消费面包数量的增加,边际效用是递减的。为什么记者不再吃第三个面包,是因为再吃不会增加效用。还比如,水是非常宝贵的,没有水,人们就会死亡,但是你连续喝超过了你能饮用的数量时,那么多余的水就没有什么用途了,再喝边际价值几乎为0,或是在0以下。现在我们的生活富裕了,我们都有体验"天天吃着山珍海味也吃不出当年饺子的香味"。这就是边际效用递减规律。设想如果不是递减而是递增会是什么结果,吃10 000个面包也不饱。吸毒就接近效用递增,毒吸得越多越上瘾。吸毒的人觉得,吸毒与其他消费相比,毒品给他的享受超过了其他的各种享受。所以,吸毒的人会卖掉家产,抛妻弃子,宁可食不充饥,衣不遮体,毒却不可不吸。所以说,幸亏我们生活在效用递减的世界里,在购买消费达到一定数量后因效用递减就会停止下来。

消费者购买物品是为了效用最大化,而且,物品的效用越大,消费者愿意支付的价格越高。根据效用理论,企业在决定生产什么时,首先要考虑商品能给消费者带来多大效用。

企业要使自己生产出的产品能卖出去,而且能卖高价,就要分析消费者的心理,能满足消费者的偏好。一个企业要成功,不仅要了解当前的消费时尚,还要善于发现未来的消费时尚。这样才能从消费时尚中了解到消费者的偏好及变动,并及时开发出能满足这种偏好的产品。同时,消费时尚也受广告的影响。一个成功的广告会引导着一种新的消费时尚,左右消费者的偏好。所以说,企业行为从广告开始。

消费者连续消费一种产品的边际效用是递减的。如果企业连续只生产一种产品,它带给消费者的边际效用就在递减,消费者愿意支付的价格就低了。因此,企业要不断创造出多样化的产品,即使是同类产品,只要不相同,就不会引起边际效用递减。例如,同类服装做成不同式样,就成为不同产品,就不会引起边际效用递减。如果是完全相同的,则会引起边际效用递减,消费者不会多购买。

边际效用递减原理告诉我们,企业要进行创新,生产不同的产品满足消费者需求,减少和阻碍边际效用递减。

(资料来源：online. njtvu. com)

3.2.3 消费者均衡

以上我们介绍了总效用、边际效用及其变动趋势,现在我们来着手分析消费者行为准则——效用最大化的实现条件问题。在一定条件下,消费者手中的货币量是一定的,消费者用这一定的货币来购买各种商品可以有多种多样的安排。一个理性的消费者总是在选择和购买商品时获得最大的效用。

1. 消费者均衡的含义

消费者均衡(consumer's equilibrium)是指消费者在既定收入的条件下,如何实现效用最大化。也就是当消费者所要购买的商品提供的总效用达到最大化时,就不再改变他的购买方式,这时消费者的需求行为达到均衡状态。

2. 消费者均衡的条件

消费者均衡所研究的是在消费者收入和商品价格既定的情况下,消费者所消费的各种物品的边际效用与其价格之比相等,即每一单位货币所得到的边际效用都相等。

假定消费者用一定的收入 I 购买 X、Y 两种物品,两种物品的价格分别为 P_X 和 P_Y,购买数量分别为 X 和 Y,两种物品所带来的边际效用分别为 MU_X 和 MU_Y,每一单位货币的边际效用为 MU_I。那么,消费者效用最大化的均衡条件可以表示为:

$$I = P_X \cdot X + P_Y \cdot Y \tag{1}$$

$$\frac{MU_X}{P_X} = \frac{MU_Y}{P_Y} \tag{2}$$

(1)式表示消费预算限制的条件。如果消费者的支出超过收入,消费者购买是不现实的;如果支出小于收入,就无法实现在既定收入条件下的效用最大化。(2)式表示消费者均衡的实现条件。每单位货币无论是购买 X 物品或 Y 物品,所得到的边际效用都相等。

为什么只有当 X 和 Y 商品单位货币的边际效用相等时,才实现了效用最大化的目标呢？我们来进行如下分析：消费者之所以按照这一原则来购买商品并实现效用最大化，是因为在既定收入的条件下，多购买 X 物品就要减少 Y 物品的购买。如果 $\dfrac{MU_X}{P_X} >$ $\dfrac{MU_Y}{P_Y}$，这意味着最后一单位货币购买 X 商品所得到的边际效用大于用于购买 Y 商品所得到的边际效用。其结果是人们为了得到更多的效用，将增加对 X 商品的购买，减少对 Y 商品的购买。这样，由于边际效用递减规律，随着 X 商品购买的增加、Y 商品购买的减少，单位货币购买 X 商品的边际效用下降，单位货币购买 Y 商品的边际效用上升，这样的调整一直到 $\dfrac{MU_X}{P_X} = \dfrac{MU_Y}{P_Y}$ 为止。也就是说，无论是购买哪种物品，每一单位货币所购买的物品其边际效用都是相等的，于是就实现了总效用最大化，即消费者均衡；反之，亦然。

这一结论可以推广到有更多商品组合的消费者行为选择中去。如果所消费的不是两种商品，而是 X，Y，Z，…多种商品，设各种商品的价格分别为 P_X，P_Y，P_Z，…购买数量分别为 X，Y，Z，…商品所带来的边际效用分别为 MU_X，MU_Y，MU_Z，…每一单位货币的边际效用为 MU_I，可以把消费者均衡条件写为：

$$I = P_X \cdot X + P_Y \cdot Y + P_Z \cdot Z + \cdots \tag{3}$$

$$\frac{MU_X}{P_X} = \frac{MU_Y}{P_Y} = \frac{MU_Z}{P_Z} = \cdots = MU_I \tag{4}$$

3. 消费者均衡的实例分析

假设某个消费者准备购买 X 与 Y 两种商品，已知两种商品的价格分别为 $P_X = 10$ 元，$P_Y = 20$ 元，该消费者收入为 100 元，并将其全部用于购买 X 和 Y 两种商品。两种商品的边际效用 MU_X 和 MU_Y，如表 3 - 2 所示。此消费者应该购买多少 X 商品、多少 Y 商品才能使得总的满足程度最大？

表 3 - 2

商品 X 和 Y 的边际效用表

Q	1	2	3	4	5	6	7	8	9	10
MU_X	5	4	3	2	1	0	−1	−2	−3	−4
MU_Y	6	5	4	3	2					

根据收入约束条件的限制，可得出可购买 X 和 Y 这两种商品的不同数量组合，及相应的 MU_X/P_X 与 MU_Y/P_Y 和总效用，如表 3 - 3 所示。

表 3 - 3

消费者购买 X 和 Y 两种商品数量组合表

组 合 方 式	MU_X/P_X 与 MU_Y/P_Y	总 效 用
1. $Q_X = 10, Q_Y = 0$	$-4/10 \neq 0/20$	5
2. $Q_X = 8, Q_Y = 1$	$-2/10 \neq 6/20$	18
3. $Q_X = 6, Q_Y = 2$	$0/10 \neq 5/20$	26
4. $Q_X = 4, Q_Y = 3$	$2/10 = 4/20$	29
5. $Q_X = 2, Q_Y = 4$	$4/10 \neq 3/20$	27
6. $Q_X = 0, Q_Y = 5$	$0/10 \neq 2/20$	20

　　由表 3 - 3 可以看出：只有在 $Q_X = 4, Q_Y = 3$ 的组合时，才既符合收入条件的限制，又符合 $MU_X/P_X = MU_Y/P_Y$ 的要求。此时，X 商品所带来的总效用为 14，Y 商品所带来的总效用为 15。购买 X 与 Y 商品带来的总效用为 29(14＋15)，在各种购买量组合中实现的总满足程度最大，也就是实现了消费均衡。

【推荐阅读】

把每一分钱都用在刀刃上

　　消费者均衡就是消费者购买商品的边际效用与货币的边际效用相等。这就是说，消费者的每 1 元钱的边际效用和用 1 元钱买到的商品边际效用相等。假定 1 元钱的边际效用是 5 个效用单位，1 件上衣的边际效用是 50 个效用单位，消费者愿意用 10 元钱购买这件上衣，因为这时的 1 元钱的边际效用与用在 1 件上衣的 1 元钱的边际效用相等。此时，消费者实现了消费者均衡，也可以说实现了消费（满足）的最大化。低于或大于 10 元钱，都没有实现消费者均衡。我们可以简单地说，在你的收入既定、商品价格既定的情况下，花钱最少得到的满足程度最大就实现了消费者均衡。

　　我们前边讲到商品的连续消费边际效用递减，其实货币的边际效用也是递减的。在收入既定的情况下，你存货币越多，购买物品就越少，这时货币的边际效用下降，而物品的边际效用在增加，明智的消费者就应该把一部分货币用于购物，增加他的总效用；反过来，消费者则卖出商品，增加货币的持有，也能提高他的总效用。通俗地说，假定你有稳定的职业收入，你的银行存款有 50 万元，但你非常节俭，吃、穿、住都处于温饱水平。实际上这 50 万元足以使你实现小康生活。要想实现消费者均衡，你应该用这 50 万元的一部分去购房、用一部分去买一些档次高的服装，银行也要有一些积蓄；相反如果你没有积蓄，购物欲望非常强，见到新的服装款式，甚至借钱去买，买的服装很多，而效用降低，如遇到一些家庭风险，没有一点积蓄，使生活陷入困境。

　　消费者均衡理论看似难懂，其实一个理性消费者的消费行为已经遵循了消费者均衡理论。比如，在现有的收入和储蓄下是买房还是买车，你会做出合理的选择。你走进超市，见到如此琳琅满目的物品，你会选择你最需要的。你去买服装肯定不会买回已有的款式。所以说，经济学是选择的经济学，而选择就是在资源(货币)有限的情况下，实现消费满足的最大化，使每1分钱都用在刀刃上，这种就实现了消费者均衡。

（资料来源：online. njtvu. com）

3.2.4　个人需求曲线的推导

　　我们在前面的章节中分析了在一般情况下商品的需求与价格之间具有一种反方向变化的关系，也就是说，需求曲线是向右下方倾斜的，在这里，我们进一步分析需求曲线的形状是如何由消费者行为决定的。

　　消费者购买物品时，必定会将自己的货币与物品相比较，即1元货币的边际效用和1元货币所购买到的物品的边际效用相等时，消费者才会购买，否则消费者不会购买或者生产者不会提供。简而言之，就是一分钱一分货，花1元钱所得到的东西就应当值1元钱，否则从纯经济学的角度讲，交换行为不可能发生。

　　根据边际效用递减规律，随着人们消费物品的数量增加，边际效用是递减的。假设货币的边际效用不变，随着物品数量的增加，人们愿意支付的价格在下降。物品需求表，如表3-4所示(假设1元＝10个效用单位)。

表3-4

物 品 需 求 表

面包数(个)	边际效用(MU)	价格(元)
0	—	—
1	30	3
2	20	2
3	10	1
4	0	0

　　所以，消费者对某种商品的边际效用曲线决定了该商品的需求曲线，边际效用递减决定了需求曲线向右下方倾斜。

　　通过以上分析可以知道，单个消费者的需求曲线有三个特点：第一，需求曲线向右下方倾斜，原因在于边际效用递减。根据边际效用递减规律，消费者最初消费某种商品时，得到的边际效用较大，消费者获取这种商品的欲望较强，所以，愿意支付较高的价格。随着商品消费量的增加,边际效用递减,消费者愿意得到这种商品的欲望强度递减,愿意支付的价格也随之下降。因此,消费者对某种商品的需求量与价格成反比,即需求曲线向右下方倾斜。第二,需求曲线表示在不同的价格下,消费者愿意购买的数量。第三,需求曲线上的每一点都是消费者在既定价格下效用最大化的均衡点。

3.2.5　消费者剩余

1. 消费者剩余的含义

在市场上,消费者按对物品效用的评价来决定愿意对物品支付的价格,但实际价格并不一定等于他愿意支付的价格。消费者剩余是指消费者购买一定数量的商品所愿意支付的最高价格总额与其实际支付的价格总额之间的差额。消费者剩余只是消费者的一种心理感觉,并不是指消费者实际收入的增加。

消费者剩余的根源在于边际效用递减规律。因为市场价格是不变的,随着消费者对某种商品购买数量的增加,他从中得到的边际效用也在减少,所以他从每单位货币购买中所得到的消费者剩余在减少,他所愿意支付的价格也会减少。因而这一概念可以用来解释批发价低于零售价的现象。一般来说,生活必需品的消费者剩余较大,其他物品的消费者剩余相对较小。

2. 消费者剩余的计算

消费者消费剩余计算表,如表3-5所示。

表3-5

消费者消费剩余计算表

某种商品购买数量(件)	愿意付出的价格(元)	市场价格(元)	消费者剩余(元)
1	5	1	4
2	4	1	3
3	3	1	2
4	2	1	1
5	1	1	0
合　　计	15	5	10

表3-5表示,消费者在不同价格下愿意购买不同数量的商品。当他购买1件时,愿意支付5元;当他购买2件时,愿意支付4元;当他购买3件时,愿意支付3元;当他购买4件时,愿意支付2元;当他购买5件时,愿意支付2元;当他购买6件时,愿意支付1元,共愿意支付15元,但他实际只支付了5元,比愿意支付的少了10元,这10元就是消费者剩余。消费者剩余示意图,如图3-3所示,需求曲线以下和价格以上的面积为消费者剩余。

在这里需要说明的是,对消费者来说,他愿意付出的价格取决于他对该物品效用的评价。由于边际效用是递减的,那么,他愿付出的价格随物品数量的增加而递减。但市场价格则是由整个市场的供求关系决定的,决定商品价格的是全体消费者和供给者,而不会因某一消费者愿望而发生转移,即对某一消费者来说,市场价格是相对固定的,由此,随着消费者购买某种商品数量的增加,他愿付出的价格在不断下降,而市场

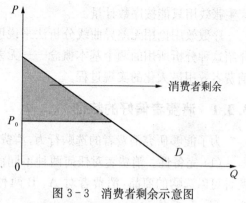

图3-3　消费者剩余示意图

价格不变,那么,他从每单位商品购买中所获得的消费者剩余逐渐在减少。

在理解消费者剩余时,要注意两点:第一,消费者剩余并不是实际收入的增加,只是一种心理感觉。第二,生活必需品的消费者剩余大。因为,消费者对此类物品的效用评价高,愿意付出的价格也高,但此类物品的市场价格一般并不高。研究消费者剩余对某一消费者的实际意义并不大,但全体消费者的心理感受对市场供求关系却有重要的影响。

【资料链接】

消费者剩余的定义

消费者剩余的定义由英国经济学家马歇尔首先提出,他在《经济学原理》中为消费者剩余下了这样的定义:"一个人对一物所付的价格,绝不会超过,而且也很少达到他宁愿支付而不愿得不到此物的价格;因此,他从购买此物所得的满足,通常超过他因付出此物的代价而放弃的满足;这样,他就从这种购买中得到一种满足的剩余。他宁愿付出而不愿得不到此物的价格,超过他实际付出的价格的部分,是这种剩余满足的经济衡量。这个部分可以称为消费者剩余。"

生活中,每当一宗交易由双方自愿达成,通常都是一个皆大欢喜的双赢结果:卖方挣了钱,买方得到了实惠,这背后就有消费者剩余在起作用。

3.3　序数效用论

基数效用论是建立在主观心理感受基础上的消费者行为理论。由于人的主观心理实际是无法测量的,它只能说明效用的大小但不能说明效用究竟有多大,因此,多数经济学

家主张效用只能按序数计量。

　　序数效用论用无差异曲线分析法来说明消费者均衡的实现。在这一节中,我们首先介绍这种分析所用的两个基本概念——无差异曲线和预算线,然后利用这两种曲线分析消费者效用最大化的实现过程。

3.3.1　消费者偏好的特征

　　为了能够研究消费者的选购行为,消费者的偏好必须具有如下良好的特征:

　　(1) 完备性。消费者对任何两种不同商品的偏好程度都是可以比较的。设有 A、B 两种可以选购的商品,消费者对 A、B 两种商品的偏好关系无非有以下三种:$A > B$;$A = B$;$A < B$。

　　(2) 传递性。设有 A、B、C 三种可以选购的商品,如果 $A > B$;$B > C$,则有 $A > C$。

　　(3) 反身性。消费者对相同两个商品的偏好也一定相同或者说无差异,即 $A \approx A$。

3.3.2　无差异曲线

1. 无差异曲线

　　无差异曲线(indifference curve)又称等效用线,是用来表示两种商品的不同数量组合给消费者所带来的效用完全相同的一条曲线。或是说,在这条曲线上,无论两种商品的数量怎样组合,所带来的总效用是相同的。

　　假设有两种商品 X 和 Y,它们在数量上可以有多种组合。这些组合所代表的效用都是相等的。因此,此表称为无差异组合表。两种商品消费数量组合示意表,如表 3-6 所示。

表 3-6

两种商品消费数量组合示意表

组合方式	X 商品	Y 商品
A	5	30
B	10	18
C	15	13
D	20	10
E	25	8
F	30	7

　　根据无差异组合表的数据,可以做出无差异曲线,如图 3-4 所示。

　　在图 3-4 中,横轴代表商品 X 的数量,纵轴代表商品 Y 的数量,U 代表无差异曲线。

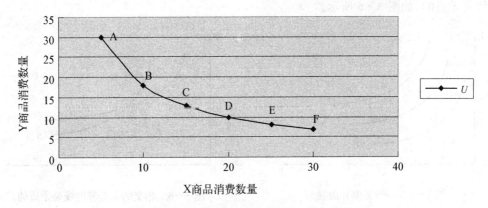

图 3 - 4(a) 两种商品消费量组合无差异曲线图

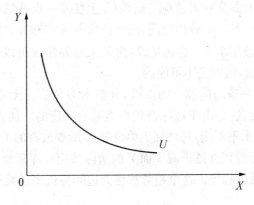

图 3 - 4(b) 无差异曲线

在无差异曲线任何一点上,商品 X 与商品 Y 不同数量的组合给消费者所带来的效用都是相同的。

2. 无差异曲线的特点

(1) 无差异曲线是一条向右下方倾斜的曲线,其斜率为负值。这是因为,在收入和价格既定的条件下,消费者要得到同样的满足程度,在增加一种商品的消费时,必须减少另一种商品的消费。两种商品在消费者偏好不变的条件下,不能同时增加或减少。

(2) 在同一平面图上可以有许多条无差异曲线,不同的无差异曲线代表的效用满足程度各不相同。离原点越远的无差异曲线所代表的效用越大,越近的效用越小。一组无差异曲线,如图 3 - 5 所示。

(3) 在同一平面图上,任意两条无差异曲线不能相交。每一条无差异曲线代表同样的效用水平,因此同一无差异曲线图上任何两条无差异曲线不可能相交。相交的无差异曲线是矛盾的,如图3-6所示。

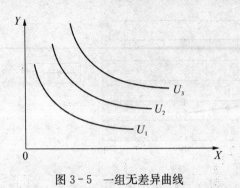 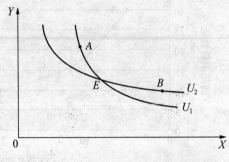

图3-5　一组无差异曲线　　　　图3-6　相交的无差异曲线是矛盾的

　　不同的无差异曲线代表不同的收入或支出水平下消费者获得的总效用,如果两条曲线可以相交(见图3-6),其交点E就应与曲线U_1上任意一点A的效用相同;同时,交点E也应与曲线U_2上任意一点B的效用相同,这就意味着A点和B点的效用相同,即曲线U_1和曲线U_2具有同等的效用水平,这就是说,两条无差异曲线可以有相同的效用水平,显然,这和前提是相矛盾的,因而是不可能的。

　　(4)无差异曲线是一条凸向原点的曲线,其斜率为负值。无差异曲线是一条向右下方倾斜且凸向原点的线,这是由于边际替代率递减所决定的。从表3-6中可以看出,随着X增加,为了使效用水平不变,每增加1单位的X所要放弃的Y的数量是逐渐减少的。这显然是由于X的边际效用在逐渐减少而Y的边际效用在逐渐增加。因而,每单位X所能代替Y的数量有递减的趋势。这个趋势被称为边际替代率递减规律。

　　3.边际替代率

　　边际替代率(marginal rate of substitution,简写为MRS)是指为了保持同等的效用水平,消费者要增加1单位X商品就必须放弃一定数量的Y商品,表现为Y商品的减少量与X商品的增加量之比。假设ΔX为X商品的增加量,ΔY为Y商品的减少量,MRS_{XY}为以X商品代替Y商品的边际替代率,则有:

$$MRS_{XY} = \frac{\Delta Y}{\Delta X}$$

或者

$$MRS_{XY} = \frac{dY}{dX}$$

　　边际替代率就是无差异曲线的斜率。边际替代率的值应为负数,但为了方便起见人们一般取其绝对值。

　　利用边际替代率的计算公式,我们来计算一下表3-6中的边际替代率。两种商品边际替代率计算表,如表 3-7 所示。

表 3-7

两种商品边际替代率计算表

变动情况	ΔY	ΔX	MRS_{XY}
B～A	5	-12	2.4
C～B	5	-5	1
D～C	5	-3	0.6
E～D	5	-2	0.4
F～E	5	-1	0.2

由表 3-7 可以看出,商品的边际替代率是逐渐递减的。

商品的边际替代率递减规律是指在维持效用水平不变的前提下,随着一种商品消费数量的连续增加,消费者为了得到每一单位这种商品所要放弃的另一种商品消费数量是递减的。

商品的边际替代率之所以呈递减趋势,这是因为,无差异曲线存在的前提是总效用不变,是边际效用递减规律的结果。因此,X 商品增加所增加的效用必须等于 Y 商品减少所减少的效用,用数学公式表示就是:

$$\Delta X \cdot MU_X = \Delta Y \cdot MU_Y$$

或者

$$\Delta Y / \Delta X = MU_X / MU_Y$$

否则总效用就会改变。然而,由于边际效用递减规律的作用,随着 Y 商品的减少,它的边际效用在递增,因而每增加一定量的 X 商品,所能代替的 Y 商品的数量便越来越少,由此可见,如果 X 商品以同样的数量增加时,所减少的 Y 商品越来越少,因而 MRS_{XY} 必然是递减的。

商品的边际替代率还可以用如下公式表示

$$MRS_{YX} = \frac{\Delta Y}{\Delta X} = \frac{MU_X}{MU_Y}$$

【资料链接】

边际替代率概念是由谁提出的

答:此概念是由英国经济学家希克斯(1904～1989)提出的。他对一般均衡理论做出了开拓性的贡献,1972 年与阿罗共同获得诺贝尔经济学奖金,其最优秀的著作为《价值与资本》(1939)。

3.3.3 消费可能线

由于消费者的实际购买数量既受其收入水平、商品价格水平的影响,又受到把收入在各种商品之间进行分配等因素的制约,所以,可以借助消费可能线进一步分析消费者的行为。

1. 消费可能线

消费可能线(consumption possibility line)又称预算线、等支出线,是一条表明在消费者收入与商品价格一定的条件下,消费者所能购买到的两种商品数量最大组合的线。

消费可能线表明了消费者消费行为的限制条件。这种限制就是购买物品所花的钱不能大于收入,也不能小于收入。大于收入是在收入既定的条件下无法实现的,小于收入则无法实现效用最大化。这种限制条件可以写为:

$$P_X \cdot Q_X + P_Y \cdot Q_Y = I$$

根据预算方程,就可以绘出预算线。例如,$I = 60$ 元,$P_X = 20$ 元,$P_Y = 10$ 元,则 $Q_X = 0$ 时,$Q_Y = 6$;$Q_Y = 0$ 时,$Q_X = 3$。于是,可以画出消费可能线,如图 3-7 所示。

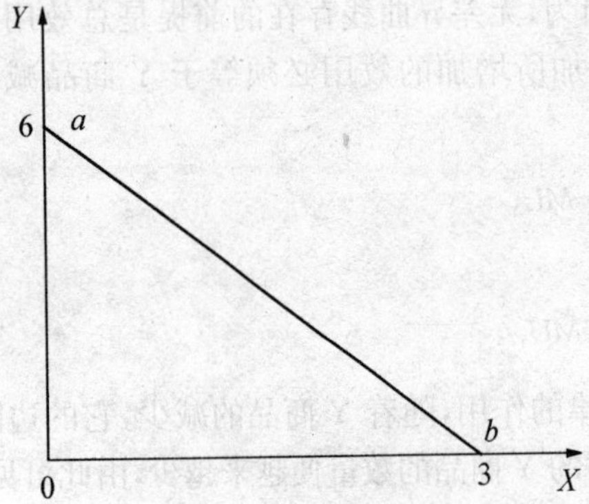

在图 3-7 中,连接 a、b 两点的直线就是消费可能线,其斜率为 $-\dfrac{P_X}{P_Y}$。在消费可能线上的任何一点都是在收入与价格既定的条件下,能购买到的 X 商品与 Y 商品的最大数量的组合。消费可能线之外的消费组合超出了消费者的消费能力,是不可能实现的;而消费可能线之内的消费组合没有超出消费者的消费能力,是可以实现的。

图 3-7　消费可能线

2. 消费可能线的移动

消费可能线会发生移动,其主要原因有两个:一是由于消费者收入变化引起的移动;二是由于商品价格变化引起的移动。

(1)消费者收入变化。如果商品价格不变,消费者收入增加,则消费可能线平行向右上方移动,即预算水平增加;反之,消费者收入减少,则消费可能线平行向左下方移动,即预算水平减少。消费者收入变化消费可能线的移动,如图 3-8 所示。

消费者收入增加,消费可能线 ab 平行向右上方移动到 a_1b_1;消费者收入减少,消费可能线 ab 平行向左下方移动到 a_2b_2。

（2）商品价格变化。如果消费者收入不变，而两种商品的价格一种（如 Y）不变，另一种（如 X）上升或下降，则商品价格变化消费可能线的移动，如图 3-9 所示。

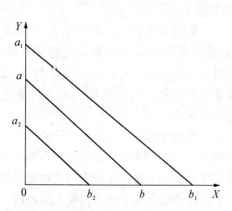

图 3-8　消费者收入变化消费可能线的移动　　　图 3-9　商品价格变化消费可能线的移动

Y 商品价格不变，X 商品价格上升，消费可能线 ab 向内移动到 ab_1；X 商品价格下降，消费可能线 ab 向外移动到 ab_2。

3.3.4　消费者均衡的实现

根据序数效用论的无差异曲线分析法，在消费者的收入和商品价格既定的条件下，当无差异曲线与消费可能线相切时，消费者就实现了效用最大化。其消费均衡条件是：两种商品的边际替代率等于这两种商品的价格之比，或无差异曲线的斜率等于预算线的斜率。其公式如下：

$$\frac{MU_X}{MU_Y} = \frac{P_X}{P_Y}$$

或者

$$\frac{MU_X}{P_X} = \frac{MU_Y}{P_Y}$$

如果无差异曲线与消费可能线结合在一个图上，那么，消费可能线必定与无差异曲线中的一条切于一点，在这个切点上就实现了消费者均衡。消费者均衡，如图 3-10 所示。

图 3-10 中，3 条无差异曲线效用大小的顺序为 $U_1 < U_0 < U_2$。消费可能线 ab 与 U_0 相切于 E（此时消费可能线的斜率等于无差异曲线的斜率），这时，实现了消费者均衡。这就是说，在收入与价格既定的条件下，消费者购买 $0X_1$ 的 X 商品、$0Y_1$ 的 Y 商品，就能获得最大的效用。

为什么只有在这个切点时才能实现消费者均衡呢？

从图 3-10 上可以看出：

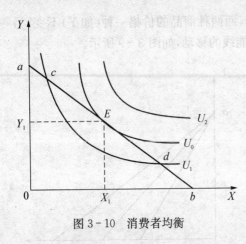

图 3-10　消费者均衡

（1）只有在这一点上所表示的 X 与 Y 商品的组合才能达到在收入和价格既定的条件下,效用最大。

（2）无差异曲线 U_2 所代表的效用大于 U_0,但消费可能线 ab 同它既不相交又不相切,这说明达到效用 U_2 水平的 X 商品与 Y 商品的数量组合在收入与价格既定的条件下是无法实现的。

（3）消费可能线 ab 同无差异曲线 U_1 有两个交点 c 和 d,说明在 c 和 d 点上所购买的 X 商品与 Y 商品的数量也是收入与价格既定的条件下最大的组合,但 $U_1 < U_0$。c 和 d 是 X 商品与 Y 商品的组合并不能达到最大的效用。此外,无差异曲线 U_0 除 E 之外的其他各点也在 ab 线之外,即所要求的 X 商品与 Y 商品的数量组合也在收入与价格既定的条件下是无法实现的。所以,只有 E 点才能实现消费者均衡。

3.4　消费者行为理论的运用

3.4.1　不同商品价格变动的效果分析(替代效应和收入效应)

1. 商品的分类

根据商品的需求量与人们收入水平之间的关系不同,把商品分为正常商品和低档商品。

（1）正常商品。如果商品的需求量与人们收入水平成同方向变动,则这种商品称为正常商品。也就是说,正常商品的需求量会随着人们收入水平的增加而增加,会随着人们收入水平的减少而减少。

正常商品又分为必需品和奢侈品。必需品是指商品需求量的增加幅度小于人们收入水平的增加幅度的商品,如粮食、牙膏、盐等等。奢侈品是指商品需求量的增加幅度大于人们收入水平的增加幅度的商品,如金银饰品、旅游、汽车等等。

（2）低档商品。如果商品的需求量与人们收入水平成反方向变动,则这种商品称为低档商品。也就是说,低档商品的需求量会随着人们收入水平的增加而减少,会随着人们收入水平的减少而增加,如野菜、肉食鸡肉、低档服装等等。低档商品又分为一般低档商品和吉芬商品。其中,一般低档商品是指商品价格下降,需求量增加的商品。而吉芬商品是指价格下降,需求量下降的商品。

2. 正常商品价格变动的效果分析(替代效应和收入效应)

如果一种商品价格发生变动,会对消费者产生两个方面的影响:一方面,是使商品的相对价格发生变化;另一方面,是使消费者的实际收入水平发生变化。这两种变化都会改变消费者对该种商品的需求量。这种商品价格变动所引起商品的需求量变动的总效应又称价格效应,可以分解为替代效应和收入效应。即价格效应＝替代效应＋收入效应。

(1)替代效应。在满足程度不变的情况下,一种商品的价格变动会引起其他商品的相对价格发生变动,导致商品之间的相互替代,从而引起该种商品需求量发生相应变动,这种效应称为替代效应。例如,消费者把收入用于购买 X 和 Y 两种商品,如果 X 商品价格下降,消费者可以增加 X 的购买减少 Y 的购买,用增加的 X 来代替减少的 Y,从而使总效用不变,所以,替代效应表现为均衡点在同一条无差异曲线上的移动。正常商品的替代效应(X 商品价格下降),如图 3－11 所示。

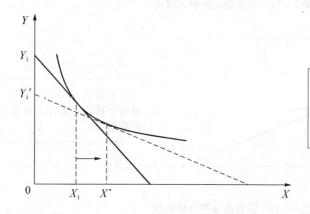

> 对于一种正常商品,当商品 X 的价格下降时,替代效应会使该商品的需求量(购买量)X_1 增加至 X^*。

图 3－11　正常商品的替代效应

(2)收入效应。在名义收入水平不变的情况下,一种商品的价格变动会使消费者的实际收入发生变动,从而引起该种商品需求量发生相应变动,这种效应称为收入效应。收入效应表现为均衡点在不同无差异曲线上的移动。正常商品的收入效应(X 商品价格下降),如图 3－12 所示。

3. 正常商品、低档商品和吉芬商品的替代效应和收入效应分析

(1)对正常商品而言,商品价格下降的替代效应和收入效应都使得该商品需求量增加;正常商品的替代效应为正,收入效应也为正,正常商品的替代效应与收入效应的方向一致,所以正常商品的需求曲线自左上方向右下方倾斜。正常商品的价格效应(X 商品价格下降),如图 3－13 所示。

(2)对于一般的低档商品而言,如果该商品的价格下降,替代效应使商品需求量增加,但收入效应却使商品需求量下降。低档商品的替代效应为正,收入效应为负,低档商品的替代效应与收入效应的方向相反。但由于替代效应大于收入效应的绝对值,所以价格下降,仍会使该低档品的需求量增加。

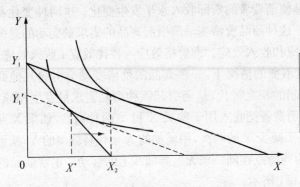

图 3 - 12　正常商品的收入效应

对于一种正常商品,当商品的价格下降时,收入效应会使该商品的需求量(购买量)X^* 增加至 X_2。

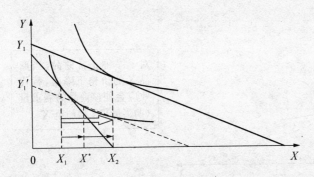

图 3 - 13　正常商品的价格效应

对于正常商品,当 X 商品价格下降时,其需求量最终会增加。

(3)对于吉芬商品而言,吉芬商品是一种特殊的低档商品,如果该商品的价格下降,替代效应使商品需求量增加,但收入效应却使商品需求量下降,也就是替代效应为正,收入效应为负,但由于收入效应大于替代效应,使得需求量随价格下降而下降,虽价格上升而上升,需求曲线向右上方倾斜。

综上所述,价格下降对正常商品、一般低档商品和吉芬商品的收入效应、替代效应和总效应的影响,如表 3-8 所示。

表 3 - 8

正常商品、低档商品和吉芬商品的替代效应和收入效应

类　别	收入效应	替代效应	总　效　应
正常商品	增　加	增　加	增　加
一般低档商品	减　少	增　加	增　加
吉芬商品	减　少	增　加	减　少

【资料链接】

商品房是否依然是吉芬商品

商品房价格之所以长期以来一路攀升但需求始终火爆,剔除虚假信息诱发需求膨胀的因素之外,最关键的原因在于商品房已经成为典型的吉芬商品。吉芬商品是一种需求弹性为负数的特殊商品,专指那些价格上涨而消费者对其需求量不减反增的商品。吉芬商品得以产生的前提条件有两个:其一,这种商品是必需品;其二,不存在更廉价的替代选择。

对于大多数靠工资生活的中国老百姓来说,商品房一直都是吉芬商品。首先,衣食住行,这是人的最基本生活需要。无论房价涨得多离谱,大家都得勒紧腰带,为自己找寻一块栖身之地。其次,除了购买商品房外,大多数老百姓的确没有什么更好的选择。数量有限的经济适用房、天价的别墅都不是合适的替代品。因此,商品房价格一路上涨,老百姓对其的需求却一直不减反增,谁知道明天的房价又将涨几个百分点——而高涨的需求又成为开发商们继续涨价的理由,推动房价一轮又一轮地上涨。

更为重要的是,对于吉芬商品的供给者而言,向消费者转嫁成本简直是易如反掌。由于涨价不会导致需求下降,即使政府通过宏观调控增加了供给者获取巨额利润的成本,开发商以及炒房者们依然可以通过继续上调交易价格向消费者转嫁成本。

3.4.2　消费者的需求曲线

1. 价格消费曲线

如前所述,在两种商品的价格 P_X、P_Y 既定的条件下,具有一定收入的消费者必定有一条消费可能线,它的斜率绝对值等于两种商品的价格之比。当商品的价格发生变化时,消费可能线的斜率必然发生变化,消费者的均衡点也随之变动。价格消费曲线,如图 3-14 所示。

如图 3-14,当商品 X 的价格从 P_{X_1} 降至 P_{X_2} 时,消费可能线便从 A_1B 移至 A_2B,均衡点从 E_1 移至 E_2,商品 X 的需求量从 X_1 增至 X_2;当商品 X 的价格从 P_{X_2} 进一步降至 P_{X_3} 时,消费可能线从 A_2B 移至 A_3B,均衡点从 E_2 移至 E_3,商品 X 的需求量从 X_2 进一步增至 X_3,依此类推。由 E_1,E_2,E_3,… 所形成的轨迹,反映了消费者在不同

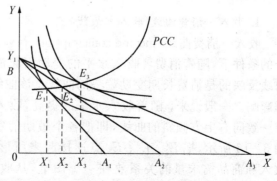

图 3-14　价格消费曲线

的价格下消费量的变化,称为价格消费曲线(price consumption curve,简写为 PCC)。价格消费曲线是指在一种商品的价格水平和消费者收入水平为常数的情况下,另一种商品价格变动所对应的两种商品最佳购买组合点组成的轨迹。

2. 需求曲线的推导

由于价格消费曲线反映了价格和需求量之间的关系,因此,以价格为纵轴,需求量为横轴,很容易从价格消费曲线中推导出需求曲线,如图 3-15 所示。

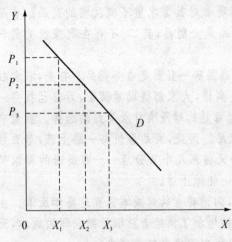

分析图 3-14 的价格消费曲线上的 3 个均衡点 E_1、E_2 和 E_3,可以看出,在每一个均衡点上都存在着商品 X 的价格和需求量之间的一一对应关系。在均衡点 E_1 上,商品 X 的价格为 P_{X_1},需求量为 X_1;在均衡点 E_2 上,商品 X 的价格由 P_{X_1} 下降至 P_{X_2},需求量由 X_1 增加至 X_2;在均衡点 E_3 上,商品 X 的价格进一步由 P_{X_2} 下降至 P_{X_3},需求量进一步由 X_2 增加至 X_3。根据商品 X 的价格和需求量之间的这种对应关系,把每一个商品 X 的价格数值和相应的均衡点上商品 X 需求量的数

图 3-15　由价格消费曲线推导需求曲线

值,在以价格为纵轴,以需求量为横轴的坐标图中绘制出来,便可得到单个消费者的需求曲线。这就是图 3-15 中的需求曲线。

由序数效用论对需求曲线的推导过程可以看出:需求曲线上的每一点都是在每一价格水平上可以给消费者带来最大效用水平或满足程度的需求量。该结论与基数效用论的结论是一致的。

3.4.3　收入—消费曲线与恩格尔曲线

1. 收入—消费曲线(收入扩展线)

收入—消费曲线(income consumption curve,简写为 ICC)是指在商品价格保持不变的条件下,随着消费者收入水平的变动引起消费者均衡变动的轨迹。收入—消费曲线反映的是消费长期变动趋势的曲线。该曲线强调的是收入变动对消费均衡的长期影响。一般说来,随着收入水平的提高,收入—消费曲线就是一条与收入水平方向一致向右上方倾斜的曲线,即把各个短期消费均衡点连接成一条光滑的曲线。如图 3-16 所示,把 E_1、E_0、E_2 点连接起来所形成的曲线称为收入—消费曲线。将收入和商品需求量的关系放在一个图上,从收入—消费曲线中可以引致出恩格尔曲线来。

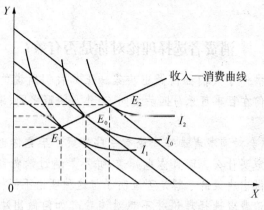

图3-16 收入—消费曲线

2. 恩格尔曲线

恩格尔曲线(engel curve)是指表明一种商品需求量与总收入关系的曲线。它是由19世纪德国统计学家恩格尔首先提出来的。恩格尔曲线可以从上述的收入—消费曲线引申而来。收入—消费曲线表示的是消费者的收入和两种商品组合的需求量之间的关系。而恩格尔曲线表示的是消费者的收入与一种商品需求量之间的关系。因此,消费者的某一项支出与总支出间的数量关系称为恩格尔系数,表示恩格尔函数的曲线就是恩格尔曲线。

恩格尔曲线一般有三种形式,即耐用消费品的恩格尔曲线,一般生活必需品的恩格尔曲线和低档消费品的恩格尔曲线。耐用消费品、奢侈品需求量增加速度大于收入的增加速度,如到高级宾馆消费、旅游等;一般生活必需品需求量的增加速度小于收入的增加速度,如购买油盐酱醋等;低档消费品随收入的增加,需求量减少,如旧衣服、低档香烟等。三种恩格尔曲线,分别如图3-17的(a)、(b)、(c)所示。

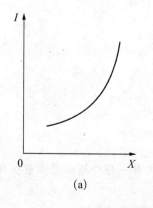
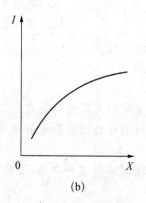
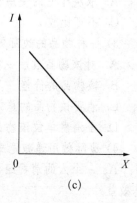

| (a) | (b) | (c) |

图3-17 三种恩格尔曲线

【阅读材料】

消费者选择理论对你是否有效?

消费者选择理论描述了人们如何做出决策。正如我们所说的,它有广泛的适用性。它可以解释一个人如何在百事可乐与匹萨之间、工作与闲暇之间、消费与储蓄之间等进行选择。

但是,现在你也许会对消费者选择理论有一些怀疑。毕竟你也是一个消费者。你每次走入商店时都要决定买什么。而且你也知道,并不是通过消费可能线和无差异曲线来做出决定。你对自己做出决策的了解是否证明了与这种理论不一样?

回答是否定的。消费者选择理论并不想对消费者如何做出决策提供一种忠实的描述。它是一个模型。而且,模型并不是完全现实的。

评论消费者选择理论的最好方法是把它作为消费者如何做出决策的一个比喻。没有一个消费者(除非一位职业经济学家)是明确地借助于这种理论中包含的最大化来做出决策的。但消费者知道他们的选择要受到自己财力的约束。而且,在这些约束为既定时,他们所能做的最好的就是达到最高满足程度。

思 考 与 练 习

1. 选择题

1) 某消费者偏好 A 商品甚于 B 商品,原因是(　　　)。

A. 商品 A 的价格更低　　　　　　B. 商品 A 紧俏

C. 商品 A 有多种用途　　　　　　D. 对其而言,商品 A 的效用更大

2) 序数效用论认为,商品效用大小(　　　)。

A. 取决于它的使用价值　　　　　　B. 取决于它的价格

C. 不可比较　　　　　　　　　　　D. 可以比较

3) 一种物品的边际效用是指(　　　)。

A. 对该物品最后一次的使用

B. 该物品的价格

C. 消费该物品的总效用与消费所有其他物品的总效用之比

D. 多消费单位该物品所获得的额外的或新增的效用

4) 边际效用递减意味着(　　　)。

A. 一个人的消费组合中拥有越多的某种产品,该种产品的每一额外增加产生较少的总效益

B. 一个人的消费组合中拥有越多的某种产品,总的支付意愿将减少

C. 一个人的消费组合中拥有越多的某种产品,该种产品的每一额外增加产生较少的额外收益

D. 随价格的上升,消费者愿意买的产品数量减少

5) 对于一种商品,消费者得到了最大满足,这意味着( )。

A. 边际效用最大
B. 总效用为零

C. 边际效用为零
D. 总效用为正

6) 如果消费者消费 X、Y 商品的价格之比是 1.25∶1,它们的边际效用之比是 2∶1,为达到效用最大化,消费者应( )。

A. 增购 X 和减少购买 Y
B. 增购 Y 和减少购买 X

C. 同时增购 X 和 Y 两种商品
D. 同时减少 X 和 Y 的购买量

7) 消费者剩余是( )。

A. 消费过剩的商品

B. 消费者得到的总效用

C. 消费者买商品所得到的总效用减去支出的货币的总效用

D. 支出的货币的总效用

8) 如果有人告诉你物品 X 和 Y 的无差异曲线向上倾斜,你对这种说法的反应是( )。

A. 这是不可能的,因为如果这样的话,该消费者就不会从物品 X 和 Y 中得到满意度了

B. 可能表明该消费者对于这两种物品漠不关心

C. 两种物品当中肯定有一种的价格发生了变化

D. 这表明当消费者多消费 1 单位 X 时,如果保持效用不变,他(或她)肯定要多消费 Y

9) 同一条无差异曲线上的不同点表示( )。

A. 效用水平不同,但所消费的两种商品组合比例相同

B. 效用水平相同,但所消费的两种商品的组合比例不同

C. 效用水平不同,两种商品的组合比例也不相同

D. 效用水平相同,两种商品的组合比例也相同

10) 在济南,荔枝的价格比苹果的价格贵 5 倍,而在广东,荔枝的价格只是苹果价格的一半,那么两地的消费者都达到效用最大化时( )。

A. 荔枝对苹果的边际替代率都相等

B. 荔枝对苹果的边际替代率,济南的消费者要大于广东的消费者

C. 苹果对荔枝的边际替代率,济南的消费者要大于广东的消费者

D. 无法确定

11) 无差异曲线的形状取决于（　　）。

A. 消费者的收入
B. 消费者的偏好
C. 所购买商品的价格
D. 商品效用水平的大小

12) 总效用曲线达到顶点时,（　　）。

A. 边际效用曲线达到最大点
B. 边际效用为零
C. 边际效用为正
D. 边际效用为负

13) 如果所有的价格和收入增加 1 倍,那么想得到效用最大化的消费者（　　）。

A. 将两种物品的消费增加 1 倍
B. 维持目前的消费组合
C. 将两种物品的消费减少一半
D. 改变他的偏好

14) 恩格尔曲线可以从（　　）导出。

A. 价格—消费线
B. 收入—消费线
C. 需求曲线
D. 无差异曲线

15) 当吉芬商品价格上升时,应该有（　　）。

A. 替代效应为正值,收入效应为负值,且前者作用小于后者

B. 替代效应为负值,收入效应为正值,且前者作用小于后者

C. 替代效应为负值,收入效应为正值,且前者作用大于后者

D. 替代效应为正值,收入效应为负值,且前者作用大于后者

2. 判断题

1) 不同的消费者对同一件商品的效用的大小可以进行比较。　　　　　　（　　）

2) 边际效用递减规律是指消费者消费某种消费品时,随着消费量的增加,其最后一单位消费品的效用递减。　　　　　　　　　　　　　　　　　　（　　）

3) 消费可能线的移动表示消费者的收入发生变化。　　　　　　　　　（　　）

4) 低档物品和吉芬物品的关系是:吉芬物品一定是低档品,但低档品不一定是吉芬物品。　　　　　　　　　　　　　　　　　　　　　　　　　　（　　）

5) 收入—消费曲线反映的是消费短期变动趋势的曲线。　　　　　　　（　　）

3. 简答题

1) 什么是无差异曲线? 其特点是什么?

2) 用无差异曲线和消费可能线说明如何实现消费者均衡。

3) 在同一个图形中,两条无差异曲线可能相交吗? 为什么?

4) 试分析基数效用论与序数效用论的异同之处。

5) 在人们的日常生活中,作为必需品的水无疑比作为高档品的钻石重要得多,但为什么钻石的价格比水高得多?

6) 如果你有一辆需要 4 个轮子开动的车子已经有了 3 个轮子,那么当你有第四个轮子的时候,这第四个轮子的边际效用似乎超过第三个轮子的边际效用,这是不是违反了边

际效用递减律?

4. 技能题

已知一辆自行车的价格为 200 元,一份麦当劳快餐的价格为 40 元,在某消费者关于这两种商品的效用最大化的均衡点上,一份麦当劳快餐对自行车的边际替代率 *MRS* 是多少?

5. 实训题

我国许多大城市由于水源不足,自来水供应紧张。请根据边际效用递减原理,设计一种方案供政府来缓解和消除这个问题,并请回答如下问题:

1) 这种措施对消费者剩余有何影响?

2) 这种措施对生产资源的配置有何有利或不利的效应?

4 生产理论

【学习目标】

学习本章,掌握边际收益递减规律与规模经济的内容;理解长期与短期的含义;理解总产量、边际产量和平均产量的关系;熟悉两种生产要素的最优组合;注重边际收益递减规律、规模经济的应用;了解生产及生产函数。

【案例导入】

木 桶 理 论

经济学家厉以宁曾以"木桶理论"来阐述经济学问题。这一理论认为,木桶的盛水量取决于最短板的长度,这在非均衡经济学里称为"短边决定原则"。它告诉我们,"木桶"想多盛"水"的方法有二:一是生产要素替代,锯长补短;二是拆桶重装,进行资产重组。事实上,一个人乃至一个集体所取得的成绩或成就,也常常取决于其"短边"。

近日,新华社连续播发了长篇报道,介绍天津构建和谐社会的经验。报道说,自20世纪90年代以来,天津经济连续十多年保持了均衡、持续、快速增长。"不求短时期的热闹,及时提升、弥补可能影响经济社会整体发展水平的'短板',保证城市和谐前进,是天津的能量以令人惊奇方式释放的核心因素。"

这里涉及了一个"木桶理论":一只木桶能容纳多少水,取决于最短的那块木板。要想得到最大容量,得到满桶的水,就必须把所有木板的长度都提升到与最长的那块一样。

社会好比一只木桶,要达到和谐稳定,必须把"短板"及时提升、弥补起来。和谐社会这只"木桶",是由"民主法治、公平正义、诚信友爱、充满活力、安定有序、人与自然和谐相处"等"木板"组合而成的,每块"木板"都有它的对立物,如不诚不信、混乱无序、缺章少法等。抓紧解决对立物之间的矛盾,即各种社会矛盾的过程,就是构建和谐社会的过程。

"短板"的及时"提升"与"弥补",对于构建和谐社会至关重要,这也正是新华社记者所说的"天津的能量以令人惊奇方式释放的核心因素",是天津的经验之所在。

(资料来源:www.lntvu.com)

生产理论的假设条件是,厂商都是具有完全理性的经济人,他们生产的目的是实现利润最人化。厂商为了实现利润最大化,要考虑两方面的问题:一方面,是投入和产出之间的物质技术关系,力争用最少的投入取得最大的产出;另一方面,是成本和收益之间的关系问题,力争用最小的成本取得最大的收益,以获得最大利润。本章研究前一个问题。本章的内容包含四个方面,即生产函数概述、短期生产函数、长期生产函数和规模报酬等问题。

4.1 生产函数

4.1.1 生产要素

厂商进行生产的过程就是从投入生产要素到生产出产品的过程。一般说来,生产任何一种产品,都必须要投入两种以上的生产要素。例如,烘烤店使用的投入生产要素包括工人劳动、面粉和糖等原料,以及投资在烤炉、搅拌器上的资本和其他一些设备,此后,才能生产出面包、蛋糕等产品。

在西方经济学中,生产要素一般被划分为劳动、土地、资本和企业家才能这四种类型。第一,劳动,即人的体力与智力。第二,资本,即土地以外的生产资料,包括实物形态与货币形态。资本的实物形态又称资本品和投资品,如厂房、机器设备、动力燃料和原材料等。资本的货币形态通常称为货币资本。第三,土地,不仅指土地本身,还包括地上、地下的一切资源,如森林、江河湖泊、海洋和矿藏等。第四,企业家才能,即企业家组织建立与经营管理企业的才能。

厂商生产的产品可以是各种实物产品,如房屋、食品、机器和日用品等;也可以是各种无形产品,即劳务,如理发、医疗、金融服务和旅游服务等。

4.1.2 生产函数的定义和分类

厂商投入生产要素的组合不同,生产出来的产量也不相同。这种生产要素的投入量和产品的产出量之间的关系可以用生产函数来表示。

1. 生产函数的定义

生产函数表示在一定时间内,在技术水平不变的情况下,生产中所使用的各种生产要素与所能生产的最大产量之间的关系。或者说,一组既定的投入与之所能生产的最大产量之间的依存关系。

假定用 Q 表示所能生产的最大可能产量,用 L, K, N, E 分别代表投入的劳动、资

本、土地和企业家才能。若不考虑可变投入与不变投入的区别,则生产函数可用如下一般表达式表示:

$$Q = f(L, K, N, E)$$

该生产函数表示在既定的生产技术条件下,生产要素组合(L, K, N, E)在某一时期所能生产的最大可能产量为Q。在经济学中,分析生产要素与产量之间的数量关系时,一般把土地作为固定的要素,而企业家才能又难以估算,为了分析方便,常假定只使用劳动和资本两种生产要素,如果用L表示劳动投入量,用K表示资本投入量,则生产函数可用下式表示:

$$Q = f(L, K)$$

对生产函数需要注意:第一,生产函数假定所有投入要素都得到有效使用,没有任何浪费和闲置,所以,生产函数反映的产量是在既定技术条件下投入要素获得的最大可能产量。第二,在技术水平不变的条件下,生产要素的投入量不同,其产出也不同。第三,技术进步和生产要素质量的变化导致新的生产函数关系产生。

2. 生产函数的分类

生产函数可分为不同类型:按照生产要素投入情况不同,分为单一可变投入要素生产函数和多种可变投入要素生产函数;按时间长短与要素可调整情况不同,分为短期生产函数和长期生产函数。

(1) 单一可变要素生产函数和多种可变要素生产函数。经济学将投入要素分为固定投入和可变投入。短期内,厂商现有的厂房、机器设备都无法改变,称为固定投入;厂商使用的劳动力和原材料等通常随着产出变化而变化,称为可变投入。

为简化分析投入变化对产出的影响,假定其他投入要素都固定不变,而只研究一种可变投入要素变化与产出之间的关系,即单一可变投入要素生产函数。在实际生产过程中,可变因素很多,而它们之间关系很复杂,因此,确定多种可变投入要素生产函数对现实指导意义更加明显。

(2) 短期生产函数和长期生产函数。短期和长期的划分是以生产者能否变动全部要素投入的数量作为标准的。对于不同的产品生产,短期和长期的界限规定是不相同的。

短期是指生产者来不及调整全部生产要素的数量,至少有一种生产要素的数量是固定不变的时间周期。长期是指生产者可以调整全部生产要素数量的时间周期。在短期内,生产要素投入可以分为不变投入和可变投入。生产者在短期内无法进行数量调整的那部分要素投入是不变要素投入,如机器设备、厂房等。生产者在短期内可以进行数量调整的那部分要素投入是可变要素投入,如劳动、原材料、燃料等。在长期内,生产者可以调整全部的生产要素投入。例如,生产者根据企业的经营状况,可以缩小或扩大生产规模,甚至还可以加入或退出一个行业的生产。由于在长期所有的要素投入量都是可变的,因而,也就不存在可变要素投入和不变要素投入的区分。

4.1.3 生产技术系数

1. 生产技术系数的含义

企业从事不同的生产项目,投入的生产要素种类不同,要素之间配合比例也不同。为生产一定量某种产品所需要投入的各种生产要素的配合比例称为生产技术系数(the technological coefficient of production)。比如,生产 1 单位某种产品需要 1 个劳动工时,甲原料 5 克;2 单位产品需要 2 个劳动工时,甲原料 10 克,生产该种产品的劳动工时与甲原料之间的生产技术系数为 1∶5。

2. 生产技术系数的种类

生产技术系数根据生产的技术要求不同,可分为固定技术系数和可变技术系数。如果生产某种产品所需要的各种生产要素的配合比例是不能改变的,这种技术系数称为固定技术系数。比如,在 1 km² 耕地上的播种量是 30 千克,2 km² 耕地的播种量是 60 千克,3 km² 耕地的播种量是 90 千克,这种耕地和播种量之间的配合比例 1∶30 的数量关系就是固定技术系数。如果生产某种产品所需要的技术系数是可变的,这种系数就称为可变技术系数。例如,在工业生产中,可以多用机器少用人工进行机械化经营,也可以少用机器多用人工进行手工经营。前者称为资本密集型技术系数,后者称为劳动密集型技术系数。

一般而言,在短期内,技术系数是不变的;在长期内,技术系数是变化的。

4.2 一种可变生产要素的生产函数

厂商现有的厂房、机器等生产要素的投入数量在短期内往往无法改变,要增加产出只能增加劳动力等个别生产要素。微观经济学通常以一种可变生产要素的生产函数考察短期生产理论。

根据生产函数 $Q = f(L, K)$,假定资本投入量(K)是固定的,劳动投入量(L)是可变的,则生产函数可以写成 $Q = f(L)$。这就是通常采用的一种可变生产要素的生产函数的形式,又称短期生产函数。

4.2.1 总产量、平均产量和边际产量

1. 总产量、平均产量和边际产量的概念

假定生产某种产品投入的生产要素只有劳动(L)和资本(K)两种生产要素,其中资本数量保持不变,劳动投入量可变。厂商投入生产要素所能得到的产量有三种,即总产量、平均产量和边际产量。考察劳动投入与产出关系时,首先要明白总产量、平均产量和边际

产量及其相互关系。

（1）总产量。总产量是指一定量的某种可变的生产要素所生产出来的全部产量。我们所说的生产函数，即总产量生产函数。

（2）平均产量。平均产量是指平均每单位某种可变的生产要素所生产出来的产量。它等于总产量除以用于生产的要素投入量。

（3）边际产量。边际产量是指单位可变的生产要素所增加的产量。即产品增量与生产要素增量的比值。

假设 K 是确定的，只变化 L。以 TP 代表总产量，以 AP 代表平均产量，以 MP 代表边际产量，则这三种产量可以分别写为：

$$TP = f(L, K_0)$$

$$AP = \frac{TP}{L} = \frac{f(L, K_0)}{L}$$

$$MP = \frac{dTP}{dL} = \frac{df(L, K_0)}{dL}$$

假设生产某种产品时所用的生产要素是资本与劳动。其中，资本是固定要素，劳动是可变要素。总产量、平均产量和边际产量的变动规律可以根据表 4-1、图 4-1 和图 4-2 中的资料来加以说明。在图 4-1 和图 4-2 中，横轴 $0L$ 代表劳动投入量，纵轴 TP、AP 和 MP 分别代表总产量、平均产量和边际产量。

表 4-1

总产量、平均产量和边际产量变动示意表

资本量 K	劳动量 L	劳动增量 ΔL	总产量 TP	平均产量 AP	边际产量 MP
10	0	0	0	0	0
10	1	1	6	6	6
10	2	1	17	8.5	11
10	3	1	31	10.3	14
10	4	1	46	11.5	15
10	5	1	60	12	14
10	6	1	72	12	12
10	7	1	81	11.5	9
10	8	1	86	10.8	5
10	9	1	86	9.6	0
10	10	1	80	8	-6

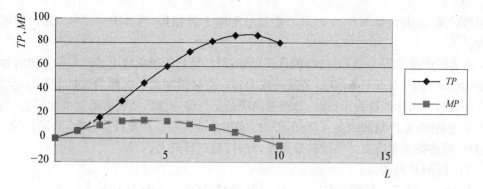

图 4-1　总产量与边际产量关系示意图

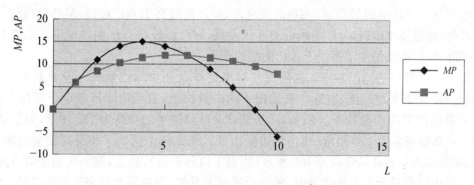

图 4-2　边际产量和平均产量关系示意图

2. 三者之间的关系

把总产量、平均产量和边际产量的图形描绘在一个坐标系内,可得到一种可变生产要素的生产函数的产量曲线,如图 4-3 所示。

下面我们来分析一下三者之间的关系。

(1) 总产量和平均产量之间的关系。由平均产量的含义 $AP = TP/L$ 得知,AP 是总产量 TP 曲线上的点与原点连线的斜率。由图 4-3 可见,总产量曲线上的 C 点和原点连线的斜率最大,所以,此时平均产量最大,而平均产量达到最大的劳动投入量为 L_2。另外,总产量曲线上 C 点处的切线就是直线 $0C$,即在劳动投入量为 L_2 时,平均产量等于边际产量。

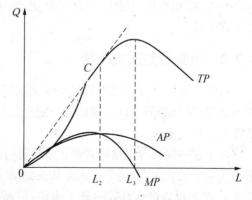

图 4-3　一种可变生产要素的生产函数的产量曲线

(2) 总产量和边际产量之间的关系。随着可变生产要素投入的连续增加,边际产量先递增后递减，但只要 $MP > 0$，则总产量呈不断上升趋势。当 $MP = 0$ 时，总产量达到最大。

由边际产量 $MP = \Delta TP / \Delta Q$ 的含义可知，MP 是总产量曲线上劳动 L 取某值时相应点处切线的斜率。对于一条曲线，若某一段上每一点处斜率大于0，则曲线是上升的；反之，下降。所以，当边际产量为正值时，总产量曲线是上升的，此时，增加劳动能增加产量；当边际产量为负时，总产量曲线是下降的，此时，增加劳动会使总产量减少；而当边际产量为0时，总产量曲线上相应点是曲线的最高点，此时，总产量最大。

TP 和 MP 的关系：

$MP > 0$ 时，TP 递增；$MP < 0$ 时，TP 递减；$MP = 0$ 时，TP 最大。

（3）边际产量和平均产量的关系。图 4 - 3 中，AP 和 MP 曲线之间关系表现为：两条曲线相交于 AP 曲线最高点，在最高点之前，MP 曲线高于 AP 曲线，MP 曲线将 AP 曲线拉升；在最高点以后，MP 曲线低于 AP 曲线，MP 曲线将 AP 曲线拉下。不管上升还是下降，MP 曲线的变动都快于 AP 曲线的变动。

以上这些特征的原因在于：就任何一对平均产量和边际产量的一般关系而言，只要边际产量大于平均产量，边际产量就把平均产量拉上；只要边际产量小于平均产量，边际产量就把平均产量拉下。例如，一个篮球队队员的平均身高为 185 厘米，如果新加入的一名队员身高为 190 厘米（相当于边际产量），那么整个队的平均身高就会增加；相反，如果新加入一名队员身高为 180 厘米（相当于边际产量），那么，整个队的平均身高会下降。当边际产量大于平均产量时，平均产量是上升的；当边际产量小于平均产量时，平均产量是下降的；当边际产量等于平均产量时，平均产量达到最大；MP 相交于 AP 产量的最高点。即相交前，$MP > AP$，AP 递增；相交后，$MP < AP$，AP 递减；相交时，$MP = AP$，AP 最大。

4.2.2　边际收益递减规律

边际收益递减规律又称边际报酬递减规律，是指在其他条件不变的情况下，如果一种投入要素连续地等量增加，增加到一定产值后，所提供产品的增量就会下降，即可变要素的边际产量会递减。

对于这一规律可以这样理解：如果我们在固定的厂房和有限的机器设备（4 台机器）下投入 1 个工人生产，这个工人要从头到尾完成相关工作，其效率不会太高。如果增加 1 个工人，2 人可以进行有效的分工协作，提高工作效率，使产量的上升超过 1 倍。如果再增加工人，由于有 4 台机器可以使用，还可以进一步分工协作，边际产量仍然可以提高。但不断地增加工人，使得在固定厂房和有限机器设备下的劳动显得过剩，工作效率降低，边际产量开始下降。最后工人实在太多，挤在一间厂房无事可干，互相聊天扯皮，边际产量成了负数。反过来想一下，如果边际收益递减规律不存在，只要无限地增加劳动投入而不增加其他投入,全世界所需要的粮食就可以在一个花盆里栽种出来。这一规律在农业生产中表现得最为典型。例如,在同一块土地上不断增施化肥,开始时,每增加1千克化肥所能增加的农作物产量是递增的,但是当所施的化肥超过一定量时,每增加1千克化肥所能增加的农作物产量就会递减,此时,如继续增加化肥,就有可能不仅不增加农作物的产量,反而会导致农作物总产量的减少。

由此可见,边际收益递减规律存在的原因是:随着可变要素投入量的增加,可变要素投入量与固定要素投入量之间的比例在发生变化。在可变要素投入量增加的最初阶段,相对于固定要素来说,可变要素投入过少,因此,随着可变要素投入量的增加,其边际产量递增,当可变要素与固定要素的配合比例恰当时,边际产量达到最大。如果再继续增加可变要素投入量,由于其他要素的数量是固定的,可变要素就相对过多,于是边际产量就必然递减。边际收益递减规律决定了 MP 曲线先升后降的特征。

在理解边际收益递减规律时要注意:

第一,其他条件不变包括两个因素:一是技术水平不变,该规律不能预测在技术水平变动的情况下,增加一单位要素投入对产量的影响;二是其他要素投入量不变,该规律对于所有投入要素同时变化的情况并不适用。

第二,随着可变要素投入量的增加,边际产量要经过递增、递减,甚至成为负数的过程。

第三,边际收益递减规律是一个以生产实践经验为根据的一般性概括,它指出了生产过程中的一条普遍规律,对于现实生活中绝大多数生产函数都是适用的。

【理论应用】

一个荒谬的经济学预言——马尔萨斯食品危机论

不知道你有没有过这样的担心,地球上的人越来越多,在土地资源有限的条件下,人类将会面临没有粮食吃的大饥荒的悲惨局面?

经济学家马尔萨斯早在18世纪就已经思考过这个问题,并且给出了他的食品危机预言:他认为,随着地球上人口的不断膨胀,越来越多的劳动力去耕种土地,在土地资源有限的条件下,且因为劳动报酬递减规律的影响,劳动的边际产出与平均产出下降,同时,又有更多的人需要食物与粮食,最终,会产生大的饥荒,我们必将面临无食物与粮食的境地。

几百年过去了,我们没有如马尔萨斯所预言的陷入大饥荒的恐慌之中。据统计,从1961~1975年,非洲农业用地所占的百分比从32%上升至33.3%,拉丁美洲则从19.6%上升至22.4%,在远东地区,该比值则从21.9%上升至22.6%。但同时,北美的农业用地则从26.1%降至25.5%,西欧由46.3%降至43.7%。即农业用地的增加量并不多。相反的,我们的生活因为日益丰富的物质而变得越来越美好。那么,一定是哪个地方出了问题,导致了这个预言最终只能成为一个预言,而没有成为现实。

其实,不难发现,马尔萨斯的预言有两个致命的错误:第一个致命的错误是,错误地运用了边际报酬递减规律。边际报酬递减规律适用于短期,即在短期内会有一个点,超过这个点以后,劳动报酬随着投入的增加而下降。但这并不一定适用于长期,从长期看,劳动报酬可能是递增的。比如,以1天的学习时间为例,一天中学习8个小时为一个点,8小时以内,学习效果会随着时间增加而增加,超过8小时,就陷入了疲劳战,时间花了,但大部分的时间,都做了无用功。但从长期来看,比如1年,如果每天增加半小时的学习时间,学习效果从总体上讲,还是会比原来的好。

这个预言的另一个致命错误就是忽略了技术进步这个经济变量对劳动生产率的影响。历史已经非常强有力地证明了这一点,科学与技术是推动人类发展的第一生产力。技术的飞速进步,改变了传统的粮食生产方式,我们正在以更小的投入而获得更丰厚的成果。土地的数量在技术面前,已经显得微薄而苍白。技术导致劳动生产率提高,因而劳动的平均产出与边际产出不是下降,而是提高了。

故,我们可以安心地吃,安心地睡了,因为如这个单细胞经济学家所预言的一切都不会发生。我们没有必要给自己制造恐慌,也没有必要用太多大预言来吓唬自己。

这样的一个预言也让我想到现在社会上流行的"恐慌问题"。比如,"大学扩招"的问题。现在我们的政府、我们的社会、我们的大学,包括大学生自己,都在担忧着这样一个问题:以后大学生数目越来越多,很多大学该关门了吧?而且应该有很多人不会再选择接受高等教育了。真正是我们的社会文明发达到不需要大学生的地步了吗?还是由于我们大学教育与市场脱轨而导致的大学生过剩的问题?很显然,是后者。市场上四处看到因为招不到人而沮丧的老板,而我们的大学生,却拿着简历四处碰壁。可见,问题的关键不是人数,而是是否真正能做到适应市场导向。

所以,我们不要被一些假定的条件所引导,一步一步走入没有由来的恐慌中。

4.2.3　一种变动要素的合理投入阶段

1. 一种变动要素投入阶段的划分

在技术水平不变的情况下,当把一种可变的生产要素(如劳动)投入到一种或几种不变的生产要素(如资本)中时,最初这种生产要素的增加会使产量增加,但当它的增加超过一定限度时,增加的产量将要递减,最终还会使产量绝对减少。即在其他生产要素不变时,一种生产要素增加所引起的产量或收益的变动可分为三个阶段(见图4-4):

(1)平均产量递增阶段(Ⅰ)。

(2)平均产量递减且边际产量大于零的阶段(Ⅱ)。

（3）边际产量小于零的阶段（Ⅲ）。

2. 一种变动要素的合理投入阶段

（1）第Ⅰ阶段，即可变投入要素的数量小于 0A，生产者不应停留的阶段。在这一阶段中，劳动的边际产量始终大于劳动的平均产量，从而劳动的平均产量和总产量都在上升，且劳动的平均产量达到最大值。说明在这一阶段，可变生产要素相对于不变生产要素投入量过小，不变生产要素的使用效率不高，因此，生产者增加可变生产要素的投入量就可以增加总产量。因此，生产者将增加生产要素投入量，把生产扩大到第Ⅱ阶段。

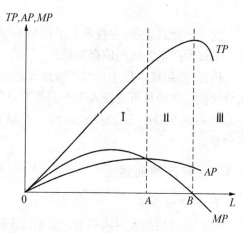

图 4 - 4 生产的三个阶段

（2）第Ⅱ阶段，即可变投入要素的数量在 0A 和 0B 之间，劳动的边际产量小于劳动的平均产量，从而使平均产量递减。由于边际产量仍大于零，所以总产量仍然连续增加，但以递减的速度增加。在这一阶段的起点 A，AP 达到最大，在终点 B，TP 达到最大。

（3）第Ⅲ阶段，即可变投入要素的数量大于 0B，生产者不能进入的阶段。在这一阶段，平均产量继续下降，边际产量变为负值，总产量开始下降。这说明，在这一阶段生产出现冗余，可变生产要素的投入量相对于不变生产要素来说已经太多，生产者减少可变生产要素的投入量是有利的。因此，理性的生产者将减少可变生产要素的投入量，把生产退回到第Ⅱ阶段。

由此可见，合理的生产阶段在第Ⅱ阶段，理性的厂商将选择在这一阶段进行生产。至于选择在第Ⅱ阶段的哪一点生产，要看生产要素的价格和厂商的收益。

4.3 两种可变要素的生产函数

对长期来讲，由于生产者可以调整全部生产要素的数量，而且技术系数可以变动，即两种生产要素的配合比例可以变动的情况下，要素投入的不同组合会导致不同的成本和产量，这两种生产要素按什么比例配合最好呢？这就是生产要素最优组合所研究的问题。

两种可变生产要素的生产函数表达式如下：

$$Q = f(L, K)$$

式中：L——可变要素劳动的投入量；

K——可变要素资本的投入量；

Q——产量。

这一函数式表示,在技术水平长期不变的条件下,两种可变要素投入量的组合与所能生产的最大产量之间的依存关系。

因此,按照成本最小化和产量最大化标准,客观上存在一个各种生产要素之间的最优组合比例。在两种可变投入生产函数下,如何使两要素投入量达到最优组合,以使产量一定时的成本最小,或成本一定时的产量最大?西方经济学运用等产量线与等成本线来分析。

4.3.1 等产量曲线

1. 等产量曲线

等产量曲线是表示两种生产要素的不同数量组合可以带来相等产量的一条曲线。或者说,是表示某一固定数量的产品,可以用所需要的两种生产要素的不同数量的组合生产出来的一条曲线。

假如,现在用资本与劳动两种生产要素,它们有 A、B、C、D 4 种组合方式,这 4 种组合方式都可以达到相同的产量(见表 4-2)。根据表 4-2,可做出等产量曲线图(见图 4-5)。在图 4-5 中,横轴 0L 代表劳动的投入量,纵轴 0K 代表资本投入量,Q 为等产量线,在等产量线上任何一点所表示的资本与劳动不同数量的组合,都能生产出相等的产量。

表 4-2

两种生产要素配合使用的等产量表

组合方式	资本量(K)	劳动量(L)	产品产量(Q)
A	6	1	100
B	3	2	100
C	2	3	100
D	1	6	100

由图 4-5 及等产量线的含义可看出等产量线具有如下特征:

第一,等产量线是一条向右下方倾斜的线,其斜率为负值。表明在生产要素价格既定的条件下,为了达到相同的产量,增加一种生产要素的投入,应该减少另一种生产要素的投入,两种要素之间存在着相互替代的关系。

第二,在同一平面图上,可以有无数条等产量线。不同的等产量线代表不同的产量水平,并且离原点越远的等产量线所代表的产量水平越高,离原点越近的等产量线所代表的产量水平越低。

第三,在同一平面图上,任意两条等产量线不能相交,若相交,在交点上两条等产量线

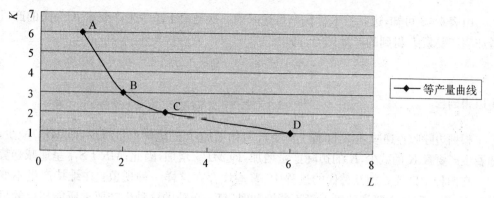

图 4-5　等产量曲线图

代表了相同的产量,与第二特征相矛盾。

第四,等产量线是一条凸向原点的线。这是由边际技术替代率递减所决定的。

2. 边际技术替代率递减规律

边际技术替代率是在维持相同的产量水平时,减少一种生产要素的数量与增加的另一种生产要素的数量之比。则有:

$$MRTS_{LK} = -\frac{\Delta K}{\Delta L}$$

式中:ΔL——劳动的增加量;

ΔK——资本的减少量;

$MRTS_{LK}$——以劳动代替资本的边际替代率。

在一般情况下,边际技术替代率应该是负值,因为在一项生产中应用两种相互替代的生产要素,一种生产要素的投入量增加,另一种生产要素的投入量就要减少。但为了分析问题方便,上式中加负号是为了使 $MRTS_{LK}$ 为正值,以便于比较。

我们可用表 4-3 中的数字资料来说明由表 4-2 所表示的劳动和资本这两种要素的边际替代率计算过程及变动情况。两种资源边际替代率计算表,如表 4-3 所示。

表 4-3

两种资源边际替代率计算表

变 动 情 况	ΔK	ΔL	$\Delta K/\Delta L$
A——B	−3	1	3
B——C	−1	1	1
C——D	−1	3	0.33

　　由表4-3可知,边际技术替代率是递减的。这是由于减少生产要素 K 失去的产量与增加生产要素 L 得到的产量相等,即

$$\Delta K \cdot MP_K + \Delta L \cdot MP_L = 0$$

所以得到:
$$MRTS_{LK} = -\frac{\Delta K}{\Delta L} = \frac{MP_L}{MP_K}$$

　　根据边际收益递减规律,随着生产要素 L 的增加,L 的边际产量减少,即 MP_L 减少,而随着生产要素 K 的减少,K 的边际产量增加,即 MP_K 增加,因此,$MRTS_{LK}$ 呈递减趋势。

　　在两种生产要素相互替代的过程中,普遍地存在这样一种现象:在维持产量不变的前提下,当一种生产要素的投入量不断增加时,每一单位的这种生产要素所能替代的另一种生产要素的数量是递减的。这一现象被称为边际技术替代率递减规律。

4.3.2　等成本曲线

　　等成本线是在既定的成本和既定的生产要素价格条件下,生产者可以购买到的两种生产要素的各种不同数量组合的轨迹,又称厂商的预算限制线,表示厂商对于两种生产要素的购买不能超出它的总成本支出的限制,即不能大于也不能小于所拥有的货币成本。可写为:

$$M = P_L \cdot L + P_K \cdot K$$

式中:M——货币成本总额;

　　　　P_L、P_K、L、K——劳动与资本的价格与购买量。

上式可写为:
$$K = \frac{M}{P_K} - \frac{P_L}{P_K} L$$

　　可以把上式看成是斜率为 $-P_L/P_K$ 的直线方程式。其中,M、P_L、P_K 为既定常数,那么给出 L 的值,就可以解出 K 的值;同理,给出 K 的值,也可解出 L 的值,由此可做出表示该方程式的直线。

　　设 $M = 600$ 元,$P_L = 2$ 元,$P_K = 1$ 元,则有 $M = 2L + K$。这样可做出等成本线示意图,如图4-6所示。

　　等成本线上任何一点都是在货币成本与生产要素价格既定条件下所能购买的劳动与资本的最大数量的组合。该线内的任何一点所购买的劳动与资本的组合,都是可以实现的,但并不是最大数量的组合,即没有用完货币成本。该线外的任何一点,所购买的资本与劳动的组合都是无法实现的,因为所需要的货币超过了既定的成本。

　　等成本曲线具有如下特点:等成本曲线斜率的绝对值等于两种生产要素的价格比。因此,在生产要素价格既定,只改变厂商总成本支出时,等成本曲线的斜率都相同,即总成本增加使等成本线向右上方平行移动,总成本减少使等成本线向左下方平行移动。

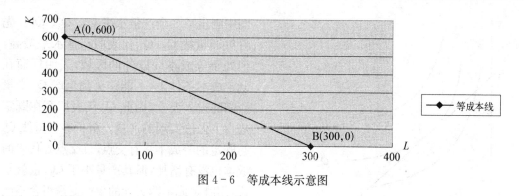

图 4-6　等成本线示意图

4.3.3　最优的生产要素组合

在长期生产中,任何一个理性的生产者都会选择最优的生产要素组合进行生产,从而实现利润的最大化。所谓生产要素的最优组合,是指在既定的成本条件下的最大产量或既定产量条件下的最小成本。生产要素的最优组合又称生产者的均衡。下面分两种情况来分析。

1. 既定产量下最小成本的要素最优组合

既定产量下最小成本的要素最优组合,如图 4-7 所示。

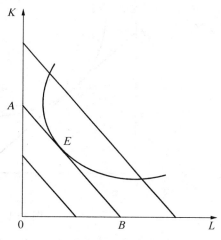

图 4-7　既定产量下最小成本的
要素最优组合

由于产量既定,所以某一产量下的等产量线已知,假设生产要素的价格是确定的,则等成本线的斜率也是已知的,即两种要素的价格比为 P_L/P_K。如图 4-7 所示,在众多的等成本线中必有一条,而且也只有一条等成本线与既定的等产量线相切。在等成本线 AB 上除切点 E 外的其他任何一点代表的要素所需成本,同切点 E 所代表的要素成本虽然相同,但不能生产出所要求的既定产量;等成本线 AB 左侧的等成本线虽然代表的成本支出比较少,但也生产不出要求的既定产量;等成本线 AB 右侧的有些要素组合虽然可以生产出要求的既定产量,但相应的成本也随之增加,因此,只有在等产量曲线与等成本线相切的切点 E 位置是符合条件的要素投入组合。

2. 既定成本下最大产量的要素最佳组合

既定成本下最大产量的要素最佳组合,如图 4-8 所示。

因为成本既定,所以图 4-8 中只有一条等成本线,但可供厂商选择的产量水平有很多,

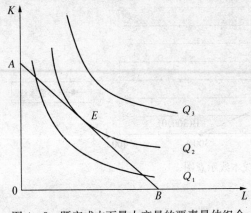

图 4 - 8　既定成本下最大产量的要素最佳组合

图中画出了 3 个产量水平 Q_1、Q_2、Q_3。先看等产量线 Q_3，Q_3 代表的产量水平最高，但处于等成本线以外的区域，表明厂商在既定成本条件下，不能购买到生产 Q_3 产量所需的投入要素，因此 Q_3 代表厂商在既定成本下无法实现的产量。至于等产量线 Q_1 与既定的等成本线有交点，且交点处代表的成本也没有增加，但其产量小于 Q_2，也就是说，用既定成本购买到的生产要素组合不能使产量达到最大。等成本线 AB 与 Q_2 相切于 E 点，在 E 点实现了生产要素最优组合。

　　根据以上分析可知，在同一坐标中，等产量曲线与等成本曲线相切于 E 点，在 E 点处实现了生产要素最优组合，如图 4 - 9 所示。

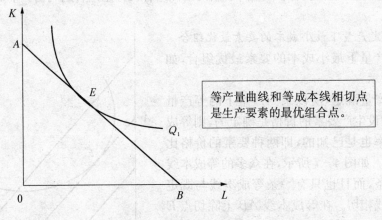

等产量曲线和等成本线相切点是生产要素的最优组合点。

图 4 - 9　生产要素最优组合

　　假定厂商的既定成本为 C，劳动的价格为 P_L，资本的价格为 P_K，在 E 点上，两种生产要素之间的边际替代率（$\Delta K / \Delta L$）与等成本线的斜率（P_L/P_K）相等。实现生产要素最优组合的均衡条件可以表示为：

$$MRTS_{LK} = \frac{MP_L}{MP_K} = \frac{P_L}{P_K}$$

或者

$$\frac{MP_L}{P_L} = \frac{MP_K}{P_K}$$

　　这说明，在两种生产要素都可变的生产决策中，要实现利润最大化，厂商投入的生产要素须满足以上条件,即单位货币购买到的不同生产要素带来的边际产量须相同。

以此类推,如果使用的投入要素不止两种,而是 n 种,则投入要素最优组合的条件为:

$$\frac{MP_1}{P_1} = \frac{MP_2}{P_2} = \cdots = \frac{MP_n}{P_n}$$

4.4 规模经济

长期来说,厂商对两种要素同时进行调整,引起规模改变。随着规模的变化,产量也相应发生变化,研究其变化规律,涉及规模经济问题。人们根据生产要素数量组合方式变化规律的要求,自觉地选择和控制生产规模,求得生产量的增加和成本的降低,而取得最佳的经济效益。

4.4.1 规模经济

规模经济(economies of scale)是指在技术水平不变的条件下,企业生产规模的变动(各种生产要素按同样的比例变动)引起生产单位产量或收益变动的情况。也就是厂商采用一定的生产规模所能获得的经济利益。

理解这一概念时,要注意以下三点:

第一,规模经济发生作用的条件是以技术不变为前提的。

第二,在生产中使用的两种可变投入要素是按同比例增加的,且不考虑技术系数的变化的影响,以及由于生产组织规模的调整对产量的影响。

第三,两种生产要素增加所引起的产量或收益变动情况,有规模收益递增(increasing returns to scale)、规模收益不变(constant returns to scale)和规模收益递减(decreasing returns to scale)三个阶段。规模收益的变动,如图4-10所示。

规模收益递增是指产量的增加比例大于投入要素的增加比例。例如,生产规模扩大10%,带来产量增加20%。

规模收益不变是指产量的增加比例等于投入要素的增加比例。例如,生产规模扩大10%,带来产量增加10%。

规模收益递减是指产量的增加比例小于投入要素的增加比例。例如,生产规模扩大10%,带来产量增加5%。

在图4-10中,0a 代表规模收益不变,0b

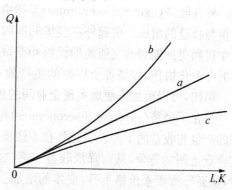

图4-10 规模收益的变动

代表规模收益递增,$0c$ 代表规模收益递减。

4.4.2　影响规模经济变动的因素

规模收益变化的不同情况要由内在经济和外在经济来解释。

1. 内在经济与内在不经济

内在经济(internal economies)是指一个厂商在生产规模扩大时由自身内部因素所引起的收益或产量增加。

引起内在经济的主要因素有:

第一,生产规模扩大,可以购置和使用更加先进的机器设备;可以提高专业化程度,提高生产效率;还有利于实行资源的综合开发和利用,使生产要素效率得到充分发挥。

第二,巨大的工厂规模能使厂商内部管理系统高度专门化,使各个部门管理者容易成为某一方面专家,从而提高管理水平和工作效率。

第三,在大规模生产中,可以对副产品进行综合利用,可以更加快速地开发生产出许多相关产品,实行多元化生产。

第四,在大规模生产中,可以对生产要素进行综合、大批量采购,对产品进行大批量运输,从而降低购销成本。同时,由于大规模生产相对容易形成生产经营上的垄断,从而有利于获取生产经营上的优势,获得递增的规模收益。

但是,如果一个厂商由于本身生产规模过大而引起产量或收益的减少,这种情况就称为内在不经济(internal diseconomies)。引起内在不经济的原因主要有:

第一,由于企业规模过大,管理层次复杂、管理机构庞大,可能会降低管理效率。

第二,由于生产经营规模庞大,产品多样化,可能会引起销售费用增加等。

第三,由于生产规模大、产品多样化,可能会使生产要素、制成品和在制品积压,导致生产成本增加等。

2. 外在经济与外在不经济

外在经济(external economies)是指由于整个行业生产规模扩大,给个别厂商带来的产量与收益的增加。引起外在经济的原因主要有:第一,个别厂商可以从整个行业的扩大中得到更加便利的交通辅助设施和获取各种市场信息。第二,能够在行业内部实行更好的专业化协作,提高各个厂商的生产效率。第三,可以得到更多的人才和熟练技术工人。第四,可以更加方便地实现企业间的规模连锁经营和扩张经营。

外在不经济(external diseconomies)是指由于整个行业生产规模扩大,给个别厂商带来的产量与收益的下降。引起外在不经济的原因主要有:第一,由于规模过大,可能会加剧企业之间的竞争,从而降低收益。第二,行业规模过大,厂商之间互相争购原料和劳动力,从而导致要素价格上升,成本的增加。第三,由于行业规模过大,会加重环境污染、交通拥挤等。

4.4.3 适度规模

所谓适度规模(appropriate degree dimensions),是指两种生产要素的增加使规模扩大的同时,使产量或收益递增达到最大。当收益递增达到最大时,就不再增加生产要素,并使这一生产规模维持下去。

对于不同行业的厂商来说,适度规模的大小是不同的,并没有一个统一的标准。在确定适度规模时,应该考虑的因素主要有:第一,厂商的技术特点和生产要素的密集程度。一般来说,像钢铁、汽车、造船、重化工之类的资本密集型企业,投资规模大,技术复杂,所以就适宜采用大规模生产。而对于纺织业、服务业之类的劳动密集型企业,就适宜采用小规模生产。第二,市场需求的影响。一般来说,生产市场需求量大,而且标准化程度高的产品的厂商,适度规模也就应该大;相反,生产市场需求小,标准化程度低的产品的厂商,适度规模也应该小。第三,自然资源状况。比如,矿山储藏量的大小、水力发电站的水资源的丰裕程度等。

各国、各地由于经济发展水平、资源、市场等条件的差异,即使同一行业,规模经济的大小也不完全相同。但对一些重要行业,国际有通行的规模经济标准。我国大多数企业都没有达到规模经济要求。而随着技术进步,许多行业规模经济的生产规模尚有扩大趋势。因此,对我国来说,适当扩大企业规模是我国许多企业提高规模经济效益的客观需要。

【案例分析】

电影院里的规模经济

对电影院来说,既会有规模经济又会有规模不经济。一个电影院,哪怕只有一个银幕,也得有人卖票,有人出租摊位,有人放电影,如果增加 1 个银幕,同班人马可以完成 2 个银幕所需要的工作,生产效率会提高。此外,也会降低每个银幕的建造成本,因为每个影院只需要 1 个大厅和 1 套卫生间。电影院还可以经营篇幅更大、更引人注目的广告,并把成本分摊到更多影片上。这就是为什么我们看到电影院所有者在同一影院增加越来越多的银幕的原因,即他们利用了规模经济。在过去 10 年中,美国电影银幕数量从 1.8 万增加到 2.7 万,增加 50%,这一增长率也超过了电影院的增长率。

但是,为什么每家影院的银幕,比方说有 12 个时,而不是 20 个或者 30 个时,就停止增加了呢?因为其面临许多问题。首先,通向电影院的公路是电影院无法控制的资源,随着一家电影院银幕数量的增加,该电影院周围的交通拥挤会日益加重;第二,流行影片的供给不可能在任何时候都足够大,即不是任何时候都能满足那么多银幕的放映。此外,时间本身也是厂商不能控制的资源。只有某些时间电影才受欢迎。时间安排比较难,因为,管理人员必须使不同场次电影开始的时间和结束的时间错开,以避免太多观众同时到达和离开,造成交通拥挤。而且,不能创造额外的"黄金时间"。

因此,电影院所有者不能控制的,如公路宽窄、影片供给、一天中"黄金时间"的数量等投入,这就会导致长期平均成本随产量增加而上升,即规模不经济。

思考与练习

1. 选择题

1) 在大部分经济体中,生产是通过企业来组织的。你认为这其中的重要原因是(　　)。

A. 它们能实现批量生产的优势　　　B. 它们能筹集资金

C. 它们能更有效地管理生产过程　　　D. 以上选项都正确

2) 生产函数描述的是(　　)。

A. 投入价格如何随企业产出的变化而变化

B. 从一定数量的投入中得到多少产出

C. 在每一价格水平下,企业应该生产的最优产出水平

D. 价格与需求量之间的关系

3) 经济学在生产理论中所研究的短期是指(　　)。

A. 全部固定成本与可变成本都能够调整的时期

B. 全部生产要素都可以随产量而调整的时期

C. 只能根据产量调整部分生产要素的时期

D. 只能根据产量调整机会成本的时期

4) 下列各项中,最可能是厂商选择的短期调整的是(　　)。

A. 扩大已存在的工厂的规模　　　B. 改变种庄稼的品种

C. 雇用工人以加长工作时间　　　D. 关闭生产设备

5) 一个厂商在长期内能完成对经济条件的调整的是(　　)。

A. 采用新的计算机生产化的技术,可以节省生产线上50%的劳动力

B. 雇用三班倒的工人,增员扩容

C. 面对国外严酷的竞争,将工作的压力减轻30%

D. 以上措施在长期内都是可行的

2. 判断题

1) 可变技术系数是指在一定技术水平条件下,生产某种产品所需要的各种生产要素的组合比例不用发生变化。　　　　　　　　　　　　　　　　　　　　(　　)

2) 长期是指厂商可以根据他所要达到的产量来调整其全部生产要素的时期。

(　　)

3) 平均产量曲线可以和边际产量曲线在任何一点上相交。 （　　）

4) 规模收益递增是指产量的增加比例大于投入要素的增加比例。 （　　）

5) 由于规模过大可能会加剧企业之间的竞争，从而降低收益属于内在不经济。

（　　）

3. 简答题

1) 什么是生产要素与生产函数？

2) 用图来说明生产要素的最适组合。

3) 用图说明总产量曲线、平均产量曲线和边际产量曲线的特征及其相互之间的关系。

4) 什么是适度规模？确定适度规模时，应考虑哪些因素？

4. 技能题

已知某汽车制造厂汽车产量与工人的数量关系如下表，请你填出下表空缺部分：

工人人数	汽车产量（万辆）	平均产量	边际产量
0	0		
1	5		
2	8		
3	13		
4	16		
5	19		
6	22		
7	26		
8	30		

5. 分析题

试用边际收益递减规律解释"一个和尚担水吃，两个和尚抬水吃，三个和尚没水吃"现象。

6. 计算题

1) 某企业在短期生产中的生产函数为 $Q=-L^3+24L^2+240L$，计算企业在下列情况下的 L 的取值范围：① 在第 I 阶段；② 在第 II 阶段；③ 在第 III 阶段。

2) 已知某企业的生产函数为 $Q=5L+12K-2L^2-K^2$，其中，$P_L=3$，$P_K=6$，总成本 $TC=160$。试求：该企业的最优要素组合。

3) 已知某企业的生产函数为 $Q=L^{\frac{2}{3}}K^{\frac{1}{3}}$，劳动的价格 $\omega=2$，资本的价格 $r=1$。

试求:

(1) 当成本 $C = 3\,000$ 时,企业实现最大产量时的 L、K 和 Q 的均衡值。

(2) 当产量 $Q = 800$ 时,企业实现最小成本时的 L、K 和 C 的均衡值。

4) 某钢铁厂的生产函数为 $Q = 5LK$,其中 Q 为该厂的产量,L 为该厂每期使用的劳动数量,K 为该厂每期使用的资本数量。如果每单位资本和劳动力的价格分别为 2 元和 1 元,那么每期生产 20 单位的产品,应该如何组织生产?

5 成本与收益理论

【学习目标】

学习本章,掌握短期成本的概念与分类,利润最大化原则;理解长期成本的概念;了解机会成本在企业决策中的作用。

【案例导入】

必须知道的机会成本

在日常生活中和金钱有关的活动实在很多,不论是消费买东西还是投资理财,好像我们睡觉起来一睁开眼,就开始和金钱玩游戏,而且玩的是"选择"的游戏。

怎么说是"选择"呢?举例来说,美美今天准备穿昨天买的 2 000 元的新衣服到公司亮相,但一早醒来是个下雨天,她就考虑是要选择开车上班还是搭公交车,开车的好处是不会因为淋到雨而把衣服弄湿,但却需要油钱、停车费等 500 元的支出;搭公交车虽然只要 30 元,但却要冒着新衣服被雨弄湿的危险。最后美美选择了开车上班,虽然花了 500 元,但新衣服亮丽完好,而且还得到同事们的赞美,换得了美美一天的好心情。如果美美为了省钱搭公交车去上班,但新衣服毁了,也可能连带影响工作表现而被老板骂。由上述例子看来,我们在选择时,是不会只考虑到实际金钱支出的部分,500 元虽比 30 元要多,但却可换得一个好结果,这也就是我们常说的"值不值得",也就是所谓的"机会成本"。

"机会成本"是一个经济学上的专有名词,就是当你选择做一件事情时,必须付出放弃做其他事情中价值最高者。这个价值包括了实际支出的金钱及非以金钱来表示的形式。您听过的"春宵一刻值千金"及"不爱江山爱美人",都是机会成本的例子。不过,不同的人面对同一件事情时,不见得会有相同的选择,这是因为每个人的价值观不同,所付出的机会成本也不同。

有了机会成本的概念,进而把它运用在投资理财上更为重要,因为这牵涉到投资效率的问题,举例来说,假设你有 100 万元打算进行 10 年的长期投资,以下有两种方案供你选择:一是把钱放到银行定存,年利为 2%,10 年共赚得 22% 的报酬率;二是投资股票型基金,根据过去 10 年全球型股票基金的报酬率来看可达 100％。聪明人一看便知道要选方案二，因为获利较高，相对的其机会成本（被放弃的方案一）也较低。

再者，机会成本有个隐含的成本即时间，在投资理财中扮演十分重要的角色，如有些人愿意每个月存下 5 000 元定期定额投资共同基金，因为每个月少花 5 000 元，5 年后可能就会有四五十万元，这 5 000 元 5 年后的价值，就是今日相对于未来的机会成本。但有些人选择当个享乐当下、有钱就花的月光族，5 年后还是一无所有，随着时间的流逝，其所付出的代价会更高。

机会成本也可用于教育小孩的消费观，最近我家的宝贝儿子迷上 mp3，我就和他约法三章，每天帮忙做 1 件家事，就给他 10 元作为报酬，他必须把钱存起来作为买 mp3 的基金，有一天他看到电视里的 pizza 广告，突然想吃就跟我说，想用存的钱去叫 pizza 吃（他知道父母不会买电视上广告的高热量食物给孩子们吃），我就跟儿子说，如果你拿存的钱去买 pizza，那买 mp3 的时间就要延后了。

儿子皱着眉头，10 分钟后，告诉我他决定不买 pizza，继续朝 mp3 之路前进，我想他那思考及抉择的 10 分钟，脑中一定有着 pizza 及 mp3 拔河拉锯的画面。提早让孩子了解机会成本，懂得如何做选择，对他日后的理财很有帮助。

今后面对事情或进行投资理财时，如何做出最有利的选择，就有待聪明的您运用智慧了！

5.1　成本及分类

成本是指为了达到某种目的或获得某种商品所付出的代价。而厂商的成本又称生产费用，是指厂商对所购买的生产要素的货币支出，或者说是厂商在生产商品或劳务中所支付的要素投入费用。

应该指出的是：经济学感兴趣的是影响厂商决策的成本，经济分析中的成本与财务分析的成本的含义是有区别的，所以，有必要对成本进行不同角度的分类，以研究其不同性质。

5.1.1　会计成本与经济成本

1. 会计成本

会计成本（accounting cost）是指企业在生产中按市场价格所购买的生产要素的货币支出。会计成本可以用货币来计量，且能够在会计账目上直接反映出来。会计成本是过去的支出，这种成本在企业中是显而易见的，称为显性成本。例如，企业雇用工人所支出的工资、向银行贷款所支付的利息、租用土地所支付的地租和购买原材料所支付的费用等。

2. 经济成本

经济成本(economic cost)是指企业在生产过程中所发生的显性成本与隐性成本之和。显性成本是指厂商在生产要素市场上,购买或租用所需生产要素的实际支出。隐性成本是指生产者自有的资金、土地、厂房和人力等生产要素被用于该企业生产过程而支付的总价格。隐性成本包括生产者所拥有和所使用资源的成本。例如,企业自有资金的利息、自有土地的地租、自有厂房、设备等固定资产的折旧费、企业所有者自己所提供劳务的报酬等。

例如,某人开一小商店,店面租金每月为1 000元,进货总金额为2 000元,其成本包括每月租金和进货成本,这类成本在经济学上称为显性成本。然而,经济学上会更进一步寻找显性成本之外的经营成本——隐性成本。

在上例中,店主自己兼任小店经理和店员,虽然不用支付工资,但他所付出的劳动也是一种成本,这一类成本就是隐性成本。由于隐性成本不涉及实际的市场交易,就带来一个问题:如何测算隐性成本?从上面店主自己的角度来说,自己经营店铺的劳动成本是他放弃的在别处工作的收入。如他干别的工作,最多能给他带来800元的收入,那么800元就构成了他自营小百货店的隐性成本。

3. 显性成本与隐性成本的区别

两者的区别强调了经济学家与会计师分析经营活动之间的重要不同。经济学家关心研究企业如何做出生产和定价决策。由于这些决策既根据了显性成本又根据了隐性成本,因此,经济学家在衡量企业的成本时就包括了这两种成本。与此相比,会计师的工作是记录流入和流出企业的货币。结果,他们衡量显性成本,往往忽略了隐性成本。

5.1.2 机会成本

在经济学中,机会成本是一个十分有用的概念。经济学的核心问题是资源有效配置的问题。因为资源是稀缺的,而这构成了机会成本概念的基础。任何一种生产要素一般有多种用途,但当人们决定用1吨羊毛生产毛毯时,就不能用它再生产羊绒了,换句话说,就是某个厂商使用一定的经济资源去生产一定数量的某种产品,这些资源就不能使用到其他用途上去生产别的产品了。若厂商用1吨羊毛生产羊绒可获利5 000元,而生产毛毯可获利6 000元,而此时该厂商不能用这同一吨羊毛既生产羊绒又生产毛毯,如果该厂商使用这1吨羊毛生产毛毯,就得放弃生产羊绒所能带来的5 000元收入,这5 000元收入就是该厂商把羊毛用于生产毛毯所需做出的牺牲,同时,羊绒是其他用途中收入最高的。

机会成本(opportunity cost)是指当把一定资源用于生产某种经济物品时所放弃的其他用途所能产生的最大收益。也就是说,决策者在资源既定的条件下,为获得某种收入所放弃的次佳选择。机会成本不是做出某项选择时实际支付的费用或损失,而是一种观念上的成本或损失。

例：某人拥有 1 万元的资金，可用于以下甲、乙、丙三种用途，甲、乙、丙销售收入及利润情况表，如表 5-1 所示。

表 5-1

甲、乙、丙销售收入及利润情况表

单位：元

项　　　目	甲用途	乙用途	丙用途
预计各种用途可能获得的销售收入	12 000	16 000	19 000
预计各种用途可以得到的利润	2 000	6 000	9 000

在表 5-1 中，把资源用在甲用途得到了销售收入 12 000 元，失去了什么？

一是 10 000 元的现金投入，把资源用在甲用途就失去了拥有 10 000 元现金的机会（机会成本为 10 000 元）。

二是失去了用在乙、丙用途的机会，即失去了获得 6 000 元、9 000 元利润的机会，这两个机会损失中最大的机会损失是 9 000 元，所以资源用在甲用途的第二个机会损失（机会成本）是 9 000 元。

5.1.3　私人成本与社会成本

私人成本（private cost）是指私人生产者生产过程中按要素市场价格直接支出的费用。通常按照企业所使用的要素的市场价格来计算。

社会成本（social cost）是指整个社会为某个厂商或某一生产要素投入所付出的成本。例如，某炼铁厂可能会向附近的河流排放废水，对工厂而言，排放废水的成本仅仅是把废水从工厂输送到河流里所发生的费用；对整个社会而言，会造成社会环境的水污染，社会必须为此支付一笔费用以治理污染，从而构成社会成本。社会成本是政府制定政策、立法和审批项目的重要依据。

5.1.4　短期成本与长期成本

在经济学中，短期与长期的划分，不是就时间的长短，而是就生产要素是否全部可变而言的。短期是指厂商不能根据他所要达到的产量来调整其全部生产要素的时期。在短期内，厂商只能调整部分的生产要素，生产要素投入可分为固定投入要素和可变投入要素。其中，不能在短期内调整的生产要素的费用，属于固定成本（fixed cost，简写为 FC），如厂房和设备的折旧、管理人员的工资等。固定成本不随产量的变动而变动。在短期内可以调整的生产要素费用，如原料、燃料的支出和工人工资，属于可变成本（variable cost，简写为 VC）。可变成本随产量的变动而变动。在长期中，厂商可以根据他所要达到的产量来调整其全部生产要素,因此一切成本都是可变的,不存在固定成本和可变成本的区别。

【推荐阅读】

成本与收益

理性人沿着"对他自己最有利"的思路进行选择,那么,什么是有利呢?经济学认为,"利"是收益减去成本。

一、收益

收益就是所获得的东西,这"东西"可以是物质的,也可以是非物质的,但必然是稀缺资源。有时候需要比较收益的大小,但获得的东西千差万别,如何比较大小?

一个处理办法是对不同的东西折算成金钱。例如,一项工作的收益是大米 500 千克,另一项工作的收益是鸡蛋 100 千克,哪一种收益高,不能直接比较,如果换算成人民币,500 千克大米折合 1 000 元人民币,100 千克鸡蛋折合 600 元人民币,就知道前者比后者收益高了。

如果收益的时间不同,那么,问题就更复杂了。例如,前面的例子中,如果鸡蛋是现在获得,而大米是 1 年以后才获得,那么,哪一个工作的收益比较大就复杂了。经济学的一个重要分支——金融学,提供了解决这类问题的一个基本框架。

并非所有的收益都能够折算成为金钱。对于不能折算成金钱的收益,经济学没有直接办法比较其大小,也就是说,对于收益不能折算成金钱的那些事情,经济学是无能为力的。例如,一个人看到有儿童落水,不加思考,便去救人,他不一定做这样的选择——救人还是不救人?他也无法去算计"救人"的收益是多少。经济学在这里暂时是无能为力的。但是,经济学却可以肯定地进行如下的推测:如果政府设立一笔丰厚的见义勇为资金,奖励见义勇为者,那么,勇于抢救落水儿童的人必然增加。

二、成本

(一)成本的定义

成本是指人们在选择时所放弃的最大利益。这个定义有两个要点:第一,没有选择就没有成本;第二,成本是最大的代价(即放弃的最高收益)。

例如,某老板租了一间店面卖面包,租金是每天 10 元,你已经签了约,没有选择——租金必须交,他又花费 30 元(原料、工人的工钱等)做出了 100 个面包,标价 0.5 元/个。现在,你来到他的店,要求买面包,但出价 0.2 元/个,他不卖,说不够弥补成本。

他所说的"成本"与我们所说的成本(机会成本)是不是一样?他不卖是不是因为"不够弥补成本"?事实上,他所说的"成本"与我们所说的成本是不一样。他说的"成本"是会计学意义上的成本,大约是这样计算的:(30+10)/100=0.4 元。

如果他所说的成本就是我们所说的成本的话,那应该是所放弃的最大利益,即他为了取得你给他的 0.2 元(卖给你 1 个面包的收入)所放弃的最大利益,这最大利益是什么呢? 这取决于他自己的预期,他标价 0.5 元/个,意味着他认为这个面包能以 0.5 元卖出去,所以,如果他所说的成本就是经济学上所定义的成本的话,那就应该是 0.5 元。所以,这位老板不愿意以 0.2 元卖 1 个面包给你,真正的原因是他认为这个面包可以 0.5 元卖出去。

成本是所放弃的最大利益。例如,你读大学所放弃的是什么? 第一,学费 2 万元;第二,学费的利息 1 000 元;第三,这 4 年,如果不读大学,你可以去打工或者在家种田,去打工 4 年可以收入 4 万元,在家种田 4 年的收入 3 万元。你读大学 4 年的成本总共是多少? 答案是:2 万元+1 000 元+4 万元。

沉没成本不是成本。有一些书上有"沉没成本"这个词,沉没成本是指已经发生的而且已经无法收回的支出。由于经济学上讲的成本就是机会成本——面临选择时,你选择放弃的最大利益,而沉没成本不可避免,与选择无关,换言之,沉没成本不影响人的选择。既然不影响人的选择,就与经济学无关。所以,沉没成本不是经济学上所说的成本。

再举一个成本的例子:你考虑买一辆汽车搞运输,汽车价格是 10 万元。那么,你考虑买这辆车的时候,面临两个选择:买,不买。你不买,这 10 万元钱还是你的,你选择买,这 10 万元钱就不是你的了,也就是说,买这辆车,你放弃的最大收益是 10 万元(这里为简便起见忽略了购车的其他费用),所以,买这辆车的成本是 10 万元。但是,车买下来之后,经济学家再问你:"这辆车的成本是多少?"那他的意思是说"持有这辆车的成本是多少?"答案显然不是 10 万元。是多少,要取决于放弃这辆车所放弃的最大收益是什么。假设这辆车有很多用途,用途一的收益是 100 万元,用途二的收益是 80 万元,用途三的收益是 50 万元,那么,放弃这辆车所放弃的最大收益是 100 万元,于是,持有这辆车的成本就是 100 万元。

(二) 成本的表现形式

许多成本有价可计。例如,买一辆汽车,车身价格 20 万元,入户费 1 万元,购置费 2 万元,合计成本是 23 万元。

但还有许多成本是无价可计的。例如,春节期间,火车票非常紧张,你托在火车站工作的朋友通过关系才买到一张火车票,票价是 500 元。这张火车票的成本难道就仅仅是 500 元吗? 显然不是。俗话说,你欠了朋友一个人情。人情总归是要偿还的。以后你总要以某种方式还回去,如也帮他办点什么事。可见,这张火车票的成本是 500 元+人情。这一"人情"值多少钱,有时候可以算得清,有时候算不清。例如,如果你可以在黑市上以 2 000 元买到这张票,那么,这个人情就值 1 500 元,但如果没有黑市价,那人情价值几何就不容易算得清楚了。

"价格"是成本的一种形式,"欠了朋友一个人情"也是成本的一种形式。成本的表现形式多种多样,可以是时间、辛劳、学习的机会等等,难以穷举。

5.2 短期成本分析

5.2.1 短期成本的分类

1. 短期总成本

短期是指部分生产要素可以调整的时期,可以调整的生产要素主要是原材料、工人人数、燃料等,不可以调整的生产要素主要是机器设备、厂房、管理人员等。短期总成本(STC)是指短期内生产一定量产品所需要的成本总和。总成本包括可变成本和固定成本。固定成本(SFC)是指厂商在短期内不能改变的固定投入而支付的成本,主要包括厂房和设备的折旧、地租、财产税、管理人员的工资,厂商自有资本的收益、借贷资金的利息。这部分不随产量的变动而变动。变动成本(SVC)是厂商在短期内为其使用的可变投入所支付的总成本,主要包括原材料、燃料的支出以及生产工资的工资。这部分成本随产量的变动而变动。短期总成本的计算公式如下:

$$STC = SFC + SVC$$

式中:STC——短期总成本;

SFC——短期固定成本;

SVC——短期可变成本。

由于固定成本不能为零,所以短期成本必然大于零。短期成本表,如表 5 - 2 所示。

表5 - 2

短 期 成 本 表

Q	SVC	SFC	STC	AFC	AVC	SAC	SMC
0	0	40	40	—	—	—	0
1	49	40	89	40	49	89	49
2	80	40	120	20	40	60	31
3	99	40	139	13	33	46	19
4	112	40	152	10	28	38	13
5	125	40	165	8	25	33	13
6	144	40	184	7	24	31	19
7	175	40	215	6	25	31	31
8	224	40	264	5	28	33	49
9	297	40	337	4	33	37	73

2. 短期平均成本

短期平均成本(SAC)是指短期内生产每一单位产品平均所需要的成本。它等于短期

总成本 STC 除以产量所得之商，即 $SAC = STC/Q$。短期平均成本包括短期平均可变成本和短期平均固定成本。短期平均可变成本是可变成本除以产量的商。短期平均固定成本是固定成本除以产量的商。计算公式分别如下：

$$AFC = SVC/Q$$
$$AVC = SFC/Q$$
$$SAC = AFC + AVC$$

式中：SAC——短期平均成本；

AFC——短期平均固定成本；

AVC——短期平均可变成本。

3. 短期边际成本

短期边际成本（SMC）是指厂商每增加一单位产量所增加的总成本量。表 5-2 中，则有：

$$SMC = \frac{\Delta STC}{\Delta Q} = \frac{\Delta SVC}{\Delta Q}$$

或者

$$SMC = \frac{\mathrm{d}STC}{\mathrm{d}Q} = \frac{\mathrm{d}SVC}{\mathrm{d}Q}$$

式中：SMC——短期边际成本；

ΔSTC——短期总成本的增量；

ΔQ——增加的产量。

短期总成本、短期平均成本、短期边际成本是互相联系、密切相关的，而其中短期边际成本的变动又是短期总成本和短期平均成本变动的决定性因素。

例 1：假定某企业的短期成本函数是：$STC(Q) = Q^3 - 10Q^2 + 17Q + 66$，求出下列相应的函数：$SVC(Q)$，$SAC(Q)$，$AVC(Q)$，$AFC(Q)$ 和 $MC(Q)$。

解：由 $STC(Q) = Q^3 - 10Q^2 + 17Q + 66$

得　$SVC(Q) = Q^3 - 10Q^2 + 17Q$

$SAC(Q) = STC(Q)/Q = Q^2 - 10Q + 17 + 66/Q$

$AVC(Q) = SVC(Q)/Q = Q^2 - 10Q + 17$

$AFC(Q) = SFC/Q = 66/Q$

$SMC = \Delta STC/\Delta Q = \frac{\mathrm{d}STC}{\mathrm{d}Q} = 3Q^2 - 20Q + 17$

5.2.2　各类短期成本的变动规律及其关系

根据表 5-1，可以绘制出各类成本的曲线图。图中横轴 0Q 代表产量，纵轴 0C 代表成本。

1. 短期固定成本、可变成本和总成本

短期固定成本曲线 SFC 是一条平行于 x 轴的水平线,表明固定成本是一个既定的数量,它不随产量的增减而改变。短期可变成本 SVC 是产量的函数,是一条向右上方倾斜的曲线。其变动规律是从原点出发,随着产量的增加,成本相应增加,也就是说,可变成本先是随产量的增加而以越来越慢的速度增加,而后转为以越来越快的速度增加。

短期总成本 STC 线是由固定成本线与可变成本线相加而成,其形状与可变成本曲线一样,且在总变动成本的正上方,只不过是可变成本曲线向上平行移动一段相当于 SFC 大小的距离,即总成本曲线与可变成本曲线在任一产量上的垂直距离等于固定成本 SFC,但 SFC 不影响总成本曲线的斜率。因此,固定成本的大小与总成本曲线的形状无关,而只与总成本曲线的位置有关。总成本曲线也是产量的函数,其形状也取决于边际收益递减规律。总成本的变动趋势与可变成本的变动趋势是一致的。TFC、TVC 和 STC 曲线,如图 5-1 所示。

2. 短期平均固定成本、平均可变成本和平均成本

短期平均固定成本曲线 AFC 是一条向右下方倾斜的线,开始比较陡,以后逐渐平缓,这表示随着产量的增加,平均固定成本一直在减少,但开始时减少的幅度大,以后减少的幅度越来越小。短期平均可变成本曲线 AVC 和短期平均成本曲线 SAC 均是 U 形曲线,表明随着产量的增加先下降而后上升的变动规律。平均成本曲线在平均可变成本曲线的上方,开始时,平均成本曲线比平均可变成本曲线下降的幅度大,以后的形状与平均可变成本曲线基本相同,两者的变动规律相似。AFC、AVC 和 SAC 曲线,如图 5-2 所示。

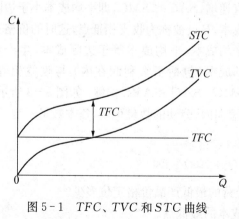

图 5-1 TFC、TVC 和 STC 曲线

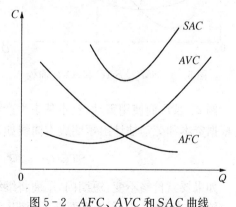

图 5-2 AFC、AVC 和 SAC 曲线

3. 短期边际成本、短期平均成本和短期平均可变成本

短期边际成本 SMC 曲线是一条先下降而后上升的 U 形曲线,开始时,边际成本随产量的增加而减少,当产量增加到一定程度时,就随产量的增加而增加。

(1)短期边际成本 SMC 和短期平均可变成本 AVC 的关系。造成 SMC 曲线和

AVC 曲线 U 形的原因是由于投入要素的边际成本的递减或递增,也就是边际收益率的递增或递减,但两种成本的经济含义和几何含义不同,SMC 曲线反映的是 SVC 曲线上的一点的斜率。而 AVC 曲线则是 SVC 曲线上任一点与原点连线的斜率。SMC 曲线与 AVC 曲线相交于 AVC 曲线的最低点 A。由于边际成本对产量变化的反应要比平均可变成本灵敏得多,因此,不管是下降还是上升,SMC 曲线的变动都快于 AVC 曲线,SMC 曲线比 AVC 曲线更早到达最低点。

在 A 点上,$SMC = AVC$,即边际成本等于平均可变成本。在 A 点之左,AVC 在 SMC 之上,AVC 一直递减,$AVC > SMC$,即边际成本小于平均可变成本。在 A 点之右,AVC 在 SMC 之下,AVC 一直递增,$AVC < SMC$,即边际成本大于平均可变成本。A 点被称为停止营业点,即在这一点上,价格只能弥补平均可变成本,这时的损失是不生产也要支付平均固定成本。如果低于 A 点,不能弥补可变成本,则生产者无论如何也不能开工。

(2) 短期边际成本 SMC 和短期平均成本 SAC 的关系。短期边际成本 SMC 和短期平均成本 SAC 的关系与短期平均可变成本 AVC 的关系相同。SMC 曲线与 SAC 曲线相交于 SAC 曲线的最低点 B。在 B 点上,$SMC = SAC$,即边际成本等于平均成本。在 B 点之左,SAC 在 SMC 之上,SAC 一直递减,$SAC > SMC$,即平均成本大于边际成本。在 B 点之右,SAC 在 SMC 之下,SAC 一直递增,$SAC < SMC$,即平均成本小于边际成本。B 点被称为收支相抵点,这时的价格为平均成本,平均成本等于边际成本,生产者的成本(包括正常利润在内)与收益相等。SMC、SAC 和 AVC 曲线,如图 5-3 所示。

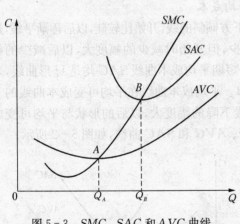

图 5-3　SMC、SAC 和 AVC 曲线

例 2:某厂商使用劳动、资本从事生产,在短期内,劳动的数量可变,资本数量不变,厂商根据资本和劳动估计出短期成本曲线如下:

$$STC(Q) = 2Q^3 - 24Q^2 + 120Q + 400$$

如果要素价格不变,短期内,厂商将继续经营的最低产品价格定位多少?

解:在短期内,厂商价格不低于短期变动成本的最低点。

$$TVC = 2Q^3 - 24Q^2 + 120Q$$

$$AVC = 2Q^2 - 24Q + 120$$

$$SMC = \frac{\mathrm{d}STC}{\mathrm{d}Q} = 6Q^2 - 48Q + 120$$

当 $AVC = SMC$ 时，AVC 达到最低点，

即 $$2Q^2 - 24Q + 120 = 6Q^2 - 48Q + 120$$

得 $Q = 6$ 则 $AVC = 48$

厂商继续经营的最低价格为 48 元。

5.3 长期成本分析

厂商的长期成本可以分为长期总成本、长期平均成本和长期边际成本。

5.3.1 长期总成本

长期总成本（LTC）是厂商在长期中，在各种产量水平上通过改变生产规模所能达到的最低总成本。换句话说，在各种产量水平上，厂商都以最佳生产规模来进行生产，厂商为此所付出的总成本是长期总成本。长期总成本随产量的变动而变动，没有产量时就没有总成本。LTC 曲线是一条由原点出发向右上方倾斜的曲线，表示长期总成本随着产量的增加，总成本在增加。在开始生产时，要投入大量生产要素，而产量少时，这些生产要素无法得到充分利用，因此，成本增加的比率大于产量增加的比率。当产量增加到一定程度后，生产要素开始得到充分利用，这时，成本增加的比率小于产量增加的比率，这也是规模经济的效益。最后，由于规模收益递减，成本的增加比率又大于产量增加的比率。LTC 曲线，如图 5-4 所示。

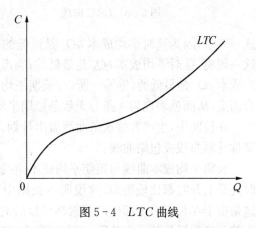

图 5-4 LTC 曲线

可见，长期总成本曲线 LTC 与可变成本曲线 SVC 的形状是一致的。不同的是，SVC 曲线形状是由于可变投入要素的边际收益率先递增后递减决定的，而在长期，由于所有投入要素都是可变的，因此，这里面对应的是要素的规模报酬问题，LTC 曲线的特征是由规模报酬先递增后递减决定的。

5.3.2 长期平均成本

1. 长期平均成本

长期平均成本（LAC）是长期中平均每一单位产品的成本。它等于长期总成本 LTC

与产量 Q 之商,即:

$$LAC = LTC/Q$$

2. 长期平均成本曲线的特征

长期平均成本曲线表明了当资本和劳动都可以变动时,可以达到的最低平均总成本与产量之间的关系。它随着产量的增加而变动,开始时呈递减趋势,达到最低点后转而递

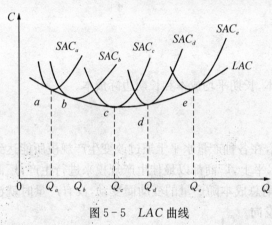

图 5-5　LAC 曲线

增,是一条先下降然后缓慢上升的 U 形曲线。从图 5-5 可以看出,5 条短期平均成本曲线分别表示不同生产规模上平均成本的变化情况,越是往右,代表生产规模越大,每条 SAC 与 LAC 不相交但相切,并且只有一个切点,从而形成一条包络曲线。之所以这样,就是为求降低成本而选择生产规模的结果。生产者要根据产量的大小来决定生产规模,其目标是使平均成本达到最低。在产量 $0Q_a$ 时,要选择 SAC_a 这一规模,因为这时平均成本 aQ_a 是最低的。以此类推,当产量 $0Q_b$ 时,则要选择 SAC_b 这一规模,这时平均成本 bQ_b 是最低的;当产量 $0Q_c$ 时,则要选用 SAC_c 这一规模,这时平均成本 cQ_c 是最低的,等等。所以,长期平均成本曲线就是由无数条短期平均成本曲线集合而成,从而就表现为一条与无数条短期平均成本曲线相切的曲线。

在长期中,生产者按这条曲线做出计划,确定生产规模,因此,这条长期平均成本曲线又称计划曲线或包络曲线。

长期平均成本曲线与短期平均成本曲线的区别在于:长期平均成本曲线无论在下降时还是上升时都比较平坦,这说明在长期中平均成本无论是减少还是增加都变动较慢。这是由于在长期中全部生产要素都可以随时调整,从规模收益递增到规模收益递减有一个较长的规模收益不变阶段,而在短期中,规模收益不变阶段很短,甚至没有。

3. 不同行业的长期平均成本

以上对长期平均成本的讨论都假设生产要素的价格是不变的。如果考虑到生产要素价格的变动,则各行业长期平均成本变动的特点又有所不同。一般可以根据长期平均成本变动的情况把不同的行业分为三种情况,即成本不变、成本递增和成本递减。

(1)成本不变的行业。这种行业中,各厂商的长期平均成本不受整个行业产量变化的影响,无论产量如何变化,长期平均成本是基本不变的。这种行业就是"成本不变行业"。形成这些行业成本不变的原因主要有:第一,这一行业在经济中所占的比重很小,也就是说,与其他行业相比,它是非常微小的。这样,它所需要的生产要素在全部生产要

素中所占的比例也很小,从而它的产量的变化不会对生产要素的价格发生影响。因此,这一行业中各厂商的长期平均成本也就不会由于这一行业产量的变动而变动了。第二,这一行业所使用的生产要素的种类和数量与其他行业成反方向变动。这样,它的产量的变动也就不会引起生产要素价格的变动,从而保持长期平均成本不变。适用于成本不变的行业一般是一些小商品生产或特殊行业。

(2)成本递增的行业。这种行业中各个厂商的长期平均成本要随整个行业产量的增加而增加。这种行业在经济中属于普遍的情况。形成这些行业成本递增的原因是,由于生产要素是有限的,所以整个行业产量的增加就会使生产要素价格上升,从而引起各厂商的长期平均成本增加。这种情况在以自然资源为主要生产要素的行业中更为突出,如农业、矿业等行业。

(3)成本递减的行业。这种行业中各个厂商的长期平均成本要随整个行业产量的增加而减少。形成这些行业成本递减的原因是,外在经济对这种行业特别重要。例如,在同一地区建立若干汽车制造厂,各厂商就会由于在交通、辅助服务等方面的节约而产生成本递减。但特别应该指出的是,这种成本递减的现象只是在一定时期内存在。在长期中,外在经济必然会变为外在不经济。因此,一个行业内的成本递减无法长期维持下去。

5.3.3 长期边际成本

长期边际成本(long-run marginal cost,简写 LMC)是长期中增加每一单位产品所增加的成本。

$$LMC = \Delta LTC / \Delta Q$$

式中:LMC——长期边际成本;

ΔLTC——长期总成本的增量;

ΔQ——增加的产量。

长期边际成本也是随产量的增加先减少而后增加的,因此,长期边际成本曲线也是一条先下降而后上升的 U 形曲线,但它也比短期边际成本曲线要平坦。

长期边际成本与长期平均成本的关系和短期边际成本与短期平均成本的关系一样,即在长期平均成本下降时,长期边际成本小于长期平均成本($LMC < LAC$);在长期平均成本上升时,长期边际成本大于长期平均成本($LMC > LAC$),在长期平均成本的最低点,长期边际成本等于长期平均成本。LMC 曲线,如图 5-6 所示。

图 5-6 中,LMC 为长期边际成本曲线,与长期平均成本曲线 LAC 相交于其最低

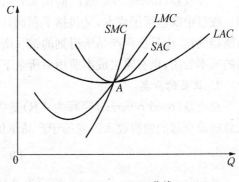

图 5-6 LMC 曲线

点 A。在 A 点，$LMC = LAC$，即长期边际成本等于长期平均成本。在 A 点之左，LAC 在 LMC 之上，LAC 一直递减，$LAC > LMC$，即长期平均成本大于长期边际成本。在 A 点之右，LAC 在 LMC 之下，LAC 一直递增，$LAC < LMC$，即长期平均成本小于长期边际成本。在 LAC 的最低点，SAC、SMC、LAC、LMC 相交于一点。

例3：某厂商的长期成本曲线为：

$$LTC = 2/3 \cdot Q^3 - 16Q^2 + 180Q$$

厂商预期的长期最低价格是多少？

解：在长期内，长期价格应不低于长期平均成本的最低点。

$$LAC = LTC/Q = 2/3 \cdot Q^2 - 16Q + 180$$

$$LMC = \frac{\mathrm{d}LTC}{\mathrm{d}Q} = 2Q^2 - 32Q + 180$$

由 $LAC = LMC$

得：$Q = 12$

从而 $P = LAC = 84$(元)

厂商预期的长期最低价格是84元。

5.4　收益与利润最大化

5.4.1　收益分析

为了说明厂商在各种市场中如何决定产量和价格，需要首先介绍厂商收益及利润概念，以及实现利润最大化的条件。

1. 收益

厂商收益(revenue)是指厂商出卖产品得到的全部货币收入，即价格与销售量的乘积。收益中既包括了成本，又包括了利润。这里要注意：收益并不等于利润，不是出售产品所赚的钱，而是出售产品所得到的钱。所得到的钱中，既有用于购买各种生产要素而支出的成本费用，也有除去成本费用后所余下的利润。

2. 收益的分类

总收益(total revenue，简写为 TR)是指厂商销售一定量产品和劳务所得到的货币收入总额或全部的销售收入。它等于产品单价(P)乘以销售数量(Q)，可用公式表示为：

$$TR = P \cdot Q$$

平均收益(average revenue，简写为 AR)是指厂商销售每单位产品和劳务所得到的平

均收入,它等于总收益除以总销售量,就是单位产品的市场价格。可用公式表示为:

$$AR = TR/Q = P \cdot Q/Q = P$$

边际收益(marginal revenue,简写为 MR)是指厂商每增加销售一单位产品使总收益所增加的收入。可用公式表示为:

$$MR = \Delta TR / \Delta Q$$

收益是产量与价格的乘积。所以,如果不考虑价格的因素,收益就是产量。以 P 代表价格,则总收益(TR)与总产量(TP)、平均收益(AR)与平均产量(AP)、边际收益(MR)与边际产量(MP)之间的关系应该是:$TP \cdot P = TR, AP \cdot P = AR, MP \cdot P = MR$。如果假设不考虑价格因素。则有:$TP = TR, AP = AR, MP = MR$。

由此可以得出,总收益、平均收益和边际收益的变动规律与曲线形状和第 4 章中所介绍的总产量、平均产量和边际产量的变动规律与曲线形状是相同的。

5.4.2 利润最大化原则

利润是生产活动中一个重要的价值概念,是指生产中获得的总收益与投入的总成本之间的差额。则有:

$$\pi = TR - TC$$

式中:TR——总收益;

　　　　TC——总成本;

　　　　π——利润。

当总收益超过总成本时,此超过额为厂商利润;当总成本超过总收益时,此超过额为厂商的亏损。总收益超过总成本最大时,利润最大;总成本超过总收益最小时,亏损最小。要注意:这里所说的利润是指超过正常利润的超额利润。用于企业家才能的成本费用就是正常利润。按经济学家分析,正常利润是成本的一种。

厂商从事经济活动的目的,在于追求最大的利润,就是求得利润最大化。在经济分析中,利润最大化的原则是边际收益等于边际成本, 即 $MR = MC$。

为什么在边际收益等于边际成本时能实现利润最大化呢?

(1) 如果边际收益大于边际成本,即 $MR > MC$,表明厂商每多生产一单位产品所增加的收益大于生产这一单位产品所增加的成本。这时,对该厂商来说,还有潜在的利润没有得到,厂商会扩大产量或新厂商进入该市场。也就是说,没有达到利润最大化。

(2) 如果边际收益小于边际成本,即 $MR < MC$,表明厂商每多生产一单位产品所增加的收益小于生产这一单位产品所增加的成本。这时,对该厂商来说,就会造成亏损,更谈不上利润最大化了,因此,厂商必然要减少产量或退出市场。

（3）无论边际成本大于还是小于边际成本，厂商都要调整其产量，说明没有实现利润最大化。只有在边际收益等于边际成本时，厂商才不会调整产量，表明已把该赚的利润都赚到，即实现了利润最大化。

只有 $MR = MC$ 时，即边际收益等于边际成本。厂商此时既不会增加产量，也不会减少产量，该赚到的利润都赚到了，这时也就实现了利润最大化。

例 4：已知某厂商面临的需求曲线为 $Q = 50 - 3P$。

（1）求厂商的边际收益函数。

（2）若厂商的边际成本为 $MC = 4$，求厂商利润最大化的产量和价格。

解：（1）由于 $TR = PQ$

所以
$$TR = PQ = P(50 - 3P) = 50P - 3P^2$$

$$MR = \frac{\mathrm{d}TR}{\mathrm{d}Q} = 50 - 6P$$

即厂商的边际收益函数为 $MR = 50 - 6P$。

（2）由于 $MR = MC$ 时，厂商能达到利润最大化。

因为 $MC = 4$，所以 $50 - 6P = 4$。

$$P = 23/3$$

$$Q = 50 - 23/3 \times 3 = 27$$

厂商利润最大化的产量为 27，价格为 23/3。

【案例分析】

利润最大化究竟对不对

2001 年 12 月 2 日，在《财富》500 强中排名第 16 位的安然公司提出破产保护，引发美国股市全线下跌，甚至连亚洲、欧洲的银行股也受到牵连，东京金融股指数跌到了 18 年来的最低点。这是美国有史以来最大的一宗破产案。

安然危机始于 2001 年 10 月中旬。这年的 10 月 16 日，安然公布第三季度业绩报告，亏损 6.38 亿美元，股东权益减少 12 亿美元。这条消息让投资者愕然不已。在公司财务报告中，有两笔共计 6.18 亿美元的神秘费用令市场分析师们顿生疑窦。当时，有媒体披露称，该公司存在许多关联交易，安然约一半的税前利润来自关联交易。11 月 9 日，该公司首次承认，过去 4 年半的财务报告有虚假成分。1997～2000 年，在安然公布的利润中，水分高达 5.91 亿美元。此外，该公司还掩盖了因投资失误及与关联公司交易造成的巨额损失。而同一时期，安然股价却大涨 4 倍。1996～2001 年，安然连续 6 年被《财富》评为"美国最富创新精神的公司"。在安达信的协助下，这家世界最大的能源交易公司"发明"

了一套艰涩难懂、极其复杂的财务报表。在安然利润浮肿的同时,公司管理层也从飞速上涨的股价中获利丰厚。在该公司破产前一年,共有约100名经理人员和能源交易商从该公司共获得3亿多美元的现金报酬,其中拿得最多的是该公司前CEO肯尼斯·雷。2001年,该公司高层经理共获得超过6亿美元的工资、红利、股票和奖金。

美国资产在100亿美元以上的公司中,CEO的薪酬构成中有65%为长期激励,基本年薪只占17%。1999年,美国薪酬最高的50位总裁的平均股票收益占总薪酬的94.52%。这种薪酬结构刺激了CEO追求公司利润的最大化。安然是典型中的典型。

惠普公司创始人大卫·普克曾经说过,我首先想探讨一下公司存在的原因,换句话说,我们为什么会在一起?很多人误以为公司存在的目的只是为了赚钱,这一点只是一家公司存在的真正原因。在探讨这一点时,我们不可避免地会得到一个结论:一群人结合在一起,以我们称之为公司的机构存在,是为了能够合力完成一己之力无法做到的事情——对社会作出贡献。

这些话语听来平凡,但却是根本因素。你随处(整个企业界)都可以看到有人只对金钱有兴趣……没错,利润是我们所作所为的基础,衡量我们贡献大小的指标,也是支持公司成长的手段,但它本身一向都不是重点。事实上,重点是求取胜利。而胜利与否要由顾客的眼睛来判断。利润不是管理层正确的目标和目的,仅是使所有正确目标和目的得以完成的手段。

思考与练习

1. 选择题

1) 正常利润是( )的一个组成部分。

A. 显成本 　　B. 隐成本 　　C. 机会成本 　　D. 固定成本

2) AC 曲线呈 U 形特征是( )作用的结果。

A. 边际技术替代率递减规律 　　B. 边际报酬递减规律

C. 边际生产率递减规律 　　D. 边际报酬递增规律

3) 总成本曲线与可变成本曲线之间的垂直距离( )。

A. 随产量减少而减少 　　B. 等于平均固定成本

C. 等于固定成本 　　D. 等于边际成本

4) 长期平均成本曲线向右上方倾斜的部分相切于短期平均成本曲线( )。

A. 向右下方倾斜的部分 　　B. 最低点

C. 向右上方倾斜的部分 　　D. 向左下方倾斜的部分

5) 随着产量的增加,短期固定成本( )。

A. 增加 　　B. 减少 　　C. 不变 　　D. 先增后减

6) 已知产量为 8 个单位时,总成本为 80 元,当产量增加到 9 个单位时,平均成本为 11 元,那么,此时的边际成本为( )元。

A. 1   B. 19   C. 88   D. 20

7) 关于 LAC 曲线与 SAC 曲线的关系,下列说法正确的是( )。

A. LAC 曲线上的每一点都与 SAC 曲线上的某一点相对应

B. SAC 曲线上的每一点都在 LAC 曲线上

C. LAC 曲线上的每一点都对应着某一条 SAC 曲线的最低点

D. 每一条 SAC 曲线的最低点都在 LAC 曲线上

8) 由于( )的作用,才使得 AC 曲线最低点的出现既慢于又高于 AVC 曲线的最低点。

A. 平均成本   B. 平均可变成本   C. 平均不变成本   D. 边际成本

9) 某厂商每年从企业的总收入中取出一部分作为自己所提供的生产要素的报酬,这部分资金被视为( )。

A. 显性成本   B. 隐性成本   C. 机会成本   D. 边际成本

10) 对应于边际报酬的递增阶段,STC 曲线( )。

A. 以递增的速率上升   B. 以递增的速率下降

C. 以递减的速率上升   D. 以递减的速率下降

2. 判断题

1) 生产一单位某种商品的机会成本是指生产者所放弃的使用相同的生产要素在其他生产用途中所能得到的收入。   ( )

2) 当厂商的经济利润为零时,厂商仍然得到了全部正常利润。   ( )

3) 长期总成本曲线是无数条短期总成本曲线的包络线。   ( )

4) 在长期生产中,厂商总是可以在每一产量水平上找到相应的、最优的生产规模进行生产。在短期内,厂商做不到这一点。   ( )

5) 长期平均成本曲线是无数条短期平均成本曲线的包络线。   ( )

6) 长期边际成本曲线是无数条短期边际成本曲线的包络线。   ( )

7) 只有在 LAC 曲线的最低点上,LAC 曲线才相切于相应的 SAC 曲线的最低点。   ( )

8) 企业所追求的最大利润指的就是最大的经济利润。   ( )

9) 企业所追求的最大利润指的就是最大的超额利润。   ( )

10) 当厂商的经济利润为零时,他没有得到全部的正常利润。   ( )

11) 无论是长期成本还是短期成本都有不变成本和可变成本之分。   ( )

12) 总可变成本不随产量的变化而变化,即使产量为零,总可变成本也仍然存在。   ( )

13) 总固定成本随产量的变动而变动,当产量为零时,总固定成本为零。   ( )

14) 长期总成本是指厂商在长期中在各种产量水平上通过改变生产规模所能达到的最高总成本。 （ ）

15) LAC 曲线和 SAC 曲线都呈先降后升的 U 型,这两者形成 U 型的原因是相同的。 （ ）

3. 简答题

1) 某企业准备投资扩大生产,可选择的筹资方法有二:一是利用银行贷款,利率为 10%;二是利用本企业的利润。该企业的领导认为应选后者,理由是不用支付利息。你认为他的选择有道理吗? 为什么?

2) 厂商的短期成本函数是如何得到的? 其中,平均成本和边际成本与变动要素的平均产量和边际产量有何联系?

3) 试述短期成本与长期成本之间的关系。

4) "虽然很高的固定成本会是厂商亏损的原因,但永远不是厂商关门的原因。"简述你对此话的理解。

4. 计算题

1) 假定某企业的短期成本函数是 $TC(Q) = Q^3 - 10Q^2 + 15Q + 50$。

(1) 指出该短期成本函数中的可变成本部分和不变成本部分。

(2) 写出下列相应的函数:$TVC(Q)$、$AC(Q)$、$AVC(Q)$、$AFC(Q)$ 和 $MC(Q)$。

2) 已知某企业的短期总成本函数是 $STC(Q) = 0.04Q^3 - 0.8Q^2 + 10Q + 5$,求最小的平均可变成本。

3) 假定某企业全部成本函数为 $TC = 30\,000 + 5Q - Q$,Q 为产出数量:

(1) 写出 TFC、TVC、AFC、AVC、ATC 方程式。

(2) 画出 TFC、TVC、TC、AFC、AVC、ATC 的方程式。

4) 已知生产函数为 $Q = 10X$,X 为可变投入单位量,Q 为产出数量,不变投入的单位为 3 个,不变投入的单价为 1 000 元,可变投入的单价为 50 元。决定相应的 TFC、TVC、AC、AFC、AVC、MC 的方程式。

5. 技能题

计算并填写表格。

产量	固定成本	可变成本	总成本	边际成本	平均固定成本	平均可变成本	平均总成本
0	3	0					
1	3	0.3					
2	3	0.8					

（续表）

产　量	固定成本	可变成本	总成本	边际成本	平均固定成本	平均可变成本	平均总成本
3	3	1.5					
4	3	2.4					
5	3	3.5					
6	3	4.8					
7	3	6.3					
8	3	8.0					
9	3	9.9					
10	3	12.0					

6. 分析题

短期平均成本曲线与长期成本曲线都呈 U 型,这是什么原因造成的? 如何利用 SAC 曲线说明 LAC 曲线的形成?

7. 案例题

大型零售商场为什么平时不延长营业时间?

春节期间许多大型零售商场都延长了营业时间,为什么平时不延长时间呢? 从理论上说,延长时间 1 小时,就要支付 1 小时所耗费的成本,这种成本既包括直接的物耗,如水、电等,也包括由于延时而需要的售货员的加班费,这种增加的成本就是边际成本。假如延长 1 小时增加的成本是 1 万元(注意这里讲的成本是西方成本概念,包括成本和正常利润),那么在延时的 1 小时里,他们由于卖出商品而增加收益大于 1 万元,作为一个精明的企业家,他还应该再将营业时间在此基础上再延长,因为这时他还有一部分该赚的钱还没赚到手。相反,如果他在延长 1 小时里增加的成本是 1 万元,增加的收益不足 1 万元,他在不考虑其他因素的情况下,就应该取消延时的经营决定,因为他延长 1 小时成本大于收益。春节期间的假日消费,人们有更多的时间去旅游购物,使商场的收益增加,而平时工作紧张、家务繁忙,人们没有更多的时间和精力去购物,就是延时服务也不会有更多的人光顾,增加的销售额不足以抵偿延时所增加的成本。这就能够解释在春节期间延长营业时间而在平时不延长营业时间的经济学的道理。

问题:(1) 本案例如何进行成本与收益对比的?

(2) 假日消费是否可以给商场带来更多的利润?

6 市场理论

【学习目标】

学习本章,掌握四种市场结构的含义,完全竞争市场上的短期与长期均衡,垄断市场上的价格歧视,垄断竞争市场上的产品差别竞争;理解寡头市场的价格决定;注重四种市场结构的比较,合理地应用博弈论。

【案例导入】

爱迪生是第一位美国产品倾销专家

大家都知道美国的爱迪生(Thomas Edison, 1847~1931)是一位电器发明家。事实上,根据 1911 年 12 月 20 日《华尔街日报》的报道,他也是一位懂得可变成本与固定成本、边际成本与边际收益的营销专家。下面引述他在报上的谈话:

"我是美国第一位把卖不掉的存货向国外倾销的制造商。30 年前我的财务报表显示没有赚什么钱。工厂的设备没有完全利用,因为产品在国内市场已经饱和。我们就想到让工厂设备完全利用,把生产出来卖不掉的产品以低于总成本(固定成本与可变成本之和)的价格向国外销售。所有同事都反对我,但我早就请有关专家做了成本的计算。如果我们增加产量 25%,可变成本只增加 2%,我就请人把国内卖不掉的产品以远低于欧洲产品的价格向欧洲倾销。"

(资料来源:罗余才等,《西方经济学原理》,华南理工大学出版社,2002)

市场结构是指市场在组织和构成方面的一些特点影响着企业的行为和活动,它与企业竞争的力度有关。经济学家一般把市场分为四种类型,完全竞争、垄断、垄断竞争和寡头垄断。市场结构理论是对生产理论的补充和发展。因此,本章主要分别考察价格决定和厂商均衡问题。

6.1　市场结构的划分

6.1.1　划分市场结构的标准

作为商品生产者与供给者的厂商,在选择生产规模、价格水平和营销战略时,除了考虑技术条件及相应的成本条件外,还必须认真分析市场竞争状态。在不同的市场结构之中,厂商之间的竞争具有不同的特性,同样,竞争手段在不同市场结构中也会产生不同的反应,获得不同的效果。

各种市场的竞争与垄断程度不同,形成了不同的市场结构,划分市场结构的标准主要有四个方面。

1. 市场上交易者的数量

市场上对某种商品买者和卖者的数量多少与市场竞争程度高低有很大关系。参与者越多,竞争程度可能就越高;否则,竞争程度就可能很低。这是因为,参与者很多的市场,每个参与者的交易量只占市场交易的很小份额或比重,对市场价格缺乏控制能力。自然竞争能力就比较小,厂商之间的竞争就相对比较激烈。

2. 产品差异程度

产品差异是同一种产品在质量、牌号、形式和包装等方面的差别。产品差别引起垄断,产品差别越大,垄断程度越高。产品差异可以分为物质差异、售后服务差异和形象差异。产品之间的差异越小甚至雷同,相互之间替代品很多,竞争程度就越强。对于替代性较强的无差异的产品,每个市场参与者不可能或无法凭借自己的产品控制市场价格。

3. 行业的进入限制

行业的进入限制来自自然原因和立法原因。自然原因是指资源控制与规模经济。如果某个企业控制了某个行业的关键资源,其他企业得不到这种资源,就无法进入该行业。立法原因是法律限制进入某些行业。这种立法限制主要采取三种形式:一是特许经营,二是许可证制度,三是专利制。行业的进入限制主要体现在资源流动的难易程度上。厂商能否随意进入和退出某个行业,取决于资源在这个行业中流入和流出的难易程度。如果生产某种产品的原材料被人控制,又没有适当的替代品,生产者就不容易进入这个行业,在这个行业中市场竞争程度就比较低。

4. 市场信息通畅程度

市场参与者对供求关系、产品质量、价格变动、销售方法和广告效果等经济与技术的过去、现在和未来的信息资料了如指掌,市场竞争程度就高;否则,市场竞争程度就低。在信息时代,信息是企业经营的生命,市场信息流通渠道越通畅,企业参与市场竞争的能力就越强。

6.1.2 市场结构的类型

根据行业的市场集中程度、行业的进入限制和产品差异程度等方面的评价标准,可以把市场结构分为四种类型。

1. 完全竞争的市场结构

完全竞争是一种竞争不受任何阻碍和干扰的市场结构。形成这种市场的条件是企业数量多,而且每家企业规模都非常小,产品无差别,价格由市场决定,每家企业不能通过改变自己的产量而影响市场价格。

2. 垄断竞争的市场结构

垄断竞争是既有垄断又有竞争,垄断与竞争相结合的市场。这种市场与完全竞争的相同之处是市场集中率低,而且无进入限制,但垄断竞争市场上产品有差别。企业规模小和进入无限制也保证了这个市场上竞争的存在。

3. 寡头垄断的市场结构

寡头是只有几家大企业的市场,形成这种市场的关键是规模经济。在这种市场上,大企业集中程度高,对市场控制力强,可以通过变动产量影响价格。由于每家企业规模大,其他企业就难以进入。寡头之间仍存在激烈竞争。

4. 完全垄断的市场结构

完全垄断是只有一家企业控制整个市场的供给。形成垄断的关键条件是对进入市场的限制,这种限制可以来自自然原因,也可以来自立法。此外,垄断的另一个条件是没有相近的替代品,如果有替代品,则有替代品与之竞争。在完全垄断市场上一个厂商独占市场供给,可以根据市场需求控制产品的价格。

6.1.3 各类市场结构的特征

根据市场结构分类的标准和影响因素,我们可以把各类市场结构的特征用表 6-1 中的资料表示。

表 6-1

各类市场结构的特征表

项　　目	完全竞争市场	垄断竞争市场	寡头垄断市场	完全垄断市场
生产者和消费者数量	很多	很多	少数生产者	一个生产者
产品异同	同质、替代品多	有差别、但轻微	有差别或同质	唯一产品,无替代品

（续表）

项　　目	完全竞争市场	垄断竞争市场	寡头垄断市场	完全垄断市场
价格决策能力	企业接受市场价格，不能制定自己的价格	企业有一些定价能力，但不是很大的定价自由	企业制定自己的价格，但对竞争对手的反应十分关注	企业根据需求有完全的制定价格的自由
进入市场难易	无进入市场障碍	极少有进入市场的障碍	有较多的进入市场的障碍	行业封闭，无新企业进入
市场信息	买卖双方都掌握极好的市场信息	条件优越的卖者掌握信息	卖者的信息不足	企业控制
广　　告	很少有价值	普遍使用	普遍使用	不经常使用
典型行业举例	小麦、玉米、股票等	牙膏、肥皂、日用杂货等	汽车、糖、钢铁、铝、橡胶、牛奶、机械等	电话、电力、自来水等公用事业、烟草专卖等

6.2　完全竞争市场的均衡

6.2.1　完全竞争的含义与条件

完全竞争是指一种竞争不受任何阻碍和干扰的市场结构。实现完全竞争的条件包括：

第一，市场上有许多生产者与消费者，每一个生产者的销售量与消费者的购买量只占市场极小的份额。市场价格由整个市场的供求关系决定，因而，没有一个生产者或消费者能对市场价格产生影响，只能是市场价格的接受者。

第二，市场上的产品是同质的，即不存在产品差别。行业中所有企业的产品具有同质性，进入市场的商品在经济上和技术上都不存在任何差异，具有完全替代性。产品的同质性不仅表现在质量上，而且也表现在形式上和服务上。因此，广告和商标都失去作用，企业无法通过产品差别控制价格或扩大销售量。

第三，资源完全自由流动。各种生产要素具有完全的流动性，不受任何限制。任何一个厂商都可以自由地扩大或缩小生产规模，进入或退出某一完全竞争的行业。

第四，市场信息是畅通的。生产者和消费者都可以获得完整而迅速的市场信息，不存在供求关系以外的因素对价格的决定和市场竞争的影响。

具有上述条件的市场就称为完全竞争市场。很显然，在现实中很少存在这样的市场结构，农贸市场可能比较符合上述条件。但是，分析完全竞争市场的厂商行为具有重要的理论意义。

6.2.2　完全竞争市场上的需求和收益曲线

完全竞争市场上的需求曲线与收益曲线，如图6-1所示。

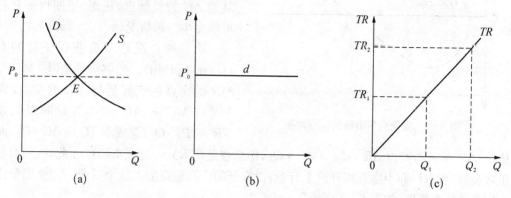

图6-1　完全竞争市场上的需求曲线与收益曲线

在完全竞争市场的条件下，对整个行业来说，需求曲线是一条向右下方倾斜的曲线，供给曲线是一条向右上方倾斜的曲线。整个行业产品价格就由这种需求与供给所决定[见图6-1(a)]。但对个别厂商来说，情况就不同了。当市场价格确定之后，对个别厂商来说，这一价格是既定的，因此，市场对个别厂商产品的需求曲线是一条由既定市场价格出发的平行线[见图6-1(b)]。厂商按既定的价格出售产品，每单位产品的售价就是每单位产品的平均收益，所以，产品价格等于平均收益。总收益曲线是斜率为单位产品价格的从原点出发的直线[见图6-1(c)]。

在完全竞争市场的条件下，厂商每增加一单位产品的销售，市场价格不变，从而每增加一单位产品的边际收益也不会变，所以，平均收益与边际收益相等。

6.2.3　完全竞争市场上的短期均衡

从整个行业来看，在短期内，不仅该行业现有厂商的厂房设备规模是固定不变的，该行业厂商数目也是固定不变的，因为时间很短，不容许新的厂商建造新的厂房设备参加到该行业来。

当一个厂商获得最大利润时，它既不增加产量也不减少产量，它处于均衡状态。无论在什么样的市场结构中，边际收益等于边际成本，也就是 $MR = MC$，都是厂商实现利润最大化的条件。在完全竞争条件下，因为，$MR = AR = P$，所以，完全竞争厂商实现短期均衡即取得最大利润的必要条件是 $MC = MR = AR = P$。完全竞争市场的厂商均衡，如图6-2所示。

我们知道，MC 和 AC 相交于 AC 的最低点，但在短期，由于有些要素不能改变，厂商

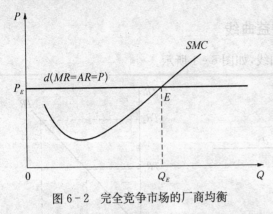

图 6-2　完全竞争市场的厂商均衡

不能根据市场行情变化改变生产规模,也不能变换行业。因此,MC 与 MR 的交点不一定就是 MC 与 AC 的交点,即不一定就是 AC 的最低点,从而,短期均衡就有可能发生三种情况。

第一种情况是厂商获得正常利润 (normal profit)。当供求平衡时,MC 与 MR 的交点也正好是与 AC 的交点,即 $MR = MC = AR = AC$,此时总收益 $TR = P_E \cdot Q_E$,总成本 $TC = AC \cdot Q_E$,而 $P_E = AR = AC$,所以 $AR \cdot Q_E = AC \cdot Q_E$,即总收益($TR$)= 总成本($TC$)。此时,厂商获正常利润,现有厂商不愿意离开这个行业,没有新的厂商愿意加入这个行业。完全竞争市场厂商盈亏平衡图,如图 6-3 所示。

第二种情况是获得超额利润 (supernormal profit)。当一种商品由于各种原因出现供不应求时,价格必定上涨。MC 与 $MR(=AR)$ 的交点在 MC 与 AC 的交点上方,从而 $AR > AC$,此时总收益 $TR = AR \cdot Q_E$,总成本 $TC = AC \cdot Q_E$,而 $AR > AC$,所以 $AR \cdot Q_E > AC \cdot Q_E$,即总收益($TR$)> 总成本($TC$),其数值为 $AR \cdot Q_E - AC \cdot Q_E = (P_E - P_F)Q_E$,由于这时,新的厂商不能参加进来,老的厂商不能扩大工厂规模,因而,厂商获得超额利润。完全竞争厂商取得超额利润分析图,如图 6-4 所示。

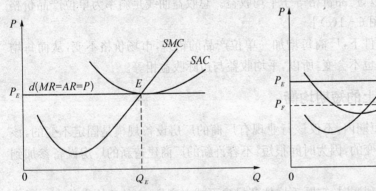

图 6-3　完全竞争市场厂商盈亏平衡图　　　　图 6-4　完全竞争厂商取得超额利润分析图

第三种情况是遭受亏损。当一种商品由于各种原因出现供过于求时,价格必定下跌。MC 与 $MR(=AR)$ 的交点在 MC 与 AC 的交点下方,从而 $AR < AC$,此时总收益 $TR = AR \cdot Q_E$,总成本 $TC = AC \cdot Q_E$,而 $AR < AC$,所以 $AR \cdot Q_E < AC \cdot Q_E$,即总收益($TR$)< 总成本($TC$),其数值为 $AC \cdot Q_E - AR \cdot Q_E = (P_F - P_E)Q_0$,这时原有厂商来不及缩小规

模或退出该行业,因而,厂商发生亏损。完全竞争亏损厂商均衡分析图,如图6-5所示。

上述三种情况,可以用一个公式来表示:

$$AR \cdot Q_E - AC \cdot Q_E = (AR - AC)Q_E$$

即
$$P \cdot Q_E - AC \cdot Q_E = (P_E - P_F)Q_E$$

当$(AR - AC) = 0$,即$P = AC$时,获得正常利润;当$(AR - AC) > 0$,即$P > AC$时,获得超额利润;当$(AR - AC) < 0$,即$P < AC$时,存在亏损。

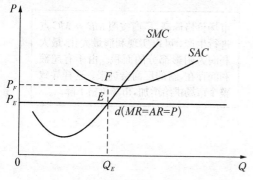

图6-5 完全竞争亏损厂商均衡分析图

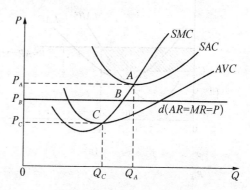

图6-6 亏损企业经营规模调整分析图

一般来说,一家厂商在从事经营时至少应使它的收益能弥补它的成本,否则,它将停止营业。但厂商在亏损的一定限度内还会进行生产,这就要联系平均成本构成来说明相关的问题。在图6-6中,SAC为短期平均成本曲线,AVC为平均可变成本曲线。平均成本曲线与平均可变成本曲线之间的距离就等于平均固定成本。从第5章分析中可知,边际成本曲线SMC相交于这两条平均成本曲线的最低点,如A点和C点所示。当市场价格高于$0P_C(Q_C)$,如P_B时,平均收益高于平均可变成本,但仍小于平均成本。这时,虽然发生亏损,但厂商从事生产还是有利的,因为所得到的收益能弥补一部分固定成本,使得亏损额比不生产时要小些。假如停止生产,它将负担全部的固定成本损失。当价格低于$0P_C$时,厂商所得的收益连可变成本也不能补偿,这样,停止生产所受的亏损比从事生产时要小些。当价格等于$0P_C$时,平均收益等于平均可变成本,厂商从事生产和不从事生产所受亏损是一样的,其亏损额都等于固定成本。这时,厂商处于营业的边际状态。因此,价格等于最低平均可变成本这一点(图中C点)时,产品产量Q_C就称为停止营业点产量。对于亏损企业只要产品销售价格高于平均可变成本企业就可以维持生产。

6.2.4 完全竞争市场上的长期均衡

在长期中,各个厂商都可以根据市场价格来调整全部生产要素和生产,也可以自由进入或退出该行业。这样,整个行业供给的变动就会影响市场价格,从而影响各个厂商的均衡。具体来说,当供给小于需求、价格高时,各厂商会扩大生产,其他厂商也会涌入该行业,从而整个行业供给增加、价格水平下降。当供给大于需求、价格低时,各厂商会减少生产,有些厂商会退出该行业,从而整个行业供给减少、价格水平上升。最终价格水平会达到使各个厂商既无超额利润又无亏损的状态。这时,整个行业的供求均衡,各个厂商的产量也不再调整,于是就实现了长期均衡。完全竞争厂商的长期均衡,如图6-7所示。

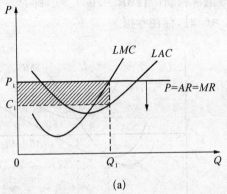

市场价格偏高,厂商按照 $MR = MC$ 点进行生产,可以实现利润最大化,最大利润为阴影部分的面积。由于有超额利润存在,新的厂商会进来。这样导致整个市场供给增加,市场价格下降。

(a)

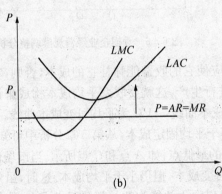

市场价格偏低,厂商无论按照哪一点进行生产,都出现亏损。由于亏损,旧的厂商会退出该市场。这样导致整个市场供给减少,市场价格上升。

(b)

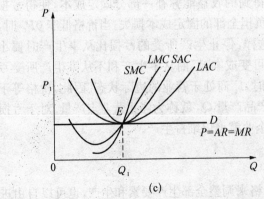

市场价格适中,厂商按照进行 $MR = MC$ 点进行生产,既无亏损又无超额利润。因此,没有新的厂商进入,也没有旧的厂商退出,这时就达到了一种相对稳定的状态,厂商实现了长期均衡。

(c)

图6-7　完全竞争厂商的长期均衡

在完全竞争市场结构中,各个厂商的长期均衡实现过程是动态的。其过程如下:

(1)当行业存在着超额利润时,新资本大量进入→行业规模扩大→供给增加→市场价格下降→$AR = MR = P$ 随之下降→超额利润逐渐消失[见图 6-7(a)]。

(2)当行业出现亏损时,部分资本退出→行业规模减少→供给减少→市场价格上升→$AR = MR = P$ 随之上升→亏损消除[见图 6-7(b)]。

(3)当行业的既无超额利润,又无亏损时,整个行业的供求均衡,各个厂商的产量也不再调整,于是就实现了长期均衡[见图 6-7 (c)]。

在图 6-7(c)中,完全竞争企业将长期均衡于 E 点。均衡价格为 $0P_1$,均衡产量为 $0Q_1$。厂商的需求曲线 D 与 4 条成本曲线(2 条短期、2 条长期)相切(或相交)于 E 点。所以,完全竞争市场的长期均衡条件是:$P = MR = SMC = SAC = LMC = LAC$。在完全竞争市场上,厂商在短期可能获得超额利润,也可能遭受亏损,但在长期,厂商只能得到正常利润。

6.2.5 对完全竞争市场的评论

根据对完全竞争市场厂商均衡的分析,可以认为,在完全竞争的市场条件下,价格可以充分发挥其"看不见的手"的作用,调节整个经济的运行。这种调节可以实现:第一,社会供给与需求相等,使资源得到最优配置,生产者的生产不会有不足或过剩,消费者的需求也得到了充分满足。第二,在长期均衡时所达到的平均成本处于最低点,表明可以通过完全竞争与资源的自由流动,使生产要素的效率得到最有效的发挥。第三,平均成本最低决定了产品的价格也是最低的,这对消费者是有利的。从以上来看,完全竞争市场是理想的市场结构类型。

但完全竞争市场也有其缺点,主要表现在:第一,各厂商的平均成本最低并不一定是社会成本最低。第二,产品无差别,这样,消费者的多种需求无法得到满足。第三,完全竞争市场上生产者的规模都很小,这样,他们没有能力去实现重大的科学技术突破,从而不利于科学技术发展和科技创新。第四,在实际经济生活中,完全竞争的情况是很少的,而且,一般来说,竞争也必然引起垄断。应该指出,对完全竞争市场的分析,为我们对其他市场的分析提供了一个理论基础。

6.3 完全垄断市场的厂商均衡

6.3.1 完全垄断的含义与条件

1. 什么是完全垄断

完全垄断又称垄断,是指整个行业的市场完全处于一家厂商所控制的状态。在完全垄断的市场类型中,一个厂商就是整个行业,产品没有任何替代品。在这种情况下,完全垄断企业就是价格的制定者,它可以根据市场需求自行决定产品产量和销售价格,并因此实现利润最大化。垄断企业还可以根据获取利润的需要在不同销售条件下实行不同的价格,即实行差别价格策略。

2. 完全垄断形成的条件

第一,政府借助于政权力量对某一行业进行完全垄断。例如,许多国家政府对铁路、邮政、供水、供电等公用事业实行完全的垄断。

第二,政府特许的私人完全垄断。例如,英国历史上的东印度公司就由于英国政府的特许而垄断了对东方的贸易。此外,政府根据法律赋予某些产品生产的专利权,也会在一定时期内形成完全垄断。

第三,某些产品市场需求很小,只有一家厂商生产即可满足全部需求。这样,某家厂商就很容易实行对这些产品的完全垄断。

第四,对资源、矿藏或技术的控制。某些厂商控制了某些特殊的自然资源或矿藏,从而就能对用这些资源和矿藏生产的产品实行完全垄断。厂商对生产某些产品的特殊技术的控制,如对某种药品生产的配方控制会形成对该种药品生产进行独家经营的状态。

完全垄断和完全竞争相比,是另一种极端的市场类型。在现实经济社会中,符合上述完全垄断条件的情况是不存在的。

6.3.2　完全垄断市场上的需求曲线和收益曲线

1. 需求曲线

在完全垄断市场上,一家厂商就是整个行业。因此,整个行业的需求曲线也就是一家厂商的需求曲线。这时,需求曲线就是一条表明需求量与价格成反方向变动的向右下方倾斜的曲线。

2. 平均收益与边际收益曲线

在完全垄断市场上,平均收益仍等于价格,因此,平均收益曲线 AR 仍然与需求曲线 d 重合。但是,在完全垄断市场上,当销售量增加时,产品的价格会下降,从而边际收益减少,边际收益曲线 MR 就再也不与需求曲线重合了,而是位于需求曲线下方,而且,随着产量的增加,边际收益曲线与需求曲线的距离越来越大,表示边际收益比价格下降得更快。完全垄断市场上总收益、平均收益与边际关系分析表和完全垄断市场收益曲线与需求曲线,分别如表 6-2 和图 6-8 所示。

平均收益不等于边际收益(在完全竞争条件下 $P = AR = MR$),而是平均收益大于边际收益。从图 6-8(b)中可以看出,在完全垄断市场中,厂商的边际收益小于平均收益。这是由于平均收益递减所导致的结果。

表6-2

完全垄断市场上总收益、平均收益与边际关系分析表

单位：个、元

销售量(Q)	价格(P)	总收益(TR)	平均收益(AR)	边际收益(MR)
0	—	0	—	—
1	6	6	6	6
2	5	10	5	4
3	4	12	4	2
4	3	12	3	2
5	2	10	2	—2
6	1	6	1	—4

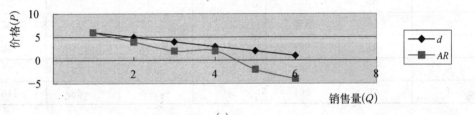

(a)

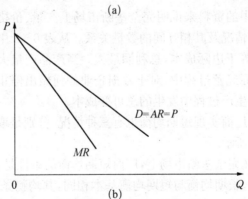

(b)

图6-8 完全垄断市场的收益曲线与需求曲线

6.3.3 完全垄断市场上的短期均衡与长期均衡

在完全垄断市场上，厂商仍然根据边际收益与边际成本相等（$MR = MC$）的原则来决定产量，这种产量决定后，在短期内，厂商对产量调整也要受到限制，因为在短期内，产量调整同样要受到固定生产要素无法调整的限制。这样，也可能出现产品供给大于需求或者供给小于需求的情况，当然也可能是供求相等。在供大于求的情况下，会有亏损；在

供小于求的情况下,会有超额利润;供求相等时,则只有正常利润。完全垄断市场各种收益对照分析表,如表6-3所示。

表6-3

完全垄断市场各种收益对照分析表

产　量	价　格	总收益	总成本	总利润	边际收益	边际成本
0	110	0	120	−120	—	—
1	101	101	154	−53	101	34
2	92	184	183	1	83	29
3	83	249	210	39	65	27
4	74	296	236	60	47	26
5	65	325	265	60	29	29
6	56	336	300	36	11	35
7	47	329	350	−21	−7	50
8	38	304	424	−120	−25	74
9	29	261	540	−279	−43	116

我们通过表6-3中的资料来说明完全垄断市场上产量、价格、总成本、总利润、边际收益与边际成本的变动情况及其相互间的数量关系。从表6-3中可以看出,当产品产量为5单位时,边际收益等于边际成本,总利润最大。当产品产量大于7单位时,总利润为负数,发生亏损。在实际经营过程中,对于亏损企业如何做出停止生产的决策,要看企业的总收益是否可以弥补生产过程中发生的总可变成本。

在完全垄断市场上厂商实现短期均衡也有三种情况,分别是取得超额利润、实现盈亏平衡和亏损,如图6-9所示。

从以上分析可知,在完全垄断市场上,厂商短期均衡的条件是:$MR = MC$。

在完全垄断市场上,长期均衡与短期均衡基本相同,其均衡条件是:$MR = LMC = SMC$,且都有垄断利润存在。但在长期中,完全垄断厂商可以调整全部的生产要素,改变生产规模。企业会通过不断的调整,取得规模经济,从而使自己获得超额利润或者最大的正常利润。同时,由于其他厂商无法进入该行业进行生产,来分享其超额利润,该厂商的超额利润是可以长期保持的。因此,完全垄断行业的长期均衡往往是以拥有超额利润为特征的。

6.3.4　垄断企业的定价策略

1. 单一定价

垄断企业对卖给不同消费者的同样产品确定了相同的价格,即卖出的每一单位产品

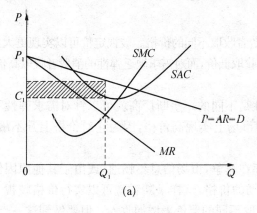

市场价格偏高,厂商按照 $MR = MC$ 点进行生产,可以实现利润最大化,最大利润为阴影部分的面积

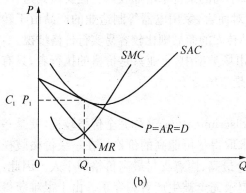

市场价格适中,厂商按照 $MR = MC$ 点进行生产,既无亏损也无超额利润,实现了最大的正常利润,该点为最佳生产点

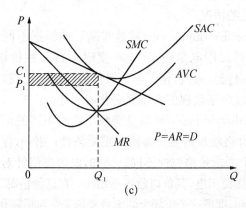

市场价格偏低,厂商按照 $MR = MC$ 点进行生产,可以实现亏损最小化,最小亏损为阴影部分的面积

图 6-9 完全垄断市场短期均衡

价格都是相同的。这种定价策略称为单一定价。在实行单一定价时,垄断企业可以采用高价少销,也可以采用低价多销。采用哪一种定价取决于利润最大化目标,并受需求与供给的双方制约。一般来说,当某种产品需求缺乏弹性时,垄断企业采用高价少销是有利的。当某种产品需求富有弹性时,垄断企业采用低价多销是有利的。

2. 歧视定价

歧视定价是指同样的商品向不同的消费者收取不同的价格。歧视定价可以实现更大的利润,其基本原则是对需求富有弹性的消费者收取低价,而对需求缺乏弹性的消费者收取高价。

1) 实行价格歧视的条件

(1) 各个市场对同种产品的需求弹性是不同的。垄断厂商就可以针对需求弹性不同的市场实行不同的价格,在弹性比较小的市场上实现高价格,因为它对价格上升不敏感,从而可以获取高额利润;反之,结果相反。

(2) 市场存在着分割性。即市场不存在竞争,市场信息不畅通,或由于其他原因使市场分割,也就是说,消费者不了解其他市场的价格,这样垄断者就可以实行价格歧视。比如,航空公司对于旅游公司和公务人员索取不同的票价来增加收入。但要做到这一点,必须能够正确区分旅游人员和公务人员。相对而言,家用电器等制造业的产品由于转卖比较容易而很难实行价格歧视,而劳务等不易转卖的商品则比较容易实行价格歧视。

(3) 企业有定价的权利。在完全竞争市场类型中,企业只是价格的执行者,只有在其他三种市场类型中,企业才有定价权力,它是市场给予的权力。

2) 价格歧视的类型

(1) 一级价格歧视(first degree price discrimination)又称完全价格歧视,就是垄断厂商对不同的消费者,对每一单位产品都要求取得尽可能高的价格。在一级价格歧视的情况下,每一个单位产品都要出售给对其评价最高、愿意支付最高价格的个人。因此,企业可以使消费者得不到消费者剩余,消费者剩余完全被生产者剥夺了。由于很难获得消费者的确切信息,一级价格歧视是一种很少见的情况。

(2) 二级价格歧视(second degree price discrimination)就是垄断厂商根据不同的购买量或消费量而实行不同的价格。例如,居民用电量在 1～100 度时实行一种价格;当 100～200 度时实行一种价格;200 度以上实行另一种价格。与一级价格歧视相比较,二级价格歧视下,消费者剩余要多一些,从而二级价格歧视的实施要更普遍一些。

(3) 三级价格歧视(third degree price discrimination)就是垄断厂商对不同的市场和不同的消费者实行不同的价格。实行三级价格歧视需要具备两个重要条件:第一,存在着可以分割的市场;第二,被分割的各个市场上需求价格弹性不同。例如,电力部门针对不同部门,分为工业用电、农业用电、商业用电和居民用电,其价格就各不相同。在这种情况下,厂商就可以在实行高价格的市场上获得超额利润,即把这个市场上的消费者剩余变为超额利润。

【案例分析】

为什么麦当劳发放优惠券

麦当劳经常以某种形式发放优惠券,如在麦当劳的网站上发放,顾客只要打印这张优惠券,就可以凭券到麦当劳以7~8折不等的优惠价格享受某种套餐。或者把优惠券夹在麦当劳的宣传报纸里,顾客只要看这张报纸就会得到优惠券,或者在路边免费发放等等。事实上,不仅仅是麦当劳,许多餐厅也有类似的优惠券。

为什么要发放优惠券呢?

一种解释是:吸引更多的顾客,扩大销售量。但如果是这样的目的,那么为什么不直按降价呢?可见,这个解释不对。

另一种解释是:麦当劳想借此进行价格歧视——把顾客分开。请读者注意,要获取麦当劳的优惠券,总是要花费一定的时间成本的,而不是随手可得——上麦当劳的网站浏览寻找优惠券,打印优惠券,或者阅读麦当劳的宣传报纸,或者到路边索取,都是需要花费少许成本,主要是时间成本。通常是什么人才愿意花费这些成本呢?是时间成本比较便宜的人。能到麦当劳吃饭的人中,什么人的时间比较便宜呢?显然是一些收入偏低的人——工薪阶层。

另外,优惠券能够购买的通常是某种指定的商品组合,而不是随意购买。也就是说,使用优惠券的顾客,是要付出代价——不能随意挑选商品的代价。这也是一种成本。

总而言之,使用优惠券,是要付出代价的——代价者成本也。

麦当劳通过上述种种方式,成功地将其顾客中的富人和穷人分开,然后,对于富人——不持有优惠券的人,麦当劳供给他们的商品就比较贵(没有优惠),而对于穷人——持有优惠券的人,麦当劳给他们打折。时间、地点、商品相同,但价格不同,这就是典型的价格歧视。麦当劳通过价格歧视,向消费者榨取了更多的消费者剩余,增加了利润。

(资料来源:冷振兴,《21世纪经济报导》,2001年7月2日)

【案例分析】

打折的机票

在广州很容易以750元左右的价格买到从广州到济南的经济舱飞机票,但是,在济南只能买到1 420元的从济南到广州的经济舱飞机票,乘的是同一航空公司的飞机,甚至是同一架飞机,同样的机组,时间里程也一样,价格竟然相差如此悬殊。

在发达的资本主义国家,这种事也是常有的。以美国为例,航空公司之间经常发生价格大战,优惠票价常常只是正常票价的1/3甚至1/4。然而,即使是价格大战,航空公司也不愿意让出公差的旅客从价格大战中得到便宜。但是,当旅客去买飞机票的时候,他脸上并没有贴着是出公差还是私人旅行的标记,那航空公司如何区分乘客和分割市场呢?原来,购买优惠票总是有一些条件,如规定要在2个星期以前订票,又规定必须在目的地度过1个甚至2个周末等等。老板叫你出公差,往往都比较急,很少有在2个星期以前就计划好了的国内旅行,这就避免了一部分出公差的旅客取得优惠。最厉害的是一定要在目的地度过周末的条件。老板派你出公差,当然要让你住较好的旅馆,还要付给你出差补助。度过 1 个周末,至少多住 2 天,2 个周末更不得了。这笔开支,肯定比享受优惠票价所能节省下来的钱多得多,更何况,度完周末才回来,你在公司上班的日子又少了好几天。精明的老板才不会为了那点眼前的优惠,而贪小便宜吃大亏。就这样,在条件面前人人平等,这些优惠条件就把公差者排除得八九不离十了。

(资料来源:王则柯,《21 世纪经济报导》,2001 年 6 月 25 日)

6.3.5　对完全垄断市场的评论

许多经济学家根据完全垄断市场和完全竞争市场的比较分析,认为完全垄断对经济是不利的。

第一,生产资源的浪费。因为完全垄断与完全竞争相比,平均成本与价格高,而产量低。在完全竞争条件下,长期均衡的条件是 $MR = AR = AC = MC$,即厂商是在最低的成本情况下,保持生产均衡,因而生产资源得到最优配置。但在完全垄断条件下的长期均衡,由 MR 曲线与 MC 曲线的交点确定均衡产量。由于生产是在生产成本高于最低平均成本处保持均衡,因此,资源未能得到最优配置。

第二,社会福利损失。垄断厂商实行价格歧视,即价格差别,消费者所付的价格高,就是消费者剩余减少,这种减少就是社会福利的损失。

第三,垄断者凭借其垄断地位而获得超额利润,加剧了社会收入分配不平等。另外,居于垄断地位的厂商一般缺乏创新精神,所谓“皇帝的女儿不愁嫁”,对自身发展缺少危机感,因而会阻碍技术进步。

对完全垄断,人们还可以提出很多缺点,但也有许多经济学家认为对完全垄断也要作具体分析。首先,有些完全垄断,尤其是政府对某些公用事业的垄断,并不以追求垄断利润为目的。这些公用事业往往投资大、投资周期长而利润率低,但它又是经济发展和人民生活所必需的。这样的公用事业由政府进行完全垄断,会给全社会带来好处。垄断厂商能够获得垄断利润,具有更雄厚的资金与人力,更有能力进行新的研究,促进技术进步。然而也应该指出,由政府完全垄断这些公用事业,往往也会由于官僚主义而引起效率低下。

【推荐阅读】

戴比尔斯的钻石垄断

南非的钻石公司戴比尔斯控制了世界钻石生产的 80% 左右。虽然这家企业的市场份额并不是 100%,但它也大到足以对世界钻石价格产生重大影响的程度。

戴比尔斯拥有多大的市场势力呢？答案部分取决于有没有这种产品的相近替代品。如果人们认为翡翠、红宝石和蓝宝石都是钻石的良好替代品，那么，戴比尔斯的市场势力就较小了。在这种情况下，戴比尔斯任何一种想提高钻石价格的努力都会使人们转向其他宝石。但是，如果人们认为其他石头都与钻石非常不同，那么，戴比尔斯就可以在相当大的程度上影响自己产品的价格。

戴比尔斯支付了大量广告费。乍一看，这种决策似乎有点奇怪。如果垄断者是一种产品的唯一卖者，为什么它还需要广告呢？戴比尔斯做广告的一个目的是在消费者心目中把钻石与其他宝石区分开来。当戴比尔斯的口号告诉你"钻石恒永远，一颗永流传"时，你马上会想到翡翠、红宝石和蓝宝石并不是这样（而且，要注意的是，这个口号适用于所有钻石，而不仅仅是戴比尔斯的钻石——戴比尔斯垄断地位的象征）。如果广告是成功的，消费者就将认为钻石是独特的，不是许多宝石中普通的一种，而且，这种感觉就使戴比尔斯有更大的市场势力。

（资料来源：[美]曼昆，《经济学原理》，北京：机械工业出版社，2003）

6.4　垄断竞争市场的厂商均衡

6.4.1　垄断竞争的含义与条件

垄断竞争是指一种既有垄断又有竞争，既不是完全竞争又不是完全垄断的市场结构。引起这种垄断竞争的基本条件是产品之间存在着差别性。这里所说的差别，不是指不同产品之间的差别，而是指同种产品之间在质量、包装、牌号和销售条件，甚至服务质量上的差别。这些差别使每个厂商都享有一部分顾客的偏爱和信任，从而，它们对产品价格起到一定的影响作用。如果它们提高价格，不会失掉所有顾客。从这种意义上说，垄断竞争厂商是自己产品的垄断者。但有差别的产品往往是由不同的厂商生产的，这些厂商的产品具有一定程度的替代性。这样，厂商之间为争夺更大利润而相互竞争。从这个意义上说，垄断竞争厂商又是竞争者。市场中许多产品都是有差别的，因此，垄断竞争是一种普遍现象。

6.4.2　垄断竞争市场上厂商的需求曲线

垄断竞争行业每个厂商的产品，可以设想有两条需求曲线。一条曲线表示该行业某一代表性厂商改变产品的销售价格时，他的竞争者并不随之改变其价格的情况下，销售价格与销售量的关系。这条曲线比较平坦，表示价格稍有变动，则需求量变动很大，如图 6-10 中的 D_1。另一条曲线表示该厂商降低卖价时，其他所有的竞争者也同时降低卖价的情况下，该厂商事实上会有的销售量与其卖价的关系，如图 6-10 中的 D_2。

曲线 D_1 是每个厂商自己预期的或主观的需求曲线。每个厂商都认为他的产品需求是有很大弹性的,只要降价就会从别的厂商那儿吸引大量的新顾客,从而大幅度地增加销售量。图 6-10 表示,当销售价格为 P_0 时,代表性厂商的销售量为 Q_0(D_1 线上的 E 点相应的产量)。现在假设厂商把售价降为 P_1,该行业的其他竞争者并不随着他的减价而降低他们的销售价格,该厂商的销售量将从 Q_0 增为 Q_1,这表示一部分曾经是他的竞争者的顾客转而购买他的产品了。但是,其他竞争者也同时把他们的价格削减为 P_1,那么,该厂商的销售量就只能有极少量增加,即从 Q_0 增为 Q_2。销售量之所以只有少量

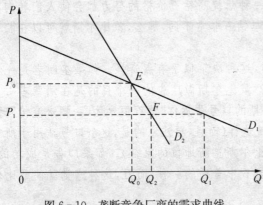

图 6-10　垄断竞争厂商的需求曲线

增加,是因为他的竞争者的顾客并没有被他吸引过来,只是由于他自己降低售价带来的结果,D_2 是该厂商单独降价后的产品需求曲线。事实上,垄断竞争厂商单独降价后的需求曲线是图 6-10 中的 EF 线。

6.4.3　垄断竞争市场上的短期均衡

图 6-11 描述了垄断竞争行业有代表性厂商短期均衡的实现过程。我们知道,不管什么类型的市场结构,厂商利润最大化的条件都是 $MR = MC$。那么,在垄断竞争的条件下,厂商怎样通过调整他的产品的销售价格来确定适当的产品销售量以实现利润最大化呢。假设一家厂商只根据市场情况来决定自己的价格和产量,而不考虑对其他厂商价格变动的反应。在这种情况下,短期中,每一个生产有差别产品的厂商都可以在部分消费者中形成自己的垄断地位,处于完全垄断状态。这样,垄断竞争市场上的短期均衡就与完全垄断市场上的短期均衡完全相同,也就是 $MR = MC$,厂商在垄断竞争市场上实现了短期均衡时,也可能出现获得超额利润、取得盈亏平衡或亏损三种状态。在图 6-11 中,有两条需求曲线 D_1 和 D_2,D_1 是其他厂商价格不变时,一家厂商的需求曲线;D_2 是其他厂商价格也变动时,该厂商的需求曲线。在垄断竞争市场上每一家厂商都认为,

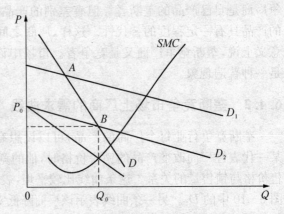

图 6-11　垄断竞争厂商的短期均衡

由于厂商数目比较多,如果自己降价,其他厂商并不会随之降价,主观上认为自己的需求曲线应该为 D_1,实际上每一家厂商都按着这种想法从事,这样,市场上的每一家厂商的需求曲线都是 D_2。在短期中,厂商所面临的需求曲线 D 是不变的。和完全垄断市场上的厂商一样,垄断竞争厂商也是按利润最大化原则来确定产品产量。结果,价格水平从较高的需求曲线 D_1 上的 A 点开始,不断降低价格,增加销售量,当降到较低的需求曲线 D_2 上的 B 点时,边际收益等于边际成本,由此所决定的销售量为 Q_0,价格为 Γ_0。在这一过程中,该厂商的需求曲线由 D_1 移动到了 D_2,这时实现了短期均衡。与完全垄断市场上的厂商均衡相比,在垄断竞争市场上除了有两条需求曲线外,厂商的短期均衡与完全垄断市场相同。

6.4.4 垄断竞争市场上厂商的长期均衡

在长期中,垄断竞争的市场上也存在着激烈的竞争。各厂商可以仿照别人有特色的产品,可以创造自己有特色的产品,也可以通过广告来创造自己的需求,形成自己产品的垄断地位。当短期内超额利润存在时,竞争的结果是存在替代性的各种差别产品的价格下降,可以通过图 6-12 来说明这种变动的过程和结果。在图 6-12 中,厂商决定产量的原则仍然是边际收益等于边际成本,因此,由长期边际成本曲线(LMC)与边际收益曲线(MR)的交点 E 所决定产量是 $0Q_1$,由 Q_1 做一条垂线,这就是产量为 $0Q_1$ 时的供给曲线。这条供给曲线与需求曲线 d 相交于 M,决定价格水平为 $0P_0$。这时的总收益是平均收益(价格)和产量的乘积,即图中 P_0MQ_00 的面积。总成本等于平均成本与产量的乘积,实际也

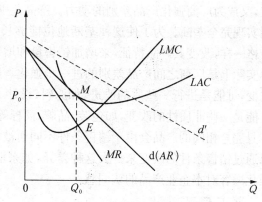

图 6-12　垄断竞争市场厂商的长期均衡

是图中的 P_0MQ_00 的面积,总收益等于总成本,实现了厂商的长期均衡。由此可见,在垄断竞争市场上,实现长期均衡时,边际收益等于边际成本,平均收益等于平均成本,在垄断竞争市场上,厂商实现长期均衡的条件是:$MR = LMC,AR = LAC$。具体地说还是:$MR = MC,AR = AC$。

6.4.5 垄断竞争市场上的非价格竞争

在完全竞争市场上,同行业厂商提供的是完全相同的产品,所以,要实现利润最大化只有一个办法,就是使其产量调整到边际成本与产品价格相等。而垄断竞争企业为实现利润最大化,除了可以调整产品价格以改变其销售量外,还可以通过改变产品特征以及销

售费用来调整销售量,这些手段就是非价格竞争。非价格竞争的主要手段有产品差别、产品变异、广告和名牌。

1. 产品差别

垄断竞争市场上,厂商在一定程度上能够控制价格,可以根据购买量来调整产品价格。这种控制能力主要是通过产品差别来实现的。这些差别可能是产品本身的差别,如产品的品质、性能、设计、颜色和商标不同,也可能与销售条件有关,如销售地点和经营方式等等。这种产品的差别,导致了生产差别产品的厂商在一定程度的垄断力量。这种垄断力量的大小,取决于产品差别的程度。产品差别越大,垄断力量越强;产品差别越小,垄断力量越弱。因此,垄断竞争厂商为了在竞争中取胜,增强产品差别就成了增强垄断能力的重要手段。差别就是特色,努力增强并保持自己产品的特色,这有助于提高竞争能力。有了产品特色差别且难以模仿,厂商有可能在不降低价格的情况下,吸引更多的消费者,以获取更高的利润。

2. 产品变异

由于产品之间存在可替代性,垄断竞争市场上的厂商之间仍存在竞争,这种竞争的存在,又成为厂商强化产品差别的动力。产品差别可以获得一定程度的垄断力量,但它不可能实现完全垄断。为了使这种垄断地位能够长久保持,厂商必须创新。厂商可以像变动价格一样,改变其产品特征,来增加销售量和增加利润。这就是所谓的产品变异。产品变异实际上是厂商之间产品差别的进一步强化。这种变异包括两个方面:一是产品本身的改变,可能是进行一些质的改进,如原料、设计、技术性能、式样、型号和颜色等的改变,也可能是一些非质性的改变,如包装、品牌、商标等方面的改变。二是销售条件的改变,既然本身完全相同的产品会由于销售条件不同而被消费者看成不同的产品,那么,厂商完全可以通过销售条件的改变来扩大这种差异,如采取改变经营方式和提高服务质量等措施来强化顾客对本企业产品的认同感。

3. 广告

对于已经生产出来的、具有差别的产品要增加其销售量,厂商还能采取的措施就是增加销售费用影响消费者的需求,从而实现扩大销售量、增加利润的目的。厂商的销售费用,主要包括各种推销活动的成本,如推销人员的工资、对零售商店陈列商品样品所给予的补贴等。然而,这其中所占比例最大的应该是广告费用的支出。

产生广告这种推销形式的直接原因在产品存在差别,企业处心积虑生产出有差别的产品,同时又希望有着不同偏好的消费者了解并购买这些产品,沟通双方的媒介之一就是广告。企业希望通过广告增加消费者对其产品的认同与需求,使消费者在每一价格水平下都能购买更多的商品,或者通过消费者的认同而使之支付更高一些的价格。作为消费者,广告可以帮助他们做出比较理性的选择,面对众多的产品,识别它们是很困难的,广告则在某种程度减少了消费者的这种困惑。

4. 名牌

在产品差别中,品牌是一种重要的产品差别,它既有实际差别,又有消费者对它的认知。就是说,名牌首先是做出来的,没有高质量、受消费者欢迎的产品,就没有名牌。但名牌还要靠广告宣传,让消费者认知。所以,在垄断竞争行业中,企业创造名牌是十分重要的。

6.4.6　对垄断竞争市场的评论

垄断竞争市场的经济效率介于完全竞争市场和完全垄断市场之间,在垄断竞争厂商处于长期均衡时,市场价格高于厂商的边际成本,等于厂商的平均成本但高于平均成本最低点。这就决定了垄断竞争市场的经济效率低于完全竞争市场。但从程度上来看,垄断竞争又比完全垄断市场有效率。垄断竞争市场对消费者而言,利弊同时并存。有利之处是:第一,由于垄断竞争市场的产品有差别。因而可以满足多样化的市场需求,充分体现消费者的消费个性。第二,由于产品的差别是包含了销售条件,如品牌和售后服务等,所以,企业会不断地提高某品牌的质量,改善售后服务,从而又有利于消费者。不利之处在于:产品价格高于边际成本,与完全竞争相比,消费者被迫多支付市场价格。垄断竞争对于生产者来说,也是利弊共存。有利之处在于垄断竞争的市场条件有利于技术进步,在完全竞争市场上,由于缺乏对技术创新的保护,因而不存在企业技术创新的动力,在完全垄断的市场结构中,由于没有竞争,缺乏技术创新的压力。在垄断竞争的市场结构中,既存在对技术创新的保护,如专利等,又存在着同类产品的竞争,具有较大的外在压力,所以,垄断竞争市场被认为是最有利于技术进步的市场结构。但在垄断竞争市场条件下,由于长期中不可能在平均成本最低点上实现最大利润,因而其资源利用效率要比完全竞争市场低,存在着一定的资源浪费。

【推荐阅读】

广告意味着什么

现实生活中,广告的狂轰滥炸对我们每个人来说已经是习以为常的事情。在黄金时间打开电视,你就会观察到什么类型的产品广告做得较多:饮料、化妆品、零食……这些快速消费品行业一般把收入的10%～20%投放于广告。我们注意到,这些行业都是典型的垄断竞争结构,同时,我们很难想象生产玉米或者火箭发动机的企业会花大把的金钱请明星作为产品代言人,因为,这些产品要么是标准化的,要么被一两家企业完全垄断,他们没必要做广告。

广告的规模有多大呢?有人估计大概有2 000亿美元。也许这个数字难以想象,那么你就想想仅仅凭着在线广告作为收入的互联网企业就可以动辄拥有几十亿美元的市值吧。

如何从经济学角度来看待广告的作用？我们或许从下面的一些案例中能领悟出一些道理来。

一、广告与价格

贝纳姆（Benham）通过比较限制广告情况下的价格和不限制广告情况下的价格，研究了广告对眼镜价格的影响。贝纳姆发现，1963年，在广告完全被禁止的那些州内，眼镜的平均价格为37.48美元。在不存在广告限制的那些州内，眼镜的平均价格是17.98美元；贝纳姆提出，广告包容更多的现存厂商之间的竞争，降低利润边际。他还提出，广告为进入市场提供便利，因此，禁止广告是进入市场的壁垒。

二、作为产品质量信号的广告

考虑一个新品种速溶咖啡的广告。企业可能会极为"奢侈"地请某个当红明星做广告。这种广告意在向消费者传递一种信息：我愿意花巨额资金做广告，因为我有实力，我对自己的产品质量有信心。为什么这么说呢？我们来设想以下情况：

日月公司和光华公司都将推出自己的新品种咖啡，每盒咖啡的利润都为5元（不算广告的成本）。如果投放1 000万元的广告，每家公司都能吸引100万个消费者试用自己的产品。日月公司知道自己的咖啡味道一般，虽然广告能使100万个消费者每人买1盒，但是大家很快就会知道日月咖啡的味道较其他品牌逊色，以后不再购买。这样，日月公司花1 000万元广告费得到500万元的利润并不划算，于是决定继续开发口味更佳的咖啡之后再推出新产品。相反，光华公司知道其咖啡质量上乘，顾客尝过之后会在未来的12个月每月都买1盒。这样，1 000万元的广告费会带来6 000万元的利润，于是光华公司决定做广告。分析了企业决策过程之后，我们来看消费者的行为。消费者将尝试他们从广告上看到的新品种咖啡，这种行为是否理性呢？答案是肯定的。消费者决定试买光华咖啡，是因为光华咖啡做了广告。日月咖啡不做广告，因为它知道自己的产品口味一般；光华咖啡做广告，因为它知道自己产品质量上乘。在这里，企业拥有其产品质量的内部信息，但消费者不知道，存在信息不对称。于是，光华公司通过为广告支付货币的意愿向消费者发出其咖啡质量的信号。消费者就会想：如果光华公司愿意用这么多钱为新咖啡做广告，那么它的味道肯定不错。

在这个故事中，广告的内容是无关紧要的，重要的是让消费者知道这个广告很昂贵。在上面的故事中，如果广告只用了300万元，则日月公司用广告来推出新咖啡也可以赚钱。这种情况下，好咖啡跟一般咖啡都做广告，消费者不能从广告中得到关于咖啡质量的信号。因此，消费者学会了不理会那种随便刷在墙上的廉价广告。

总的来说，经济学家们认为这种"广告信号论"是颇有道理的，但这并不是说它是理所当然的。曼彻斯特大学商学院的莫尔西和多伦多大学商学院的霍肯几年前做了个实验，结果表明"信号"理论也许不甚正确。

实验是这样的：受试的一组人经常阅读外文杂志，这些杂志上有多类他们不熟悉的商品品牌广告，这些广告在杂志上出现的次数有所不同。虽然这些人并不知道广告要讲的内容是什么，但他们却有这样的意识：广告出现的次数多的商品是好商品。另一组受试者每人把每个广告只看一次，但告诉他们这些广告在其他杂志上出现的频率。虽然这些人能记住商品广告出现的次数，但他们却没把广告出现多的商品当做是好商品。这项研究说明了人们的确把广告同商品的质量联系在一起，但这并不是因为人们理解了厂商试图传达给消费者的"信号"，而仅仅是因为他们看到大量的广告后就想买东西。也就是说，广告的作用与尼尔森的"信号"之间的关系并不大。

三、广告的作用

对于广告的作用，经济学界还有许多观点和争论。

广告批评者：

(1) 广告抑制了竞争。广告通过增加心理上的产品差别度和品牌忠诚度，使消费者漠视同类产品之间的价格差别，从而使企业可以增加定价权力获取高利润。一双 NIKE 球鞋与一双名为"莱克"的球鞋也许都由一家浙江的民营企业生产，但是 NIKE 球鞋因为请 NBA 球星在全球进行广告轰炸，就可以轻易卖出同种类型球鞋几十倍的高价。

(2) 大部分广告没有提供有关产品的有用信息，而是通过心理暗示来增加消费者的欲望。哈根达斯的广告，它不告诉你任何关于其冰激凌的消费信息，而是通过一个浪漫场景让你意识到：哈根达斯代表浪漫与爱情。

广告辩护者：

(1) 广告加强了竞争。通过广告消费者更充分地获得市场上所有企业的信息，这样消费者可以更容易地识别价格差异，因此每个企业的定价权力变小了。此外，广告使得新企业进入市场更容易，因为它可以帮助进入者从现有企业中吸引顾客。

(2) 广告可以用来向消费者提供信息以改善市场上信息不对称的程度。广告提供商品的价格、新产品的出现和商店的位置，这些信息有助于提高市场配置资源的能力。

6.5 寡头垄断市场的厂商均衡

6.5.1 寡头垄断市场的含义

寡头垄断是指这样一种市场结构，几家大厂商生产和销售了整个行业的极大部分产品，其中每个厂商在该行业中都有举足轻重的地位。由于寡头市场只有几家厂商，所以，每家厂商的产量和价格的变动都会严重地影响到本行业竞争对手的销售量和销售收入。这样，每家厂商必然会对其他厂商的产量和价格变动做出直接反应，他在做出决策时，必须考虑其他厂商的决策，同时，他也要考虑自己的决策对别的厂商的影响。因此，寡头市场是一个相互依存的市场结构。

寡头市场在价格与产量决策上有以下三方面特点:一是它很难对产量与价格问题做出像前三种市场类型那样确切而肯定的答案。因为,各个寡头在做出自己的价格和产量决策时,都要考虑到竞争对手的反应,而竞争对手的反应又是多种多样并难以捉摸的。二是价格和产量一旦确定以后,就有其相对稳定性。这也就是说,各个寡头由于难以捉摸对手的行为,一般不会轻易变动已确定的价格与产量水平。三是各寡头之间的相互依存性,使他们之间更容易形成某种形式的勾结。但各寡头之间的利益又是矛盾的,这就决定了勾结不能代替或取消竞争,寡头之间的竞争往往会更加激烈。这种竞争有价格竞争,也有非价格竞争。

寡头垄断市场主要有两种类型:① 无差别寡头,即寡头厂商生产的产品无差别,如冶金、石油、建材等行业的寡头;② 有差别寡头,即寡头厂商生产的产品有差别,如飞机、汽车、机械、香烟等行业的寡头。

6.5.2　寡头垄断市场上的价格决定

寡头垄断市场上的价格的决定也要区分存在或不存在勾结。在不存在勾结的情况下,价格决定的方法是价格领先制和成本加成法;在存在勾结的情况下,则是卡特尔(Cartel)。

1. 价格领先制

价格领先制又称价格领导制,是指一个行业的价格通常由某一寡头率先制定,其余寡头追随其后确定各自价格。领价者往往既不是自封的,也不是共同推陈出新选的,而是自然形成的。这种自然形成的领价者或者说价格领袖,一般有三种情况:

(1) 支配型价格领袖。领先确定价格的厂商是本行业中最大、具有支配地位的厂商。它在市场上占有份额最大,因此对价格的决定举足轻重。它根据自己利润最大化的原则确定产品价格及其变动,其余规模较小的寡头就像完全竞争厂商一样,是价格的接受者,需根据支配厂商的价格来确定自己的价格以及产量。

(2) 晴雨表型价格领袖。这种厂商并不一定在本行业中规模最大、成本最低、效率最高,但它在掌握市场行情变化或其他信息方面明显优于其他厂商。这家厂商价格的变动实际上是首先传递了某种信息,因此,它的价格在该行业中具有晴雨表的作用,其他厂商会参照这家厂商的价格变动而变动自己的价格。

(3) 效率型价格领袖。领先确定价格的厂商是本行业中成本最低,从而效率最高的厂商。它对价格的确定也使其他厂商不得不随之变动。如果高成本厂商按自己利润最大化的原则确定价格,将会丧失自己的销路,得不偿失。

2. 成本加成法

成本加成法是寡头垄断市场上最常用的定价方法,就是在核定成本的基础上,加上一个百分比或预期利润额来确定价格。这是按利润最大化原则事先确定利润目标的定价。它能为市场所接受,是因为垄断组织控制着生产和市场销售的最大份额。

3. 卡特尔

卡特尔是生产同类产品的厂商,在划分销售市场、规定商品产量、确定商品价格等方面签订协定而成立的同盟。几家寡头企业通过建立卡特尔,协调行动,共同确定价格,就有可能像垄断企业一样,使整个行业的利润达到最大。但由于卡特尔各成员之间的矛盾,有时达成的协议也很难兑现,或引起卡特尔解体。在不存在公开勾结的卡特尔的情况下,各寡头还能通过暗中的串通(collusion)来确定价格。

6.5.3 博弈论的运用

博弈论(game theory)是研究人们在各种策略下如何行事。这里的"策略",是指每个人在决定采取什么行动时,必须考虑其他人对这种行动会做出什么反应的状况。由于寡头垄断市场上企业数量很少,每家企业都必须按策略行事。每个企业都知道,它的利润不仅取决于它生产多少,而且还取决于其他企业生产多少。在做出生产决策时,寡头市场上的每个企业都必须考虑到它的决策会如何影响所有其他企业的生产决策。囚徒困境,如图 6-13 所示。

	囚犯 B	
	坦白	抵赖
囚犯 A 坦白	$-8, -8$	$0, -10$
抵赖	$-10, 0$	$-1, -1$

图 6-13 囚徒困境

"囚徒困境"是博弈论中最经典的例子之一。讲的是 A、B 两名嫌疑犯作案后被警察抓住,隔离审讯。警方的政策是"坦白从宽、抗拒从严",如果两人都坦白,则各判 8 年;如果一人坦白另一人不坦白,坦白的放出去,不坦白的判 10 年;如果都不坦白则因证据不足各判 1 年。由此可以推想,如果甲、乙之间互不合作,他们很快就会发现,无论对方选择坦白还是抗拒,自己总是选择坦白最有利;如果对方坦白,则自己坦白要比抗拒少判 2 年徒刑;如果对方抗拒,则自己坦白便可无罪释放。显然,两个囚徒最终都会"聪明"地选择坦白。囚徒困境反映了个人理性追求利益最大化的自利行为将导致集体非理性的矛盾。寡头在力图达到垄断结果时的博弈也类似于两个处于困境的囚徒的博弈。垄断结果对寡头是共同理性,但每个寡头都有违背协议的激励。正如利己使囚徒困境中的囚犯坦白一样,利己也使寡头难以维持低产量、高价格和垄断利润的合作结果。

【理论应用】

智猪博弈理论

在博弈论经济学中，"智猪博弈"是一个著名的纳什均衡的例子。假设猪圈里有1头大猪、1头小猪。猪圈的一头有猪食槽，另一头安装着控制猪食供应的按钮，按一下按钮会有10个单位的猪食进槽，但是谁按按钮，谁就会首先付出2个单位的成本，若大猪先到槽边，大、小猪吃到食物的收益比是9∶1；同时到槽边，收益比是7∶3；小猪先到槽边，收益比是6∶4。那么，在两头猪都有智慧的前提下，最终结果是小猪选择等待。

实际上小猪选择等待，让大猪去按控制按钮，而自己选择"坐船"（或称为搭便车）的原因很简单：在大猪选择行动的前提下，小猪也行动的话，小猪可得到1个单位的纯收益（吃到3个单位食品的同时也耗费2个单位的成本，以下纯收益计算相同），而小猪等待的话，则可以获得4个单位的纯收益，等待优于行动；在大猪选择等待的前提下，小猪如果行动的话，小猪的收入将不抵成本，纯收益为—1单位，如果小猪也选择等待的话，那么小猪的收益为零，成本也为零，总之，等待还是要优于行动。

在小企业经营中，学会如何"搭便车"是一个精明的职业经理人最为基本的素质。在某些时候，如果能够注意等待，让其他大的企业首先开发市场，是一种明智的选择。这时候有所不为才能有所为！

高明的管理者善于利用各种有利的条件来为自己服务。"搭便车"实际上是提供给职业经理人面对每一项花费的另一种选择，对它的留意和研究可以给企业节省很多不必要的费用，从而使企业的管理和发展走上一个新的台阶。这种现象在经济生活中十分常见，却很少为小企业的经理人所熟识。

博弈与制度　由智猪博弈故事得到的启示

在这个例子中，对小猪而言，无论大猪是否踩动踏板，不去踩踏板总比踩踏板好。反观大猪，明知小猪不会去踩踏板，但是去踩踏板总比不踩强，所以只好亲历亲为了。这个案例令我们不得不思考——

【博弈与制度】

"智猪博弈"故事给了竞争中的弱者（小猪）以等待为最佳策略的启发。在博弈中，每一方都要想方设法攻击对方、保护自己，最终取得胜利；但同时，对方也是一个与你一样理性的人，他会这么做吗？这时，就需要更高明的智慧。博弈其实是一种斗智的竞争。作为一门科学，博弈论就是研究不同主体之间相互影响行为的一种学问。或者准确地说，博弈论是研究决策主体行为发生直接相互作用时的决策以及这种决策的均衡问题的学问，因此，也有人把它称为"对策论"。

对于企业经营者来说，如何理解博弈论，如何运用博弈论原理指导企业有效管理，这是值得思考的事情。在价格和产量决策、经济合作和经贸谈判、引进和开发新技术或新产品、参与投标拍卖、处理劳资关系，以及在与政府的关系和合作等多方面，博弈论都是企业经营者十分有效的决策工具，或者至少是比较科学的决策思路。

【制度与文化】

制度与文化是互动的。当管理者认为某种文化需要倡导时，他可能通过培养典型的形式，也可能通过开展活动的形式来推动和传播。但要把倡导的新文化渗透到管理过程之中，变成人们的自觉行动，制度则是最好的载体之一。文化优劣或主流文化的认同度决定着制度的成本。当企业倡导的优秀文化且主流文化认同度高时，企业制度成本就低；当企业倡导的文化适应性差且主流文化认同度低时，企业的制度成本则高。由于制度是外在约束，当制度文化尚未形成时，在没有监督的情况下，员工就可能"越轨"或不能按要求去做，其成本自然就高；当制度文化形成以后，人们自觉从事工作，制度成本就会大大降低，尤其当超越制度的文化形成时，制度成本就会更低。企业制度文化是企业文化的重要组成部分，制度文化又是精神文化的基础和载体，并对企业精神文化起反作用。一定的企业机制的建立，又影响人们选择新的价值观念，成为新的精神文化的基础。企业文化总是沿着精神文化——制度文化——新的精神文化的轨迹不断发展、丰富和提高。企业的制度文化也是企业行为文化得以贯彻的保证。同企业职工生产、学习、娱乐、生活等方面直接发生联系的行为文化建设如何，企业经营作风是否具有活力、是否严谨，精神风貌是否高昂，人际关系是否和谐，职工文明程度是否得到提高等，无不与制度文化的保障作用有关。由此可见，优秀企业文化的管理制度，必须是科学、完善、实用的管理方式的体现。

既然这样，有人就认为，一个企业的管理是否完善，应凭它有多少条制度来衡量，规章制度越多，说明企业管理越完善，企业越有发展潜力。甚至还有人认为，企业管理中最好不要存在管理艺术，只要企业管理制度完善了，企业就会杜绝一切可能出现的错误，这就是企业管理追求的境界。制度真能解决一切吗？我们先看看两个例子。美国资本市场作为世界上运作最规范及效率最高的市场之一，其运行模式一直被作为其他市场的学习对象。可是，近年来却频频暴露出一系列丑闻，先有安然事件，再有世界通讯、华尔街中介的作假行为，这不由让我们产生反思，美国有世界上最好的公司制度，有强有力的监督机制，有完善的法治体制，为何制度会失效呢？

【法治与文化】

企业作为市场经济中创造价值的主要实体，它的活动需要博弈，更需要规则。依法治企是市场经济发展的必然选择。历史上最早的市场经济的确是完全的自由经济，政府只充当市场的"守夜人"。然而，西方发达国家在历经"自由竞争"的磨难之后，深感缺乏法治的经济虽然"自由"，但所付出的代价太大，于是不约而同地选择了经济法治，以求借助法治的力量来引导、规范和制约亚当·斯密那只"看不见的手"。

作为一种制度方式，法律的存在价值在于介入社会并且调控内在的关系。然而，就因为这样一门以解决问题为导向的学科，法学吸收了大量的研究方法去观察世界，并以丰富多彩的表现形式反哺于其他学科。现在从学科的研究成果来看,不管是法学还是经济学,它们的核心主题是制度。因为,社会科学的问题无外乎描述社会如何存在和运行的实证理论应该如何规范的理论,两者的结合则有种种所谓"改造世界"的政策主张和制度建构。这样,市场博弈就成了法律和经济的最佳结合点。一项法律规则会引申出一套博弈规则,签订一个契约也就意味着已经进入一种博弈。

　　但任何人都知道,没有一项法制是包治百病的,只有对法制的内涵有正确的理解,才不会陷入制度的陷阱之中。同样,企业管理规章制度作为正式制度之一,是用"他律"来规范员工的行为,它的作用是显而易见的,是一种显性的制度。但是企业仅仅有规章管理制度还是不够的,在正式制度之外有管理漏洞的空白,这就需要另一种制度来配合,那就是企业文化。新制度经济学认为,制度包括了正式制度和非正式制度。正式制度是指人们有意识创造的一系列政策法规,包括了政治、经济制度及由这些规则构成的等级结构。具体到企业则指企业的产权制度、治理结构、组织结构及规章制度。非正式制度是指人们在长期交往中形成的、世代相传的一部分文化。对企业而言,它主要是指企业文化。如果说企业管理制度是让想犯罪的人没有机会犯罪,那么企业文化就是让有机会犯罪的人不愿意犯罪!我们强调依法治企,是没有任何错误的,因为我们的企业还有很多人治的色彩,还没有与真正意义上的市场经济接轨。但强调的是,如果对其依赖过了头,就等于说有了法律和制度就会有一切,从这个意义上讲恐怕就有失偏颇。无疑,企业文化是"以人为本"思想在企业管理中成功应用的最新成果。这里强调企业管理要做到正式制度和非正式制度的有机结合,换而言之,就是在抓法治中推进企业文化建设;同时,通过企业文化建设,进一步实现企业法治。

　　综上所述,企业文化从某种意义上说是企业家的文化。但企业家作为企业文化建设的实施者,不能仅停留在理论层面谈文化建设,如果能够把制度建设和依法治企作为工作的切入点,不断加大对企业文化的建设力度,这样不但能使企业文化建设产生"吹糠见米"的作用,而且也使企业文化建设有了坚实可靠的保证。

6.5.4　对寡头垄断市场的评论

　　寡头垄断在经济中是十分重要的。一般认为,它具有两个明显的优点:① 可以实现规模经济,从而降低成本提高经济效益。② 有利于促进技术进步,对经济的发展是有推动作用的。各个寡头为了在竞争中取胜,就要提高生产率,创造新产品,这就成为寡头厂商进行技术创新的动力。此外,寡头厂商实力雄厚可以用巨额资金与人力来进行科学研究。例如,美国电话电报公司的贝尔实验室,对电子、物理等科学技术的发展做出了许多突破性贡献,而这一实验室是以美国电话电报公司的雄厚经济力量为后盾的。

　　对寡头垄断的批评就是各寡头之间的勾结往往会抬高价格,损害消费者的利益和社会经济福利。

6.5.5 四种市场结构的厂商均衡状态的比较

以上对完全竞争、完全垄断、垄断竞争和寡头垄断的均衡状态已经全部做过介绍。四种市场结构的厂商均衡状态的比较,如表6-3所示。

表6-3

四种市场结构的厂商均衡状态的比较

市场类型	厂商数量及其规模	对价格的影响	均衡条件（$MR = MC$）		评 价
			短期均衡	长期均衡	
完全竞争	很多小厂商。产品同质	由市场决定,个别厂商无法决定	$P = MR = AR$ $MR = MC$ 超额利润 $= (AR - AC)Q$（可以 > 0, $= 0$ 或 < 0）	$MR = AR = MC = AC$ 只是正常利润 因 $AR = MC$,成本最小化,从而经济效率最高	供求平衡,成本低,价格低
完全垄断	一家无相似替代品	有很高的控制力	$AR > MR$ $MR = MC(SMC)$ 超额利润 $= (AR - AC)Q$（可以 > 0, $= 0$ 或 < 0）	$MR = LMC = SMC$ 有超额利润(但公营的公用事业可能没有)	成本与价格高,产量低
垄断竞争	较多产品差别性	由市场决定,但个别厂商略有影响	$MR = MC$ 超额利润 $= (AR - AC)Q$（可以 > 0, $= 0$ 或 < 0）	$MR = MC$, $P(AR) = AC$ 只能获得正常利润 $AC > MC$, $P(AR) > MR$	介于完全竞争与完全垄断之间
寡头垄断	少数几家同质或差别	有控制能力	按利润最大化原则通过卡特尔、价格领先制、成本加成法等形式决定 短期超额利润 $= (AR - AC)Q$（同样可以 > 0, $= 0$ 或 < 0）,长期通常有超额利润		抬高价格,但有利于规模扩大和科技创新

【推荐阅读】

石油输出国组织(OPEC):卡特尔的兴衰

若干具有垄断地位的经济主体(厂商或国家组织)结成行业内的"卡特尔",是当代经济生活中利益共谋的一种形式。OPEC是世界上最著名的卡特尔组织形式,我国在彩电行业,或汽车行业也都曾经出现过类似的卡特尔组织形式。但卡特尔组织很不稳定,容易短命,这或许是各个利益主体"谎言""欺骗"在作怪的结果。

OPEC 是世界上最著名的卡特尔。它建立于 1960 年,由五个主要的石油出口国组成:沙特阿拉伯、伊朗、伊拉克、科威特和委内瑞拉。该组织确定的目标如下:

- 协调并统一各成员国的石油政策。
- 采取措施确保价格稳定、消除有害而又不必要的价格波动。

在 1960 年以前,这些石油生产国与国际石油公司的冲突越来越激烈,它们根据"让步的协议"进行石油开采。根据这份协议,石油公司有权开采石油,并为此支付特许权使用费。这意味着石油生产国在石油产品的产量和价格方面几乎没有发言权。

尽管 1960 年成立了 OPEC,但直到 1973 年石油生产的控制权才由石油公司转到石油生产国,由 OPEC 决定石油的产量并以此决定其石油收入。此时,OPEC 已拥有 13 个成员国。在整个 20 世纪 70 年代,OPEC 的定价政策包括以下几方面:把沙特阿拉伯(它是市场领导者)原油价设定为市场价,然后其他各成员国依据这个价格设定它们自己的石油价格,成为支配型"企业"价格领导地位的一种形式。只要需求一直保持上升态势,同时价格又无弹性,那么这项政策就会导致价格大幅度提高,从而收入大量增加。1973 年和 1974 年,在阿拉伯—以色列战争过后,OPEC 把石油价格从每桶 3 美元左右提高到每桶 12 美元以上。这个价格一直延续到 1979 年,而石油的销售量并没有明显下降。

可是,1979 年之后,石油价格进一步由每桶 15 美元左右提高到每桶 40 美元,需求开始下降。这主要是因为 20 世纪 80 年代初期发生了经济衰退。随着需求的持续下降,OPEC 在 1982 年之后同意限定产量并分配产量定额,试图维持这个油价。1984 年达成协议,最高产量为每天 1 600 万桶。然而,由于下列原因,卡特尔开始被瓦解:

- 全球性经济不景气,导致石油需求下降。
- 非 OPEC 成员国的石油产量上升。
- 某些 OPEC 成员国"采取欺骗行为",产量超过分配给它们的限额。

由于石油供过于求,OPEC 再也不能维持这个价格了。石油的"现货"价格(公开市场上石油交易的每天价格)不断下降。20 世纪 80 年代末期,石油价格下降的趋势有所逆转。随着世界经济开始复苏并繁荣起来,石油的需求也开始上升,它的价格也开始上涨。1990 年伊拉克入侵科威特,海湾战争爆发。由于科威特和伊拉克停止了石油供应,石油供应量开始下降,石油价格急剧上涨。随着这场战争的结束,再加上 20 世纪 90 年代初的经济不景气,石油价格又开始快速下跌,并随着世界经济开始再次扩张而只是缓慢恢复。

到了 20 世纪 90 年代末,随着远东经济危机的爆发,形势对 OPEC 更为不利。石油需求每天大约下降 200 万桶。到 1999 年年初,石油价格已经下降到每桶 10 美元左右——若按 1973 年价格计,只有 2.70 美元! OPEC 成员国对此做出的反应是同意把每天的石油产量减少 430 万桶,目的是把价格重新上抬至每桶 18~20 美元。可是,随着亚洲经济的复苏以及世界经济增长普遍比较快,石油价格迅速上升,很快就超过了每桶20美元。到2000年年初,每桶达到30美元,仅仅在12个月里就增加了2倍。

这说明很难用供给配额来达到特定的价格。在需求具有价格无弹性而具有收入弹性(对世界收入变化有反应)的情况下,再考虑到需求变化具有很大的投机性,某一既定供给配额的均衡价格可能波动很大。不过,在2001年年底,OPEC和非OPEC生产者之间的关系发生了变化。OPEC卡特尔的10个成员国决定把每天的产量削减150万桶,后来又与该卡特尔之外的五大石油生产者达成协议,它们也减产,目的是要上抬石油价格。OPEC与非OPEC石油生产者之间的这种联盟是石油行业中的首例。结果,OPEC又有可能控制石油市场。

依据卡特尔的宗旨,是协调每个成员的生产决策,主要是限制产量,并从中分享所有可能获得的好处。比如,OPEC通过压低成员国的产量来维持石油的高价格,从而使所有的成员国获利。

但是,维持一个卡特尔是很困难的,许多问题都牵涉到私有信息。例如,国家之间在商议生产配额的时候,通常有一条原则是生产成本较低的国家获得较多的配额。于是,每个国家都有低报它们的生产成本的倾向。这是卡特尔协议成立以前的信息欺骗。协议成立以后,新的问题是可能出现不遵守协议的欺骗行为。成员国可以为共同的利益达成协议,但它们会严格遵守吗?在达成协议的情况下,出现俗称"偷步"的欺骗的动机很大。既然一个国家降低它的产量因而帮助市场提高价格的收益可以为所有的成员国共同分享,那就是说,高价格的收益具有非排他性。这样,每个国家都会要求别人把产量降低到配额以下,但是自己却可能偷偷地把产量升上去,最终的结果就是协议瓦解,原有目标无法实现。

卡特尔的成立,已经为它的瓦解准备了力量。以压缩产量抬高价格的卡特尔来说,价格抬高越是成功,卡特尔成员"偷步"悄悄把产量提上去可能获得的利益就越大,从而对违反协议"偷步"的激励越大。这种"越成功越容易瓦解"的内在矛盾注定了卡特尔寿命不长。世界范围来说,上面讲过的OPEC,虽然吵吵嚷嚷,跌跌撞撞,可还算是为数不多的比较成功的卡特尔。这里说比较成功,主要是说维持时间很长,并不是说就可以避免卡特尔天生的困境。

思考与练习

1. 选择题

1)根据完全竞争市场的条件,下列行业中,最接近完全竞争行业的是(   )。

A. 自行车行业   B. 服装行业   C. 玉米行业   D. 烟草行业

2)在短期内,(   )是完全竞争厂商的关闭点。

A. SAC 曲线与 SMC 曲线的交点　　　B. MR 曲线与 SMC 曲线的交点

C. AVC 曲线与 SMC 曲线的交点　　　D. SAC 曲线与 MR 曲线的交点

3) 在短期内,(　　)是完全竞争厂商的收支相抵点。

A. SAC 曲线与 SMC 曲线的交点　　　B. MR 曲线与 SMC 曲线的交点

C. AVC 曲线与 SMC 曲线的交点　　　D. AVC 曲线与 MR 曲线的交点

4) 在 $MR = MC$ 的均衡产量上,企业(　　)。

A. 必然得到最大利润

B. 必然得到最小利润

C. 若获利,则利润最大;若亏损,则亏损最小

D. 获得利润为零

5) 如果在厂商的短期均衡产量上,AR 小于 SAC,但大于 AVC,则厂商(　　)。

A. 亏损,立即停产　　　　　　　　B. 亏损,但继续生产

C. 亏损,生产或不生产都可以　　　　D. 获得正常利润,继续生产

6) 垄断厂商长期均衡的条件是(　　)。

A. 边际收益等于平均成本　　　　　B. 边际收益等于长期平均成本

C. 边际收益等于长期边际成本　　　D. 边际收益等于长期总成本

7) 垄断竞争厂商短期均衡的条件是(　　)。

A. 平均收益等于平均成本　　　　　B. 边际收益等于边际成本

C. 总收益等于总成本　　　　　　　D. 总收益等于边际成本

8) 采用价格领先制定价的市场是(　　)。

A. 寡头垄断市场　　　　　　　　　B. 完全竞争市场

C. 垄断市场　　　　　　　　　　　D. 垄断竞争市场

2. 判断题

1) 实现完全竞争的条件之一是不存在产品差别。　　　　　　　　　(　　)

2) 在完全竞争市场上,任何一个厂商都可以成为价格的决定者。　　(　　)

3) 在完全垄断市场上,一家厂商就是一个行业。　　　　　　　　　(　　)

4) 引起垄断竞争的基本条件是产品无差别。　　　　　　　　　　　(　　)

5) 由于寡头之间可以进行勾结,所以,他们之间并不存在竞争。　　(　　)

3. 简答题

1) 实现完全竞争的条件是什么?

2) 如何理解寡头垄断市场上的价格的决定?

3) 如何比较四种市场结构?

4. 技能题

根据表 6-4 资料,计算每种产量的利润和边际收益。企业为了利润最大化,产量应

该是多少?

表6-4

企业相关资料

项 目	产 量							
	0	1	2	3	4	5	6	7
总成本	8	9	10	11	13	19	27	37
总收益	0	8	16	24	32	40	48	56

5. 分析题

用图形解释完全竞争市场上厂商的短期均衡。

7 分配理论

【学习目标】

学习本章,掌握工资、利率、地租、利润理论,洛伦兹曲线与基尼系数的内容并注重应用;理解引起收入分配不平等的原因。

【案例导入】

我国的城乡差距

时下流行一句话,说"中国的城市像欧洲,中国的农村像非洲",这句话形象地表达出这样一个问题,即城乡发展失衡、收入差距日趋扩大是当前我国经济生活中存在的突出矛盾之一。目前,城乡差距的表现是多方面的,不仅有收入水平之间的差距,更有教育、医疗和社会保障等社会发展方面的差距,具体体现在以下方面:

(1) 城乡居民收入差距拉大。改革开放以来,我国城乡居民收入差距经历了一个先缩小后扩大,再缩小再扩大的过程,如图7-1所示。

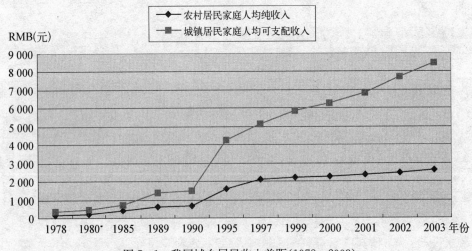

图7-1 我国城乡居民收入差距(1978~2003)

如果把城市居民收入中一些非货币因素,如住房、教育、医疗和社会保障等各种社会福利考虑在内,城乡居民的收入差距可能更高。

(2)城乡教育差距。教育差距是更隐性、更深层次的城乡差距。2000年,第五次全国人口普查资料显示:具有本科及以上文化程度的人口所占比重,城镇和乡村分别是3.2%和0.07%。城镇高中、中专、大专、本科和研究生学历人口的比例分别是乡村的3.4倍、6.1倍、13.3倍、43.8倍和68.1倍。

(3)城乡医疗差距。2002年,政府农村卫生资金投入总量为151亿元,仅占政府卫生事业投入总量的23%。也就是说,60%的农村人口只享有不足1/4的卫生资源。农村人口人均拥有医疗卫生资源远低于城市平均水平。

此外,国家财政用于农业的支出占财政支出的比重不断下降。由1978年的13.43%下降到2003年的7.12%。农业基本建设投资支出占国家财政支出的比重,1978年为4.52%,2003年下降到2.14%。财政资金的分配进一步向城市倾斜。

美国《福布斯》杂志2008年公布的美国收入最高和最低的职业排名榜中,美国收入最高的要数医疗专业(排名榜中没有列入大型公司高层管理人员的工资),收入最低的是快餐店工作人员。当你大学毕业后,你的收入多少将主要由你从事的那一类工作来决定。如果你成为一个电脑程序员,你赚的将比你成为一个加油站服务员多。是什么决定了哪一种工作得到的工资会高一些呢?正如经济学中的大部分问题一样,对这些问题的回答仍取决于供给与需求。劳动、土地、资本的供给和需求决定了工人、地主、资本所有者的价格。

前述各章讨论了消费商品(又称产品)价格和数量的决定,这一部分通常被看成是所谓的"价值理论",其讨论范围局限于产品市场本身。本章将对要素市场的供求关系进行讨论。在生产要素市场上,要素的购买者是产品市场上产品的供应者,而要素的供应者却是产品市场上产品的购买者。尽管市场参与者的角色发生了变化,但我们将看到,产品市场的基本分析方法仍然没有改变。

7.1 生产要素价格的决定

分配理论的核心内容是生产要素价格的决定。19世纪早期,法国经济学家萨伊把生产要素(factors of production)区分为三类,即土地、劳动和资本,这三类生产要素的价格分别称为地租、工资和利润。因此,那时的生产要素价格理论就是地主、挣工资者和资本家的收入分配理论。19世纪后期,英国经济学家马歇尔又在此基础上提出了第四个要素——企业家才能。于是,利润被看成是企业家才能的收益,利息则为资本所有者的收益。

7.1.1　生产要素的需求

1. 生产要素需求的特点

在商品经济条件下,产品市场和生产要素市场是相互依存、相互制约的。消费者的经济行为表现为:在生产要素市场上提供生产要素,如提供一定数量的劳动、土地等以取得收入,然后在产品市场上购买所需的商品,如一定数量的面包、汽车等,进而在消费中得到最大效用的满足。而厂商的经济行为表现为:在生产要素市场上购买生产所需的要素,如雇佣工人、租用土地等,然后进行生产,如生产一定数量的面包、汽车等,进而在产品市场上通过商品出售获得最大的利润。在产品市场上,厂商是产品的供给者,消费者是产品的需求者;而在生产要素市场上,厂商是要素的需求者,消费者则是生产要素的供给者。厂商购买各种生产要素所支付的价格,构成厂商的生产成本,同时也成为消费者的收入源泉。

生产要素需求是一种派生需求(derived demand)。在产品市场上,需求来自消费者。消费者购买食物或衣服,并从产品的使用中得到满足,因此,对产品的需求是所谓的"直接需求"。在生产要素市场上,需求来自厂商。厂商购买机器、劳动等生产要素并不能直接提高某个人的效用,而是为了生产和出售产品以获得收益。从这个意义上来说,对生产要素的需求不是直接需求,而是"间接需求"。进一步来看,厂商通过购买生产要素进行生产并从中获得收益,部分要取决于消费者对其所生产的产品的需求。如果不存在消费者对产品的需求,厂商也就无法从生产和销售产品中获得收益,也就不会购买生产资料和生产产品。例如,如果没有人购买汽车,也就不会有厂商对汽车工人的需求;同样,如果没有人吃面包,也就不会有食品公司购买面粉来烤制面包。由此可见,消费者对产品的直接需求间接地引致了或派生了厂商对生产要素的需求。从这个意义上说,生产要素的需求是所谓的"引致需求"或"派生需求"。引致需求常常具有许多环节,如消费者对毛料衣服的需求引致了服装厂对毛料的需求,从而引致织布厂对毛纱线的需求,进而引致羊毛需求,又引致牧业生产等等。

生产要素需求是一种联合需求(joint demand)或相互依存的需求。厂商对生产要素的需求是共同的、相互依赖的需求,具有"共同性"。由于技术上的原因,任何一种产品都不能单凭一种生产要素生产出来,必须是多种生产要素共同作用的结果。只有赤手空拳的工人不可能生产出任何产品;同样,单凭机器本身也无法创造出产品。只有人与机器相互结合才能达到目的。

2. 边际生产力

厂商对要素的需求主要取决于生产要素的边际生产力。边际生产力(marginal productivity)的概念是由美国经济学家克拉克提出的,是指在其他生产要素保持不变时,由于增加 1 单位某种生产要素而增加的产品或产量。生产要素的边际生产力,如以实物来表示,称为边际物质产品,用 MPP 表示;如以使用的生产要素所生产的产量的市场价格来表示,称为边际产品价值,用 VMP 表示。边际产品价值(VMP)是指增加 1 单位某一生产要素的投入所增加产量的销售值。如用 P 来表示产品的市场价格,则:

$$VMP = MPP \times P$$

如以收益来表示生产要素边际生产力,则称为边际收益产品,用 MRP 表示。边际收益产品是指增加 1 单位的某种生产要素投入所增加的产量给厂商带来的收益增量。如用 MR 代表产品的边际收益,则:

$$MRP = MPP \times MR$$

从上式中可以看出,边际收益产品取决于 MPP 和 MR 两个变量。

根据边际收益递减规律,当其他要素不变,连续增加一种可变要素的投入时,边际产量(MPP)最终会递减。这个规律又称边际生产力递减规律。

边际收益的变化取决于产品市场结构。在完全竞争的产品市场上,由于产品的价格不变,$MR = AR = P$,所以,$MPP \cdot P = MPP \cdot MR$,即 $VMP = MRP$。而在非完全竞争的产品市场上,当投入的要素增加时,产品的产出量增加,产品的价格随之下降,而产品的边际收益下降得更快,即 $MR < P$,与此相对应,$MRP < VMP$。因此,对厂商来说,如果它处在不完全竞争的产品市场,那么它的 MRP 曲线应位于它处在完全竞争产品市场时得到的 MRP 曲线的下方。

但无论是完全竞争的产品市场,还是非完全竞争的产品市场,MRP 的变化趋势都是递减的。边际收益产品曲线是一条向右下方倾斜的曲线,并高于边际物质产品曲线,如图 7 - 2 所示。

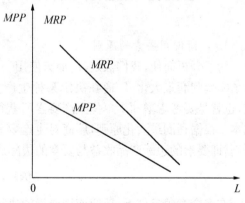

图 7 - 2　边际收益产品曲线

3. 边际要素成本

厂商增加使用 1 单位生产要素所增加的成本称为边际要素成本,用 MFC 表示。边际要素成本的变化取决于要素市场结构。在完全竞争的要素市场上,生产要素的价格对于厂商来说是既定的量。因为任一厂商都只是众多的要素购买者之一,因此,不管雇用多少数量的要素,都不能改变要素市场的价格。要素价格既定不变,若假设所使用要素的价格为 W,那么,平均要素成本(AFC)等于边际要素成本(MFC)等于要素价格(W),即:$AFC = MFC = W$。完全竞争厂商的边际要素成本曲线,如图 7 - 3 所示。

图 7-3 中横轴为要素数量,纵轴为使用要素的边际成本。假定要素价格为 W_0,从而要素的边际成本也为 W_0,则 W_0 不随要素使用量 L 的变化而变化。

在非完全竞争的要素市场上,厂商增加 1 单位要素投入带来的边际成本是多少呢?显然不在是价格,因为厂商若增加要素投入,会抬高所雇用的所有要素的价格,所以,边际要素成本随要素需求量的增加而递增,并大于要素的价格。也就是说,要素的边际成本曲线比要素供给曲线上升得快,位于要素供给曲线之上。非完全竞争的要素市场厂商的边际要素成本曲线,如图 7-4 所示。

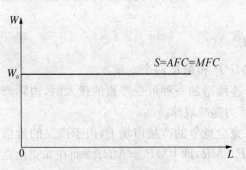
图 7-3　完全竞争厂商的边际要素成本曲线

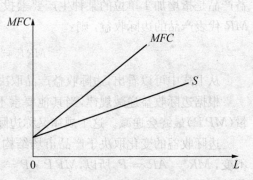
图 7-4　非完全竞争的要素市场厂商的
　　　　边际要素成本曲线

4. 厂商使用要素的原则

为了分析简便,我们假定,厂商只使用一种生产要素、生产单一产品并追求最大利润。为了实现利润最大化,厂商在决定某种生产要素的使用量时,必须考虑收益与成本的比较,也就是要考虑增加 1 单位生产要素所获得的收益能否补偿使用该单位要素所花费的成本。根据利润最大化原则,厂商对生产要素的需求必须遵循边际收益等于边际成本的原则,即要素的边际产品收益与要素的边际成本相等,用公式表示为:

$$MRP = MFC$$

在完全竞争条件下,厂商使用要素的边际收益等于边际产品价值;使用要素的边际成本等于要素的价格,所以,完全竞争厂商使用要素的原则可以表示为:

$$VMP = W$$

或者

$$MPP \times P = W$$

当上述条件满足时,完全竞争厂商达到了利润最大化,此时,使用的要素数量为最优要素数量。

如果 $VMP < W$,厂商减少使用 1 单位要素所损失的收益小于所节省的成本,因此,厂商将减少要素的使用以提高利润。随着要素使用量的减少,要素的边际产品产量上升,

从而边际产品价值上升,最终达到 $VMP=W$。反之,如果 $VMP>W$,厂商增加使用 1 单位要素所带来的收益大于所引起的成本,因此,厂商将增加要素的使用以提高利润。随着要素使用量的增加,要素的边际产品产量下降,从而边际产品价值也将下降,最终达到 $VMP=W$。总之,只要 VMP 与 W 不相等,厂商未达到利润最大化,就会改变要素的使用量。只有当 $VMP=W$ 时,厂商的要素使用量才使利润达到最大。

5. 要素的需求曲线

(1) 完全竞争厂商对要素的需求曲线。完全竞争厂商对生产要素(L)的需求函数反映的是:在其他条件不变时,完全竞争厂商对生产要素(L)的需求量与要素价格(W)之间的关系。完全竞争厂商的要素需求表,如表 7-1 所示。

表 7-1

完全竞争厂商的要素需求表

要素数量 L	边际产品 MPP	产品价格 P	边际产品价值 $VMP=MPP \cdot P$	要素价格 W
1	10	10	100	100
2	9	10	90	90
3	8	10	80	80
4	7	10	70	70
5	6	10	60	60
6	5	10	50	50
7	4	10	40	40
8	3	10	30	30
9	2	10	20	20
10	1	10	10	10

从表 7-1 中,我们可以发现要素价格与边际产品价值完全相等。现在给定一个要素价格,假如为 50,即 $W=50$ 时,为了使要素的使用数量达到最优,则边际产品价值必须为 50,即 $VMP=50$,与此相应,要素需求数量为 6;同样,当 $W=90$ 时,$VMP=90$,要素需求数量同为 2。如此类推,表 7-1 中最后一栏和第一栏合起来就是厂商的要素需求曲线。

要素需求函数也可以这样来理解:为了使厂商达到利润最大化,要素使用量必须使要素价格等于要素产品价值,用公式表示为:

$$MPP \cdot P = W$$

如果要素价格上升,则 $MPP \cdot P < W$,为恢复均衡,厂商必须调整要素使用量,使 MPP 上升,从而 VMP 也上升。根据边际生产力递减规律,只有减少要素使用量才能达到目的。也就是随要素价格的上升,厂商对要素的需求量下降。因此,完全竞争厂商的要素需求曲线是向右下方倾斜的,并且与边际产品价值曲线重合。

(2)非完全竞争产品市场的厂商对要素的需求曲线。在非完全竞争的产品市场上,

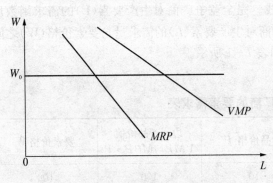

图7-5　非完全竞争产品市场的厂商
对要素的需求曲线

产品的价格不是固定不变的,而是随销售量的增加而下降,也就是厂商的产品需求曲线是一条向右下方倾斜的曲线。由于产品的价格大于产品的边际收益,与此相对应,要素的边际收益产品小于要素的边际产品价值。因此,在产品市场是非完全竞争的条件下,厂商对要素的需求曲线就不是由要素的 VMP 曲线来表示了,而是由投入要素的 MRP 曲线来表示,且 MRP 曲线处于 VMP 曲线之下,如图7-5所示。

7.1.2　生产要素的供给

就要素的供给来看,它不是来自厂商,而是来自个人或家庭。个人或家庭在消费理论中是消费者,在要素价格理论中是生产要素所有者。个人或家庭拥有并向厂商提供各种生产要素。

生产要素的供给,是指在不同的报酬下,生产要素市场上所提供的要素数量。生产要素的供给价格是生产要素所有者对提供一定数量生产要素所愿意接受的最低价格。一般来说,如果某种生产要素的价格提高,这种生产要素的供给就会增多;如果某种生产要素的价格降低,这种生产要素的供给就会减少,其供给数量与价格成同方向变化。所以,生产要素的供给曲线表现为一条向右上方倾斜的曲线,如图7-6所示。

在图7-6中,横轴 $0Q$ 表示生产要素供给量,纵轴 $0P$ 表示生产要素价格,S 表示生产要素的市场供给曲线。

完全竞争要素市场的特点表现为:要素的

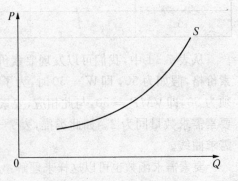

图7-6　生产要素的供给曲线

需求者和供给者人数众多,单个卖者和买者的要素供给量和需求量变化不影响要素价格。所以,在完全竞争市场上,生产要素的供给曲线是一条与横轴平行的直线。而在不完全竞争市场上,生产要素的供给曲线是一条向右上方倾斜的曲线。

7.1.3 完全竞争市场要素的均衡价格

这里首先要说明的是:完全竞争市场不仅仅是指产品市场完全竞争,要素市场同时也必须是完全竞争的。

在完全竞争的条件下,要素的均衡价格是由要素的供给与需求共同决定的。从前面的分析中我们已知,厂商对要素使用量的确定必须遵循利润最大化原则,即必须满足 $VMP = W$。进而得到,完全竞争厂商的要素需求曲线是向右下方倾斜的,并且与边际产品价值曲线重合。

在完全竞争的要素市场上,单个厂商只是价格的接受者,因此,厂商面临的供给曲线是一条水平线。因为 $AFC = MFC = W$,所以,厂商面临的供给曲线是与 AFC 曲线、MFC 曲线重合的一条水平线(见图 7-3)。

在完全竞争条件下,需求曲线与供给曲线相交于 E 点,此时,均衡价格为 P_0,要素的均衡使用量为 Q_0。完全竞争要素市场下的均衡价格,如图 7-7 所示。

所以,在完全竞争市场上,每一种要素得到的报酬就是该要素的边际生产力与产品价格的乘积。由于产品价格是既定的,因此,如果一些人比另外一些人工资高,那就是因为前者由于先天(智力或健康)因素或者后天(努力)原因而边际生产力高于后者。发达国家工人工资水平高于发展中国家,因为前者平均教育水平高、资本装备多等因素使得其边际生产力高于后者。而在一个要素可以充分流动的完全竞争经济中,相同的要素,不管受雇于哪个行业或厂商,都应该得到相同的报酬。

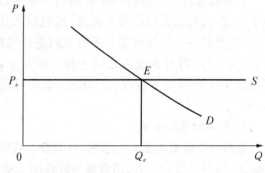

图 7-7 完全竞争要素市场下的均衡价格

7.2 工资、利息、地租和利润的决定

在分析了要素市场需求与供给一般原理的基础上,本节结合各种生产要素的特点,分析在完全竞争的市场条件下,各种要素均衡价格的决定。

7.2.1　工资理论

工资作为劳动这一生产要素提供劳务的价格,是由劳动市场中需求和供给的相互作用决定的。

1. 劳动与闲暇

劳动供给涉及消费者对其拥有的既定时间资源的分配。假定消费者每天必须睡眠 8 小时,那么在每天的 24 小时中可以自由支配的时间资源固定为 16 小时。消费者可能的劳动供给只能来自 16 小时之中,而不能超过它。我们又将个人拥有的自由支配时间分为两部分:一部分是劳动时间,在这段时间里,人们提供劳动,从事生产活动;另一部分是闲暇时间,闲暇时间包括除必要的睡眠时间和劳动供给以外的全部活动时间。这段时间里的活动是非生产性的,如饮食、娱乐、旅游等,当然闲暇时间也可用于非市场活动的"劳动",如干家务活。为简单起见,这里不考虑这种情况。如果用 H 表示闲暇,那么劳动供给量应该为 $16 - H$。因此,劳动供给问题也就可以看成,消费者如何将其拥有的固定时间资源在劳动供给与闲暇之间进行分配。也就是说,在固定的时间资源 16 个小时中,如何决定闲暇 H 所占的部分。

消费者选择一部分时间作为闲暇来享受,其余的时间作为劳动供给。闲暇直接增加了效用,而劳动则可以带来收入,通过收入用于消费再增加消费者的效用。因此,实质上,消费者并不是在劳动与闲暇之间进行选择,而是在闲暇和劳动收入之间选择,或者说是在自用时间和收入之间选择。事实上,如果我们将 1 小时时间花在闲暇上,那就牺牲了 1 小时的工资收入。因此,单位时间工资是闲暇的机会成本,相当于闲暇的"价格"。

2. 劳动的供给曲线

根据消费者效用最大化原则,时间资源在闲暇与劳动之间是如何分配的呢? 当工资较低时,随着工资的上升,消费者为较高的工资吸引将减少闲暇,增加劳动供给量。在这个阶段,劳动供给曲线向右上方倾斜。但是,工资上涨对劳动供给的吸引力是有限的。当工资上涨到 W_0 时,消费者的劳动供给量达到最大值。此时,如果继续增加工资,劳动供给量非但不会增加,反而会减少。于是劳动供给曲线从工资 W_0 处开始向后弯曲。

与一般供给曲线不同,劳动供给曲线的明显特点是它具有一段"向后弯曲"的部分。这是由于替代效用和收入效用所共同决定的。先来看一下替代效用。我们上面提到工资是闲暇的价格。工资上升后,闲暇的价格也上升,工人放弃劳动享受闲暇的代价较大,所以,工人的替代行为应该是用收入替代变得相对昂贵的闲暇,闲暇就会减少,因此替代效应使工人在工资上升后少娱乐,多工作。再来看收入效应。工资上升,工人的收入也随之上升,工人就会用收入购买更多的闲暇,闲暇反而会增加。因此,收入效用又使工人在工资上升后多娱乐,少工作。

工资提高带来的替代效应和收入效用的作用是相反方向的。所以,工资的提高有可能使工人增加劳动供给,也有可能使工人增加闲暇,最终作用结果将取决于两者的相对大小。一般情况下,在工资比较低的阶段,替代效应大于收入效应,因为低工资带来的收入变化不会太大,所以劳动供给随工资的上升而上升。但当达到一定水平后,工资继续提高,劳动者觉得收入已经颇丰,宁可少工作,而去享受更多的娱乐和消费各种商品,收入效应大于替代效应,所以劳动供给随工资的上升反而下降。工资上升的最终效应反映在劳动供给曲线上就是一条向后弯曲的曲线(见图 7-8)。图中,劳动供给曲线在 W_0 处向后弯曲。当工资小于 W_0 时,替代效应大于收入效应,劳动供给量与工资同方向变动;当工资大于 W_0 时,替代效应小于收入效应,工资的提高会减少劳动供给量。

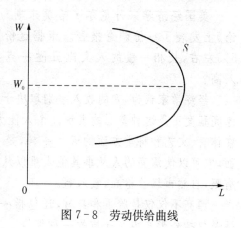

图 7-8 劳动供给曲线

3. 均衡工资的决定

工资作为劳动的价格,是由劳动市场中需求和供给相互作用所决定的。将所有单个消费者的劳动供给曲线相加,即得到整个市场的劳动供给曲线。尽管许多单个消费者的劳动供给曲线可能会向后弯曲,但劳动的市场供给曲线却不一定也是如此。在较高的工资水平上,现有的工人也许提供较少的劳动,但高工资也吸引进来新的工人,因而总的劳动市场供给一般还是随着工资的上升而增加,市场劳动供给曲线仍然是向右上方倾斜的。

由于要素的边际生产力递减和产品的边际收益递减,要素市场的需求曲线通常是向右下方倾斜的。劳动的市场需求曲线也不例外,同样也是向右下方倾斜的。将劳动需求曲线和劳动供给曲线放在一起,就得到劳动市场的均衡,即可决定均衡工资水平。

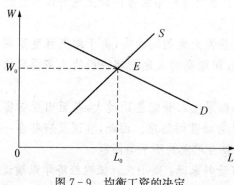

图 7-9 均衡工资的决定

图 7-10 所示,劳动需求曲线 D 和劳动供给曲线 S 的交点 E 是劳动市场的均衡点,决定了均衡工资为 W_0,均衡劳动数量为 L_0。当工资高于 W_0 时,劳动供给超过了劳动需求,市场上存在多余的劳动力;当工资低于 W_0 时,劳动供给不能满足劳动需求,市场上存在劳动力短缺。在一个完全竞争性的劳动市场中,当存在上述两种情况时,工资均会做出相应的调整,直到劳动供求平衡为止。

【案例分析】

漂亮的收益

　　美国经济学家丹尼尔·哈莫米斯与杰文·比德尔在1994年第4期《美国经济评论》上发表了一份调查报告。根据这份调查报告,漂亮的人的收入比长相一般的人高5%左右,长相一般的人又比丑陋一点的人收入高5%～10%。为什么漂亮的人收入高?

　　经济学家认为,人的收入差别取决于人的个体差异,即能力、勤奋程度和机遇的不同。漂亮程度正是这种差别的表现。个人能力包括先天的禀赋和后天培养的能力,长相与人在体育、文艺和科学方面的天才一样,是一种先天的禀赋。漂亮属于天生能力的一个方面,它可以使漂亮的人从事其他人难以从事的职业(如当演员或模特)。漂亮的人少,供给有限,自然市场价格高,收入高。

　　漂亮不仅仅是脸蛋和身材,还包括一个人的气质。在调查中,漂亮由调查者打分,实际是包括外形与内在气质的一种综合。这种气质是人内在修养与文化的表现。因此,在漂亮程度上得分高的人实际往往是文化高、受教育高的人。两个长相接近的人,也会由于受教育不同表现出来的漂亮程度不同。所以,漂亮是反映人受教育水平的标志之一,而受教育是个人能力的来源,受教育多,文化高,收入水平高就是正常的。

　　漂亮也可以反映人的勤奋和努力程度。一个工作勤奋、勇于上进的人,自然会打扮得体,举止文雅,有一种朝气。这些都会提高一个人的漂亮得分。漂亮在某种程度上反映了人的勤奋,与收入相关也就不奇怪了。

　　最后,漂亮的人机遇更多。有些工作,只有漂亮的人才能从事,漂亮往往是许多高收入工作的条件之一。就是在所有的人都能从事的工作中,漂亮的人也更有利。漂亮的人从事推销更易于被客户接受,当老师会更受到学生热爱,当医生会使病人觉得可亲,所以,在劳动市场上,漂亮的人机遇更多,雇主总爱优先雇用漂亮的人。有些人把漂亮的人机遇更多,更易于受雇称为一种歧视,这也不无道理。但有哪一条法律能禁止这种歧视?这是一种无法克服的社会习俗。

　　漂亮的人的收入高于一般人。两个各方面条件大致相同的人,由于漂亮程度不同而得到的收入不同。这种由漂亮引起的收入差别,即漂亮的人比长相一般的人多得到的收入称为"漂亮贴水"。

　　收入分配不平等是合理的,但有一定限度,如果收入分配差距过大,甚至出现贫富两极分化,既有损于社会公正的目的,又会成为社会动乱的隐患。因此,各国政府都在一定程度上采用收入再分配政策以纠正收入分配中较为严重的不平等问题。

　　　　　　　　　　　　　　　　　　(资料来源:梁小民,《微观经济学纵横谈》)

【推荐阅读】

美国最低工资法

1998年3月,克林顿总统提议在2年内将最低小时工资提高1.00美元,使其达到6.15美元。自从1938年制定25美分联邦最低工资开始,经济学家们就一直对最低工资法的利益与成本存在争论。联邦最低工资法起初只覆盖了全部劳动力的43%,主要是那些在涉及洲际间商业活动的大型厂商里工作的工人。多年以来,最低工资不断提高,覆盖范围也一再扩大,到1998年,最低工资法覆盖了全部劳动力的86%(仍然没有涵盖的群体包括从事家庭服务的劳动者和在小零售企业、小餐馆里工作的人)。

在克林顿提议增加最低工资的那段时间,大约有1 200万工人每小时工资在5.15美元和6.15美元之间,因此他们可能受到工资增加的影响。这个群体包括许多非熟练或年轻工人,他们大多数在服务业和零售业中从事临时性的工作。最低工资立法的鼓吹者认为,适当地实施最低工资能够增加最贫困工人的收入,而对整个就业影响不大,甚至没有影响。最低工资立法的批评者认为,高于市场出清水平的最低工资会促使雇主相应减少工人雇佣量或者削减非工作报酬,造成很多负面影响。

而首当其冲遭受解雇的工人是来自非熟练工人团体中的底层,即教育水平低、技能最差和健康有问题的人,他们正是政府希望保护和援助的对象,但结果却是他们首先受到伤害。

其他的负面影响主要表现为:首先,就业量的下降不仅表现为就业人数的下降,还可表现为就业工人工作时间的下降,所以会有相当一部分非熟练工人处于半失业状态。其次,当政府要求企业提高货币工资时,企业可以采取相应减少别的福利待遇的对策,使真实的工资上升幅度小于货币的上升幅度,甚至完全抵消。最先受到削减的福利可能会是非熟练工人,尤其是临时工人的福利政策。第三,在那些受到最低工资法管制的行业找不到工作的人会转向管制范围之外的行业,从而压低这些行业的工资水平,雇主可以在挑选工人时采取更挑剔苛刻的态度,并按照自己的偏好实行歧视性雇佣政策,如性别歧视、种族歧视和年龄歧视等,所以,那些具有大多数雇主不喜欢的特征(如性别、肤色等)的工人变成了牺牲者。

自20世纪70年代以来,美国已经公布了40多项考查最低工资变化对就业影响的研究报告。虽然少数已经发现最低工资对就业有较小的积极影响,但大部分已经发现或者没有影响或者有消极的影响,特别是在年轻工人中。最低工资提高不可能总是对总的就业产生预期的消极影响,一个原因就是雇主常常针对工资的提高做出种种反应,如用临时工作代替专职工作,以更称职的享受最低工资的工人(如大学生)代替不大称职的工人(如中学辍学的学生),以及调整工作的一些非工作因素在降到成本或提高生产力。

最低工资的提高也增加了上学的机会成本。例如,一项研究发现,最低工资的提高会鼓励16～19岁的一些年轻人辍学去寻找工作,尽管许多人没有找到工作。同时,已经离开学校的那些人会因为最低工资的提高而很可能成为失业者。因此,最低工资的提高可能会对入学人数产生较大影响。

如果政府不再修改最低工资标准,那么随着生活水平的提高和物价的上涨,最低工资标准将逐渐变得形同虚设。如果政府考虑重新规定这一标准,并将其定在市场均衡水平之上,也会碰到许多阻力。一些经济学家甚至指出,最低收入家庭之所以贫困,不是因为家庭成员从事低工资工作,而是他们根本找不到工作或长期处于半失业状态,因而很难得到最低工资法的保护和帮助。

7.2.2　利息理论

1. 资本与利息

厂商生产产品不仅需要使用劳动力,而且要使用像机器、厂房、办公桌和计算机之类的资本品。与劳动一样,资本也是由消费者提供的,只不过是他们把自己收入的一部分提供给厂商,然后厂商再用这笔钱去购买或租用资本品。

资本作为与劳动和土地并列的一种生产要素,具有以下特点:第一,它的数量是可以改变的,即它可以通过人们的经济活动生产出来;第二,它被生产出来的目的是为了获得更多的商品和劳务;第三,它是作为投入要素,即通过用于生产过程来得到更多的商品和劳务。

基于以上特点,可以将资本定义为:由经济制度本身生产出来并作为投入要素以便进一步生产更多的商品和劳务的物品。资本从实物形态来看,表现为机器、厂房等物质物品;从货币形式来看,表现为股票、债券等金融物品。

作为生产服务的源泉,资本本身有一个市场价格,即所谓的资本价值;另外,资本也可以在市场上被租借出去。所以,作为生产服务,资本也有一个价格,即使用资本(或资本服务)的价格。这个价格通常称为利息率(或利率),用 r 来表示。

例如,一台价值1 000元的机器被使用1年所得到的收入为100元。用年收入来除以机器本身的价值,即得到该机器每单位价值服务的年收入为10%(100÷1 000×100%)。这就是该机器的服务价格或年利率(r)10%。

由此可见,资本服务的价格或利率等于资本服务的年收入与资本价值之比。用公式表示即为:

$$r = \frac{Z}{P}$$

式中:Z——资本服务的年收入;
　　　P——资本价值。

2. 资本的供给

与劳动供给不同,资本的供给较为间接,是由家庭的储蓄决策所决定的。因为,消费者提供给厂商的资本是从他们的收入中去掉消费后的剩下部分,也就是消费者的储蓄。家庭的储蓄决策主要受两个因素的影响:一是当前收入和预期未来收入,二是利率。

如果一个家庭的当前收入相对于预期未来的收入低,那么,其储蓄的愿望通常较低甚至是负储蓄;而如果当前收入相对于预期未来收入高,那么该家庭就会倾向于大量储蓄。当前收入与预期未来收入的高低不同和家庭的生命周期有关。年轻的家庭在收入方面通常是当前收入低而预期未来收入较高;而年老的家庭通常是当前收入高与预期未来收入。所以,年轻的家庭很少储蓄,甚至通过消费信贷"超前消费";中老年家庭则积极储蓄,以保障退休后的生活。

利率是当前消费相对于未来消费的机会成本。若年利率为10%,则当前消费100元,相当于下一年消费110元。这样看来,在今年把100元消费掉相对于明年再消费就损失了10元,即当前消费量的10%。而将100元储蓄到明年再消费皆可以消费110元,相对于今年消费多出10元,消费量可以增加10%。在其他条件不变的情况下,利息越高,家庭就储蓄得越多,资本的提供也就越多。在高利率下,人们强烈地倾向于减少消费,增加储蓄,以充分利用高利率带来的收益。反之,人们将更加倾向于多消费,少储蓄。

利率对储蓄的影响表现为替代效应和收入效应。替代效应是指利率越高,现期储蓄的未来报酬就越多,现期消费的机会成本高,也就变得非常"昂贵"。消费者会用相对"便宜"的未来消费来替代相对"昂贵"的当前消费。因此,随着利率的提高,一个家庭会减少现期消费而增加储蓄。收入效应是指利率变动会改变人们的收入。在其他条件不变的情况下,一个家庭的收入越多,现期和未来的消费水平以及储蓄水平也就越高。也就是说,如果消费是一种正常商品,实际收入提高后,能同时增加两个时期的消费,并达到更高的效用水平。

资本市场供给曲线表示了资本供给量和利率之间的关系,这种关系取决于替代效应和收入效应的强弱对比。对个别消费者而言,替代效应有可能强于或者弱于收入效应,但就整个资本市场而言,替代效应强于收入效应。因此,随着利率的增加,储蓄额也会增加,资本市场供给曲线是一条向右上方倾斜的曲线。

3. 资本的需求

从整个社会来看,资本市场的需求由两部分组成:一部分是居民的需求。例如,居民购买住宅、轿车等耐用消费品,往往超出了当前的收入水平,于是向金融机构贷款。居民的贷款需求与利率反方向变化。利率越高,居民借款的成本越高,借款量越少,也就是对资本的需求量越少。另一部分是企业的需求。企业借款主要是用于投资。如果投资项目的预期利润率高于企业借款的利率,那么企业将进行投资。因此,在预期利润率不变的情况下,利率越低,企业投资的欲望越强烈,对可贷资本的需求量也就越大;利率越高,投资项目就会否定,对可贷资本的需求量也就越小。厂商对可贷资金的需求量也是与利率反方向变化。

社会对资本的总需求曲线是居民对可贷资金的需求曲线和企业对可贷资金的需求曲线水平加总而得到,是一条向右下方倾斜的曲线。

4. 均衡利率的决定

均衡利率由资本的需求和供给共同决定的,如图 7 - 10 所示。

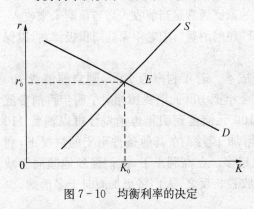

图 7 - 10　均衡利率的决定

资本的需求曲线 D 与供给曲线 S 相交于 E 点。此点所对应的 r_0 为均衡利率,K_0 为资本的均衡供求量。资本市场均衡的决定过程与其他市场均衡的原理是一样的。如果利率超过 r_0,对资本的需求就会小于资本的供给,于是,资本市场上存在多余的资本。在这种情况下,贷款者之间的竞争会使利率下降。这将增加人们借钱消费的意愿和企业的投资意愿,最终将使市场上所有的可贷资本都得到利用,利率也将降低到 r_0。反之,当利率低于 r_0 时,市场上可贷资本的数量不足以满足所有对资本的需求,借款者之间的竞争将导致利率的上升,这一过程直到利率水平达到 r_0 时方才停止。

7.2.3　地租理论

1. 土地和地租

经济学上的土地泛指一切自然资源。它们既不能被生产出来,也不会在数量上减少。因而它们是固定不变的。当然,如果土地价格合适,人们可以沿海造田,治理沙漠,从而"创造"土地;另外,如果人们采取一种破坏土壤肥力的耕种方式,土地也有"毁灭"的可能。为了简单起见,我们这里不考察土地数量这些方面的变化,假定它为既定不变。另外,这里的土地是从其提供服务的角度加以分析的。例如,土地价格是指土地提供服务所得到的报酬,即地租,而不是土地本身的价格。

2. 地租的决定

(1) 土地的供给。土地所有者为了获得最大效用,首先要解决的就是如何将既定数量的土地在保留自用和供给市场这两条用途上进行分配。供给土地本身不直接增加效用。土地所有者供给土地的目的是为了获得土地收入,土地收入可以用于各种消费,从而增加效用。因此,土地所有者实际上是在土地收入与自用土地之间进行选择。

土地如果不用来供给市场,那么可以用来建造花园或跑马场等。土地的这些消费性使用当然增加了土地所有者的效用。不过一般来说,土地的消费性使用只占土地很微小的一部分。如果假定不考虑这一微小的部分,即不考虑土地所有者自用土地的效用,那么自用土地的边际效用为零。

换句话说,效用只取决于土地收入而与自用土地数量无关。为了获得最大效用,就要取得最大的土地收入,而为了使土地收入最大有要求尽可能多的供给土地。由于土地所有者所拥有的土地数量是既定的。例如为 Q_0,所以他们将供给 Q_0 的土地,无论土地价格是多少。因此,土地供给曲线在 Q_0 的位置上垂直,如图 7-11 所示。

(2)地租的决定。土地供给曲线 S 是一条垂直的曲线,表示无论价格怎样变动,土地供给的数量不变。而需求曲线 D 是一条向右下方倾斜的曲线,因为随着土地使用量的增加,其边际产出递减。两条曲线的交点 E 决定了社会均衡地租 R,如图 7-12 所示:

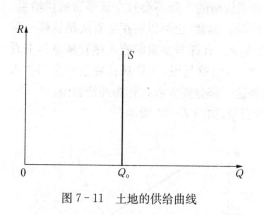

图 7-11 土地的供给曲线

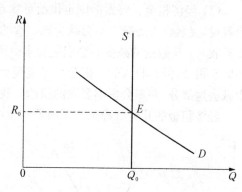

图 7-12 地租的决定

地租的大小取决于土地的边际生产力和现有的土地数量。如果土地的边际生产力提高或现有土地数量有限,就会使土地需求曲线右移,从而造成地租的上升。在很多大城市的中心地段,地租极为昂贵,一方面,是由于市中心土地的边际生产力提高(如建造高级写字楼等);另一方面,则是和其他地段相比(如市郊),中心地段的土地数量极其有限。

3. 租金

按照上面的定义,地租是当土地供给固定时的土地服务价格,因而地租只与固定不变的土地有关。但在很多情况下,不仅土地可以看成是固定不变的,有许多其他资源在某些情况下,也可以看成是固定不变的。例如,某些人的天赋才能,其供给是自然固定的。这些固定不变资源的服务价格显然与地租非常类似。为了区别,把这种供给固定不变的一般资源的服务价格称为"租金"。租金是一般化的地租。

(1)准租金。在现实生活中,有些生产要素尽管在长期中可变,但在短期中却是固定的,如厂商的生产规模在短期内是固定不变的。厂房、设备等固定生产要素对厂商来说是固定供给的,它不能从现有的用途中退出而转到收益较高的其他用途上去,也不能从其他相似的生产要素中得到补充。这些要素的服务价格在某种程度上也类似于租金,通常称为"准租金"。所谓准租金,就是对供给量暂时固定的生产要素的支付,即固定生产要素的收益。

准租金可以用厂商的短期成本曲线来加以分析(见图7-13)。图中 MC、AC 和 AVC 分别表示厂商的边际成本、平均成本和平均可变成本。假定产品价格为 P_0,则厂商将生产 Q_0。这时的可变总成本为面积 $0GBQ_0$,它代表了厂商对为生产 Q_0 所需的可变生产要素量而必须做出的支付。固定要素得到的则是剩余部分 GP_0CB,这就是准租金。如果从准租金 GP_0CB 中间减去固定总成本 $GDEB$,则得到经济利润 DP_0CE。可见,准租金为固定总成本与经济利润之和。当经济利润为零时,准租金便等于固定总成本。当厂商有经济亏损时,准租金也可能小于固定总成本。

(2)经济租金。要素的固定供给意味着,要素价格的下降不会减少该要素的供给量。或者说,要素收入的减少不会减少该要素的供给量。据此,也可以将租金看成是这样一种要素收入:其数量的减少不会引起要素供给的减少。有许多要素的收入尽管从总体上看不同于租金,但其收入的一部分却可能类似于租金,也就是说,如果从该要素的全部收入中减去这部分,并不会影响要素的供给。我们将这一部分要素收入称为经济租金。

经济租金的几何解释类似于所谓的生产者剩余,如图7-14所示。

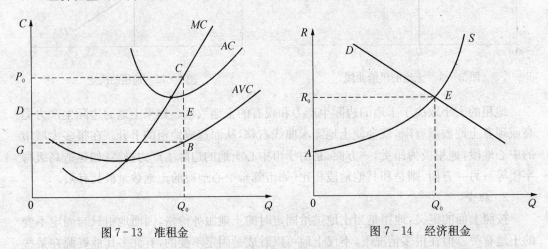

图7-13　准租金　　　　　　　　图7-14　经济租金

图7-14中,要素供给曲线 S 以上,要素价格 R_0 以下的区域 AR_0E 为经济租金,要素的全部收入为 $0R_0EQ_0$。但按照要素供给曲线,要素所有者为提供 Q_0 要素所愿意接受的最低要素收入却是 $0AEQ_0$。因此,AR_0E 是要素的超额受益,即使去掉,也不会影响要素的供给量。

经济租金是要素收入的一部分,该部分并非为获得该要素于当前使用中所必须,它代表着要素收入中超过其在其他场所可能得到的收入部分。简言之,经济租金等于要素收入与其机会成本之差。

7.2.4 利润

根据利润的性质和来源,西方经济学将利润分为正常利润、超额利润和垄断利润三种。

1. 正常利润

正常利润既是企业家才能的价格,也是企业家才能这种生产要素所得到的收入,它包括在成本之中,是隐成本的一个组成部分。其性质与工资相类似,也是由企业家才能的需求和供给所决定的。

社会对企业家才能的需求量很大,因为他是生产发展的关键。劳动、资本与土地结合在一起生产出更多产品的决定性因素是企业家才能。而企业家才能的供给又是很小的,并不是每一个人都具有企业家的天赋,能受到良好的教育。只有那些有天赋、有胆识、有能力,又受到良好教育的人才具有企业家才能。培养企业家才能所耗费的成本也是很高的。企业家才能的需求和供给的特点决定了企业家才能的价格,即正常利润是很高的,其数额远远高于一般劳动所得到的工资。

2. 超额利润

超额利润市值超过正常利润以上的那部分利润,又称经济利润或纯粹利润。由于企业家的功能是多方面的,超额利润来源于多种因素:

(1) 创新的结果。创新是指企业家对生产要素的重新组合,或把新的发明、新的技术和新的产品等引入经济领域,我们把做这样事情的人称为创新者。创新在一个动态社会里并非一般的企业家,其创新活动分为两类:一类是改变生产函数的创新,如生产技术、组织经营方法、开发新资源等等,降低成本增加利润;另一类是改变需求函数的创新,如引进新产品和开拓新市场等等,提高产品的销售受益。因此,超额利润是创新的结果。然而,每一个成功的创新者背后,都有许多人在追求名誉和财富的道路上失败了。尝试者众,成功者寡。

每一位成功的创新者都创造了一个暂时的垄断领域,短时期内可以赚取创新带来的利润。这些利润的赚取只是暂时的,其他厂商很快就会模仿或照原样完成其创新,引起激烈竞争,最终使超额利润消失。但当一种创新利润的来源消失时,另一种新的来源就会诞生。现实中,创新活动永远不会停止,它是社会进步的动力。

(2) 风险报酬。未来具有不确定性,人们对未来的预测可能发生失误,因此,风险普遍存在。在生产中,由于供求关系难以预料的变动,自然灾害、政治运动,以及其他偶然事件的影响,也存在风险。这里的风险是指不可进行保险的风险。投资者厌恶风险,需要对这种不确定性投资予以补偿,超额利润就是对企业家承担风险的报酬。

3. 垄断利润

垄断利润也是超额利润的一种,不过,它不是来源于不确定性,而是由垄断造成的。

在非完全竞争的市场中,企业通过提高价格可获得高于正常水平的利润。例如,某项技术专利的唯一拥有者,或某一城市获得出租有线电视的独家特许权者,均可将价格提高到边际成本以上来赚取垄断利润。

7.3 洛伦兹曲线和基尼系数

7.3.1 洛伦兹曲线

分配理论除了要素价格决定之外,还包括收入分配的不平等程度等。为了研究国民收入在国民之间的分配,美国统计学家 M·O·洛伦兹提出了著名的洛伦兹曲线。在图7-12中,我们画一个矩形,矩形的高衡量社会财富的百分比,我们将之分为5等份,每一等份为20%的社会总财富。在矩形的长上,我们将全部家庭从最穷者到最富者从左向右排列,也分为5等份。第一个等份代表收入最低的20%的家庭,最右边的那个等份则代表收入最高的20%的家庭。在这个矩形中,我们将每一百分比的家庭所拥有的财富的百分比累积起来,并将相应的点画在图中,便得到了一条洛伦兹曲线。该曲线直观地表达出社会总财富是如何在各阶层家庭中分布的。例如,收入最低的20%的家庭、40%的家庭……所拥有的财富比例分别为3%、7.5%……(见表7-2)。将这一对应关系描绘在图形中,如图7-15所示,0DL 曲线为洛伦兹曲线。

表7-2

收入分配资料

人口累计百分比(%)	财富累计百分比(%)
0	0
20	3
40	7.5
60	29
80	49
100	100

显而易见,洛伦兹曲线的弯曲程度具有重要的意义。一般说来,它反映了收入分配的不平等程度。弯曲程度越大,收入分配程度越不平等;反之,亦然。如果财富完全平均地分配于所有的家庭,那么,洛伦兹曲线就是对角线 0L,0L 被称为绝对平等线,因为这样的洛伦兹曲线表示所有的家庭都得到完全相等的收入。例如,在图7-15中,第一个20%的家庭拥有社会总财富的20%,前40%的家庭拥有40%的财富,直到100%的家庭拥有

100%的财富。当然,$0L$ 不代表一种最公平的分配方式。另一极端是完全不平等的洛伦兹曲线 $0HL$,这条折线意味着社会所有的财富都集中在一个家庭手里,而其他家庭一无所有。

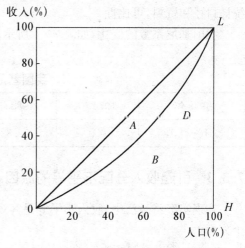

图 7-15　洛伦兹曲线

7.3.2　基尼系数

一般说来,一个国家的收入分配,既不是完全不平均,也不是完全平均,而是介于两者之间。相应的洛伦兹曲线,既不是折线 $0HL$,也不是对角线 $0L$,而是像 $0DL$ 那样向横轴凸出的曲线。收入分配越不平均,洛伦兹曲线就越是向横轴凸出,从而它与绝对平等线 $0L$ 之间的面积就越大。因此,可以将洛伦兹曲线与对角线之间的部分 A 称为不平均面积;当收入分配达到完全不平均时,洛伦兹曲线成为折线 $0HL$,$0HL$ 与对角线之间的面积 $A+B$ 就是完全不平均面积。不平均面积与完全不平均面积之比,称为基尼系数,它是衡量一个国家贫富差距的标准。若设 G 为基尼系数,则:

$$G = \frac{A}{A+B}$$

显然,基尼系数不会大于 1,也不会小于 0,即有:$0 \leqslant G \leqslant 1$。

基尼系数是国际通用的衡量贫富差距的最可行方法。联合国有关组织规定的基尼系数,如表 7-3 所示,国际上一般以 0.4 为警戒线。

表 7-3

基 尼 系 数

基尼系数	收入分配平等程度	基尼系数	收入分配平等程度
0	绝对平等	0.4～0.5	差距较大
小于 0.2	高度平等	大于 0.5	差距悬殊
0.2～0.3	比　　较	大于 0.6	高度不平等
0.3～0.4	基本合理	1	绝对不平等

基尼系数的优点是:便于了解、掌握和比较。人们可以对一个国家不同时期的基尼系数进行比较,也可以对不同国家的基尼系数进行比较。

基尼系数的缺点是:① 它不能说明不平等的全部情况;② 不同国家可能采用不同的

统计口径和资料,可比性差。

我国基尼系数的变化,如表 7-4 所示。

表 7-4

我国基尼系数的变化

1978 年	1979 年	1988 年	1994 年	2000 年	2001 年
0.16～0.18	0.3	0.382	0.434	0.408	0.459

7.3.3　引起收入分配不平等的原因

在现实经济生活中,收入不平等是客观事实。引起这种收入不平等的原因,主要有几个方面:

(1)由历史原因所决定的初始财产分配状态的不平等。财产的集中,一般是通过以往的高收入的积蓄、持有普通股票或不动产取得的投机收入、发现大量的天然资源、新产品和新工艺的发明等来实现的。例如,家庭越富裕,越倾向于多储蓄和多留遗产,这样可以把家庭的好运气或坏运气传给下几代。由于财产的拥有具有无限性和可继承性,因而,使得财产的拥有量成为决定收入不平等的重要因素。

(2)来自劳动力的差异,即能力(智能和体能)的不同,由此,决定了具有不同能力的劳动者的收入的差距。一个人赚钱的能力要由身高、体重和力量这类体力因素和记忆力、数学与逻辑思维能力和语言能力等智力因素决定。此外,特殊行业和危险部门具有较高的报酬率,甚至运气也有收益,如劳动者找到一项能够充分发挥能力的合适的工作。这些因素也是造成收入不平等的原因。

(3)由要素报酬率的不平等造成。这是由于在现实经济生活中,大致相同的各种生产要素的相对供给量、健全的市场体制和要素安全自由流动等条件,很难在现实中得到满足。例如,政府的最低工资法和工会的集体谈判可能会使已就业工人的工资高于由完全竞争市场决定的均衡工资率;地理上或专业上的固定性,会阻碍生产要素转移到可能获得更高收入的经济部门等。所以,各种要素之间的相对稀缺性和市场竞争的不完全性会阻止生产要素获得自己边际生产力的价值,导致要素报酬的不平等,从而引起收入分配的不平等。此外,种族、性别或年龄上的歧视也会严重阻碍许多工人得到自己全部边际价值产品;而经济衰退和失业则会使许多劳动者根本无任何收入。

【推荐阅读】

美国人是如何看待"按劳分配"

"按劳分配"的概念有其理论基础,这就是从斯密到李嘉图,又到马克思的劳动价值论,这个理论认为一切价值都是劳动创造的,因此收入的分配应依劳动支出的多少而定。

但是在美国,人们除了劳动收入还有其他收入,如将钱存入银行可获得利息,拿来买股票可得到股息,将房子或土地出租则可获取租金等等,这些都是劳动之外的收入,非但在美国如此,在其他资本主义社会也是如此,甚至在中国这样的社会主义国家,同样存在利息、租金等非劳动收入。可见,这是一种普遍现象。如果我们不拘泥于传统的劳动价值论的话,就会想到:除了劳动,是否还有别的产生价值的要素?现代经济理论的结论是:劳动、资本、自然资源是产生价值的三大要素。这倒不是说资本和自然资源会自动创造出价值来,而是说,有了资本和良好的自然资源,可以帮助劳动创造出更多的价值。这一部分额外的价值不能归功于劳动,而应归功于资本和资源。只有这样,人们才会努力积累资本,改进资源的可利用程度,并从中得到非劳动报酬。所以,美国人不但有"按劳分配"的概念,还有资本报酬和资源报酬的概念,认为这三种报酬都是合情合理的,当然也是合法的。

绝大多数美国人以劳动报酬为生,或主要依靠劳动收入。根据统计,美国的劳动收入占总价值创造的81%,非劳动收入只占19%。过去半个多世纪以来,劳动收入在整个国民生产总值中所占的份额一直在缓慢稳定上升,从20世纪30年代的75%左右上升到现在的81%。

美国的工资标准是凭什么确定的呢?要回答这个问题,首先要了解不同职业的人实际收入是多少。在美国很忌讳去打听别人的收入,但各种招聘广告却能够透露出一些信息。美国各大城市的报纸都设有这类广告专栏,有些学术性杂志出有征聘专业人才的消息;马路两边的墙上,商店的橱窗里也都可以看到"聘请帮手"的招贴,不过后者多数是请临时工,不是订正式的长期录用合同。这些广告有的明码标价,说明每小时报酬若干;有的则只给出一个报酬范围,确切数字留待面议,不过也有一字不提的。一般情况下,短期雇佣多为明码,长期录用则有待双方商议。因为,确定工资数额是一种费时间精力的谈判,只有对涉及重要职务的长期录用才值得花成本去做仔细的调查和比较。

在美国,收入最高的阶层既不是科学家也不是国家领导人,而是经理阶层。他们的年收入可从十几万到百万美元,个别的杰出人物竟达一二千万美元。这不仅包括他的薪俸,还包括股票增值、分红等收益。由于经理阶层收入最高,美国最豪华的住宅的主人多是腰缠万贯的经理们。

在美国,获得诺贝尔奖的教授的年薪也只15万美元,通常正教授年薪为7万多美元。在大公司的科研单位任职的科学家薪俸稍高些,在政府任职的官员薪俸相对要低一些,他们之中总统的薪俸最高,也仅20万美元。而一位女秘书的年薪一般仅2万多美元。女售货员的薪水还不到2万美元。薪水的高低不仅与职务所需的知识水平和所受的训练有关,也与职业的稳定性有关。正教授和政府官员近乎铁饭碗,所以待遇较低。经理们的报酬波动很大,其职位也远不如铁饭碗,所以待遇较高。美国的警察待遇很高,可与教授相比,不但因为这一职业要求很高的文化业务知识(警察常常代表政府),而且在执行公务中常有危险。井下矿工的待遇则超过大学教授,其原因也是不言而喻的。以上所指的薪水都是未扣所得税的毛收入。为了防止贫富差距过大,美国实行累进所得税制,即收入高的那一部分的税率较最初的几千元的收入税率高。近20年来,美国不断降低了所得税的最高税率,在1986年的一次减税中,将最高档的税率从50%降到27%,和欧洲一些资本主义国家相比,美国的税率是很低的。克林顿总统提出增税方案,将年收入为18万美元以上的个人所得税税率从31%提高到36%,而且年收入超过25万美元的那部分还要再增收10%的税。最近,布什总统又在酝酿减税。除了政府官员的薪水由其上一级决定(政府官员也有各州统一的工资标准),其他工资基本由市场供需决定。而且,官员的工资也要受市场的制约。因为如果高于市场,人们趋之若鹜,会超过政府的需求;如果过低,则会出现无人应聘的情况。

我在波士顿的那一年(1986年),圣诞节市场购销两旺,一方面有大量商品应市,为一方面有巨大的购买力,可是商店没有足够的售货员。在这种情况下,售货行业的临时工工资竟抬高了将近1倍,连一些加减法还算不大清的小青年都被召去临时帮忙。在闹市的商店里贴着大幅招请帮手的广告,标明的待遇一天比一天高,使人感到赚钱的机会多,赚钱也容易。

一位在哈佛大学读书的青年朋友,曾当过清道夫、图书馆管理员、宿舍的夜间值班员,最后到剧场里带座兼当纠察,专门监视观众中抽烟的人。事实上,美国人非常注意公共道德,在剧场抽烟的事简直是闻所未闻。所以,他的工作便成了拿钱看戏。当然,找工作中倒霉的事也不少。1986年以前美国的移民法规定,不符合法规私自找工作的外国人要被罚款,在纽约和旧金山这些外国人多的城市里,一些雇主(特别是餐馆老板)借此机会把外来人的工资压低到低于法定的最低工资标准,而受雇者只能忍气吞声,不敢去告发。1986年以后规定雇方同样要被罚款,这大大减少了非法找工作的机会。

工资是劳动在市场上的价格,正如我们所熟知的,价格可能是扭曲的。为使价格不致扭曲,必须有供方和需方的平等自愿的谈判和公平的竞争。和别的国家一样,对一切人平等对待、保证同工同酬,远不是件容易的事。美国历史上就存在着对黑人和妇女的歧视,为了保障基本人权和消除劳动市场上的不公平竞争,美国从20世纪60年代以来通过了不少禁止歧视的法律。受到政府资助的机关必须明确宣布本单位提供"同等雇佣机会",并把这一行字印在公用信笺上。

夏威夷大学经济系主任、华裔教授洪家骏先生说,他在当系主任期间招聘教授时,不敢问应聘者的种族、性别,甚至年龄,否则出了纠纷可能被人以歧视罪起诉。美国有些州规定要优先录用黑人,或者黑人和妇女比例高的单位在拨款等方面享有特殊优惠。此项政策类似我国少数民族地区的干部政策。但它引起了经济学家和社会学家之间的争论,前者认为优先照顾任何一类人都破坏了公平竞争的原则,后者认为黑人和妇女本来的地位就比白种男人低,他们之间表面上的平等竞争,实际上是承认了黑人和妇女原来的不平等。这种分歧的实质是经济学家强调效率,而社会学家强调公平。

在我国,按劳分配中的"劳",大家都认为既包括体力劳动,也包括脑力劳动。但分配是取决于投入劳动的数量和质量,还是取决于劳动产生的效果,在这一点上的看法是有差别的。而这两者有时的确是不同的。对于竞争性的商品而言,价格最终将趋近于成本。把这个理论推广到劳动这种商品,就会认为劳动的价格(或报酬)取决于劳动的数量和质量,包括劳动者维持家庭、生儿育女的开支,以及培养此劳动技能所必需的教育开支,而与劳动所产生的效果无关。所以"没有功劳有苦劳"的人也应得到同样的报酬;而创出的价值大大地超过所支付的劳动价值的部分就成为没有原因的财富,谁得到这一部分谁就有剥削之嫌。赞成劳动的报酬应该由劳动所创造的价值决定时,这报酬就和投入的劳动无关。无效劳动将得不到报酬,而创造价值高的劳动可以得到极高的报酬。显然,后一种原则更有利于提高劳动的效果。在美国,报酬是明确地取决于劳动创造的财富而不是投入劳动的成本。歌星凭他的歌喉,影星、舞星凭他们的相貌身段,都可得到几十倍于常人的收入,这些收入与直接投入的劳动无关,但没有人说他们是剥削。经理们的高收入也与支付的劳动关系不大,而主要与他们的创新精神,在不确定条件下做出决定并敢于承担风险的勇气以及他们的运气好坏有关。这样一种分配观念有利于进取革新,提高社会的生产率,但显然并不公平。好在美国人已习惯于这种是非观念,过高的收入又有累进所得税加以限制,所以这种分配原则还会继续下去。

(资料来源:茅于轼,《生活中的经济学》,暨南大学出版社,2003)

思 考 与 练 习

1. 选择题

1) 在完全竞争条件下,厂商要素需求曲线是(　　)。

A. 边际成本曲线　　　　　　　　　B. 边际收益产品曲线

C. 边际产品价值曲线　　　　　　　D. 边际物质产品曲线

2) 劳动的供给主要取决于劳动的(　　)。

A. 收益　　　　　B. 成本　　　　　C. 所得　　　　　D. 需求

3) 就一国的全部土地而言,土地的报酬即地租取决于(　　)。

A. 土地的供给量　　　　　　　　　B. 土地的需求量

C. 土地供求均衡　　　　　　　　　D. 土地的收益

4) 经济学家认为,超额利润中可以作为剥削收入的是(　　)。

A. 由于承担风险所获得　　　　　　B. 由于创新所获得的

C. 由于垄断所获得的　　　　　　　D. 由于投机所获得的

5) 收入分配绝对不平均时,基尼系数为( )。

A. 1　　　　　　B. 0　　　　　　C. 0<1　　　　　D. >1

6) VMP 是衡量( )。

A. 多生产 1 单位产量所导致的 TR 的增加量

B. 多生产 1 单位产量所导致的 TC 的增加量

C. 增加 1 单位某投入要素所引起的总产量的增量

D. 增加 1 单位某投入要素所引起的 TR 的增量

2. 判断题

1) 要素市场上的完全竞争厂商与产品市场上的完全竞争厂商没有区别。　　( )

2) 在要素市场上,使用要素的"边际收益"就是边际产品价值。　　( )

3) VMP 曲线和 MP 曲线一样,均向右下方倾斜。　　( )

4) 在要素市场上,使用要素的"边际成本"就是要素价格。　　( )

5) 在使用一个生产要素的情况下,完全竞争厂商对要素的需求曲线与要素的边际产品价值曲线是完全重合的。　　( )

6) 由于完全竞争厂商对要素的需求曲线与要素的边际产品价值曲线是完全重合的,所以这同一条曲线在任何场合的含义都是相同的。　　( )

7) 洛伦兹曲线弯曲程度越大,收入分配程度越平等;反之,亦然。　　( )

8) 闲暇时间包括必须的睡眠时间和除劳动供给之外的全部活动时间。　　( )

9) 无论工资水平高低,工资上涨都会引起整个劳动收入增量增大,从而使收入效应超过替代效应,于是劳动供给曲线在任何情况下都是向后弯曲的。　　( )

10) 与单个消费者的劳动供给曲线不同,市场劳动供给曲线仍然是向右上方倾斜的。
　　( )

11) 闲暇时间包括睡眠、吃、喝、玩、乐,即用于各种消费活动的时间。　　( )

12) 经济学上的土地的自然供给是固定不变的,它不会随着土地价格的变化而变化。
　　( )

13) 由于土地的自然供给是固定不变的,所以土地的供给曲线是垂直的。　　( )

14) 超额利润是对企业家才能这种特殊生产要素的报酬。　　( )

15) 租金是一般化的地租。租金又是经济租金的一种特例。经济租金是更为一般的概念。　　( )

3. 简答题

1) 什么是资本? 作为生产要素它有什么特点?

2) 为什么劳动的供给曲线是向后弯曲的?

4. 技能题

简述生产要素需求的性质及影响生产要素需求的因素。

5. 分析题

谁让穷人越穷,富人越富

现在的问题是穷人越穷,富人越富。日前,国家统计局城市社会经济调查总队发布的调查显示,我国城镇居民收入差距最高达10.7倍,10%的居民占有45%的城市财富。但让人紧张的不是现状而是今后,著名经济学家樊纲在"中国经济50人论坛"上就指出,未来10年,中国将面临收入差距进一步扩大的问题。专家纷纷指出,目前收入差距已经处于高水平,形势严峻。据联合国开发计划署的统计,中国目前的基尼系数是0.45,超过0.4的警戒线。所谓基尼系数,是全球经济学家和社会学家为研究贫富差别问题,而建立的一套预警机制,它是全世界公认的、衡量贫富差别是否适度的一根标杆,0.4正是它的"警戒水位"。

人们开始反思究竟是谁让穷人越穷,富人越富。中共中央党校社会学室主任吴忠民近日在《瞭望》撰文认为,中国的贫富差距已突破合理限度。原因大致有:

(1) 对于高收入群体缺乏必要的"限高"。一方面,使一部分人的财富迅速加大;另一方面,又使国家缺乏必要的再分配的能力,难以有效地援助弱势群体。

(2) 社会保障事业以及社会转移支付表现出一种明显滞后的情形。农民、城镇的退休人员、城镇的失业人员最有可能成为贫困者,从而使整个社会的贫富差距迅速拉大。

(3) 经济领域中存在着许多不平等的竞争。一些部门、行业甚至是一些个别的社会成员,能够通过垄断经营获得垄断利益或高额利润。在全国分行业收入的统计中,垄断性行业人员的收入稳居前几名,如航空运输业、管道运输业、邮电通讯业、电力部门等等。甚至连一些社会公共事业部门,如某些公共教育机构、某些公共医疗机构也存在利用行业垄断的地位而索取高额利润的情况。

可以说,贫富差距正考验着我们的政策和经济措施。要减少差距,一要限制高收入者,取消经济中的垄断和不平等竞争;二要实施"有利于穷人"的经济措施和公共政策。

(资料来源:《重庆晚报》,2005年08月22日)

问题:

1. 我国目前的基尼系数为多少?说明什么问题?

2. 中国的贫富差距拉大是什么原因造成的?

8 市场失灵和微观经济政策

【学习目标】

学习本章,掌握公共物品、外部性、市场不完全性和信息不对称所引起的市场失灵;理解政府干预所采取的微观经济政策;了解政府失灵及其原因。

【案例导入】

AT&T 的分割

1984 年 1 月,美国政府决定放开电话市场,公众的普遍反应是并不乐意甚至抱怨不断,指责政府非要将国民生活中少得可怜的几种有用之物(这次轮到电话)搞垮而后快。在分割改革之后,AT&T(美国电报电话公司)垄断着美国的电话通讯服务,为所有人提供长短途电话服务,现在则改由一家地方电话公司(有时被称为"婴儿贝尔"的那家公司)承办本地电话,而长途电话市场则出现包括 AT&T、MCI、Sprint 在内多家公司竞争的局面。从公众的反应来看,多数人悲观地认为现代通讯业就此结束了。人们打电话也变得不方便,他们投诉说必须要先拨一个长途代号,然后再拨电话号码,并且要收到两份话费单:一份是短途的,还有一份是长途的。

然而,现实证明电话市场的分割与竞争正在逐步开始起作用,而且相当积极。是对政府的反垄断政策给予公正评价的时候了。在这一政策实施 5 年后,租用电话的费用下降了 50%,许多增设的电话服务种类,如拨号等待、电话信箱、自动重拨、话语转达等都已经广为人知,为人们带来了极大的便利。电话卡同信用卡一样广泛进入日常生活,传真设备也成为办公室必备之一。固然,即使没有这一项政策,随着时间的推移、技术的进步,也会将传真机这样的新设备普及到公众的生活中,但这一政策带来的竞争压力毕竟极大地推动了这一进程。

(资料来源:斯蒂格利茨,《经济学小品和案例》,中国人民大学出版社,1998 年)

"非典"时期,我们都非常关注有关"非典"的一切。你想过没有:用已有的经济学理论可以解释"非典"时期的一些特殊现象?比如,对"非典"的控制在世界各国都是由政府直接操作,甚而在全球由 WHO 来监督协调。为什么低收入患者的治疗由政府负担?为什么政府在媒体上每天公布疫情?抢购风和商贩停业之后,为什么政府出面控制物价?尤其是与抗"非典"有关的商品,政府采取限价政策?我国发生的一些现象,如出售假口罩、假消毒液等,是市场国际经济的正常现象还是由于我国目前市场经济不健全所特有的现象?

以上章节主要论述了在市场经济条件下,价格机制如何解决生产什么、如何生产和为谁生产的问题,假定在完全竞争的理想化条件下,市场机制这只看不见的手可以实现资源的有效配置,使社会经济自动趋于和谐与稳定。但实际上,市场在调节资源配置的过程中也存在一些力所不能及的地方,即市场失灵。本章将主要论述引起市场失灵的几种情况及政府所采取的相应的微观经济政策。

8.1 市场失灵

在市场经济中,大部分物品是在市场作用下实现配置的,市场通过价格信号引导市场上利己的买者和卖者,使社会利益达到最大化,因此,市场通常是组织经济活动的一种好方法。亚当·斯密经济理论的核心是充分发挥价格在市场经济中"看不见的手"的作用,但是市场真是万能的吗?市场失灵是指市场机制不能提供符合社会效率条件的商品或劳务。在现实生活中,我们就会发现有很多事情单纯依靠市场机制并不能得到合理的解决,这就是所谓的市场失灵问题。形成市场失灵的主要原因有:公共物品、外部性、市场不完全性和信息不对称等。

8.1.1 公共物品

1. 公共物品的特点

经济生活中,大部分物品可以在价格信号作用下实现有效配置,但在涉及公共物品时,市场有效配置资源的力量就不存在了。为此,需要首先了解物品的两个特性,即排他性和竞争性。排他性是指物品被某个人消费会排斥其他人消费的性质;竞争性是指某个人对物品的消费会减少其他人对该物品消费的性质。根据物品排他性和竞争性特点的不同,可以区分为私人物品和公共物品。

私人物品是指既有排他性又有竞争性的物品,如张三买了 1 个面包,只要他不给别人,那么别人就没法再享用这个面包。公共物品是指一个人对某些物品或劳务的消费并未排斥和减少其他人同样消费和享用的物品,表现为非竞争性和非排他性。对于非竞争性,以新鲜空气为例:受益于新鲜空气这种物品的人无需花费任何代价就可得到该物品,也不会因一个人的呼吸而减少其他人可呼吸的新鲜空气数量,因此,要索取一定价格以阻止人们享用这种物品是困难的。公共产品的非排他性又称消费上的非排斥性,是指一个人在消费这类产品时,无法排除其他人也同时消费这类产品,而且,即使你不愿意消费这一产品,你也没有办法排斥。例如,你走在一条公路上时,你无法排除其他人也走这条公路;又如,你不喜欢公路上路灯的光照,但只要你走上这条有路灯的公路,就必须受到照射。非排他性还有一层含义,是指虽然有些产品在技术上也可以排斥其他人消费,但这样做是不经济的,或者是与公众的共同利益相违背的,因而是不允许的。灯塔是典型例子:尽管灯塔的社会收益很高,但由于无法排除未付费者享受灯塔的好处,也不能保证只有偿付这种物品成本的那些人才能享用该物品。这样一来,任何人都想无偿地去享用别人提供的公共物品,继而出现搭便车行为。搭便车者的增多,就会使得公共物品的提供者减少或几乎没有,最终导致资源配置效率的低下,造成市场失灵。在一个社会中,公共产品的范围十分广泛,如政治、法律、国防、治安、政府行政管理、大中型水利设施、城市规划、公共道路、环境保护和治理、环境卫生、天气预报、科学研究,以及铁路、城市公共交通设施、广播、电视、教育、电讯等,乃至抗旱、防洪等,都属于公共产品的范畴。公共产品直接或间接地为企业的生产和个人家庭生活提供服务,是社会总产品中重要的不可缺少的部分,而且,随着社会和经济的发展,社会公共产品生产总体上呈扩大的趋势。

【资料链接】

"搭便车者"一词的由来

"搭便者"一词的英文是"free rider",它来源于发生在美国西部城市道奇城的一个故事。当时,美国西部到处是牧场,大多数人以放牧为生。在牧场露天圈养的大量马匹对一部分人产生了诱惑,于是出现了以偷盗马匹为业的盗马贼。在道奇城这个城市,盗马贼十分猖獗。为避免自己的马匹被盗,牧场主就联合组织了一支护马队伍,每个牧场主都必须派人参加护马队伍并支付一定的费用。但是,不久就有一部分牧场主退出了护马队,因为他们发现,即使自己不参加,只要护马队存在,他就可以免费享受别的牧场主给他带来的好处。这种个别退出的人就成了"free rider"(自由骑手)。后来,几乎所有人都想通过自己退出护马队伍来占集体的便宜。于是,护马队解散了,盗马贼又猖獗起来。后来,人们把这种为得到一种收益但避开为此支付成本的行为成为"搭便车",这样的人称为"搭便车者"。

（资料来源:樊纲,《市场机制与经济效率》,上海三联书店,1995 年）

2. 公共物品和市场失灵

因为公共物品具有非排他性和非竞争性(如出现"免费搭车"现象),这种生产的外部经济导致供给太少甚至没有,即私人不愿意提供这种物品,而这些物品又是一个国家或社会所必需的,如国家安全、社会稳定等。如果缺乏这些公共物品,我们的生产和消费便要受到相应的影响。

因此,在仅仅依靠市场机制无法解决这个问题时,只有国家或者政府来解决公共物品的供给问题。

8.1.2 外部性

1. 外部性及特点

外部性是指一个人或厂商的活动对他人或厂商造成影响而又未计入交易成本或收益中的情况,分为正外部性和负外部性两种。正外部性是某个经济行为主体的活动使他人或社会受益,而受益者无须花费代价的情况。例如,如果园主扩大果树种植面积会使养蜂者受益,而养蜂者无须向果园主付费。负外部性是某个经济行为主体的活动使他人或社会受损,而造成外部不经济的行为主体却没有为此承担成本的情况。例如,化工、钢铁、炼油等严重污染行业的厂商在生产中排放的废水、废气会给其他生产者和消费者造成损害,但这些污染物的排放者却没有给受害者以应有的赔偿。

外部性的特征,主要表现在以下几个方面:

(1) 外部性的实质是个体与社会之间收益或成本差异的结果。正外部性是个体经济活动的收益小于社会收益,而负外部性是个体经济活动的成本小于社会成本。

(2) 外部性独立于市场机制之外。外部性是在有关各方不发生交换的意义上,价格体系受到的外来影响,或者说是没有经济补偿的经济活动,因而不能依靠自由市场,利用经济学中所谓"富有效率的价格"来实现有组织、高效率的经济活动,市场机制也不能自动对产生外部性的行为主体给予奖励或惩罚。

(3) 外部性产生于决策范围之外。对于排放污染物的厂商来说,进行决策的动机并不是为了排污,而是生产过程的伴随现象。可以说,外部性是伴随着生产或消费而产生的某种副作用。

(4) 外部性具有某种强制性。在很多情况下,不管人们是否愿意,外部性会强加在其他人身上。例如,由于汽车和飞机带给人们巨大交通便利,社会不可能完全禁止使用汽车和飞机,因此,路人不得不接受来自汽车的废气污染和机场附近的噪音污染等。外部性很难完全消除。比如,工业污染很难完全消除,政府只能部分限制污染,使之达到人们能够接受的某种标准。

2. 外部性导致市场失灵

在完全竞争的市场中,当存在只增加社会福利而不增加个人收益的正外部性时,企业

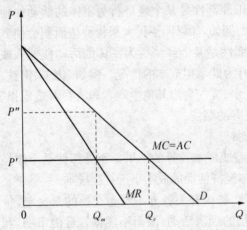

和个人的产量可能会低于社会最优产量;而当存在只增加社会成本而不增加个人成本的负外部性时,企业和个人的产量可能会超过社会最优产量。因此,外部性的存在,使私人的边际成本或边际收益与社会的边际成本或边际收益发生背离,所以,当个人做出决策时,为了实现个人利益最大化,会忽略其行为带给他人或企业的效益或成本,从而使竞争的结果变得没有效率,资源的配置达不到最优水平,最终导致整个社会福利的下降。

8.1.3　市场不完全性

　　尽管完全竞争市场是资源配置的最有效方式,但在现实经济中,完全竞争的市场只是一种理论上的假设,市场往往处在不完全竞争的市场结构下,造成由一个买者或卖者(或一小群买者或卖者)控制市场的价格,这种现实经济中完全竞争市场以外的各种市场类型被称为市场的不完全性,而在不完全性市场上影响价格的能力被称为市场势力。

　　市场的不完全性会造成资源浪费、社会福利损失,是引起市场失灵的一个重要原因。完全垄断市场需求曲线和边际收益曲线,如图8-1所示。

　　曲线 D 和 MR 分别为厂商的需求曲线和边际收益曲线。为简化起见,假定平均成本和边际成本相等且固定不变。垄断厂商在利润最大化原则下的产量为 $0Q_m$,在该产量水平上的价格为 $0P'$。从图中可以看出,垄断厂商的产量小于完全竞争条件下整个行业的产量 $0Q_c$,而价格 $0P'$ 却高于完全竞争条件下整个行业的价格 $0P''$,可见,垄断市场条件下的资源没有得到充分利用,而消费者需要支付的价格却高于完全竞争市场上的价格。

图8-1　完全垄断市场需求曲线和边际收益曲线

　　以上对垄断市场的分析也适用于垄断竞争和寡头垄断市场的情况。实际上,只要是不完全竞争市场,厂商面临的需求曲线不是一条水平线,则按利润最大化原则下的价格都会大于边际成本,就会出现低效率的资源配置状态。

8.1.4　信息不对称

1. 信息不对称

　　在分析完全竞争市场时,我们假定供求双方具备完全充分的交易信息。例如,消费者知道所有商品的成本和卖价,从而能够真正买到物美价廉的商品;生产商知道所有投入和产出的信息,从而能够选择最有效的生产方式和确定最优的生产数量,实现按消费者所需进行生产。在信息完全、充分的情况下,价格信号就能传递真实信息,使市场机制正常运转以协调供求。但现实生活中,信息往往是不完全的,交易双方所掌握的信息是不对称的。信息不对称是指市场上买卖双方所掌握的信息是不对称的,即一方掌握的信息多些,另一方掌握的信息少些。例如,通常所说的"买的不如卖的精",说明卖方知道的情况比买方知道的情况多。造成信息不对称的原因是多方面的:

(1) 认识能力的限制。人们不可能知道所有时间和地点发生的任何事情,尤其在社会分工越来越细的时代,每个人只能从事某一方面的工作,不可能成为所有方面的专家。

(2) 掌握信息的成本太高。人们要把与自己经济活动有关的所有信息完全掌握,有些在技术上或许是可能的,但掌握这些信息的成本太高,从而在经济上就不合理也不必要。

(3) 信息商品的特殊性。作为一种有价值的资源,信息商品不同于普通商品。人们在购买普通商品时,可以先了解商品本身及其价值以决定是否值得购买,而人们愿意出钱购买一种信息,是因为还不知道它的价值,一旦知道这种信息的内容就不值得出钱购买这种信息。在这种情况下,要达成交易只能靠买卖双方并不十分可靠的相互信赖:卖者让买者充分了解信息的用处,而买者则保证在了解信息的用处后即购买。

(4) 机会主义倾向。交易双方在信息掌握上一般处于不对称的地位,卖者掌握较多信息,而买者知道较少信息。为了自己的利益,卖者往往故意尽可能地隐瞒一些对自己不利的信息。

2. 信息不对称和市场失灵

在信息不对称的条件下,如果卖方知道的信息多于买方知道的信息,降低商品和生产要素价格不一定刺激消费者对该商品的需求;如果卖方知道的信息少于买方知道的信息,提高商品和生产要素价格不一定刺激生产者的供给,这就是市场失灵(即价格无法有效地调节供给和需求)。

3. 信息不对称造成逆向选择

逆向选择是指在买卖双方信息不对称的情况下,差的商品总是将好的商品驱逐出市场。由于市场上好坏商品均存在,消费者又无法得知到底哪个是好产品,哪个是伪劣产品,于是消费者对该产品产生普遍不信任,不愿意出高价买产品,而价格不高,好产品不愿意出售,而坏产品却很容易卖出,于是出现次品充斥市场。

8.2 微观经济政策与政府失灵

经济生活中很多时候市场都是有效的,但有时政府也可以改善经济活动的效果,发挥市场所没有的作用。相对于市场这只看不见的手,政府对经济活动的干预往往被称为看得见的手。

尽管市场失灵不是把问题交给政府处理的充分理由,但政府干预经济活动毕竟为我们在市场失灵条件下的资源配置提供了一种可供选择的方式。为了矫正市场失灵,几乎所有的政府都利用看得见的手和市场看不见的手来共同干预经济。

8.2.1 解决市场失灵的微观经济政策

1. 公共物品的生产

公共物品的生产和消费不能由市场上的个人决策来解决,因此,必须由政府来承担提供公共物品的任务。从西方国家来看,政府直接生产公共物品的形式大致有以下几种:一是中央政府直接经营,如军工、国防等;二是地方政府直接经营,如保健事业、医院、学校、图书馆、消防等;三是地方公共团体经营,如自来水、煤气等。

但是,政府是否一定能有效地提供公共物品呢?公共选择学派认为,与市场个人决策相区别,政府在公共物品生产中存在非市场集体决策的特点。人们通常认为,政府作为全社会的代表,其行动的依据是公共利益,即大家共同的利益,但实际上,政府也是由各种利己的理性经济人组成的群体,特别是在涉及那些不同集团之间利益分配的问题上,人们的各种利益之间往往是相互冲突的,从而难以形成所谓的公共利益,使政府行为服从于某些特殊的利益。为解决政府在公共物品生产中也存在的低效率,经济学家提出,首先,应该允许私人生产者进入提供公共物品的领域,与政府在这方面的活动展开竞争;或者由私人部门承包公共物品的生产。其次,可以考虑让不同的政府部门提供同一种公共物品以展开竞争;或使提供公共物品的部门权力分散化。此外,还应对政府实施的各种公共开支项目进行损益分析和审核。

2. 外部性的矫正

(1)私人部门对外部性的矫正。负的外部性往往带来效率损失,必须设法予以克服,私人部门克服外部性的做法主要有三种:一是采用一体化经营机制,扩大企业经营规模,组织一个大规模的经济实体将外部成本或收益内部化,从而矫正外部性带来的效率损失。比如,养蜂者给果园主带来利益,养蜂者若与果园主组合成一个企业,使所养蜜蜂在自己的果园采蜜,自己果园不让外来蜜蜂进入,这样外部收益就内部化了。二是市场自身的协调纠正外部性,市场可以自动地纠正外部效益。比如,在公共湖泊中捕鱼的渔民可以协商捕鱼限量。三是运用社会制裁机制,通过乡俗民约或道义措施约束人们的行为。运用道德规范约束可能给他人带来外部负效益的行为,古语说,"己所不欲,勿施于人",通过一些心理良知性的劝导措施,给造成负外部性者施加心理压力。对于不听劝导者,在必要时可以使其尝尝"请君入瓮"的滋味。

(2)政府对外部性的矫正。政府可采用的方法通常有:一是罚款或征税。在存在外部成本的情况下,政府向有关企业或个人可以征收相当于他所造成的边际外部成本的罚款或税收,这样外部成本就内部化了。二是补贴。当存在外部利益时,政府可以低价直接提供该产品,扩大实际消费量;也可以给私人业主一定量补贴,使其低价供应;还可以通过给消费者补贴、扩大公众消费量。三是公共管制,当存在外部成本时,可采用管制办法,尽可能减少对社会形成的危害。比如,制定企业排污标准、规定汽车质量标准等,来强制地限制企业减小环境污染的程度。在实际工作中,政府的各种不同的政策方案会带来不同的政策效果,对社会经济目标也会有不同影响,且执行难易程度也不同,执行时,要结合具体情况进行具体分析。

(3)科斯定理及其应用。有一种理论认为,只要明确地规定法定所有权,就可以解决外部性对社会影响的问题。这种理论是由美国经济学家科斯提出来的,所以称为科斯定理。所谓所有权,是指通过法律程序确定的个体占有某种财富的权力。科斯定理强调了明确所有权的重要性,认为只要所有权是明确的,而且交易成本极低或等于零,则不管所有权的最初配置状态如何,都可以达到资源的有效配置。根据这一理论,当某个厂商的生产活动危害到其他厂商的利益时,在谈判成本较小和每个企业具有明确的所有权的情况下,两个企业可以通过谈判或通过法律诉讼程序,来解决消极外部影响问题。例如,在所有权不明确的情况下,化工厂排出的污物可能污染周围的农田,造成农作物的减产,而产生消极外部影响,这种消极外部影响可以通过确定化工厂和农场主的所有权来消除。假如农场主具有禁止污染的权利,如果化工厂污染了周围农田,那么,农场主可以通过谈判或法律程序,向化工厂索取污染农田造成的经济损失。在这种情况下,化工厂自然会在生产中考虑其污染农田的机会成本。反之,如果化工厂具有污染的权利,这时,化工厂污染农田的机会成本是农田未被污染时能为化工厂带来的最大收益,显然,只要农田具有其替代性用途,化工厂就会愿意为保持农田不受污染而付出代价。

科斯定理告诉我们,在产生外部效应的场合,只要明确所有权,就可以解决外部效应问题,达到资源的优化配置。但实际上,这往往是很难行得通的,因为科斯定理的有效性依赖于其前提是否成立。事实上,涉及外部效应的当事人很多,很难达成完美的解决方案,而使科斯定理的前提难以成立。科斯定理还有一个重要前提,即交易成本为零。交易成本是指围绕自由交易而发生的任何谈判或使契约强制执行的成本。交易成本不同于生产中所耗费的资源成本,如劳动力成本、资本或土地成本等,它包括信息成本、谈判成本、订立或执行契约的成本、防止交易的参与者在议价时进行诈骗的成本、维持所有权的成本以及监督和执行成本等。如果交易成本过大,通过市场机制也许无法有效地解决外部效应问题,使资源达到有效配置状态。事实上,谈判费用及交易成本不会极低,更不会为零,这决定了在许多场合仍然需要某种形式的政府管理。

【案例分析】

为什么黄牛没有绝种

历史上,许多动物都遭到了灭绝的威胁。即使现在,像大象这种动物也面临着这样的境况,偷猎者为了得到象牙而进行疯狂捕杀。但并不是所有有价值的动物都面临这种威胁。例如,黄牛作为人们的一种有价值的食物来源,却没有人担心它会由于人们对牛肉的大量需求而绝种。

为什么象牙的商业价值威胁到大象,而牛肉的商业价值却成了黄牛的护身符呢?这就涉及产权的界定问题。因为野生大象没有确定的产权,而黄牛属于私人所有。任何人都可以捕杀大象获取经济利益,而且谁捕杀得越多,谁获取的经济利益越大。而黄牛生活在私人所有的牧场上,每个农场主都会尽最大努力米维持自己牧场上的牛群,因为他能从这种努力中得到收益。

政府试图用两种方法解决大象的问题。如肯尼亚、坦桑尼亚、乌干达等非洲国家把捕杀大象并出售象牙作为一种违法行为,但由于法律实施难度较大,收效甚微,大象种群仍在继续减少。而同在非洲,纳米比亚以及津巴布韦等国家则允许捕杀大象,但只能捕杀自己土地上作为自己财产的大象,结果大象开始增加了。由于私有产权和利润动机在起作用,非洲大象或许会像黄牛一样摆脱灭顶之灾。

（资料来源：郭万超,辛向阳,《轻松学经济》,对外经贸大学出版社,2005 年）

3. 反垄断的政策措施

前已论述,市场的不完全性是导致市场失灵的一个重要原因。高价格和低产量是与垄断势力相联系的低效率标志。针对垄断,需要通过市场机制以外的手段来加以矫正,如制定反垄断法、实行公共管制等。

20 世纪中叶,西方发达国家的政府已采取各种措施来抑制垄断势力。限制垄断的办法主要是颁布反垄断法,禁止非法兼并、价格固定、独家交易、搭售、分割市场和地区性垄断等行为。例如,美国 1890 年的《谢尔曼反托拉斯法》,其中心思想就是"大企业是坏事",防止和反对形成过大的垄断企业。1914 年的《克莱顿法案》认为,垄断不仅是规模问题,还有非法经营问题,因而禁止搭售、公司相当持有股票等。1936 年的《罗宾逊—帕特曼法》,禁止卖者以不同价格销售同样商品,除非是由于成本不同;禁止对不同的买者按不同的比率支付广告和推销津贴。

除反垄断法外,公共管制也是限制垄断的一个重要措施。公共管制是由国家政府部门对公用事业的价格和产量的管制。公共管制分为两类:一类是对自然垄断行业,如电话、电力、煤气、自来水等公用事业。这类行业如果靠自由竞争会造成大量重复投资,以致每家企业都有很大生产能力,但又不得不闲置其中的一部分,造成社会资源浪费。因此,对这类行业往往通过发放特许经营执照给私营企业经营,同时限定最高价进行管制。另一类是对非自然垄断行业,如航空和公路运输行业。微观经济学认为,在非自然垄断行业实行公共管制会使成本和价格提高,保护现有厂商而限制了新竞争者,因此,应该取消对这些行业的管制。

另外,还能通过扩大市场竞争来限制垄断,并对不同的产业部门采取不同的反垄断政策等。具体情况如下:一是对由中小企业构成的轻工业部门和零售商业部门,鼓励自由竞争,采用禁止性的反垄断政策。二是对公用事业和具有自然垄断性的部门,实行国家垄断。三是对重工业部门,由于垄断有利于最佳规模经济的实现,适宜于实行有限的反垄断政策,允许垄断势力的部分存在,只对其行为进行适当的管制。

4. 信息不对称的治理

对付信息不完全和不对称造成的市场失灵,有些可以通过市场机制本身来解决,如在商品市场上,卖者并不知道每个消费者的偏好情况,掌握的信息也不完全,但这类信息并没有导致厂商完全不能决策,因为厂商只要知道商品的价格,即所有消费者对某种商品表现出来的平均偏好水平,厂商就可以确定该商品的边际收益,从而确定实现利润最大化的产量。

但是,市场价格机制并不能解决或者至少不能有效解决信息不完全问题。在这种情况下,需要政府在信息方面进行干预,制定相应的制度措施以保证市场的有效运转,如制定产品信息标准,增加信息透明度,改善信息传递方式,扩大信息发布范围等。目前,可以利用的计算机网络等手段,就是在信息传递成本改变不大的条件下,在更广的范围内实现了更适时的信息发布和反馈,降低了交易双方掌握信息的程度,从而可以有效拓展市场机制的作用空间。

8.2.2 政府失灵及原因

市场失灵为政府干预提供了基本依据,但是,政府干预也非万能,同样存在着"政府失灵"的可能性。政府失灵,一方面,表现为政府的无效干预,即政府宏观调控的范围和力度不足或方式选择失当,不能够弥补"市场失灵",从而维持市场机制正常运行的合理需要。比如,对生态环境的保护不力,缺乏保护公平竞争的法律法规和措施,对基础设施、公共产品投资不足,政策工具选择上失当,不能正确运用行政指令性手段等,结果也就不能弥补和纠正市场失灵。另一方面,则表现为政府的过度干预,即政府干预的范围和力度,超过了弥补"市场失灵"和维持市场机制正常运行的合理需要,或干预的方向不对路,形式选择失当,如不合理的限制性规章制度过多过细,公共产品生产的比重过大,公共设施超前过度;对各种政策工具选择及搭配不适当,过多地运用行政指令性手段干预市场内部运行秩序,结果非但不能纠正市场失灵,反而抑制了市场机制的正常运作。导致"政府失灵"主要有五方面的原因。

1. 政府干预有时可能有失"公正"

政府干预的一个前提条件是,它应该作为社会公共利益的化身对市场运行进行公正无私的调控。公共选择学派把政府官员视做亚当·斯密所说的"经济人"这一假设,固然有失之偏颇之处,但现实中的政府的确不总是那么高尚。政府机构谋求内部私利而非公共利益的所谓"内在效应"现象,在不同国家中都不同程度地存在,在实践中,少数政府官员的腐败行为更时有发生。政府部门这种追求私利的"内在效应"必然极大地影响政府干预下的资源配置的优化,如同外在效应成为市场失灵的一个原因一样,"内在效应"则是市政府失灵的一个重要根源。

2. 政府某些干预行为的效率较低

与市场机制不同,首先,政府干预具有不以直接盈利为目的的公共性。政府为弥补市场失灵而直接干预的领域往往是那些投资大、收益慢且少的公共产品,其供给一般是以非价格为特征的,即政府不能通过明确价格的交换从供给对象那里直接收取费用,而主要是依靠财政支出维持其生产和经营,很难计较其成本,因此,缺乏降低成本提高效益的直接利益驱动。其次,政府干预还具有垄断性。政府所处的"某些迫切需要的公共产品(如国防、警察、消防)的垄断供给者的地位"决定着只有政府才拥有从外部对市场的整体运行进行干预或调控的职能和权力。这种没有竞争的垄断极易使政府丧失对效率、效益的追求。

3. 政府干预容易引发政府规模的膨胀

政府要承担对市场经济活动的干预职能,包括组织公共产品的供给和维持社会经济秩序等等,自然需要履行这一职能的相应机构和人员。政府就其本性而言,有一种天然的扩张倾向,特别是其干预社会经济活动的公共部门在数量上和重要性上都具有一种内在的扩大趋势。政府的这种内在扩张性与社会对公共产品日益增长的需求更相契合,极易导致政府干预职能扩展和强化及其机构和人员的增长,由此而造成越来越大的预算规模和财政赤字,成为政府干预的昂贵成本。

4. 政府干预为寻租行为的产生提供了可能性

寻租是个人或团体为了争取自身经济利益而对政府决策或政府施加影响,以争取有利于自身的再分配的一种非生产性活动(即不增加任何社会财富和福利),如企业通过合法或是非法的形式向政府争取优惠特惠,通过寻求政府对现有干预政策的改变而获得政府特许或其他政治庇护,垄断性地使用某种市场紧缺物资等。在这种情况下,大权在握的政府官员极有可能"受非法提供的金钱或其他报酬引诱,做出有利于提供报酬的人从而损害公众和公众利益的行为"。其主要危害在于"不仅使生产经营者提高经济效率的动力消失,而且还极易导致整个经济的资源大量地耗费于寻租活动,并且通过贿赂和宗派活动增大经济中的交易费用",从而成为政府干预失灵的另一个重要原因。

5. 政府某些决策失误导致"政府失灵"

政府对社会经济活动的干预,实际上是一个涉及面很广、错综复杂的决策过程。正确的决策必须以充分可靠的信息为依据。但由于这种信息是在无数分散的个体行为者之间发生和传递,政府很难完全占有,加之现代社会化市场经济活动的复杂性和多变性,增加了政府对信息的全面掌握和分析处理的难度。此种情况很容易导致政府决策的某些失误,并必然对市场经济的运作产生难以挽回的负面影响。正确的决策还需要决策者具备很高的素质。政府进行宏观调控，必须基于对市场运行状况的准确判断，制定调控政策，采取必要手段，这在实践中是有相当大的难度的。

【案例分析】

距离产生美

举世皆知，蒙娜丽莎的清丽无人能及，世界各地专程前来巴黎瞻仰她容貌的人们甚至踏坏罗浮宫的门槛，但是，蒙娜丽莎的美，只能在距离油画两三米外才能显现，如果贴近来看，唯余一堆皱巴巴、杂乱不堪的油彩；雄居五岳之首的泰山，那磅礴的气势也要从山外来看，真进了山中，那石，那树，和别的山没什么根本的不同；埃菲尔铁塔，从远处看蔚为壮观、气势磅礴，可走近了看，不过是一堆锈迹斑斑的钢条加铆钉。为什么？距离产生美。

政府与市场，同样需要距离。如麦迪逊所言："如果人都是天使，就不需要任何政府了。如果是天使统治人，就不需要对政府有任何外来的或内在的控制了。"完成治理的基本功，做到对市场的不妨害，是一个政府在经济事务管理中的最低纲领（对一些政府来说，或许是最高目标）；这也是市场对政府的核心的、正当的、理性的要求。尤其在权力自上授予、对上负责的情况下，过于热心地参与往往是执政目标的暧昧所致。当地方政府在新的政治格局中获得了更大的权力时，这种区域竞赛似有进一步蔓延升温的迹象。当市场上的竞赛主体只是一些集合的、模糊的身影时，竞赛的魅力就已经失去了。

当前土地市场秩序混乱，在某种程度上是因为政府离市场太近。本轮圈地运动，一些地方政府部门具有不可推卸的责任。一位参加五部委土地联合督察组的官员说，这次检查发现经营性土地"招拍挂"出让还没有做到全覆盖，某省份至今仍有一半的市、县未建立"招拍挂"制度；违法审批、越权审批土地行为仍未得到根本遏制，如个别地方基层政府违反规划，随意将大量农用地转为建设用地，违规扩大土地作为基础设施投资综合补偿范围，违规低价出让土地，擅自批准减免地价和土地有偿使用费；一些市县在招商引资中竞相压低地价，恶性竞争吸引投资者；个别地区经营性用地招标拍卖挂牌不甚规范，仍以协议方式出让土地。市场经济客观要求政府必须将职能定位于制定土地市场规则、维护市场秩序和营造市场环境上，通过法律手段和经济手段等调控市场，减少对市场的直接干预，以保护土地市场稳定、公平、安全运行。要解决这些问题，首先就是要从现在开始逐步规范政府行为，而不是反过来在现在的机制下再去强化政府各部门对市场经济活动的干预。

当然，距离不能变成遥远，否则，美丽也就不存在了。政府与市场保持适当的距离的时候，经济、社会的效率是最高的。政府与市场的距离渐行渐远，弊端开始显露。始于20世纪80年代末至90年代初的那一轮圈地运动，在某种程度上是因为政策法规不够完善、政府宏观调控不够所致。1989年3月，人大修改了《宪法》，补充了"土地使用权可以依法转让"一句,但是没有出台配套措施,没有对土地市场交易出台规范措施,也没有建立宏观调控机制。游戏规则存在漏洞,缺乏宏观调控,使一些炒家看到了发财的良机,只要通过关系获得土地,一转手就可以获取数倍乃至数十倍的暴利,于是,寻租现象蜂拥,"圈地运动"轰轰烈烈地开展起来了。在那一轮"圈地运动"中,在一些地区,权钱交易几乎是公开的。手握实权的人和房地产商串通一气,以极低廉的象征性的价格大批圈占土地,然后转手获取暴利。有门路的国内外商人常越过基层办事单位,直接找省、市、县领导批地,发财后一走了之。在游戏规则日趋完善的今天,20世纪的那种疯狂圈地行为将一去不复返,但是,其带来的教训值得我们铭记。

不过,即使我们的政府部门已经懂得了尊重市场,但如果不知道政府的边界在何处,仍有破坏市场规则的危险。这需要我们破除那些似是而非的论点,并将政府的边界写入约束政府的法律。今天,在我国许多美似花园的城市中,人们已经养成了不践踏绿地的习惯;我们的行政部门能否在市场的边界上驻足止步呢?

（资料来源：www.bookschina.com）

思考与练习

1. 选择题

1) 公共物品具备的特性是(　　　)。

A. 非排他性　　　　　　　　　　B. 竞争性

C. 排他性　　　　　　　　　　　D. 非排他性和非竞争性

2) 具有非排他性和非竞争性的物品是(　　　)。

A. 城市道路　　　B. 私人物品　　　C. 灯塔　　　　D. 野生动物

3) 周围人吸烟会给你带来危害属于(　　　)。

A. 生产正外部性　　　　　　　　B. 消费正外部性

C. 消费负外部性　　　　　　　　D. 生产负外部性

4) 针对垄断原因导致的市场失灵,政府干预的方式主要有(　　　)。

A. 制定反垄断法　　　　　　　　B. 实行"内部化"政策

C. 界定产权　　　　　　　　　　D. 腐败

2. 判断题

1) 同国防、外交一样,有线电视也属于纯公共物品。　　　　　　　　　　(　　)

2) 所有给交易双方之外的第三方造成的影响都属于外部性。　　　　　　(　　)

3) 逆向选择和道德风险问题普遍存在的原因是外部性。　　　　　　　　(　　)

4) 当市场失灵时,政府干预就能实现资源的最优配置,即达到帕累托最优状态。

(　　)

3. 简答题

1）导致市场失灵的因素主要有哪些？

2）信息不对称何以导致市场失灵？

3）当出现外部性导致市场失灵时，政府干预的手段有哪些？

4. 分析题

试分析搭便车行为产生的原因及后果？

5. 案例题

漏水的水管

2003 年 7 月 14 日，家住北京市东城区四八条 37 号院的朱大爷因发现院内水管漏水，便在没有征得邻居同意的情况下，自行请人对自来水管线进行了检测，并交纳了检测费 100 元。为了收回每户该分摊的 7.14 元检测费，朱大爷费尽口舌没有结果，于是便告到了法院。东城区法院审理后，从法理上认定朱大爷在未得到他人授权的情况下，"擅自主张"检测水管，邻居完全有理由拒绝朱大爷分摊检测费的要求。然而，从更深的层面上讲，朱大爷的败诉是由公共物品自身性质决定的。

　　（资料来源：郭万超，辛向阳，《轻松学经济》，对外经济贸易大学出版社，2005 年）

问题：

1）漏水的水管是否属于公共物品？为什么？

2）公共物品何以导致市场失灵？

3）用经济学原理解释朱大爷败诉的原因。

6. 单元实训

上游化工厂排放的废水给下游渔民造成了 15 000 元的损失。如果双方谈判的成本是每方承担 5 000 元，界定产权对该问题的解决是否有效？若成本是每方承担 20 000 元呢？

9 国民收入核算理论

【学习目标】

学习本章,掌握国内生产总值的含义及核算方法;理解国民收入核算中的五个总量的关系;注意区分国民生产总值与国内生产总值;了解经济福利的内容。

【案例导入】

中国的世界经济地位(1700～2015年)

在相当长的时期内,中国一直是世界数一数二的经济体,但是它发展的节奏同世界通常的模式截然不同。在宋朝的末期,中国无疑是这个世界上的领先经济体系。

1300～1820年,中国经济受到了从元朝至明朝,再由明朝到清朝之间出现的多次动乱的影响,这个时期是一个粗放式的经济增长时期,该时期人口的大量增加与生产的增长几乎是同步的。虽然在同一时期内,欧洲的人口增长速度大大慢于中国的速度,但是到1820年时,它的人均收入水平已经是中国的2倍。在这几个世纪之中,中国基本上同世界经济隔绝。即使如此,1820年,中国的总产出仍居世界第三位,而它在世界人口中的比重还会更高一些,按照世界标准,中国的人均收入水平仍然是令人钦佩的。中国与美国在世界经济中的地位,如表9-1所示。

表9-1

中国与美国在世界经济中的地位(1700～2015年)

年 份	1700	1820	1900	1950	2001	2015(预计)
GDP(10亿1990年国际元)						
中 国	83	229	218	240	4 570	11 463
美 国	0.5	13	312	1 456	7 966	11 426
世 界	371	696	1 973	5 326	37 148	57 947
中国/世界(%)	22	33	11	5	12	20

（续表）

年　　份	1700	1820	1900	1950	2001	2015（预计）
人均 GDP（1990 年国际元）						
中　　国	600	600	545	439	3 583	8 265
美　　国	527	1 257	4 091	9 561	27 948	35 420
世　　界	615	668	1 262	2 110	6 041	7 154
中国/世界(%)	0.98	0.90	0.43	0.21	0.59	1.16

现在让我们来展望一下 2015 年时可能出现的情况。如果使用美国人口普查局的人口预测数据,同时假定中国的人均收入增长可以保持其在 1990～2001 年期间的速度,那么到 2015 年时,中国可以在 GDP 总量和人口数量上同时获得它昔日曾拥有的头号世界经济地位。

（资料来源：安格斯·麦迪森,《世界经济千年史》中文版前言,北京大学出版社,2003 年）

宏观经济学把国民经济中的总体经济活动作为研究对象,考察整个国家的产出、就业和价格水平的决定及其变动。国民收入的核算是研究宏观经济运行的前提条件,因此,在整个宏观经济学部分,以国民收入的核算作为开篇,介绍国民收入的核算和决定理论。

9.1 国内生产总值的核算体系

9.1.1 国内生产总值的含义以及与国民生产总值的关系

1. 国内生产总值的含义

国内生产总值(GDP)是指一个国家在一定时期内(通常是 1 年),在本国领土上生产的所有最终商品及其劳务的市场价值的总和。

在理解这一概念时,要注意以下几点：

(1) 国内生产总值是一个国家在一定时期生产的最终商品和劳务的市场价值总和,因此,它是一个时期指标,而非时点指标,也就是说国内生产总值是一个流量,而非存量。

(2) 国内生产总值一般以 1 年为统计核算期限。也就是说,某年的国内生产总值不能包括以前年度生产出来的产品和劳务,只能是当年生产出来的产品和劳务。按此规则,出售以前年度生产的存货所得收入就不能计入当年的国内生产总值。

(3) 国内生产总值是指最终产品的市场价值,不包括中间产品。在实际经济中,许多产品既可作为最终产品使用,又可以作为中间产品使用,很难区分,为了解决这一问题,具体计算时采用增加值法。最终产品价值的核算,如表9-2所示。

表9-2

最终产品价值的核算

生产阶段	产品价值	中间产品成本	增　　值
木　材	5	——	5
纸　浆	10	5	5
纸　张	20	10	10
笔记本	35	20	15
合　计	70	35	35

在此例中,笔记本是最终产品,其价值为35,用增值法计算也是35,如果不区分最终产品和中间产品,则会得到70个单位的总价值,其中含重复计算35个单位产品价值。可见,用增值法可以避免重复计算的问题。

(4)国内生产总值是一个地域概念,是指一个国家国境内在1年内所创造的全部最终产品的市场价值,而不管国境内的生产要素是不是本国的,它主要侧重衡量一国本土所具备的生产能力。

(5)国内生产总值不仅包含有形的最终产品,而且也包含无形的劳务。也就是要把旅游、服务、卫生和教育等行业提供的劳务,按其所获得的报酬计入国内生产总值中。

(6)计入国内生产总值的生产成果或服务必须具备两个条件:① 生产性。也就是必须是生产成果,而且是有效的生产成果。未经加工而转售的原材料,或经过加工却是无效的废品都不能作为生产成果加以核算。对非物质生产部门也同样如此,应是有效的服务。② 市场性。不经市场销售的最终产品(如自给性产品、自我服务性劳务等)无法计入国内生产总值中。

2. 国内生产总值和国民生产总值的关系

国民生产总值(GNP)是指一国国民在一定时期内生产的所有最终产品和劳务的市场价值总和。它与国内生产总值的区别,在于两者在统计上采用的原则不同。国内生产总值是与所谓的国土原则联系在一起的。按照这一原则,凡是在本国领土上创造的收入,不管谁经营、归谁所有都计入本国的产值;反之,超出本国领土范围,即使生产要素为本国所有,所创造的收入也不予计算。国民生产总值是与所谓国民原则联系在一起的,按照这一原则,凡是本国国民(包括本国公民以及驻外国但未加入外国国籍的居民)所创造的收入,不管生产要素是否在国内,都被计入本国国民生产总值。比如,一国企业在国外子公司的利润收入应计入本国的国民生产总值,而外国公司在该国子公司所产生的利润收入则不应该被计入该国的国民生产总值。

国内生产总值和国民生产总值两者之间的关系为：

国民生产总值＝国内生产总值＋本国公民在国外生产的最终产品的价值总和－

外国公民在本国所生产的最终产品的价值总和

如果本国公民在国外生产的最终产品的价值总和大于外国公民在本国所生产的产品的价值总和，则国民生产总值大于国内生产总值；反之，如果本国公民在国外生产的最终产品的价值总和小于外国公民在本国所生产的最终产品的价值总和，则国民生产总值小于国内生产总值。在分析开放经济中的国民生产总值时，这两个概念都是很重要的。

9.1.2   国内生产总值的核算方法

国内生产总值有支出法、收入法和部门法三种方法核算。理论上说，三者应该是一致的，因为是从不同的角度计算的，计算结果与支出法不一致，通过误差调整，使之达到一致。

1. 支出法

核算国内生产总值的支出法是指将一国在一定时期内所有经济单位用于最终产品和劳务的需求支出加总起来用以测算国内生产总值的方法。即把购买各种最终产品所支出的货币加在一起，得出社会最终产品的货币价值的总和。

如果 Q_1，Q_2，…，Q_n 分别表示一个国家在特定的时期内生产的所有最终产品和劳务，而 P_1，P_2，…，P_n 分别表示它们相应的价格，那么，所有这些产品与劳务的市场价值总和就是国内生产总值。即

$$GDP = Q_1P_1 + Q_2P_2 + \cdots + Q_nP_n$$

从支出主体的角度来看，支出方法测算的国内生产总值主要包括家庭、厂商和政府的支出。家庭部门的支出包括购买商品和劳务的支出以及其他的支出，其中，包括购买耐用消费品、购买非耐用消费品以及劳务支出。厂商部门的支出包括用于机器设备、厂房、民用住房和存货方面的支出。政府的支出包括对商品以及对劳务的需求支出。

各国在按支出法计算国内生产总值时，具体项目的分类有些不同，在美国按支出法计算包括以下各项：

个人消费支出(*C*)

耐用品（如小汽车、电冰箱、洗衣机、收录机）

非耐用品（如食物、衣服之类）

住房租金

其他劳务（如食物、衣服之类）

其中：建造住宅的支出不包括在内，尽管它类似耐用消费支出，但一般将它包括在固定资产投资中。

私人国内总投资(I)

厂房

机器设备

居民住房

存货净变量

政府购买支出(G)

联邦政府支出

州与地方政府支出

政府花钱设置法院,提供国防,建筑道路,举办学校等都属于政府购买,这些政府购买都作为最终产品计入国内生产总值。

值得注意的是,政府购买只是政府支出的一部分,政府支出中有的项目不能计入国内生产总值中,例如,社会转移性支付,它只是简单地把收入从一个人或一个组织转移到另一个人或另一个组织,并没有相应的货物或劳务的交换发生。又如,政府给残疾人发放救济金,并不是因为残疾人提供了生产要素的服务因而创造了收入。

净出口

出口($+X$)

进口($-M$)

以 C 表示私人消费,I 表示私人投资,G 表示政府购买,则以支出法测算的国内生产总值可以表示为:$GDP = C + I + G$。如果我们分析的经济中还包括对外贸易部门,以 X 表示出口,M 表示进口,则净出口($X-M$)也应计入支出方法例算的国内生产总值中:

$$GDP = C + I + G + (X - M)$$

下面以美国 2002 年支出法核算国内生产总值的构成情况为例来加以说明。美国 2002 年国内生产总值的构成及其比重(支出法),如表 9-3 所示。

表 9-3

美国 2002 年国内生产总值的构成及其比重(支出法)

国内生产总值的构成	金额(10 亿美元)	百分比(%)
1. 个人消费支出	7 303.7	69.92
2. 私人国内总投资	1 593.2	15.25
3. 政府对产品和劳务的购买	1 972.2	18.88
4. 产品和劳务的净出口	−423.6	−4.05
国内生产总值	10 445.5	100.00

(资料来源:美国商务部,经济分析局)

2. 收入法

测算国内生产总值的另一种方法是收入法。由于厂商出售产品获得的收入是生产中所使用的各种生产要素的收益，因而，用收入方法测算的国内生产总值是所有生产要素的货币收入的总和。

收入法又称要素法，是从收入的角度出发，把生产要素的提供者在生产中所得到的各种收入相加的方法。严格说来，最终产品市场价值除了生产要素收入构成的成本，还有间接税、折旧、公司未分配利润等内容。因此，用收入法核算的国内生产总值应包括以下一些项目：

(1) 工资、利息和租金等这些生产要素的报酬。工资包括所有对工作的酬金、津贴和福利费，也包括工资收入者必须缴纳的所得税及社会保险税。利息是指人们给企业所提供的货币资金获得的利息收入，如银行存款利息、企业债券利息等，但政府公债利息及消费信贷利息不包括在内。租金包括出租土地、房屋等所获得的收入及专利、版权等收入。

(2) 非公司业主收入，如医生、律师、农民和小店铺主的收入，他们使用自有资金并且自我雇用，其工资、利息、利润、租金经常混在一起作为非公司企业主收入。

(3) 公司税前利润，包括公司所得税、社会保险税、股东红利及公司未分配利润等。

(4) 企业转移支付及企业间接税。这些虽然不是生产要素创造的收入，但要通过产品价格转嫁给购买者，故也应该视为成本。企业转移支付包括对非营利组织的社会慈善捐款和消费者呆账，企业间接税包括货物税或销售税、周转税等。

(5) 资本折旧。资本折旧虽不是要素收入，但包括在总投资中，也应该计入国内生产总值。

把上述五个部分加起来，就得到收入法计算国内生产总值的公式：

国内生产总值 ＝ 工资＋利息＋利润＋租金＋间接税和企业转移支付＋折旧

从理论上说，收入法核算出来的国内生产总值和支出法核算出来的国内生产总值应该是相等的，但是实际核算当中常有误差，因而还要加上一个统计误差。美国 1996 年国内生产总值的构成及其比重(收入法)，如表 9-4 所示。

表 9-4

美国 1996 年国内生产总值的构成及其比重(收入法)

国内生产总值的构成	金额(10 亿美元)	百分比(%)
1. 工资、薪水和津贴	4 427	57.98
2. 净利息	425	5.57
3. 个人租金收入	146	1.91
4. 企业间接税、调整与统计误差	553	7.24

（续表）

国内生产总值的构成	金额（10 亿美元）	百分比（%）
5. 折旧	830	10.87
6. 非公司业主收入	520	6.81
7. 公司税前利润	736	9.64
国内生产总值	7 636	100.00

（资料来源：保罗·萨缪尔森，威廉·诺德豪斯，《经济学》（第 16 版），机械工业出版社，1998 年）

3. 部门法

部门法是指按提供产品与劳务的各个部门的产值来计算国内生产总值的方法。这种方法反映了国内生产总值的来源，所以又称为生产法。生产法计算国内生产总值是先求国民经济各部门的总产品，然后扣除中间消耗就得到了相应的国内生产总值。即国民经济各部门的增加值之和为国内生产总值，因而这种方法还称为增加值法。

应用时，各物质生产部门总产品扣除中间消耗后，得到本部门的增加值。卫生、教育、行政等无法计算增加值的部门，则按该部门职工的工资收入来计算，以职工的工资表示该部门所提供的劳务价值。各国对部门的分类方法不同，在美国的国民收入统计中，按部门法计算时，分为这样一些部门：

农林渔业	批发、零售商业
采掘业	金融、保险、不动产业
建筑业	服务业
制造业	政府服务和政府企业
运输业	误差统计
邮电和公用事业	

9.1.3　几个重要的总量及其相互关系

除国内生产总值外，与经济活动的最终成果有关的重要统计量还包括国内生产净值（NDP）、国民收入（NI）、个人收入（PI）、个人可支配收入（PDI）。以下是这五个总量之间的关系。

1. 国内生产净值

国内生产净值是指一个国家 1 年内新增加的产值，即在国内生产总值中扣除折旧后的产值。

$$NDP = GDP - 折旧$$

2. 国民收入

国民收入表示一个国家 1 年内用于生产的各种生产要素所得到的全部收入，即工资、租金、利息和利润的总和。

$$NI = 工资 + 租金 + 利息 + 利润$$

$$NI = NDP - 间接税$$

上述关系可以概括为：

$$GDP = NDP + 折旧 = NI + 间接税 + 折旧$$

由于上述三个统计量都反映宏观经济的最终成果，通常，称国内生产总值和国内生产净值为广义的国民收入，而称国民收入为狭义的国民收入。

除了上述三个总收入量之外，从狭义的国民收入中我们还可以得到个人收入和个人可支配收入两个重要的总收入量。

3. 个人收入

个人收入是指一个国家 1 年内个人从宏观经济中获得的收入。

$$PI = NI - 保险税和公司所得税 - 公司未分利润 + 转移支付 + 净利息$$

4. 个人可支配收入

个人可支配收入是指一个国家 1 年内个人可以支配的全部收入。

$$PDI = P1 - 个人收入所得税 - 其他非税支付$$

2002 年美国国内生产总值到个人可支配收入，如表 9 - 5 所示。

表 9 - 5

美国 2002 年国内生产总值到个人可支配收入　　（单位：10 亿美元）

国内生产总值		10 446.2
＋本国居民来自国外的要素收入	278.1	
－本国支付给外国居民的要素收入	287.6	
＝国民生产总值(GNP)		10 436.7
－固定资本消耗	1 393.5	
＝国民生产净值(NNP)		9 043.2
－企业间接税及非税收支付	800.4	
－企业转移支付	44.1	
－统计误差	−116.7	
＋政府补助金	32.5	
＝国民收入(NI)		8 347.9

（续表）

—包含存货价值和资本消耗调整的公司利润	787.4	
—净利息	684.2	
—社会保险税	384.5	
—工资净增加额	363.0	
＋个人利息收入	1 078.5	
＋个人红利收入	433.8	
＋政府和企业对个人的转移支付	1 288.0	
＝个人收入(PI)		8 929.1
—个人所得税及非税收支付	1 113.6	
＝个人可支配收入(DPI)		7 815.5

（资料来源：美国商务部，经济分析局）

9.1.4　名义国内生产总值和实际国内生产总值

1. 名义国内生产总值

以当年价格计算的国内生产总值就称为名义国内生产总值，又称货币国内生产总值。名义国内生产总值不适用于两个不同时期的国内生产总值之间的动态比较。原因在于，一国国内生产总值的变动由两个因素引起：一是所生产的物品和劳务的数量的变动；二是所生产的物品和劳务价格的变动。在比较两个不同年份的名义国内生产总值时，数量和价格两个因素都有变化，因此很难判断出这一时期的国内生产总值变化是由物品和劳务量的变化引起的，还是由物品和劳务的价格变化引起的。

2. 实际国内生产总值

在统计中，为了把价格变动因素剔除，只研究物品和劳务的数量变化，常用的方法是用不变价格来衡量国内生产总值，选用以前某一年为基年，用基年物品和劳务的价格来计算各年的国内生产总值。基年又称基期，基期的物品和劳务的价格称为不变价格。实际国内生产总值是按基期价格计算的国内生产总值。也就是说，实际国内生产总值是按一个不变价格计算出来的全部最终商品和劳务的市场价值。

一般地，如果一个国家在某一时期生产的最终产品数量为 Q_1，Q_2，…，Q_n，当期的价格一般称为计算期价格，分别用 P_{t1}，P_{t2}，…，P_n 表示，则该年度的名义 $GDP = Q_1 P_{t1} + Q_2 P_{t2} + \cdots + Q_n P_{tn}$；如果这些最终产品在基期的价格为 P_{01}，P_{02}，…，P_{0n} 元，则该年度的实际 $GDP = Q_1 P_{01} + Q_2 P_{02} + \cdots + Q_n P_{0n}$ 元。在今后的使用中，如果不加以说明，国内生产总值都是指实际的数值。

3. 国内生产总值折算指数

国内生产总值折算指数又称国内生产总值平减指数,是指名义国内生产总值与实际国内生产总值之比,即

$$GDP \text{ 折算指数} = \frac{\text{名义}GDP}{\text{实际}GDP} \times 100\%$$

$$GDP \text{ 折算指数} = \frac{\sum Q_n P_{tn}}{\sum Q_n P_{0n}}$$

假设某国只生产两种产品,即面包和外套,以 1993 年为基年,现在需要核算 2003 年的名义国内生产总值和实际国内生产总值,1993 年和 2003 年最终产品的数量和价格,如表 9 - 6 所示。

表 9 - 6

名义国内生产总值与实际国内生产总值

	1993 年名义国内生产总值	2003 年名义国内生产总值	2003 年实际国内生产总值
面包	15 万单位×1 美元= 15 万美元	20 万单位×1.5 美元= 30 万美元	20 万单位×1 美元= 20 万美元
外套	5 万单位×40 美元= 200 万美元	6 万单位×50 美元= 300 万美元	6 万单位×40 美元= 240 美元
合计	215 万美元	330 万美元	260 万美元

从表中可以看出,1993～2003 年,国内生产总值名义上从 215 万美元增加到了 330 万美元,但实际只增长到了 260 万美元,即扣除物价上涨因素,国内生产总值只增长了 20.9%〔(260−215)÷215×100%〕,而名义上却增长了 53.5%〔(330−215)÷215×100%〕。

通过 2003 年名义国内生产总值和实际国内生产总值的值,可以得到当年与基期年份相比价格变动的程度 126.9%(330÷260×100%),说明 1993～2003 年该国平均价格水平上升了 26.9%,在这里,126.9% 称为国内生产总值折算指数。可见,国内生产总值折算指数是名义国内生产总值和实际国内生产总值的比率。

【案例分析】

计算产出的难题

国内生产总值是一个估计值,它是将一个经济里面数以百万计的各种商品和劳务加起来而得出的一个总和。但是,计算这一数值的同时会引起一些难题。以下就是其中的

一部分难题。

1. 衡量质量的改变

今天的一个西红柿和50年前没什么两样,但是一架飞机或一辆汽车却和20年前有了很大区别。一些产品的质量(和价格)几乎每年都会发生变化。考虑一下计算机的迅速发展产生的问题。假如那些计算国内生产总值的人们只使用计算机的市场价格进行计算,他们可能得出计算机产出上升缓慢,甚至是下降的结论,因为计算机的价格迅速下降。但是,人们不想单纯比较计算机的数量,否则将忽视新式计算机日益强大的事实。计算机产业真实产出的计算方法,应该是同时考虑质量的改进。假如所做的修正不够充分,那么结果就会显示产出增长比实际要小得多。又如,医疗卫生的改进产生的问题。以如今可供应用的医疗技术为例,经济学家们应该怎样将现在医疗保险产业的产出和几十年前进行比较呢?国内生产总值统计学家们知道这些难题,想方设法基于质量变化做出某些修正。例如,20世纪70年代早期,由于首次要求汽车安装防污设备,导致汽车价格上升。统计学家们需要确定增加了的成本是一种单纯的价格提升,因此成为通货膨胀的一个诱因,还是一种质量改进,从而有效地提高了真实产出,因为消费者购买的是一辆更好的汽车。最后他们选择了第二种意见。然而,统计数字的使用者应该记住,所有类型的修正肯定不是十全十美的。

2. 衡量政府的服务

标准的国内生产总值的计算从销售点的价格和数量出发。那么,应该如何处理不出售或者不直接出售的商品呢?这类商品的一个重要部分就是政府提供的服务。试想,州政府官员们的工作效率提高,能够迅速完成汽车注册的程序,这可能意味着该州政府可以雇用较少的人手完成同样的工作。但是,车牌价格并非由竞争市场决定,纳税人通过交税来支付有关政府职员的薪金。国内生产总值的统计数字仅仅反映了政府职员的工作时间。如果政府的工作效率提高,得出的国内生产总值数值反而可能下降,即使真实的产出(即注册数量)是增加的。

3. 衡量非经市场销售的商品

非经市场销售的商品和服务,如家庭成员完成的家务劳动,向国民收入统计学家提出了相似的难题。统计数字低估了经济产出的真实水平,因为它们忽视了类似这样的经济活动。举例而言,如果一对夫妇留在家中打扫卫生和做饭,这将不会被列入国内生产总值的统计之内。但是,假如这对夫妇外出工作,另外雇人做清洁和烹调工作,那么这对夫妇和佣人的经济活动都会被计入国内生产总值中。

4. 统计学问题的重要性

一些经济学家认为,即使国内生产总值的计算不尽完美(而这当然是肯定的),至少这些不尽完美的问题其实在各个时期都相差无几,因此,经济学家仍然可以略带犹豫地运用这些数据,作为经济规模的一种描述。放在几年的短时间里考察,这种看法确实相当正确。但是经济结构将随着时间推移发生变化,国内生产总值计算过程中的这些偏差也会发生变化,于是产出和生产力的增长的计算可能出现很大的歪曲。例如,过去几年来,随着越来越多的妇女走出家门,接受有薪工作,相应地,她们会更多地聘请管家和在饭店就餐,可能出现的情况就是以往对国内生产总值的低估有所减少,于是国内生产总值的部分增长比真实情况更加明显。另外,如果政府部门增长得比其他部门快,而国内生产总值的计算方法义系统地忽略了公共部门的生产力的增长,那么,就会得出生产力增长放缓的结论,但实际并非如此。

讨论:国内生产总值的计算方法在哪些情况下存在缺陷?

9.2 国民收入核算中的供求恒等关系

从支出法、收入法与增值法所计算出的国民生产总值的一致性,可以说明国民经济中的一个基本平衡关系,即总支出等于总收入或总产量。总支出代表了社会对最终产品的总需求,而总收入和总产量代表了社会对最终产品的总供给。因此,从国民生产总值的核算中可以得出这样一个恒等式:

$$总需求(AD) \equiv 总供给(AS)$$

在国民收入核算过程中,总需求与总供给之间的恒等关系可以通过两部门经济模型、三部门经济模型和四部门经济模型中的收入流量循环关系来分别加以说明。

9.2.1 两部门经济中的供求恒等关系

1. 两部门经济的含义

两部门经济是指由厂商和居民户这两种经济单位组成的经济,也是一种最简单的经济结构形式。在这种经济中,居民户向厂商提供各种生产要素,得到相应的收入,并用这些收入购买各种产品与劳务;厂商购买居民户提供的各种生产要素进行生产,并向居民户提供各种产品与劳务。

2. 两部门经济的收入流量循环模型

两部门经济模型供求关系示意图,如图 9-1 所示。

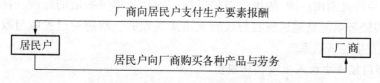

图 9-1 两部门经济模型供求关系示意图

3. 两部门经济中的供求恒等关系

如果居民户把一部分收入用来购买厂商生产的各种产品与劳务,把另一部分收入储蓄起来,厂商在居民户的消费之外又获得了其他来源的投资,那么,两部门经济中收入循环关系示意图,如图9-2所示。

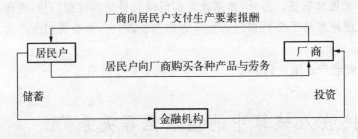

图9-2 两部门经济中收入循环关系示意图

图9-2表明,居民把储蓄存入金融机构,而厂商则从金融机构获得投资。如果通过金融机构把居民户全部储蓄都转化为厂商的投资,即储蓄等于投资,这个经济仍然可以运行下去。

(1) 总需求。总需求分为居民户的消费需求(C)与生产经营者的投资需求(I)两部分,即总需求=消费需求+投资需求。

如果总需求=消费+投资。可以写作 $AD = C + I$

(2) 总供给。总供给是全部产品与劳务供给的总和。产品与劳务是由各种生产要素生产出来的,所以,总供给是各种生产要素供给的总和,即劳动、资本、土地和企业家才能供给的总和。生产要素的供给可以用各种生产要素相应得到的收入总和来表示,即用工资、利息、地租和利润的总和来表示。工资、利息、地租和利润是居民户所得到的收入,这些收入分为消费(C)和储蓄(S)两部分。所以总供给=消费+储蓄。也就是 $AS = C + S$,总需求=总供给,或者 $C + I \equiv C + S$。两边同时消去 C,则可得 $I \equiv S$。两部门经济中的国民收入恒等关系是投资等于储蓄。

9.2.2 三部门经济中的收入流量循环模型与恒等关系

1. 三部门经济的含义

三部门经济是指由厂商、居民户与政府这三种经济单位组成的经济。在这种经济结构中,政府的经济职能是通过税收与政府支出来实现的。政府通过税收与政府支出和居民户及厂商发生经济联系。

2. 三部门经济中收入流量循环模型

三部门经济中收入流量循环关系示意图,如图9-3所示。

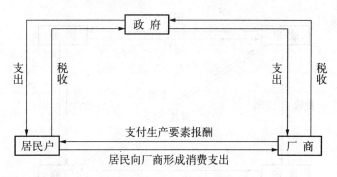

图 9-3 三部门经济中收入流量循环关系示意图

3. 三部门经济中的供求恒等关系

图 9-3 表明了三部门经济中的收入流量循环,即居民户、厂商与政府之间的经济关系。这时,经济要正常运行下去,不仅要储蓄等于投资,还要政府得自居民户与厂商的税收和向居民户与厂商的支出相等。

(1)总需求。在三部门经济中,总需求包括居民户的消费需求、厂商的投资需求和政府的需求。政府的需求可以用政府的支出(G)来表示,所以总需求=消费+投资+政府支出。可以写成 $AD = C + I + G$。

(2)总供给。三部门经济的总供给中,除了居民户供给的各种生产要素外,还有政府的供给。政府的供给是指政府为整个社会生产提供国防、立法和基础设施等"公共物品",政府由于提供了这些"公共物品",而得到相应的收入——税收(T)。所以,可以用政府税收来代表政府的供给。这样总供给=消费+储蓄+税收,就是 $AS = C + S + T$。

三部门经济中的总供给与总需求的恒等关系为 $AD \equiv AS$,或者 $I + G \equiv S + T$。

也就是,三部门经济中的国民收入计算恒等关系是投资加政府购买等于储蓄加税收。

9.2.3 四部门经济中的收入流量循环与恒等关系

1. 四部门经济的含义

四部门经济是指由厂商、居民户、政府和国外这四种经济单位所组成的经济。在这种经济中,国外的作用是作为国外生产要素的供给者,向国内各部门提供产品与劳务。对国内来说,这就是进口;作为国内产品与劳务的需求者,向国内进行购买,对国内来说,这就是出口。

2. 四部门经济中的收入流量循环模型

四部门经济中收入流量循环示意图,如图 9-4 所示。

图 9-4 表明了四部门经济中的收入流量循环关系,即居民户、厂商、政府与国外之间的经济联系。这时,经济要正常运行下去,不仅要储蓄等于投资,政府税收等于支出,而且还要所有的出口与所有的进口相等。

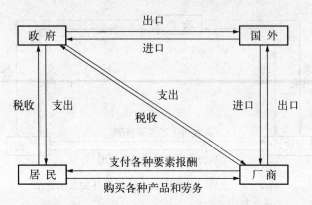

图 9-4　四部门经济中收入流量循环示意图

在四部门经济中,总需求不仅包括居民户的消费需求、厂商的投资需求与政府的需求,而且还包括国外的需求。国外的需求对国内来说就是出口,所以可以用出口来代表国外的需求。这样,总需求＝消费＋投资＋政府支出＋出口,如果以 X 代表出口,则上式可以写成 $AD = C + I + G + X$。

四部门经济的总供给中,除了居民户供给的各种生产要素和政府的供给外,还有国外的供给。国外的供给对国内来说就是进口,所以,可以用进口来代表国外的供给。这样,如果以 M 代表进口,则可以把上面的公式写成总供给＝消费＋储蓄＋政府税收＋进口,也就是 $AS = C + S + T + M$。

四部门经济中的总需求与总供给的恒等关系就是 $AD \equiv AS$,具体就是 $I + G + X \equiv S + T + M$。

【推荐阅读】

如何认识 GDP?

广州市统计局

十一届三中全会以后,我国实行了改革开放政策,从高度集中的计划经济体制逐步转向社会主义市场经济体制。为了适应这一经济体制重大变化,满足国家宏观经济管理的需要,我国国民经济核算制度方法也不断改革和完善。1985 年,我国开始引入西方发达市场经济国家的国民账户体系(SNA),随着 1993 年 SNA 体系的全面实施,传统的物质平衡表体系(MPS)逐步退出我国历史舞台。作为 SNA 体系的核心指标,"国内生产总值(GDP)"逐步取代了 MPS 体系中的"国民收入"。

一、什么是 GDP?

为了说明这一概念,我们先看在网络上流传甚广的一个所谓"GDP"的案例:

"有两个经济学研究生甲和乙,一天在路上走,发现一坨脏物。甲对乙说:你把它吃了,我给你5 000万。乙一听,这么容易就赚5 000万,于是就把脏物吃了。两人继续走,心里都有点不平衡,甲白白损失了5 000万,什么也没捞着。乙虽说赚了5 000万,但心里不踏实,这钱就真能拿得到? 这时又发现一坨脏物,乙对甲说:你把它吃了,我也给你5 000万。甲一想损失的5 000万能赚回来,于是也把脏物吃了。但两人越琢磨越觉得不对劲,两人什么也没有得到,凭什么一人吃一坨脏物? 于是就去请教教授。教授听了,无比兴奋地说:'你们做的事情很有意义,一下子就为咱们国家贡献了1个亿的GDP!'"

这1个亿是GDP吗?

如果真的这么容易就创造1个亿的GDP,那GDP作为衡量一个国家或地区的经济总量就毫无意义了。

那什么是GDP呢?

GDP是按市场价格计算的一个国家(或地区)所有常住单位在一定时期内生产活动的最终成果。

在GDP的概念中,关键是要理解GDP是"生产活动的最终成果"。这里的生产,包括所有的货物生产和无酬自我家庭服务以外的所有服务的生产。GDP是生产活动创造的,没有生产,就没有GDP。最终成果即人们最终用于消费和使用的产品(货物或服务)总量。

这里的常住单位是指在一个国家领土上(或地区区域内)有一定的经济活动场所、一定的经济活动规模、一定的经济活动时间(一般在一年以上)的经济单位。市场价格是市场上买卖双方认定的成交价格,GDP是以货币形式来衡量生产活动最终成果总量的。

而在上面案例中,两人没有进行生产活动,没有最终生产成果,因此也就没有创造任何的GDP。脏物当然不是他们的生产成果,吃脏物也不是什么服务,不存在脏物或吃脏物的市场价格,赌注不等同于市场价格。这里即便有收入,它也不是生产活动对应的初次分配收入,只是再分配转移收入,是不能算入GDP的。如在澳门的博彩业中,与GDP有关的并不是赌民们全部的转移收入,而仅仅是赌场提供的中介服务(属于生产活动)收入,上面案例中没有这样的中介服务。

二、GDP是怎样核算出来的?

为了更好地理解GDP,我们要了解GDP的核算方法。

GDP的核算方法有三种:生产法、收入法(分配法)、支出法。生产法和收入法是从GDP的生产角度来计算的,支出法是从GDP的使用角度来计算的。

(一) GDP是怎样"生产"的?

这里先说明一下增加值的概念:增加值是指常住单位在生产过程中创造的新增价值和固定资产转移价值。

如下图所示:

一个工厂要进行生产活动,必须首先要有固定资产(厂房、机器设备等)和生产者。生产时,要投入原材料、燃料动力等非固定资产货物以及各种服务价值,即中间投入,假设其价值为 100;通过工厂生产加工后,总产出的价值假设为 150,那么:

增加值 50＝总产出 150－中间投入 100;

GDP＝所有产业部门增加值之和。

这种计算 GDP 的方法就是生产法。

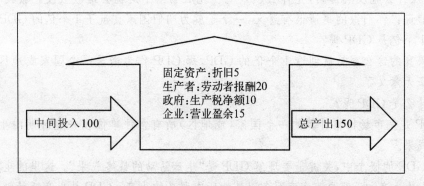

从收入形成角度看,超出中间投入的部分第一要补偿固定资产损耗(折旧),假设为 5;第二要支付生产者报酬(劳动者报酬),假设为 20;第三要交税(生产税净额),假设为 10;第四,剩余的 15,为企业的净利润(营业盈余):

增加值 50＝折旧 5＋劳动者报酬 20＋生产税净额 10＋营业盈余 15;

GDP＝所有产业部门增加值之和。

这种计算 GDP 的方法就是收入法,也叫分配法。这里涉及的收入全部都是初次分配的收入。

(二) GDP 是怎样"使用"的? 看下表:

最终产品(全部产品－中间产品)	最终成果(总产出－中间投入)
1. 消费	1. 最终消费支出
2. 投资 　　固定资产投资 　　库存增加	2. 资本形成总额 　　固定资本形成总额 　　存货增加
3. 出口(进口)	3. 净出口

一个国家生产活动的最终产品(最终成果的产品形态)生产出来以后,有三种流向:消费、投资、出口(进口),其货币形态表现为:最终消费支出、资本形成总额、净出口。

GDP＝最终消费支出＋资本形成总额＋净出口。

这种计算 GDP 的方法就是支出法。

从理论上说,GDP 的生产法、收入法、支出法三种核算方法的结果是一致的,但在实际核算中存在一定的统计误差。

三、为什么要算 GDP?

1929~1933 年,市场经济国家爆发了一场空前严重的经济危机,市场自动调节机制失灵。为"医治"自发的市场经济所谓的"市场失败",英国经济学家凯恩斯于 1936 年发表了《就业、利息和货币通论》,开出了强化国家干预经济的"药方",对主要的市场经济国家的经济政策产生重大影响,从而使西方经济学经历了一场"凯恩斯革命"。

为了适应国家干预经济的需要,必须对国民经济进行总量分析,20 世纪 40 年代,衡量国民经济总量的指标 GDP 就应运而生了。

GDP 正如卫星云图能够监测气象一样,能够提供经济状况的简明图像,及时反映国民经济的运行状况。有了 GDP 这个指标,政府的决策者就能判断经济是过冷还是过热,是萎缩还是膨胀,是需要刺激还是需要控制,要采取多大的政策力度。企业和居民也能根据 GDP 来判断经济形势,决定是否要扩大生产、投资和消费。没有像 GDP 这样的总量指标,决策者就会陷入杂乱无章的数字海洋而不知所措。

GDP 核算已经成为我国社会主义市场经济条件下国民经济管理部门了解经济运行状况的重要手段,以及制定经济发展战略、中长期规划、年度计划和各种宏观经济政策的重要依据。

美国第一个诺贝尔经济学奖得主、著名经济学家萨缪尔森在《经济学》一书中指出:"在 GNP(国民生产总值,与 GDP 一样都是用于说明经济总量的指标)这一概念发明之前,要对经济的状况做出评价将是困难的。尽管 GNP 并没有得到专利权,也没有在科技博物馆中展览,但它的确是 20 世纪最伟大的发明之一。离开了像 GNP 这样的经济总量指标,宏观经济学就会在杂乱无章的数据海洋中漂泊。GNP 数据有助于政策制定者掌握经济发展的正确航向。"

由于 GDP 的重要性,我国一些地区经济发展过于强调了 GDP 指标的内容,把 GDP 看成"一俊遮百丑"的硬指标,产生"GDP 崇拜",出现了 GDP 的认识误区。一些人把"以经济建设为中心"理解为"以 GDP 为中心",把"发展是硬道理"理解为"GDP 增长是硬道理",甚至有些地方为了攀比而出现 GDP 注水现象,结果引发了 GDP 的信任危机,把 GDP 的核算逼入尴尬的境地。但是,GDP 的信任危机并不降低 GDP 的重要性,正确认识 GDP、提高 GDP 的数据质量是当前统计工作中要解决的最重要的问题。

思考与练习

1. 选择题

1) GDP 核算中的劳务包括(   )。

A. 工人劳动　　　　B. 农民劳动　　　　C. 工程师劳动　　　　D. 保险业服务

2) 下列产品中,不属于中间产品的是(　　)。

A. 某造船厂购进的钢材　　　　　　　B. 某造船厂购进的厂房

C. 某面包店购进的面粉　　　　　　　D. 某服装厂购进的棉布

3) 下列行为中,不计入国内生产总值的是(　　)。

A. 雇用厨师烹制的晚餐　　　　　　　B. 购买一块土地

C. 购买一幅古画　　　　　　　　　　D. 修复一件文物

4) 已知某国的期初资本存量为 30 000 亿美元,它在该期生产了 8 000 亿美元的资本品,资本折旧为 6 000 亿美元,则该国当期的总投资与净投资分别为(　　)。

A. 22 000 亿美元和 24 000 亿美元　　B. 38 000 亿美元和 36 000 亿美元

C. 8 000 亿美元和 6 000 亿美元　　　D. 8 000 亿美元和 2 000 亿美元

5) 在一个四部门经济模型中,国内生产总值＝(　　)。

A. 消费＋净投资＋政府购买＋净出口　B. 消费＋总投资＋政府购买＋净出口

C. 消费＋净投资＋政府购买＋总出口　D. 消费＋总投资＋政府购买＋总出口

6) 下列各项中,属于要素收入的是(　　)。

A. 企业间接税　　　　　　　　　　　B. 政府的农产品补贴

C. 公司利润税　　　　　　　　　　　D. 政府企业盈余

7) 在统计中,社会保险税的变化将直接影响(　　)。

A. GNP　　　　　B. NNP　　　　　C. NI　　　　　D. PI

8) 已知个人可支配收入为 1 800 美元,个人所得税为 300 美元,利息支付总额为 100 美元,个人储蓄为 500 美元,个人消费为 1 200 美元,则个人收入为(　　)美元。

A. 2 000　　　　　B. 2 200　　　　　C. 2 100　　　　　D. 2 300

9) 只涉及私人部门的收入流量循环模型显示出(　　)。

A. 在居民和厂商之间的收入流量循环

B. 在政府和厂商之间的收入流量循环

C. 在居民、厂商和政府之间的收入流量循环

D. 在居民和政府之间的收入流量循环

10) 下列各项中,不属于总投资的是(　　)。

A. 商业建筑物和居民住宅　　　　　　B. 购买耐用品的支出

C. 商业存货的增加　　　　　　　　　D. 购买设备的支出

11) 在三部门经济模型中,居民储蓄等于(　　)。

A. 净投资　　　　　　　　　　　　　B. 总投资

C. 总投资－政府开支＋折旧　　　　　D. 净投资－政府储蓄

12) 已知在第一年名义国内生产总值为 500,如到第六年国内生产总值核算指数增加

1倍,实际产出上升40%,则第六年的名义国内生产总值为( )。

A. 2 000   B. 1 400   C. 1 000   D. 750

13) 最终产品包括( )。

A. 钢筋   B. 水泥   C. 钳子   D. 稻谷

2. 判断题

1) 农民生产并用于自己消费的粮食不应计入国内生产总值。 ( )

2) 在国民收入核算中,产出一定等于收入,但不一定等于支出。 ( )

3) 当我们测度一个特定时期所发生的事时,我们涉及的是一个流量。 ( )

4) 在进行国民收入核算时,政府为公务人员加薪,应视为政府购买。 ( )

5) 用收入法计算的国内生产总值中包括折旧,但折旧不属于要素收入。 ( )

6) 用支出法计算国内生产总值时的投资是净投资。 ( )

7) 从国民生产净值中扣除间接税、政府转移支出,再加上政府补助金就等于国民收入。 ( )

8) 住宅建筑是消费者的耐用品,在国民收入账户中,被作为消费者支出处理。 ( )

9) 在国民收入核算中所说的储蓄恒等于投资,是指计划的储蓄恒等于计划的投资。 ( )

10) 对一个国外净要素收入为负的国家而言,国内生产总值应小于国民生产总值。 ( )

11) 一般而言,公债利息和消费者个人之间的利息支付均不计入国民生产总值。 ( )

12) 国民生产总值总量增加时居民的平均生活水平相应提高。 ( )

13) 由耐用品的消费所提供的服务作为生产性活动计入当期的国民收入。 ( )

3. 简答题

1) 为什么西方宏观经济学原来用国民生产总值作为产量的主要测量值,而现在大多改用国内生产总值?

2) 试述国民生产总值、国内生产总值、国民生产净值、国民收入、个人收入和个人可支配收入之间的关系。

3) 试述名义国内生产总值和实际国内生产总值的区别,为什么估计一个国家的经济增长状况是通常使用实际国内生产总值?

4) 最终产品和中间产品能否根据产品的物质属性加以区别?

5) 能否说某公司生产的汽车多卖掉一些时比少卖掉一些时国内生产总值增加要多一些?

6) 假如某人不出租他的房子而是自己使用,这部分房租算不算国内生产总值?

7) 为什么住宅建筑支出不被看做是耐用品消费支出而看做是投资支出的一部分?

4. 技能题

1) 现有资料,如表9-7所示。

表9-7

资 料 表

生产阶段	产品价值	中间产品成本	增 值
小 麦	100	——	
面 粉	120		
面 包			30
合 计			

(1) 理解中间产品和最终产品的内涵,填写上面的表格。

(2) 最终产品面包的价值是多少?

(3) 如不区分中间产品和最终产品,按各个阶段的产值计算,总产值是多少?

(4) 各个生产阶段的增值和是多少?

(5) 重复计算,即中间产品的成本是多少?

2) 根据支出法的原理,填写表9-8。

表9-8

GDP 的构成(支出法)

国内生产总值	4 070
1. 私人消费支出	2 600
耐用品	360
非耐用品	
劳务	1 340
2. 私人国内总投资	
固定投资	640
存货投资	10
3. 政府购买支出	800
4. 净出口	20
出口	
进口	360

3) 假设某国生产五种产品，它们在 1990 年和 1992 年的产量和价格如表 9-9 所示。

表 9-9

1990 年和 1992 年的产量和价格

产　品	1990 年产量	1990 年价格（美元）	1992 年产量	1992 年价格（美元）
A	25	1.50	30	1.60
B	50	7.50	60	8.00
C	40	6.00	50	7.00
D	30	5.00	35	5.50
E	60	2.00	70	2.50

试计算：

（1）1990 年和 1992 年的名义国内生产总值分别是多少？

（2）如果以 1990 年作为基年，则 1992 年的实际国内生产总值是多少？

（3）计算 1990～1992 年的国内生产总值价格指数，1992 年价格比 1990 年价格上升了多少？

10　国民收入决定理论

【学习目标】

学习本章,掌握总需求决定理论、乘数理论和总需求与总供给如何决定国内生产总值和物价水平;理解消费函数理论、$IS-LM$ 模型、总需求曲线和短期总供给曲线的特征与原因;了解长期总供给曲线的特征。

【案例导入】

从《蜜蜂的寓言》看"节俭悖论"

18 世纪,荷兰的曼德维尔博士在《蜜蜂的寓言》一书中讲过一个有趣的故事。一群蜜蜂为了追求豪华的生活,大肆挥霍,结果这个蜂群很快兴旺发达起来。而后来,由于这群蜜蜂改变了习惯,放弃了奢侈的生活,崇尚节俭,结果却导致了整个蜜蜂社会的衰败。

蜜蜂的故事说的是"节俭的逻辑",在经济学上称为"节俭悖论"。众所周知,节俭是一种美德,既然是美德,为什么还会产生这个悖论呢?

宏观经济学的创始人凯恩斯对此给出了让人们信服的经济学解释。他认为,从微观上分析,某个家庭勤俭持家,减少浪费,增加储蓄,往往可以致富;但从宏观上分析,节俭对于经济增长并没有什么好处:公众节俭→社会总消费支出下降→社会商品总销量下降→厂商生产规模缩小、失业人口上升→国民收入下降、居民个人可支配收入下降→社会总消费支出下降……1931 年 1 月,他在广播中断言,节俭将促成贫困的"恶性循环",他还说"如果你们储蓄 5 先令,将会使一个人失业一天"。凯恩斯的解释后来发展成为凯恩斯定理,即需求会创造自己的供给,一个国家在一定条件下,可以通过刺激消费、拉动总需求来达到促进经济发展和提高国民收入的目的。

由于东南亚金融危机等因素的影响,我国经济发展从 1997 年开始步入困难时期,而与此同时,据全国商业信息中心对我国市场主要商品供求情况的分析结果显示,1997年下半年供过于求的商品占31.8%,2001年下半年则升至83%,2002年下半年达到88%,几乎没有供不应求的商品。在这种情况下,我国政府依据凯恩斯理论原理,通过各种途径来拉动和刺激内需,如增发国债以大兴基础设施建设,实施"黄金周"的节假日政策以刺激旅游业的发展等,事实证明,这些政策对于帮助我国走出困境和提高收入水平起到了很大的推动作用。

当然,我们必须要科学地看待"节俭悖论","节俭悖论"的产生是有其特定的时空条件的,只有在大量资源闲置、商品供过于求、社会有效需求不足或存在严重失业时,才有可能出现这种悖论所呈现的矛盾现象。2003年以来,我国频频发生油荒、电荒和煤荒等现象,在这种情况下,节俭不但不会产生悖论,反而是给我们带来更多的好处。

在宏观经济学中,市场按交易对象划分,可分为产品市场、货币市场、劳动市场和外汇市场等四种市场。本章首先撇开其他市场,仅仅分析产品市场上均衡国民收入的决定和变动,称为简单国民收入决定理论。然后将在产品市场收入决定的基础上,依次引进其他市场,更深入地探讨国民收入的决定。

10.1 简单的国民收入决定模型

在分析国民收入的决定之前,先区分潜在的国民收入与均衡的国民收入。潜在的国民收入又称充分就业的国民收入,是指经济中实现了充分就业时所能达到的国民收入水平。均衡的国民收入是指总需求与总供给达到平衡时的国民收入。

在进行国民收入均衡分析时,有三个前提条件:

第一,假定社会存在没有被利用的资源。当这些资源的利用率提高时,国民收入将会增加。也就是总需求不足导致社会资源的闲置,使得实际国民收入量小于充分就业国民收入量。

第二,假定影响国民收入的其他因素不变。国民收入的变化主要取决于总需求的变化,总需求增加时,对社会资源的利用率提高,国民收入将增加。

第三,假定价格水平保持不变。

10.1.1 消费函数和储蓄函数

在获得收入以后,我们时常会将收入的一部分消费,一部分储蓄。那么,储蓄和消费对整个经济运行有什么影响? 在经济运行的过程中,政府能有什么作用? 现在我们来分析这些问题。

1. 消费函数

消费是指居民对产品与劳务的需求或支出,包括耐用的消费品支出、非耐用消费品支出、住房租金,以及对劳务的支出。在其他条件不变的情况下,随着收入的增加,消费也会增加;随着收入的减少,消费也会减少。消费和收入之间的这种依存关系称为消费函数。如果以 C 表示消费,Y 表示收入,可用公式表示消费函数为:

$$C = f(Y)$$

为了说明消费函数的性质,通常需要定义平均消费倾向和边际消费倾向这两个概念。

平均消费倾向(average propensity to consume,简写为 APC)是指消费占收入的比重。公式表示为:

$$APC = \frac{C}{Y}$$

边际消费倾向(marginal propensity to consume,简写为 MPC)是指增加 1 单位收入所引起的消费的增加量。公式表示为:

$$MPC = \frac{\Delta C}{\Delta Y}$$

当消费和收入之间是线性关系时,可以将消费函数表示为消费函数为 $C = a + bY$,其中,a 为自发消费,是与收入无关的消费,人们维持最基本的生存需要而进行的消费,且 $a > 0$;bY 为引致消费,是与收入有关的消费,随收入的增加而增加;b 为边际消费倾向,大于 0 而小于 1。

消费函数 $C = a + bY$ 的经济含义是:消费等于自发消费加上引致消费。如果 $a = 200$,$b = 0.8$,则 $C = 200 + 0.8Y$,即收入每增加 1 单位,其中的 80% 就被用于消费,只要知道了收入 Y,就可以计算出消费者的全部消费量了。

图 10－1 为线性消费曲线图。在图中,横轴表示收入 Y,纵轴表示消费 C,45°线上任何一点都表示消费等于收入。$C = f(Y)$ 曲线是消费曲线,表示消费和收入之间的函数关系。E 点是消费曲线与 45°线的交点,表示此时的消费等于收入。位于消费曲线上 E 点左下方的点,如 A 点表示消费大于收入,而位于 E 点右上方的点,如 B 点则表示消费小于收入。消费曲线向右上方倾斜,表示消费随收入的增加而增加。OF 或 GY_B 为自

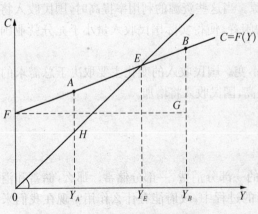

图 10－1　线性的消费曲线

发消费 a，BG 为引致消费 bY，BY_B 为消费总量即自发消费与引致消费之和。显然，消费曲线上某一段或某一点的斜率，就是边际消费倾向 b。

2. 储蓄函数

储蓄是指收入中未被消费的部分，因而它也取决于收入，是收入的函数。而且在其他条件不变时，随着收入的增加，储蓄会增加；随着收入的减少，储蓄也会减少。储蓄和收入之间的这种依存关系被称为储蓄函数，公式表示为：

$$S = f(Y)$$

平均储蓄倾向（average propensity to save，简写为 APS）是指储蓄占收入的比重。公式表示为：

$$APS = \frac{S}{Y}$$

边际储蓄倾向（marginal propensity to save，简写为 MPS）是指增加 1 单位收入所引起的储蓄的增加量。公式表示为：

$$MPS = \frac{\Delta S}{\Delta Y}$$

与消费函数一样，储蓄与收入的关系也可以用储蓄曲线表示，储蓄曲线包括线性的储蓄曲线与非线性的储蓄曲线。储蓄与收入存在线性关系的储蓄函数表示为：

$$S = -a + (1-b)Y$$

这是因为 $S = Y - C$，$C = a + bY$，

所以，

$$S = Y - C = Y - (a + bY) = -a + (1-b)Y$$

图 10 - 2 表示了线性的储蓄曲线。横轴表示收入，纵轴表示储蓄，储蓄曲线向右上方倾斜，表明储蓄随收入的增加而增加。OA 为 a，表示收入为 0 时储蓄的减少量，即储蓄是自发消费的来源。B 点是储蓄曲线与横轴的交点，表示收入为 OB 时全部的收入都用于消费，此时的储蓄为 0。位于储蓄曲线上横轴以上的点，如 C 点表示存在正储蓄；而位于储蓄曲线上横轴以下的点，如 D 点表示存在负储蓄。显然，储蓄曲线上任意一段弧或任一点的斜率，就是边际储蓄倾向。

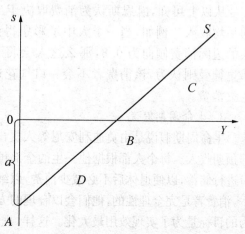

图 10 - 2　线性的储蓄曲线

3. 消费函数与储蓄函数的关系

由于全部的收入分为消费和储蓄,因此:第一,消费函数和储蓄函数互为补数,两者之和等于总收入,即 $C(Y)+S(Y)=Y$;第二,平均消费倾向(APC)与平均储蓄倾向(APS)的和为1;第三,边际消费倾向(MPC)与边际储蓄倾向(MPS)的和也为1。

10.1.2　几种常见的消费函数理论

1. 绝对收入假说

绝对收入假说是凯恩斯提出来的。其观点简单地说,就是人们的当前消费取决于其绝对收入水平。也就是说,在短期中,收入与消费是相关的,即消费取决于收入,消费与收入之间的关系就是消费倾向。

其主要观点是,实际消费支出是实际收入的稳定函数;收入是指现期绝对实际收入水平;边际消费倾向是正值,但小于1;边际消费倾向随收入增加而递减;边际消费倾向小于平均消费倾向。概括起来,绝对收入假说的中心是消费取决于绝对收入水平及边际消费倾向递减。例如,我们在某一年的收入高一些,往往消费也多一些。

2. 持久收入假说

持久收入假说是弗里德曼(Friedman)提出的。其主要观点是,当前消费取决于持久收入水平。他认为,一个人的收入可分为持久性收入和暂时性收入。持久性收入是稳定的、正常的收入;暂时性的收入则是不稳定的、意外的收入,如彩票收入和加班收入。弗里德曼认为,决定人们消费支出的是他们持久的长期的收入,而不是短期的可支配收入。也就是说,消费主要并不取决于现期收入,而更多地取决于其一生的总收入,即收入高的年份与收入低的年份的平均数。例如,消费者在收入高的年份往往储蓄一部分收入,以便用于收入低的年份。

从以上可知,凯恩斯认为消费取决于当年的收入;弗里德曼认为消费取决于一生的平均收入。例如,当一个人中了彩票得到100万元时,按照凯恩斯的观点,如果这人的边际消费倾向为0.8,那么这人会将80万元花掉,如买一套房子或者轿车。而弗里德曼则认为,该消费者不会一口气花这么多钱,而是将这部分额外收入分散于一生去消费。

3. 生命周期假说

生命周期假说是由莫迪利安尼等人提出。其观点简单地说,就是当前消费取决于全部预期收入。每个人都根据他一生的全部预期收入来安排他的消费支出。他会在工作年份进行储蓄,以便退休后不必减少消费,以维持原有生活水平。这一假说有两个前提:第一,消费者是完全理性的,他们会以合理的方式使用自己的收入进行消费;第二,消费者行为的目标是为了实现效用最大化。这样,理性的消费者会根据效用最大化的原则使用一生的收入,合理地安排一生的消费和储蓄,使一生的收入等于消费。

10.1.3　均衡国民收入的决定

1. 两部门经济中均衡国民收入的决定

两部门经济是指一个只有企业和居民两个部门的简单社会。在没有政府部门的封闭经济中,当计划支出等于计划收入时,经济处于均衡状态。其社会总支出由两个部分构成,即消费支出(C)和投资支出(I);其总收入最终分解成两个部分,即储蓄(S)和消费(C),由此,可以得到两部门经济中的总需求与总供给的构成:

$$总支出 = 总需求(AD) = 消费(C) + 投资(I)$$

$$总收入 = 总供给(AS) = 消费(C) + 储蓄(S)$$

由此可得的国民收入均衡的条件是:$C + I = C + S$。

如果社会的总收入为Y,则经济的均衡条件可以表示为:$Y = C + I$

其中消费函数为:$C = a + bY$

为了简单起见,假定计划投资为自主投资,用I_0表示。

此时,均衡国民收入决定模型如下:

$$\begin{cases} Y = AD \\ AD = C + I \\ C = a + bY \\ I = I_0 \end{cases}$$

解联立方程组,可得均衡国民收入:

$$Y = \frac{a + I_0}{1 - b}$$

根据上式,如果已知消费函数与投资,便可求出均衡的国民收入。

例如,消费函数为$C = 600 + 0.8Y$,自发投资为200亿美元,则均衡收入:

$$Y = \frac{600 + 200}{1 - 0.8} = 4\,000$$

两部门经济中均衡国民收入的决定,如表10-1所示。

表10-1

两部门经济中均衡国民收入的决定

(1) 收入 Y	(2) 消费 C	(3) 储蓄 S	(4) 投资 I
1 000	1 400	−400	200
2 000	2 200	−200	200
3 000	3 000	0	200

（续表）

（1）收入 Y	（2）消费 C	（3）储蓄 S	（4）投资 I
4 000	3 800	200	200
5 000	4 600	400	200
6 000	5 400	600	200
7 000	6 200	800	200

　　表 10-1 说明了消费函数 $C=600+0.8Y$ 和自发投资为 200 亿美元时的均衡收入决定情况。数据表明，$Y=4\,000$ 亿美元时，$C=3\,800$ 亿美元，$I=200$ 亿美元，$Y=C+I=3\,800+200=4\,000$ 亿美元，说明 4 000 亿美元是均衡收入。在 $Y<4\,000$ 亿美元时，C 与 I 之和都大于相应的总供给，这意味着企业的产量小于市场需求。于是，企业增加雇佣工人的数量，增加生产，使均衡收入增加。相反，$Y>4\,000$ 亿美元时，C 与 I 之和都小于相应的总供给，这意味着企业的产量比市场需求多，产生了存货投资，这会迫使企业解雇一部分工人，减少生产，使均衡收入减少。两种不同情况变化的结果都是产量正好等于需求量，即总供求相等，收入达到均衡水平。

　　2. 三部门经济中的均衡国民收入决定

　　三部门经济包括企业、居民和政府三个经济部门，与两部门经济相比，其总支出除了消费和投资外，多了一个政府的购买支出 G，其总收入除了消费和投资外，还包括政府的税收收入 T，因此，三部门经济的总供求构成如下：

$$总支出 = 总需求（AD）= 消费（C）+ 投资（I）+ 政府购买（G）$$
$$总收入 = 总供给（AS）= 消费（C）+ 储蓄（S）+ 税收（T）$$

　　由此可得的国民收入均衡的条件是 $C+I+G=C+S+T$。

　　在三部门经济中，政府是一个重要的组成部分，其行为对于均衡国民收入的决定产生了重要的影响。政府的行为包括征税、购买支出和转移支出，在这种情况下，决定人们消费支出的收入不再是总收入，而是可支配收入，可支配收入是人们的税后收入再加上政府的转移支付，令 Y_D 为可配收入，T 为税收，G 为政府购买，TR 为转移支付，可得：

$$Y_D = Y - T + TR$$

　　消费函数由此可以写成：

$$C = a + bY_D = a + b(Y - T + TR)$$

　　再假定政府税收是固定税收，投资、政府购买支出和转移支付均为常量，此时由总需求和消费函数可求得均衡的国民收入：

$$\begin{cases} Y = AD \\ AD = C + I + G \\ C = a + bY_D \\ Y_D = Y - T + TR \\ I = I_0 \\ G = C_0 \\ T = T_0 \\ TR = TR_0 \end{cases} \Rightarrow Y = \frac{1}{1-b}(a - bT_0 + bTR_0 + I_0 + G_0)$$

从上式中不难看出,投资和政府购买增加将导致均衡收入增加,而税收增加将导致均衡收入减少。需要注意,税收的作用是间接的,税收增加先导致可支配收入减少,再导致消费减少,进而导致均衡收入减少。

3. 四部门经济中的均衡国民收入决定

在一个对外开放的经济体系中,除了企业、居民和政府等经济部门外,还增加了外国的企业、居民和政府,宏观经济学中统称为国外。与三部门经济相比,四部门经济中的总需求中增加了出口(X),总供给中则增加了进口(M),其中出口是国外对本国商品的需求,一般视为外生变量,而进口则是本国对国外商品的需求,随着收入的变动而变动,一般写作 $M = M_0 + mY$,其中 M_0 是自发进口,与国民收入变动无关,m 是进口率($0 < m < 1$),Y 是国民收入,M 是进口。

由此,可以得到四部门经济中的总需求与总供给的构成:

总支出 = 总需求(AD)= 消费(C)+ 投资(I)+ 政府购买(G)+ 出口(X)

总收入 = 总供给(AS)= 消费(C)+ 储蓄(S)+ 税收(T)+ 进口(M)

国民收入均衡的条件是:$C + I + G + X = C + S + T + M$,也可写成 $C + I + G + X - M = C + S + T$

这样,可以得到四部门经济中均衡国民收入的决定模型:

$$\begin{cases} Y = AD \\ AD = C + I + G + X - M \\ C = a + bY_D \\ Y_D = Y - T + TR \\ I = I_0 \\ G = G_0 \\ X = X_0 \\ M = M + mY \\ T = T_0 \\ TR = TR_0 \end{cases} \Rightarrow Y = \frac{1}{1-b+m}(a - bT_0 + bTR_0 + I_0 + G_0 + X_0 - M_0)$$

这是四部门经济中完整的国民收入决定模型,通过这个模型可以看出,消费、投资、政府行为和进出口都通过不同的方式对均衡的国民收入产生着不同的影响。

10.1.4　乘数理论

从以上分析可以看出,总支出的增加会引起国民收入的增加,怎样才能知道增加一定量的总支出会使国民收入增加多少,即总支出增加与国民收入增加之间的数量关系如何呢? 下面我们通过乘数理论来解决这个问题。投资增加会导致国民收入成倍增加,如图10-3所示。

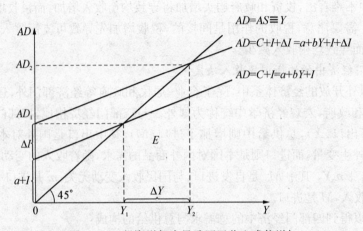

图 10-3　投资增加会导致国民收入成倍增加

1. 投资乘数

(1)投资增加会导致国民收入成倍增加。假设总供给是充足的,那么,决定均衡国民收入为多少的主要是总需求 AD。如果投资增加会导致均衡国民收入增加,到底增加多少呢? 从图 10-3 中可知,当增加投资 ΔI 后,相应的均衡收入由 Y_1 增加至 Y_2。

(2)投资乘数的含义及其例子。投资乘数就是收入的变化量与带来收入变化量的投资变化量的比率。如果用 K 表示投资乘数,用 ΔY 表示收入的增量,用 ΔI 表示投资的增量,则投资乘数的公式可表达为:

$$K = \frac{\Delta Y}{\Delta I}$$

由于收入与投资是同方向变动关系,故 $K > 0$,即投资乘数为正数。

投资乘数产生的主要根源在于社会经济各部门之间的相互关联性。当某一个部门投资增加,不仅会使本部门收入增加,而且会使其他部门发生连锁反应,从而导致这些部门投资与收入也增加,最终使国民收入的增加量是最初自发投资增加量的数倍。同理,当投资减少时,国民收入也成倍减少。

举例说明,

假设 A, B, C, D, …企业存在于社会经济各部门中当 A 企业投资增加,不仅会使本企业收入增加,而且会使其他部门企业发生连锁反应,导致这些企业投资与收入增加,如图 10-4 所示。

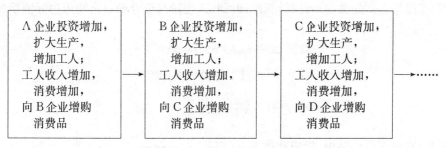

图 10-4　投资乘数的作用

假设,A 企业投资增加 100 万元,社会的边际消费倾向为 50%,根据投资乘数原理,各企业间将会发生如下连锁反应如图 10-5 所示。则:

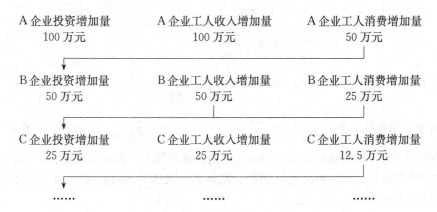

图 10-5　投资乘数案例图解

这种连锁反应直至最后企业的收入、投资和消费倾向于 0,此时:

$$\Delta Y = 100 + 100 \times 50\% + 100 \times 50\%^2 + 100 \times 50\%^3 + \cdots + 100 \times 50\%^n =$$

$$100(1 + 50\% + 50\%^2 + 50\%^3 + \cdots + 50\%^n) =$$

$$100 \times \frac{1}{1 - 50\%} =$$

$$200(万元)$$

同理,当投资减少 100 万元时,国民收入减少 200 万元。这就是乘数的反作用,因此经济学家形象地把乘数称为一把"双刃的剑"。

　　乘数发挥作用是有一定前提条件的。总的来说,就是资源没有得到充分利用,否则乘数就会相应地缩小。也就是说,在各个轮次上产出出现梗阻,则乘数的大小会减小,梗阻的程度越严重,乘数相应就越小。

　　(3) 投资乘数的计算。现分述如下

　　第一,根据上例的数据,可以计算出国民收入增量与投资增量之间用边际消费倾向表示的倍数关系:

$$\Delta Y = \Delta I \mid b\Delta I \mid b\Delta I_2 \mid b\Delta I^3 \mid \cdots$$

$$\Delta Y = \Delta I \times (1 + b + b^2 + b^3 + \cdots)$$

$$\Delta Y = \Delta I \times \left(\frac{1}{1-b}\right)$$

　　可见,在两部门经济中,投资乘数 $K = \dfrac{\Delta Y}{\Delta I} = \dfrac{1}{1-b}$。

　　第二,利用均衡条件和乘数的含义进行分析:

$$AD = C + I = a + bY + I = Y$$

$$(1-b)Y = a + I$$

$$Y = \frac{a+I}{1-b}$$

也可得到:　　　　　投资乘数$(K) = \dfrac{\Delta Y}{\Delta I} = \dfrac{dY}{dI} = \dfrac{1}{1-b}$

　　从投资乘数的计算公式: $K = \dfrac{\Delta Y}{\Delta I} = \dfrac{1}{1-b} = \dfrac{1}{1-MPC} = \dfrac{1}{MPS}$ 来看,乘数大小与边际消费倾向(边际储蓄倾向)有关,边际消费倾向越大或者说边际储蓄倾向越小,乘数就越大,投资增加带来的国民收入增量也就越大。又因为边际消费倾向是小于 1 大于 0 的,所以投资乘数是大于 1 的。

　　2. 其他乘数

　　类似于投资乘数,还可以建立政府购买乘数、消费支出乘数、税收乘数和平衡预算乘数等重要乘数。

　　(1) 政府购买乘数。政府购买乘数是指由政府购买变动引起的收入增加量与政府购买支出的增加量之间的比率,其数值也等于边际储蓄倾向的倒数。如果政府购买的变动量为 ΔG,国民收入变动量 ΔY 为:

$$\Delta Y = \frac{\Delta G}{1-b}$$

　　令　　　　　　　　　　　　$$K_G = \frac{\Delta Y}{\Delta G}$$

则
$$K_G = \frac{1}{1-b}$$

这一结论就是政府购买乘数定理,而 K_G 称为政府购买乘数。

(2)税收乘数。税收乘数是指税收变动引起的收入改变量与税收改变量之间的比率。假定政府税收增加 ΔT,而家庭部门的边际消费倾向为 b,则由此引起的国民收入的改变量为:

$$\Delta Y = \frac{-b\Delta T}{1-b}$$

令
$$K_T = \frac{\Delta Y}{\Delta T}$$

则税收乘数
$$K_T = \frac{-b}{1-b}$$

3. 乘数发挥作用的条件

应该说明,与投资乘数一样,政府购买乘数、税收乘数和平衡预算乘数的作用也都是双向的。此外,这些乘数只能在一定的条件下才能发挥作用,只有在社会上各种资源没有得到充分利用时,总支出增加使各种资源得到充分利用,才会产生乘数作用。如果社会上各种资源已经得到充分利用了,或某些关键部门存在着制约其他资源利用的障碍,乘数就无法发挥作用。

以上在分析总需求对国民收入的影响时,假定利率保持不变,没有考虑总供给的影响,只适用于短期的宏观经济分析。这种分析是有一定的局限性的。

10.2　IS-LM 模型

上一节中简单国民收入模型是在假设宏观经济中只存在产品市场而没有货币市场的前提条件下得到的,正如前文所述,现实经济中,产品市场和货币市场同时对国民收入决定产生影响,本节要介绍的是一个将产品市场和货币市场联系起来讨论国民收入决定的模型,简称为 IS-LM 模型。

10.2.1　IS 曲线

1. 投资函数与利率

IS 曲线是指产品市场均衡时,利率和国民收入组合的轨迹。IS 曲线描述的是产品市场的均衡,产品市场中的投资支出是总需求的重要构成部分,在有了货币市场的宏观经济体系中,投资支出受利率水平高低的影响,当利率水平上升时,投资支出下降,而利率水平下降时,投资支出上升,即投资支出和利率水平呈反向变动。

在 IS 曲线中,利率不同于通常所说的利率。第一,这里的利率是指实际利率,而不是

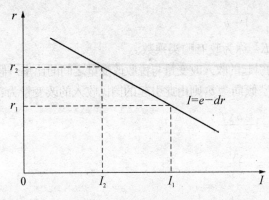

图 10-6 投资曲线移动引起变化

名义利率,所谓实际利率,是指名义利率扣除通货膨胀率以后的利率水平。第二,这里的利率不是指某一种具体的利率,如半年期储蓄存款利率或 1 年期贷款利率等等,而是指市场利率,即针对某一时期,在整个货币市场上,当货币需求和货币供给相等时的利率。假定投资函数是个线性方程,则有

$$I = I(r) = e - d \cdot r$$

投资曲线移动引起变化,如图 10-6 所示。

式中:I——私人投资支出;

　　　r——利率;

　　　e——自发投资,即利率为零时的投资支出;

　　　d——投资支出的利率弹性,即当利率变化 1 单位时投资的变化量,这里的 d 为正值。

投资函数也可以用几何图形来说明,在图 10-6 中,纵轴代表利率,横轴代表投资支出,投资曲线是一条向右下方倾斜的曲线,当利率为 r_1 时,投资支出是 I_1;当利率为 r_2 时,投资支出为 I_2,投资与利率成反方向变动。

2. IS 曲线的推导

上一节分析两部门经济的消费与均衡国民收入的决定时,曾得到均衡收入公式:

$$Y = \frac{a + I}{1 - b}$$

又因为

$$I = e - dr$$

将 $I = e - dr$ 式代入 $Y = \dfrac{a + I}{1 - b}$ 式中,均衡收入公式就变为:

$$Y = \frac{a + e - dr}{1 - b}$$

上式表明均衡的国民收入与利率之间存在反方向变动关系。

下面用例子来说明。本例中的单位为亿美元。假设投资函数 $I = 1250 - 250r$,消费函数 $C = 500 + 0.5Y$,相应的储蓄函数 $S = -a + (1-b)Y = -500 + (1-0.5)Y = -500 + 0.5Y$,根据 $Y = \dfrac{a + e - dr}{1 - b}$ 式可得:

$$Y = \frac{a+e-dr}{1-b} = \frac{500+1\,250-250r}{1-0.5} = 3\,500-500r$$

当 $r=1$ 时, $Y=3\,000$

当 $r=2$ 时, $Y=2\,500$

当 $r=3$ 时, $Y=2\,000$

当 $r=4$ 时, $Y=1\,500$

当 $r=5$ 时, $Y=1\,000$

……

由此得到一条 IS 曲线,如图 10 - 7 所示。

图 10 - 7 中横轴代表收入,纵轴代表利率,向右下方倾斜的曲线就是 IS 曲线。IS 曲线是表示在投资与储蓄相

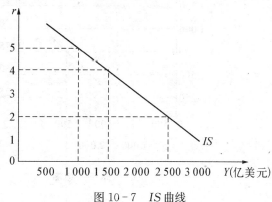

图 10 - 7　IS 曲线

等的产品市场均衡条件下,利率与收入组合点的轨迹。IS 曲线上任何一点都代表一定的利率与收入的组合,在任何一个组合点上,投资与储蓄都相等,即产品市场是均衡的,故把这条曲线称为 IS 曲线。

IS 曲线是从表示投资与利率关系的投资函数、储蓄与收入关系的储蓄函数以及使投资与储蓄相等的关系中推导出来的。IS 曲线的推导,如图 10 - 8 所示。

(a)图中,横轴表示投资,纵轴表示利率,投资曲线表示投资是利率的减函数,该曲线是根据上例中的投资函数 $I = 1\,250 - 250r$ 画出来的。

(b)图中,横轴表示投资,纵轴表示储蓄,从原点出发的倾角为 45°的直线上任何一点,都表示投资与储蓄相等。

(c)图中,横轴表示收入,纵轴表示储蓄,储蓄曲线表示储蓄是国民收入的增函数,该曲线是根据上例中的储蓄函数 $S = -500 + 0.5Y$ 画出来的,比如,(a)图中的 $r=3$ 时, $I=500$;

(b)图中由于 $S=I$,储蓄 S 也就等于 500;在(c)图中,由储蓄函数 $S = -500 + 0.5Y$ 可知,与 500 储蓄相对应的收入应当是 2\,000。当然,如果利率 r 上升到 4,投资就减少到 250,储蓄也是 250,均衡收入就减少到 1\,500。

(d)图中,横轴表示收入,纵轴表示利率。当利率为 3 时,收入为 2\,000;利率为 4 时,收入为 1\,500;利率为 5 时,收入为 1\,000,等等。每一利率下的收入,都是通过投资函数、$S=I$、储蓄函数之间的关系得到的。将均衡利率与均衡收入的众多数量组合点连接起来,就得到了 IS 曲线。由于 IS 曲线代数式 $Y = \frac{a+e-dr}{1-b}$ 表明收入是利率的减函数,IS 曲线也就向右下方倾斜。

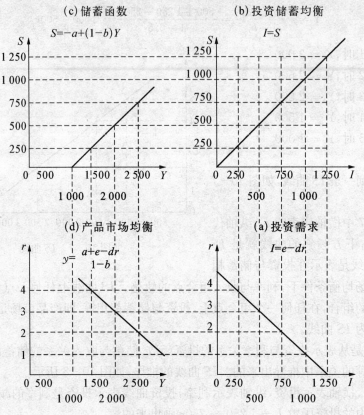

图 10-8　IS 曲线的推导

3. IS 曲线的移动

不论从公式推导还是从几何推导的过程来看,投资函数与储蓄函数的变动都会使 IS 曲线发生移动。

(1) 投资变动的影响。无论自发投资的变动,还是引致投资的变动,都会使得投资需求发生变化。如果投资需求增加,会使得收入增多,IS 曲线就会向右移动(见图 10-9)。IS 曲线向右移动的幅度等于投资乘数与投资增量之积。相反,如果投资需求减少,收入会减少,IS 曲线就向左移动,移动幅度为投资乘数与投资增量之积。

(2) 储蓄变动的影响。如果储蓄增加,表明消费减少,会使收入减少,IS 曲线就向左移动,移动幅度为投资乘数与储蓄增量之积。反之,储蓄减少,IS 曲线就向右移动,如图 10-10 所示。

(3) 政府购买支出变动的影响。政府购买支出最终是要转化为消费与投资的。政府购买支出增加,会使消费与投资增加,进而增多国民收入,因此,IS 曲线就向右移动,移动幅度为政府购买支出乘数与政府购买支出增量之积,即移动幅度 $\Delta Y = K_G \cdot \Delta G$。反之,政

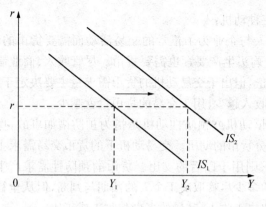

图 10-9 IS 曲线的移动

同样的利率条件下,投资增加,IS 曲线向右上方平行移动

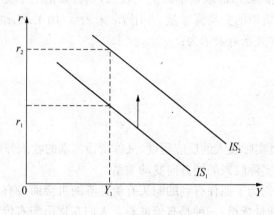

相同的国民收入水平下,储蓄下降,IS 曲线向右上方平行移动

图 10-10 IS 曲线的移动

府购买支出减少,IS 曲线就向左移动。

(4) 税收变动的影响。政府增加税收,会使消费与投资减少,从而使收入减少,IS 曲线就向左移动,移动幅度为税收乘数与税收增量之积,即移动幅度 $\Delta Y = -k_T \cdot \Delta T$。税收减少,IS 曲线则向右移动。

10.2.2 LM 曲线

LM 曲线是描述货币市场达到均衡时,利率与收入之间关系的曲线。LM 曲线描述的是货币市场的均衡,而货币市场均衡与否,关键在于货币的供给与需求之间的对比。一般来说,货币的实际供给量(用 M 表示)由国家加以控制,可以看做一个外生变量,因此,货币需求是 LM 曲线分析重点。

1. 货币的需求动机

货币的需求是指个人与企业在不同条件下出于各种考虑而产生的对货币的需要。凯

恩斯认为,个人与企业需要货币出于三种动机:

一是交易动机。交易动机是指个人与企业为了正常的交易活动而需要货币的动机。比如,个人购买消费品需要货币,企业购买生产要素也需要货币。尽管收入、商业制度和交易惯例等都影响着交易所需的货币量,但出于交易动机的货币需求量主要决定于收入,收入越多,用于交易的货币量就越多;收入越少,用于交易的货币量就越少。

二是谨慎动机或预防性动机。谨慎动机或预防性动机是指为预防诸如事故、疾病和失业等意外开支而需要事先持有一部分货币的动机。交易动机下的货币交易需求主要用于即时支出,预防性动机下的货币需求则用于以后的支出。货币的预防性需求产生于个人今后收入与支出的不确定性,其量的多少尽管取决于个人的预期与判断,但从全社会来看,出于预防性动机的货币需求仍然取决于收入,其量的多少与收入成正比。

由于出于交易动机与预防性动机的货币需求量都取决于收入,则可以把出于交易动机与预防性动机的货币需求量统称为货币的交易需求量,并用 L_1 来表示,用 Y 表示实际收入,那么货币的交易需求量与收入的关系可表示为:

$$L_1 = f(Y)$$

具体表达式为:

$$L_1 = kY$$

式中: k ——货币的交易需求量对实际收入的反应程度,又称货币需求的收入弹性。

上式反映出货币的交易需求量与实际收入的同方向变动关系。

三是投机动机。投机动机是指人们为了抓住有利的购买有价证券的机会而持有货币的动机。假定财富的形式有两种,一种是货币,一种是有价证券。人们在货币与有价证券之间进行选择以确定保留财富的形式。对货币与有价证券进行选择,就是利用利率与有价证券价格的变化进行投机。有价证券的价格与有价证券的收益成正比,与利率成反比,即

$$有价证券的价格 = \frac{有价证券收益}{利率}$$

可见,有价证券的价格会随着利率的变化而变化,人们对有价证券和货币的选择也就随利率的变化而变化。市场利率越高,则意味着有价证券的价格越低,当预计有价证券的价格不会再降低而是要上升时,人们就会抓住有利的机会,用货币低价买进有价证券,以便今后证券价格升高后高价卖出,于是,人们手中出于投机动机而持有的货币量就会减少。相反,市场利率越低,则意味着有价证券的价格越高,当预计有价证券的价格再也不会上升而将要下降时,人们就会抓住时机将手中的有价证券卖出,于是,人们手中出于投机动机而持有的货币量就会增加。由此可见,对货币的投机需求取决于利率,其需求量与利率成反比。

如果用 L_2 表示货币的投机需求,用 r 表示利率,则货币的投机需求与利率的关系可表示为:

$$L_2 = f(r)$$

具体表达式为:

$$L_2 = -hr$$

式中:h——货币的投机需求量对实际利率的反应程度,称为货币需求的利率弹性。
上式反映出货币的投机需求量与实际利率的反方向变动关系。

2. 货币的需求函数

由于出于交易动机与预防性动机的货币需求量都取决于收入,则可以把出于交易动机与预防性动机的货币需求量统称为货币的交易需求量,并用 L_1 来表示,用 Y 表示实际收入,那么,货币的交易需求量与收入的关系可表示为:

$$L_1 = f(Y)$$

具体表达式为:

$$L_1 = kY$$

式中:k——货币的交易需求量对实际收入的反应程度,称为货币需求的收入弹性。
上式反映出货币的交易需求量与实际收入的同方向变动关系。

如果用 L_2 表示货币的投机需求,用 r 表示利率,则货币的投机需求与利率的关系可表示为:

$$L_2 = f(r)$$

具体表达式为:

$$L_2 = -hr$$

式中:h——货币的投机需求量对实际利率的反应程度,称为货币需求的利率弹性。
上式反映出货币的投机需求量与实际利率的反方向变动关系。

对货币的总需求就是对货币的交易需求与对货币的投机需求之和,因此,货币的需求函数 L 就表示为:

$$L = L_1 + L_2 = kY - hr$$

3. 均衡利率的决定

货币供给是一个存量概念,是指一个经济社会在某一时点上所保持的不属于政府与银行的硬币、纸币与银行活期存款的总和。由于货币供给量是一个国家或中央银行来调节的,因而是一个外生变量,其多少与利率无关,因此,货币供给曲线是一条垂直于横轴的直线。货币的供给与需求决定利率(见图 10-11),作为垂线的货币供给曲线 m 与向右下

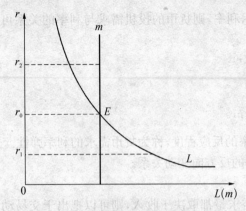

图 10 - 11　均衡利率的决定与形成

方倾斜的货币需求曲线 L 在 E 点相交,交点 E 决定了利率的均衡水平 r_0,它表示,只有当货币需求与货币供给相等时,货币市场才达到了均衡状态。因而,均衡利率就是货币供给数量与需求数量相等时的利率。

货币市场的调节,会使货币供求关系发生变化,从而形成均衡利率。图 10 - 11 说明了均衡利率的形成。如果市场利率 r_1 低于均衡利率 r_0,说明货币需求大于货币供给,人们感到手持货币量少,此时,人们就会售出手中的有价证券。随着证券供给量的增加,证券价格就会下降,利率相应就会上升,货币需求也会逐步减少。货币需求的减少、证券价格的下降与利率的上升一直持续到货币供求相等、均衡利率 r_0 的形成为止。反之,如果市场利率 r_2 高于均衡利率 r_0,说明货币需求小于货币供给,人们认为手持货币量太多,此时,人们就会利用手中多余的货币购买有价证券。随着证券需求量的增加,证券价格就会上升,利率也就会下降,货币需求会逐步增加。货币需求的增加、证券价格的上升与利率的下降会一直持续到货币供求相等、形成均衡利率 r_0 为止。只有当货币供求相等时,利率才会相对静止不变。

4. *LM* 曲线的概念与推导

货币供给用 m 表示,货币需求为 $L = L_1 + L_2 = kY - hr$,则货币市场的均衡条件就是 $m = L$,即

$$m = kY - hr$$

从上式中可知,m 一定时,L_1 与 L_2 是此消彼长的关系。货币的交易需求 L_1 随收入的增加而增加,货币的投机需求 L_2 随利率的上升而减少。因此,国民收入的增加使货币的交易需求增加时,利率必须相应提高,从而使货币的投机需求减少,货币市场才能保持均衡。相反,收入减少时,利率须相应下降,以使货币市场均衡。

表示货币市场均衡条件的还可写为:

$$Y = \frac{h}{k}r + \frac{m}{k}$$

或者

$$r = \frac{k}{h}Y - \frac{m}{h}$$

下面用例子来说明货币市场的均衡。

假定货币的交易需求函数 $L_1 = m_1 = 0.5Y$,货币的投机需求函数 $L_2 = m_2 = 1000 - 250r$,货币供给量 $m = 1250$(例子中的单位为亿美元)。货币市场均衡时,$m = L = L_1 +$

L_2，即：

$$1\,250 = 0.5Y + 1\,000 - 250r,$$

整理得：$Y = 500 + 500r$

当 $r = 1$ 时，$Y = 1\,000$

当 $r = 2$ 时，$Y = 1\,500$

当 $r = 3$ 时，$Y = 2\,000$

当 $r = 4$ 时，$Y = 2\,500$

当 $r = 5$ 时，$Y = 3\,000$

……

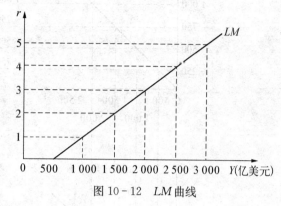

图 10 - 12　　LM 曲线

用图 10 - 12 表现 LM 曲线。图中的横轴代表收入，纵轴代表利率，向右上方倾斜的曲线就是 LM 曲线。LM 曲线是表示货币供给与货币需求相等的货币市场均衡条件下，利率与收入组合点的轨迹。从图中可以看到，LM 曲线上任何一点都代表一定的利率与收入的组合，在任何一个组合点上，货币供给与货币需求都相等，即货币市场是均衡的，故把这条曲线称为 LM 曲线。

LM 曲线是从表示货币交易需求与收入关系的交易需求函数、货币投机需求与利率关系的投机需求函数以及使货币供求相等的关系中推导出来的。LM 曲线的推导，如图 10 - 13 所示。

（a）图中，横轴表示货币投机需求 m_2，纵轴表示利率，向右下方倾斜的曲线是货币的投机需求曲线。可以由已知的货币投机需求函数 $L_2 = m_2 = 1\,000 - 250r$ 得到用于投机的货币供给量。比如，$r = 2$ 时，$m_2 = 500$；$r = 3$ 时，$m_2 = 250$，等等，根据利率 r 与货币投机需求量的关系，画出货币投机需求曲线 m_2。

（b）图中，横轴表示货币投机需求 m_2，纵轴表示货币交易需求 m_1。由于 $m = m_2 + m_1$，所以 $m_1 = m - m_2$。因为货币供给总量 m 与用于货币投机需求的货币供给 m_2 为已知，故可求出货币交易需求 m_1。比如，$m_2 = 750$ 时，$m_1 = 500$。据此可以画出向右下方倾斜、表示货币交易需求与货币投机需求反方向变动的货币交易需求曲线。

（c）图中，横轴表示收入，纵轴表示货币交易需求 m_1。由已知的货币交易需求 $m_1 = 0.5y$，可得收入量。比如，$m_1 = 1\,000$ 时，收入就相应等于 $2\,000$；$m_1 = 500$ 时，收入就相应等于 $1\,000$ 等等。货币交易需求曲线向右上方倾斜，表明收入与货币交易需求的同方向变动关系。

（d）图中，横轴表示收入，纵轴表示利率。当利率为 3 时，收入为 $2\,000$；利率为 2 时，收入为 $1\,500$ 等等。每一利率下的收入，都是通过货币供求相等的关系而得到的。将货币市场均衡条件下得到的利率与收入的众多数量组合点连接起来，就得到了 LM 曲线。

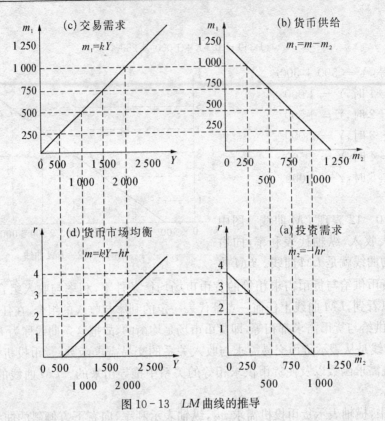

图 10-13　LM 曲线的推导

LM 曲线向右上方倾斜,这与 $Y = \dfrac{h}{k}r + \dfrac{m}{k}$ 表示的收入是利率的增函数是一致的。

5. LM 曲线的移动

根据以上分析可知,货币的供给和货币的需求决定了 LM 曲线,所以,货币的供给和货币的需求发生变化,那么 LM 曲线也会发生相应的变动。

(1) 货币供给发生变化。货币供给量增加时,LM 曲线向右下方移动,表明在相同利率水平上会形成更多的国民收入。这是因为在利率保持不变时,货币的投资需求也保持不变;增加的货币供给转化为货币的交易和预防需求,这就带动了国民收入的增加,LM 曲线向右下方移动;或者在国民收入不变时,货币的交易需求和预防需求不变,增加的货币供给要为货币投资需求所消化,利率必须下降,利率下降,国民收入不变,LM 曲线向右下方移动,如图 10-14 所示。

(2) 货币需求发生变化。货币供给量不变时,如果利率不变,货币的投资需求增加,那么 LM 曲线向左上方平行移动;反之,亦然,如图 10-15 所示。

如果国民收入水平不变,物价上涨,货币的交易需求增加,导致 LM 曲线向左上方平行移动;反之,亦然,如图 10-16 所示。

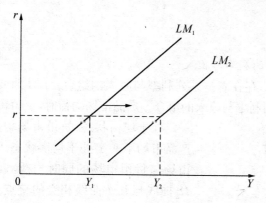

图 10 - 14　LM 曲线的移动

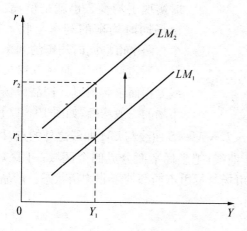

图 10 - 15 · LM 曲线的移动

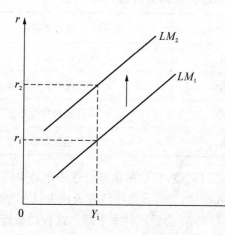

图 10 - 16　LM 曲线的移动

10.2.3　*IS-LM* 模型

1. **产品市场与货币市场同时均衡的利率与收入**

IS 曲线表明产品市场均衡条件下,存在着一系列利率与收入的组合。*LM* 曲线表明货币市场均衡条件下,也存在着一系列利率与收入的组合。产品市场均衡时,货币市场不一定处于均衡状态;货币市场均衡时,产品市场不一定处于均衡状态。产品市场与货币市场的同时均衡,表现在 *IS* 曲线与 *LM* 曲线相交的交点上,在这个交点上,产品市场与货币市场同时实现了均衡。也就是说,表示两个市场同时均衡的利率与收入仅有一个。两个市场同时均衡的利率与收入可以通过联立 *IS* 曲线方程与 *LM* 曲线方程而求解得到。产品市场与货币市场的一般均衡,如图 10-17 所示。

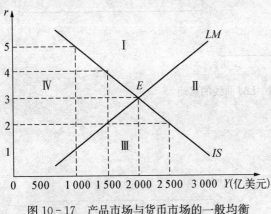

图 10-17　产品市场与货币市场的一般均衡

IS 曲线与 *LM* 曲线上,分别有 $I=S$、$L=M$;*IS* 曲线与 *LM* 曲线之外的点,I 与 S、L 与 M 都不相等。相交的 *IS* 曲线与 *LM* 曲线,把坐标平面分成四个区域:Ⅰ区域、Ⅱ区域、Ⅲ区域和Ⅳ区域,每个区域中,产品市场与货币市场都处于非均衡状态。产品市场与货币市场的非均衡状态,如表 10-2 所示。

表 10-2

产品市场与货币市场的非均衡状态

区　域	产品市场的非均衡	货币市场的非均衡
Ⅰ	$I<S$ 有超额产品供给	$L<M$ 有超额货币供给
Ⅱ	$I<S$ 有超额产品供给	$L>M$ 有超额货币需求
Ⅲ	$I>S$ 有超额产品需求	$L>M$ 有超额货币需求
Ⅳ	$I>S$ 有超额产品需求	$L<M$ 有超额货币供给

四个区域中存在着不同的非均衡状态,经过调整,非均衡状态会逐步地趋向均衡。*IS* 的不均衡会导致收入变动:$I>S$ 会导致收入增加,$I<S$ 会导致收入减少;*LM* 的不均衡会导致利率变动:$L>M$ 会导致利率上升,$L<M$ 会导致利率下降。这种调整最终使经济趋向于均衡利率与均衡收入。

2. 均衡收入与均衡利率的变动

IS 曲线与 LM 曲线的交点表示产品市场与货币市场同时实现了均衡,但这一均衡并不一定是充分就业的均衡。均衡收入与均衡利率决定,如图 10 - 18 所示。

图 10 - 18 中,IS 曲线与 LM 曲线相交于 E 点,均衡利率与均衡收入分别是 r_e、Y_e,但充分就业的收入是 Y_f,均衡收入低于充分就业的收入,即 $Y_e < Y_f$。此时,需要政府运用财政政策、货币政策来调整,以实现充分就业。如果政府运用或增支,或减税,或增支减税双管齐下的扩张性财政政策,IS 曲线会向右移动至 IS' 的位置,与 LM 曲线相交于 E' 点,均衡收入就增至 Y_f,从而实现充分就业的收入水平。政府也可以运用扩张性货币政策,即增加货币供给量,LM 曲线会向右移动至 LM' 的位置,与

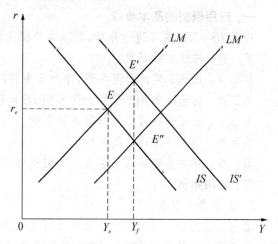

图 10 - 18　均衡收入与均衡利率决定

IS 曲线相交于 E'' 点,均衡收入也能增至 Y_f,同样可以达到充分就业的收入水平。从图 10 - 18 中也可以看到,IS 曲线和 LM 曲线的移动,会改变利率与收入水平。比如,LM 曲线不变假定下,IS 曲线向右移动,会使利率上升、收入增加。这是因为 IS 曲线右移是或消费,或投资,或政府支出增加的结果,即总支出或总需求增加,这会使得生产与收入增加,从而增加对货币的交易需求。在货币供给不变的情况下,人们只能通过出售有价证券获取货币,以用于交易所需。这样,在有价证券供给增多的情况下,有价证券价格下降,即利率上升。用同样的道理,也可以说明 LM 曲线不变而 IS 曲线向左移动时,收入减少、利率下降的状况。

当然,在 IS 曲线不变时,LM 曲线的移动也会引起利率与收入的变化。例如,假定在 IS 曲线不变、LM 曲线向右移动,利率会下降、收入会增加。这是因为 LM 曲线向右移动,或者是货币需求不变而货币供给增加的结果,或者是货币供给不变而货币需求减少的结果。在 IS 曲线不变,即产品市场供求不变的情况下,LM 曲线的向右移动,意味着货币供给大于货币需求,利率必然下降。利率的下降,会刺激消费与投资的增加,从而使收入增加。相反,IS 曲线不变、LM 曲线向左移动后,收入会减少、利率会上升。

另外,IS 曲线与 LM 曲线同时移动时,收入与利率也会发生变化,其变化取决于两条曲线的最终交点。

【理论应用】

IS - LM 模型的应用

一、应用模型的基本步骤

应用 *IS - LM* 模型进行分析,其基本步骤大体如下:

第一步:描述实际现象。

第二步:描述真实的局限条件,即外生变量的变化。

第三步:描述这些外生变量如何影响 *IS* 曲线和 *LM* 曲线的移动。

第四步:描述这些移动对均衡点的影响。

第五步:用文字描述这些影响。

第六步:观察实际现象是否与上述描述吻合。

二、应用案例

（一）解释大萧条

谁也无法忘记在 20 世纪 30 年代发生的深刻的世界经济危机与萧条。首先是发生了资本主义历史上特大的 1929~1933 年的世界经济危机,接着是 5 年左右的持续萧条。这次世界经济危机是资本主义历史上最深刻、最持久的一次危机。

危机期间,资本主义世界工业生产剧烈下降,就工业生产水平而言,发生了罕见的大倒退。各国企业大批破产,失业人数达到 3 000 万~4 500 万人,社会生产力受到了空前严重的破坏。由于商品滞销,物价大幅度下跌,股票行市一泻千丈。市场问题变得异常尖锐,国际贸易出现剧烈缩减,帝国主义争夺市场的斗争越来越尖锐。这次经济危机还扩展到货币信用领域,1931~1923 年,各国相继发生了深刻的货币信用危机。整个资本主义信用制度濒于崩溃,各国货币纷纷贬值,相继废止了金本位制,资本主义国际金融陷入混乱之中。

1929~1933 年的世界经济危机是从美国开始爆发的。1929 年 6 月,美国工业生产在经历高峰后开始下降,同年 10 月,纽约证券市场上刮起的股市暴跌狂潮,正式拉开了大危机的序幕。这次美国来势凶猛的经济危机,随即扩展到德国、日本、英国和法国,终于席卷了资本主义世界。1929~1933 年 5 年时间内,最高失业率高达 25.2%,实际 GDP 出现倒退,较之 1929 年减产 31%。

能否用 *IS - LM* 模型去解释:为什么大萧条在 1930 年发生而不是别的时候? 能否推测未来是否再发生类似的大萧条?

1. 支出假说

这个假说认为,大萧条的罪魁祸首是物品与劳务支出的外生减少。其具体的证据是包括:一是 1929 年的股市崩溃,导致人们财富减少,导致消费减少,即 *IS* 曲线左移;二是建筑过热——大大超过需求,导致住房投资大幅度下降,使 *IS* 曲线左移;三是大萧条开始时，一些银行倒闭，导致投资所需要的资金紧缺，使企业投资下降，即 IS 曲线左移；四是财政政策使 IS 左移：当时的政治家关注平衡预算，于是增加税收（1932 年），削减政府开支等紧缩政策被采用。

由假说推出含义：如果上述假说成立，那么，根据 $IS\text{-}LM$ 模型，IS 曲线左移应当导致这样的结果——利率下降而且产出也下降。果然，实际情况是利率从 5.9 下降到了 1.7，而且产出从 203.6 亿美元下降到 141.5 亿美元。

2. 货币假说

这个假说认为，大萧条的罪魁祸首是美联储（美国的中央银行）采用了错误的对策，使得货币供给大幅度地减少。

由假说推出的含义：货币供给减少，使 LM 曲线左移，产出下降，利率上升。

验证：货币供给减少，产出的确减少，但利率下降了——与利率上升的推测不符。

货币学派如何辩护？他们认为上述推导错误。他们认为，虽然货币供给减少，但 P 也减少，所以推不出 LM 曲线左移。他们认为，货币供给下降，导致物价水平下降，通货膨胀率为负数，由于实际利率＝名义利率－通货膨胀率，所以，物价水平下降导致投资需求减少，而名义利率不变，即 IS 曲线左移，从而利率下降同时产出下降。结论：两个假说都有道理。经济学家们至今仍在争论。还会发生大萧条吗？经济学家们相信：不会。因为货币政策和财政政策不大可能会出现严重错误。萧条可能还会发生，但不会被放大，货币政策和财政政策可以使萧条的幅度减少。

（二）衡量"新政"各项政策效果

在应用 $IS\text{-}LM$ 模型分析政策实施效果时，我们要将分析的第一步转换为考察政策如何影响 IS 曲线和 LM 曲线的移动，以后各分析步骤同样进行。

经济危机发生后，各西方国家的政府部门纷纷采取各种政策措施以扭转经济状况，拉动经济复苏。以下是美国罗斯福政府为治理经济危机采取的政策措施。

1. "新政"内容回顾

1932 年，在经济危机和阶级矛盾最严重的时刻，民主党人罗斯福当选为美国新总统，声称"要为美国人民实行新政"。所谓新政，是为摆脱严重的经济危机与萧条而采取的一系列社会经济政策的总称。

（1）财政信贷政策：财政信贷政策是政府变动税收和支出以便影响总需求进而影响就业和国民收入的政策。罗斯福政府实行赤字财政。"新政"最大的开支是各种各样的救济费支出。在 1933～1939 年，各救济工作管理机关总共约支出了 180 亿美元。其中，以发展工程管理费支出最多，约为 80 亿美元，救济支出大大减轻了失业者的痛苦和贫困。此外，为大力发展国家垄断资本主义，扩大了政府对垄断组织和大农场进行补助、贷款、采购和订货等的开支，保证垄断利润的增长。

（2）货币政策：货币政策是政府货币当局，即中央银行通过银行体系变动货币供给量来调节总需求进而影响就业和国民收入的政策。在经济萧条时，罗斯福政府增加货币供给，降低利息率，刺激私人投资，进而刺激消费，使生产和就业增加，实施膨胀性货币政策。

首先，通过《紧急银行法》，恢复了公众信心，使存户提出的存款重新流回银行。其次，国会于1933年5月通过了托马斯对农业调整法的修正案，允许政府采用减少美元含金量等方法，来增加全国货币流通量和信用贷给量。黄金价格规定为每盎司25美元，把美元的含金量从23.22克降低为13.71克。同年10月，罗斯福宣布减少美元的黄金含量，把长期以来法定的黄金价格每盎司等于20.67美元改为31.26美元，随之在1934年1月通过《黄金准备法令》后，又改定为每盎司等于35美元，换句话说，这时美元的含金量只及1900年含金量的59.06%，同时，国会授权联邦储备银行，以国家债券为担保，增发30亿美元通货。这些措施导致了美元的大幅度贬值，提高了物价，并逐渐放弃金本位制。

2. 应用 IS-LM 模型分析"新政"

(1) 分析赤字财政政策：

第一步：扩张性财政政策，即增加支出，税收不变，对 IS 曲线有影响，使 IS 曲线右移，但对 LM 曲线没有影响。

第二步：对均衡点的影响，均衡点沿着 LM 曲线往右上方移动。

第三步：支出增加引起可支配收入的增加，从而使得人们的消费需求增加，这又通过乘数效应导致产出(收入 Y)的增加，收入增加引起货币需求增加，导致利率(r)上升。但我们无法判断投资究竟是增加还是减少[因为 $I = I(Y, r)$，其中，I 是 Y 的增函数，是 r 的减函数]。

救济费支出、对垄断组织和大农场进行补助、贷款、采购、订货等支出是指改变政府对商品与劳务的购买支出以及转移支付等扩张的"新政"财政政策，扩大了对商品和劳务的购买，增加公共建设，以扩大私人企业产品销售，增加消费，刺激了总需求。尽管这样做也会增加对货币的需求，从而使利率上升，影响一些私人投资，但总的说来，生产和就业还会增加，政府支出增加。由于政府支出增加引发利率上升，所引起的私人消费或投资下降在经济学中称为"挤出效应"。

(2) 分析扩张的货币政策：

第一步：扩张的货币政策，即 M 增加，IS 曲线不移动，但 LM 曲线向下移动。

第二步：均衡点沿 IS 曲线向下移动。

第三步：货币增加导致利率下降，低利率引来投资增加，并导致产出的增加。

"新政"中的货币政策也属于扩张性质，采取减少美元含金量以增加全国货币流通量和信用贷给量，直接增发30亿美元通货等政策措施导致货币量增加，要求货币需求相应增加，在国民收入不变的情况下，货币投机需求要求增加，则导致利率的下降，低利率引来投资增加，导致收入会增加。货币政策对经济的影响则是通过首先改变利率，进而影响总需求的方式实现的。

可见,"新政"中的财政政策和货币政策,都是通过影响利率、消费和投资进而影响总需求,使就业和国民收入得到调节。这些影响都可以在 IS-LM 图形中看出。实行扩张性财政政策,则会使 IS 曲线向右上方移动,使利率和收入上升。相反,如果 IS 曲线不变,政府实行膨胀性的货币政策,会使 LM 曲线向右下方移动,它和 IS 曲线相交所形成的均衡利率低了原来的利率,而收入则高于原来的收入。

"新政"的各项计划虽没有达到全面恢复国民经济的目标,但 1939 年的经济情况比 6 年前好多了。全国农民净收入从 26 亿美元增为 44 亿美元;失业工人减少了 300 万～400 万人,政府公务人员总数从 3 380 万增为 4 560 万,工业工人周工资从 16.73 美元增为 23.86 美元,实际工资提高了 20%。按人口平均的可以自由支配的个人收入(按 1958 年美元计算),1933 年只有 993 美元,1940 年增为 1 259 美元,几乎达到 1929 年的水平。经济总体形势有了很大好转。

10.3　总需求—总供给模型

在前面两节讨论国民收入决定的分析中,均假设总供给是可以适应总需求的增加而增加,因而社会总价格水平保持不变。但是在现实生活中,总供给不能够无限增加,物价水平也在不断地变化,且在产品市场和货币市场之外,现实经济中还存在着劳动市场,这些因素都会影响到国民收入的决定,因此,本节将拓展前两节的分析,将上述这些因素纳入总需求—总供给模型,来讨论国民收入是如何决定的。

10.3.1　总需求曲线

1. 总需求与总需求曲线

总需求是经济社会对产品和劳务的需求总量。总需求由消费需求、投资需求、政府需求和净出口需求构成,如果用 AD 代表总需求,则有:

$$AD = C + I + G + X - M。$$

式中:C——消费需求;

$\quad\quad I$——投资需求;

$\quad\quad G$——政府需求;

$\quad\quad X - M$——净出口需求。

其中,净出口需求由国际经济环境决定,而政府需求主要是一个政策变量,因此,消费需求和投资需求是决定总需求量的基本因素。

所谓曲线,总需求是表明产品市场和货币市场同时达到均衡时的一般价格水平 P 与国民收入 Y 之间的依存关系。总需求曲线 AD 是一条向右下方倾斜的曲线。即在其他条件不变的情况下,当一般价格水平 P 提高时,均衡国民收入 Y 就减少;当一般价格水平 P 下降时,均衡国民收入 Y 就增加,两者的变动方向相反。总需求曲线如图 10 - 19 所示。

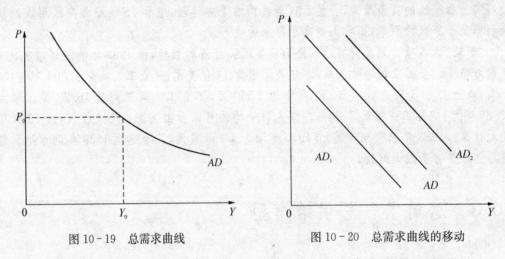

图 10 - 19　总需求曲线　　　　　　图 10 - 20　总需求曲线的移动

2. 总需求曲线的移动

总需求的变动会引起总需求曲线的移动。总需求增加时,总需求曲线向右上方平行移动;总需求减少时,总需求曲线向左下方平行移动。总需求由消费需求、投资需求、政府购买需求和国外的净出口需求四个部分构成,当这四个部分中的任何一部分发生变动时,总需求曲线都将发生变化。例如,在其他条件不变的情况下,居民的消费欲望增强了,消费需求的增加导致总需求增加,总需求曲线向右上方移动,在图 10 - 20 中,表现为 AD 平行移动到 AD_2。再如,在其他条件不变的情况下,政府实施紧缩性的财政政策,其购买需求下降,导致总需求下降,总需求曲线向左下方平行移动,在图 10 - 20 中,表现为 AD 平行移动到 AD_1。

10.3.2　总供给曲线

1. 总供给与总供给曲线

总供给是经济社会在每一价格水平上提供的产品和劳务的总量。总供给取决于资源利用的情况,在不同资源利用的情况下,总供给与价格水平之间的关系是不同的,我们可以利用总供给曲线来加以说明。所谓总供给曲线,是表明产品市场和货币市场同时达到均衡时,总供给与价格水平之间关系的曲线,如图 10 - 21 所示。

从图 10 - 21 中可以看出,总供给曲线有三种情况:

(1) 资源未充分利用阶段,即 A—B 段,这时总供给曲线是一条与横轴平行的线,这表明总供给的增加不会引起价格水平的变动,造成这种情况的原因只有一个,即社会上有大量资源闲置,所以可以在不提高价格水平的情况下,增加总供给。这种情况是由凯恩斯提出来的,所以,这种水平的总供给曲线又称"凯恩斯主义总供给曲线"。

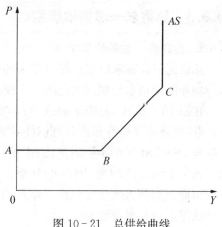

图 10-21 总供给曲线

(2)资源接近充分利用阶段,即 B—C 段,这时总供给曲线是一条向右上方倾斜的线,这表明总供给的增加会引起价格的变动,这是因为资源接近充分利用的情况下,产量增加会引起生产要素价格的上升,从而成本增加,进而导致总价格水平上升。这种情况是在短期中存在的,所以这种向右上方倾斜的总供给曲线称为"短期总供给曲线"。

(3)资源充分利用阶段,即 C 以上部分,这时总供给曲线是一条垂线,这表明无论价格水平如何上升,总供给也不会增加。这是因为从长期来讲,人类所拥有的资源总是有限的,当资源已得到充分利用时,即经济中实现了充分就业(宏观经济学中的充分就业是指包括资本、劳动和自然资源在内的所有生产要素都得到充分利用的状态,而不仅仅是指劳动人口的充分就业状态),无论如何提高价格,总供给也不会增加。从长期的角度来看,资源总是会实现充分就业的,因此,这种垂直的总供给曲线称为"长期总供给曲线"。

2. 总供给曲线的移动

凯恩斯主义供给曲线存在有两个前提条件:一是货币工资和价格均具有向下刚性,即只会上升不会下降;二是时间较短,即使不存在刚性工资和价格,工资和价格也没有足够的时间来进行调整。长期总供给曲线存在也有两个前提条件:一是货币工资和价格可以迅速或立即自行调节,使得实际工资处于充分就业的水平;二是在长期中,即使货币工资和价格不能迅速或立即自行调节,工资和价格也有足够的时间来进行调整,使得实际工资处于充分就业的状态。从现实经济运行来看,很难具备"凯恩斯主义供给曲线"和"长期总供给曲线"存在的前提条件,因此,这两条总供给曲线是两种极端情况。

但短期总供给曲线是可以变动的,在价格不变的情况下,影响短期总供给的因素主要包括两个方面,即技术进步因素和资源供给因素,在价格不变的情况下,生产技术提高了,同样的资源供给会有更大的产出水平,因此,总供给增加,总供给曲线向左下方移动,在价格不变和生产技术不变的情况下,资源供给增加也会产生更高的产出水平,因此,总供给增加,总供给曲线向左下方移动,反之,如果资源供给减少,则总产出水平下降,即总供给减少,总供给曲线向右上方移动。

10.3.3 总需求—总供给模型

1. 总需求—总供给模型

总供给—总需求模型是将总需求曲线和总供给曲线结合在一起,来说明均衡国民收入与均衡的价格水平如何决定的一个模型。总需求—总供给模型,如图 10-22 所示。

在图 10-22 中,总需求曲线 AD 与总供给曲线 AS 相交于 E,此时总需求等于总供给,国民经济处于均衡状态,E 点对应的 Y_0 即为均衡国民收入,均衡的价格水平为 P_0。

与 $IS-LM$ 模型不同的是,总需求—总供给模型综合考虑了产品市场、货币市场和劳动市场三个市场的均衡,同时也分析了国外对于本国的需求情况(即净出口 $X-M$ 部分),因而更加接近现代宏观经济体系的实际运行情况,对于一个对外开放的国家的经济运行状况也更有解释能力。

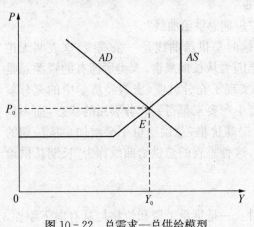

图 10-22 总需求—总供给模型

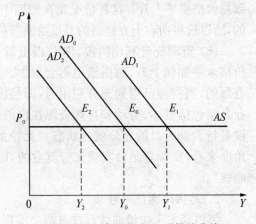

图 10-23 凯恩斯主义总供给曲线

2. 总需求变动对国民收入与价格水平的影响

由于总供给曲线由三个部分组成,所以利用总需求—总供给模型分析总需求变动对国民收入和价格水平的影响时,必须考虑到总供给曲线的不同情况,依据总供给曲线的不同情况,可以将其分成三种情况。

(1)资源未充分利用阶段。此时,经济运行一般处于萧条时期,经济萧条时期是指实际国民收入水平低于潜在国民收入的时期,此时大量的资源闲置,因而此时总供给曲线的形态是一条水平直线,即前文所说的凯恩斯主义总供给曲线,如图 10-23 所示。由于有多余的资源,因而总需求的增加不会引起价格水平的增加,而只会使得国民收入水平增加。在图 10-23 中,AS 为水平直线,与 AD_0 相交于 E_0,决定了国民收入为 Y_0,价格水平为 P_0。此时,如果总需求增加,即总需求曲线从 AD_0 向右上方平行移动到 AD_1,决定了新的国民收入为 Y_1,而价格水平仍为 P_0,这就说明了总需求的增加使国民收入由 Y_0 增加

到 Y_1，而价格水平不变。相反，如果总需求减少，即总需求曲线从 AD_0 向左下方平行移动到 AD_2，AD_2 与 AS 相交于 E_2，决定了国民收入为 Y_2，价格水平还是为 P_0，这表明了总需求减少使用国民收入从 Y_0 下降到 Y_2。总之，在有大量资源闲置的情况下，总需求增加会导致国民收入增加，总需求减少会导致国民收入减少，而价格均保持不变。

（2）资源接近充分利用阶段。即短期总供给曲线阶段，在这种总供给曲线时，总需求的增加会使国民收入增加，价格水平也上升；总需求的减少会使国民收入减少，价格水平也会下降。也就是说，总需求的变动引起国民收入与价格水平的同方向变动。短期总供给曲线，如图 10 - 24 所示。

图 10 - 24 中，AS 为短期总供给曲线，AS 与 AD_0 相交于 E_0，决定了国民收入为 Y_0，价格水平为 P_0。如果总需求增加，总需求曲线由 AD_0 移动到 AD_1，这时 AD_1 与 AS 相交于 E_1，决定了国民收入为 Y_1，价格水平为 P_1，这就表明，总需求增加使国民收入由 Y_0 增加到 Y_1，使价格水平由 P_0 上升为 P_1。如果总需求减少，总需求曲线由 AD_0 移动到 AD_2，这时 AD_2 与 AS 相交于 E_2，决定了国民收入为 Y_2，价格水平为 P_2，这就表明，总需求减少使国民收入由 Y_0 减少到了 Y_2，使价格水平由 P_0 下降为 P_2。

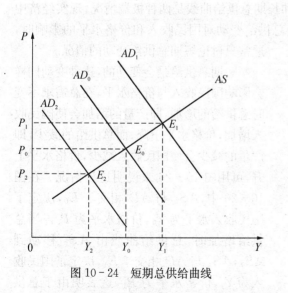

图 10 - 24　短期总供给曲线

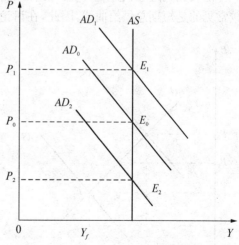

图 10 - 25　长期总供给曲线

（3）资源充分利用阶段。即长期总供给曲线阶段，由于资源已得到了充分的利用，总供给曲线为一条垂直于横轴的直线，所以，总需求的增加只会使价格水平上升，而国民收入不会变动；同样，总需求的减少也只会使价格水平下降，而国民收入不会变动，即总需求的变动会引起价格水平的同方向变动，而不会引起国民收入的变动。长期总供给曲线，如图 10 - 25 所示。

在图 10 - 25 中，AS 为长期总供给曲线，AS 与 AD_0 相交于 E_0，决定了充分就业的国

民收入水平 Y_f，价格水平为 P_0。如果总需求增加，总需求曲线由 AD_0 移动到 AD_1，这时 AD_1 与 AS 相交于 E_1，决定了国民收入仍为 Y_1，价格水平为 P_1，这就表明，总需求增加使价格水平由 P_0 上升为 P_1，而国民收入仍为 Y_1。如果总需求减少，总需求曲线由 AD_0 移动到 AD_2，这时 AD_2 与 AS 相交于 E_2，决定了国民收入仍为 Y_1，价格水平为 P_2，这就表明，总需求减少使价格水平由 P_0 下降为 P_2，而国民收入仍为 Y_1。

综合上面的三种情况，总需求变动会对国民收入和价格水平产生如下影响：① 当总供给曲线处于水平阶段时(凯恩斯主义总供给曲线)，总需求变动不会引起价格水平的变动，总需求增加会导致国民收入增加，总需求减少会导致国民收入减少；② 当总供给曲线处于向右上方倾斜阶段时(短期总供给曲线阶段)，总需求增加会导致国民收入和价格水平同时上升，总需求下降会导致国民收入和价格水平同时下降；③ 当总供给曲线处于垂直阶段时(长期总供给曲线)，总需求变动不会引起国民收入变动，总需求增加，价格水平上升，总需求下降，价格水平下降。

3. 总供给变动对国民收入和价格水平的影响

短期总供给变动的影响，如图 10 - 26 所示。

前文提到过，凯恩斯主义总供给曲线和长期总供给曲线是两种极端情况，现实经济中较常见的是短期总供给曲线，因此，在讨论总供给变动对国民收入和价格水平的影响时，通常只讨论短期总供给变动的情况。

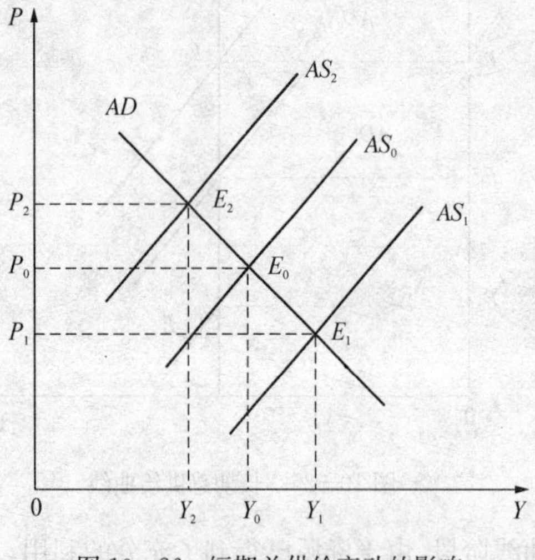

短期总供给是会变动的，这种变动同样会影响国民收入与价格水平，在总需求不变时总供给的增加，即产量的增加会使国民收入增加，价格水平下降；而总供给的减少，即产量的减少会使国民收入减少，价格水平上升，可用图 10 - 26 来说明这种情况。在图 10 - 26 中，AS_0 与 AD 相交于 E_0，决定了国民收入水平为 Y_0，价格水平为 P_0。当总供给增加时，总供给曲线由 AS_0 移动到 AS_1，AS_1 与 AD 相交于 E_1，决定了国民收入为 Y_1，价格水平为 P_1，这表明由于总供给的增加，国民收入由 Y_0 增加到 Y_1，而价格水平由 P_0 下降为 P_1。当总供给减少时，

图 10 - 26　短期总供给变动的影响

总供给曲线由 AS_0 移动到 AS_2，AS_2 与 AD 相交于 E_2，决定了国民收入为 Y_2，价格水平为 P_2，这表明由于总供给的减少，国民收入由 Y_0 减少到 Y_2，而价格水平由 P_0 上升为 P_2。

主流经济学派认为，总供给—总需求模型可以用来解释萧条状态、高涨状态和滞胀状态的短期收入和价格总水平的决定，也可以用来解释充分就业状态的长期收入和价格总

水平的决定。在政策主张上,主流学派经济学家认为,虽然经济在长期内可以处在充分就业的均衡状态,但在短期内,萧条和过度繁荣甚至滞胀状态是不可避免的,这些情况仍然可以给社会带来经济损失,因此,有必要推行凯恩斯主义的反周期经济政策,以熨平萧条和过度繁荣所带来的经济波动,使经济处于持续稳定的充分就业状态。

国民收入决定理论是宏观经济学的核心,它为分析各种宏观经济问题提供了一种重要的分析工具,国民收入决定理论对于失业、通货膨胀、经济周期和经济增长等问题均具有较强的分析价值,以下各章将一一加以详细介绍。

【理论应用】

石油危机的影响

自从 1970 年以来,美国经济中一些较大的经济波动源于中东的产油地区。原油是生产许多物品与劳务的关键投入,而且,世界大部分石油来自几个中东国家。当某个事件(通常是源于政治)减少了来自这个地区的原油供给时,世界石油价格上升。美国生产汽油、轮胎和许多其他产品的企业会有成本增加。结果是总供给曲线向左移动,这又引起滞胀。

第一起这类事件发生在 20 世纪 70 年代中期。有大量石油储藏的国家作为欧佩克成员走到了一起。欧佩克是一个卡特尔:一个企图阻止竞争并减少生产以提高价格的卖者集团。而且石油价格的确大幅度上升了。

在几年后,几乎完全相同的事情又发生了。在 70 年代末期,欧佩克国家再一次限制石油的供给以提高价格。1978～1981 年,石油价格翻了一番多,结果又是滞胀。第一次欧佩克事件之后通货膨胀已有一点平息,但现在每年的通货膨胀率又上升到 10% 以上。但是,由于美联储不愿意抵销这种通货膨胀的大幅度上升,很快又是衰退。失业从 1978 年和 1979 年的 6% 左右在几年后上升到 10% 左右。

世界石油市场也可以是总供给有利移动的来源。1986 年,欧佩克成员之间爆发了争执,成员国违背限制石油生产的协议。在世界原油市场上,价格下降了一半左右。石油价格的这种下降减少了美国企业的成本,这又使总供给曲线向右移动。结果,美国经济经历了滞胀的反面:产量迅速增长,失业减少,而通货膨胀率达到了多年来的最低水平。

(资料来源:jpkc.gdcvi.net)

【案例分析】

从短缺到过剩的转换:我国经济的运行态势

从已有的政策决策以及从各方面的专家论证意见来看,人们对下述判断已具有相当的共识,即在我国国民经济的运行过程中,供求关系已处于普遍性的供大于求的失衡状态之中。根据 20 世纪 90 年代末内贸部对 610 种主要商品的调查,供求基本平稳的为 403 种,供大于求的为 206 种,供不应求的只有棕榈油一种。除商品供给过剩外,生产能力过剩、资金供给过剩以及劳动力过剩,目前在我国也表现得十分突出。

经济过剩的出现是社会总供给大于总需求的必然结果。从我国 1981～1997 年 16 年需求结构变化趋势看,最终消费率基本上以平均每年 0.6 个百分点的幅度持续下降,由 1981 年的 67.5% 降至 1997 年的 54.8%,与 70% 的国际平均水平相比,显然偏低。最终消费率过低,必然导致国内总需求不足,从而使经济运行中出现过剩。这是我国经济增长中面临的一个突出问题。

从供给方面看,我国的经济过剩是因为有效供给缺乏,无效供给过多。能创造、适应需求的供给是有效供给,抑制需求的供给就是无效供给。无效供给因不能满足消费者的需求,在参与市场的交换中,就不能实现由 w—g 的"惊险跳跃",结果就会表现为过剩。有效需求不足与有效供给不足有直接关系。几年前,不少人就提出在我国应培育新的消费热点,这些消费热点是轿车、住房和旅游等,但"热点"并未热起来,原因在于价格太高,令消费者望而生畏。以住房而言,目前全国大约有 331 万缺房户,但据国家统计局提供的资料,我国商品房累计空置率很高,中心城市、沿海开放城市商品房空置更为严重。

经济过剩不是资本主义国家的专利,在我国向社会主义市场经济体制的目标迈进的过程中,由于历史和现实的原因,造成产品的供给与居民需求之间的脱节,随着社会主义市场经济的发展,市场体系的完善,"历史遗留问题"的解决,价格机制的正位,政策制定者、管理者、生产者和消费者市场心理的成熟和理性化,社会主义市场经济条件下的经济过剩将不再是一个难题。

（资料来源：jpkc. gdcvi. net）

思考与练习

1. 选择题

1) 政府支出是指(　　)。

A. 政府购买各种产品与劳务的支出　　　　B. 政府支付的救济金

C. 政府支付的公务员工资　　　　　　　　D. 政府购买的办公用品

2) 根据简单国民收入决定模型,引起国民收入减少的原因是(　　)。

A. 消费减少　　　　　　　　　　　　　　B. 储蓄减少

C. 政府购买支出增加　　　　　　　　　　D. 投资减少

3) IS 曲线向左下方平行移动的条件是(　　)。

A. 总需求减少　　　　B. 总需求增加　　　　C. 价格水平上升　　　D. 利率上升

4) 利率提高时,货币的投机需求将( )。

A. 增加   B. 不变   C. 减少   D. ABC 都有可能

5) 在 LM 曲线不变的情况下,总需求增加会引起( )。

A. 国民收入增加,利率上升   B. 国民收入增加,利率不变

C. 国民收入增加,利率下降   D. 国民收入减少,利率上升

6) 总需求曲线向右上方平行移动的原因是( )。

A. 政府支出的减少   B. 货币供给量的增加

C. 私人投资减少   D. 政府支出的增加

7) 长期总供给曲线显示了( )。

A. 资源已得到充分利用   B. 资源接近充分利用

C. 资源未充分利用   D. 以上答案都不对

8) 凯恩斯主义总供给曲线是一条( )的直线。

A. 向右上方倾斜   B. 垂直与横轴   C. 水平   D. 向右下方倾斜

2. 判断题

1) 均衡的国民收入一定等于充分就业的国民收入。   ( )

2) 乘数在宏观经济学中专指投资乘数。   ( )

3) IS 曲线上任何一点都表示货币市场的均衡。   ( )

4) IS-LM 模型适用于不对外开放的三部门宏观经济体系。   ( )

5) LM 曲线是一条向右下方倾斜的直线。   ( )

6) 总供给曲线的不同形态主要取决于资源的利用状况。   ( )

3. 简答题

1) 什么是乘数?

2) 什么是 IS 曲线和 LM 曲线?

3) 什么是总供给曲线?它有哪三种不同的形态?

4. 技能题

假定某经济社会的消费函数 $C=100+0.8Y$,投资为 50(单位:亿美元),求其均衡收入、消费、储蓄和投资乘数,并求当投资增加到 100 时,均衡收入的增量。

5. 分析题

在 IS 和 LM 两条曲线相交时所形成的均衡收入是否就是充分就业的国民收入?为什么?

6. 案例题

"黄金周"带来黄金滚滚

中国的"黄金周"休假制度始于 1999 年,当初政府的用意是启动消费和刺激"内需"。

这个极具中国特色的公众集中休假被安排在每年的农历春节、5月1～7日和10月1～7日。"黄金周"让刚刚富裕起来的中国人体会到了前所未有的"悠闲之乐"。据统计，每年中国超过10%的旅游者是集中在3个"黄金周"里出游的。权威部门的统计资料显示，1999年国庆"黄金周"，全国出游2 800万人次，旅游综合收入实现141亿元。2004年的"五一""黄金周"全国共接待旅游者1.21亿人次，实现旅游收入467亿元，分别比1999年第一个"黄金周"增长了332%和231%。

　　问题：1)为什么我国政府要实施"黄金周"休假制度？

　　　　　2)"黄金周"的黄金体现在何处？

　　　　　3)"黄金周"背后的经济学原理是什么？

7. 实训题

假定某经济社会的消费函数为 $C = 100 + 0.8Y_D$（Y_D 为可支配收入），投资支出 $I = 50$，政府购买 $G = 200$，政府转移支付 $TR = 62.5$，税收 $T = 250$（单位均为亿元）。试求均衡的国民收入和各种乘数。

11 失业与通货膨胀理论

【学习目标】

学习本章,掌握失业的种类及原因、需求拉动的通货膨胀、成本推动的通货膨胀及菲利普斯曲线;理解通货膨胀的其他原因及其对经济的影响;熟悉自然失业率;了解短期菲利普斯曲线与长期菲利普斯曲线。

【案例导入】

1929～1932 年的大危机

1929～1932 年,西方发达国家经历了其发展历史上最为严重的一次经济危机,史称大危机,大危机对于当时的整个资本主义世界产生了巨大的破坏作用,具体表现如下:

第一,工业生产和国内生产大幅萎缩。大危机使得工业生产受到重创,工业生产总量和国内生产总值在四年内大幅下降。主要资本主义国家的工业生产和国内生产总值的变动率,如表 11-1 所示。

表 11-1

主要资本主义国家的工业生产和 GDP 的
变动率(1929～1932 年)

国家 \ 项目	工业生产(%)	GDP(%)
美 国	−44.7	−28.0
英 国	−11.4	−5.8
法 国	−25.6	−11.0
德 国	−40.8	−15.7
意大利	−22.7	−6.1
西班牙	−11.6	−8.0

(资料来源:于斯诺登等,《现代宏观经济学指南》,商务印书馆,1998 年)

　　第二,大量劳动力失业。据统计,在大危机期间,整个资本主义国家的失业人口总数达到四五千万人,英国1933年的失业人数275万,失业率达到22.5%,美国失业率达到占劳动力的25%的最高峰,约1400万人流落街头。

　　第三,投资与金融市场崩溃。美国在大危机期间的净投资变成负数,到1933年,美国的住宅建筑和住房修理的总支出额仅为1928年水平的10%。金融市场,尤其是股票市场几乎在一夜间化为乌有,1929年10月,美国股票市场发生股灾,股市市值下降80%,股票市场在过去2年内赚得的400亿美元全部输光。40万存户提款拮据,仅1932年一年,美国就有1400家银行倒闭。

　　第四,居民生活水平直线下降。首先,工业生产和国内生产总值的大幅萎缩使得社会财富大幅缩水,同时,由于失业和物价上升,再加上股票投资失败和金融机构破产,居民的生活水平直线下降,以美国为例,大危机使得美国平民的生活水平倒退了整整20年。当时在美国流行两个笑话:一是金人公司的每一股均附送一支左轮枪;二是当某人向旅馆订房时,服务员会问你:"是要睡觉,还是要跳楼?"

　　失业与通货膨胀是各种经济病症中最常见、后果最严重的经济现象,是各国政府着重要解决的两大社会问题。在西方,失业率被称为"痛苦指数",通货膨胀被称为"不安指数",因此,各国政府宏观经济政策的运用就是力求对付这两种现象的,经济学中也对此做了大量的研究。

11.1　失业理论

　　西方国家重视失业问题,从而经常通过民间和官方组织来收集和公布失业的数据。例如,美国的盖洛普(Gallup)公司经常进行民意调查,向人们询问什么是美国面临的最主要问题,答案可能包括毒品、犯罪、污染和核战争等。1983年,由于美国的失业率达到了9.5%,接受调查的大多数美国人都认为失业是当时美国面临的最主要的问题。而在1996年,美国的失业率为5.6%,美国的民意调查表明,失业已不被认为是主要的问题。也就是说,当失业率高时,失业就被视为是美国的全国性问题,而当失业率低时,失业就不被列为重要问题的名单中。

11.1.1　失业的含义与衡量

1. 失业的含义

　　失业(unemployment)是指在一定年龄范围内、有工作能力且愿意按现行工资率工作(在最近一段时间内寻找过工作)的人没有工作。失业的基本条件有四个:

（1）在一定年龄范围内。世界各国对工作年龄和失业的范围都有不同的规定，联合国规定的劳动年龄为15岁以上，在美国、法国开始工作的年龄规定为16岁以上。

（2）有能力工作。

（3）愿意按现行工资率工作，为寻找工作付出过一定的努力，即有求职活动。

（4）目前没有工作（可能已找好工作，正等待下个月去报到）。

没有工作的人不一定是失业者。如果他不愿意工作（如想休闲），或超出了一定的年龄范围，或不去寻找工作，或无劳动能力，就不能算作失业者，因为这些人不属于劳动力范畴。总之，有工作的人就是就业者，没有工作而寻找工作的人是失业者，没有工作不肯寻找工作的人不属于劳动力。

2. 失业的衡量

就业者与失业者的总和构成劳动力（labor force）。非劳动力包括从事家务、退休、没有工作能力或没有寻找工作的人以及正在求学、培训和从军者。美国劳工失业率的统计方式中全国人口分类，如表11-2所示。

表11-2

美国劳工失业率的统计方式中全国人口的分类

人口类型	人口状况	就业与失业
第一类人口 （非劳动力，26%）	未满16岁的人	政策规定不能劳动者
	现役军人	
	精神病人及劳教人员	
第二类人口 （非劳动力，27%）	操持家务者	个人不想劳动者
	在校学习者	
	病残者	
第三类人口 （劳动力，47%）	就业者	就业者
	失业者	解雇者
		自愿离职者
		再次求职者
		首次求业者

失业的状况通过失业人数和失业率来衡量。失业率（unemployment rate）是失业人数在劳动力总数中所占的比重，即

$$失业率 = \frac{失业人数}{劳动力}$$

用 N 表示就业量，U 表示失业量，L 表示劳动总量，n 表示就业率，u 表示失业率，那么有：

$$n = \frac{N}{L}, \; u = \frac{U}{L}$$

这样，失业率（u）可以通过就业率（n）得到，因为 $u = 1 - n$。同样，知道了失业率（u），也可以得到就业率（n）。因此，研究失业问题，实际也是研究就业问题。减少失业，就是扩大就业。

11.1.2　失业的种类

失业从总体上可划分为两大类：一类是自愿失业，另一类是非自愿失业。前者是指劳动者虽然有工作机会，但因不愿接受现行的工资或工作条件而发生的失业。后者是指劳动者虽然愿意接受现行的工资，但仍然找不到工作而发生的失业。自愿失业一般不列入经济学讨论的范围，所以，我们这里主要讨论非自愿失业。非自愿失业按其原因，有三种类型。

1. 自然失业

自然失业是指由于经济中某些难以克服的原因所引起的失业，在任何动态市场经济中，这种失业都是必然存在的。现代经济学家按引起失业的具体原因，把自然失业分成这样一些类型：

（1）摩擦性失业。正常流动引起，即经济中由于正常的劳动力流动而引起的失业。在一个动态的经济中，各行业、各部门与各地区间劳动需求的变动是经常发生的。这种变动必然导致劳动力的流动，在劳动力流动过程中总有部分人处于失业状态，这就形成了摩擦性失业。

（2）求职性失业。离职跳槽造成，即人们不满意现有的工作，离职去寻找更理想的工作所造成的失业。因为劳动力市场不是同质的，即使是完全相同的工作也存在着工资与其他条件的差异，而且劳动力市场信息是不充分的，并不是每一个人都可以得到完全的工作信息。如果好工作的收益大于寻找这种工作的成本，人们就宁愿失业去找工作。在寻找理想工作期间的失业就是求职性失业。

（3）结构性失业。不适应引起，即由于劳动力市场结构的特点，劳动力的流动不能适应劳动力需求变动所引起的失业。经济结构的变动（如有些部门发展迅速，而有的部门正在收缩；有些地区正在开发，而有的地区已经衰退）要求劳动力的流动能迅速适应这些变动。但由于劳动力有其一时难以改变的技术、地区、性别等结构，很难适应经济结构的这种变动，从而就会出现失业。这时往往是失业与"空位"并存。

（4）技术性失业。技术进步，设备代替工人，即在经济增长过程中，技术进步的必然趋势是生产中愈来愈广泛地采用了资本密集性技术，越来越先进的设备代替了工人的劳动，这样,对劳动力需求的相对缩小就会使失业增加。此外,在经济增长过程中,资本相对价格的下降和劳动力相对价格的上升加剧了机器取代工人的趋势,从而也就加重了这种失业。

(5)季节性失业。季节变动引起,即由于某些行业生产的季节性变动所引起的失业。某些行业生产具有季节性,生产繁忙的季节需要工人多,生产淡季需要的工人少,这样,就会引起具有季节性变动特点的失业。这些行业生产的季节性是自然条件决定的,很难改变。

(6)古典失业。工资刚性引起,即由于工资刚性所引起的失业。按照古典经济学家的假设,如果工资完全的伸缩性,则通过工资的调节能实现人人都有工作。但由于人类的本性不愿意使工资下降,而工会的存在与最低工资法又限制了工资的下降,这就形成工资能升不能降的工资刚性。这种工资刚性的存在,使部分工人无法受雇,从而形成失业。这种失业由古典经济学家提出,故称为古典失业。凯恩斯也把这种失业称为自愿失业。

在市场经济条件下,工资是劳动力的价格。本来工资应该随行就市地变动,但是因为一般劳动关系都预先签订合同,一签几年,甚至只升不降,所以,工资表现为刚性。例如,打扫办公大楼的一对夫妇,妻子先来,与承包大楼清洁工作的公司签了3年的合同,每月工资600元;丈夫后到,只能得到每月工资500元,因为连年通货紧缩使得工资水平下降。那么,为什么女的不必马上把工资降下来呢? 就是因为有合同关系这一道行政手续。

2. 隐蔽性失业

隐蔽性失业是指虽有工作岗位但未能充分发挥作用的失业,或在自然经济环境里被掩盖的失业。第一种情况大多发生在衰退时期,由于企业开工不足,即使未被解雇的工人也无法有效地使用,甚至在繁荣时期,过分膨胀的就业也会出现机构臃肿的现象。后一种情况主要表现在发展中国家。

3. 周期性失业

周期性失业是指经济周期中的衰退或萧条时期因总需求下降而造成的失业。经济增长具有周期性,当经济增长处于高涨阶段时,就业量增加,失业量减少;经济增长处于下降阶段时,就业量减少而失业量增加。按照凯恩斯的说法,当实际的总需求小于充分就业的总需求时,消费疲软,市场不旺,造成企业投资减少从而减少雇佣人员而形成周期性失业。通货紧缩时期的失业也可看做是周期性失业。20世纪30年代经济大危机期间所发生的失业就是典型的由需求不足引起的周期性失业。

【资料链接】

传统经济学家根据萨伊定律认为,在资本主义完全自由竞争条件下,既不会有大规模失业,也不会有全面的生产过剩,能自动实现充分就业均衡。因此,传统经济学家认为,资本主义经济社会只存在摩擦性失业和自愿失业。但是,20世纪30年代的经济危机中,大量工人失业,而这些失业者不可能完全是摩擦性失业者和自愿失业者。因此,传统经济学家关于资本主义经济能够自动实现充分就业均衡的理论不能自圆其说。在这种状况下,凯恩斯于 1936 年发表了《就业利息和货币通论》一书,他把失业划分为三种类型,即自愿失业、非自愿失业和摩擦性失业。这样,凯恩斯第一次提出了非自愿失业的概念,并进一步指出,产生非自愿失业的主要原因就是有效需求不足,而解决这种失业的对策就是国家干预经济,即实行宏观的货币和财政政策。因此,凯恩斯对就业理论的主要贡献表现为:一是他提出了非自愿失业,即需求不足型失业的概念;二是他提出了有效需求决定社会就业量的观点,但有效需求决定的就业量不一定是社会充分就业量。

凯恩斯认为,社会就业量决定于社会总需求或有效需求。有效需求是指商品的总供给价格和总需求价格达到均衡状态时的社会总需求。如果有效需求不足,就不能实现充分就业的均衡。凯恩斯把总需求分为投资需求和消费需求两种,并着重分析了在资本主义的自由竞争条件下,有三个基本心理规律会引起有效需求不足,从而产生失业。一是边际消费倾向递减规律。即收入增加时,消费者通常都倾向于把更多的钱储蓄起来,从而使在整个收入中用于消费的份额趋于减少。二是资本边际效率(即资本预期利润率)递减规律。在投资增加、未来预期收益不变的情况下,资本边际效率就会递减。三是流动偏好,流动偏好又称灵活性偏好,是指人们总想保存一定量的灵活的现钱,以便应付日常开支、意外开支和投机活动。凯恩斯认为,灵活偏好是由于交易动机、谨慎(预防)动机和投机动机而产生的。这三种动机是人们不易变更的心理因素,它们决定了人们流动偏好的程度,从而决定了人们对货币需求量的大小。正是由于以上三点基本心理规律的作用,必然形成有效需求不足,从而必然导致经济危机和失业。

11.1.3　失业的影响

失业会产生诸多影响,一般可以将其分成两种,即社会影响和经济影响。

1. 奥肯法则

奥肯法则是美国经济学家阿瑟·奥肯(1929～1979 年)提出来的失业率上升与经济增长率下降相互关系的原理。奥肯法则指出,实际国内生产总值相对潜在国内生产总值每下降 2%,失业率就上升 1%。反之,实际国内生产总值增加 2%,失业率就下降 1%。换一种方式说,失业率每高于自然失业率 1 个百分点,实际国内生产总值将低于潜在国内生产总值 2 个百分点。例如,美国在 1979～1982 年的三个经济停滞时期,实际国内生产总值没有增长,而潜在产出每年增长 3%,3 年共增长 9%。相对潜在产出,实际产出下降了 9%。如果奥肯法则的系数为 2,则失业率应该上升 4.5%。1979 年的失业率为 5.8%,1982 年的预期失业率为 10.3%。官方统计显示,1982 年的实际失业率为 9.7%。就经济学这门社会学科来说,这种预言算是比较准确的了。

奥肯法则揭示了失业与经济增长之间的内在关系,失业的变动引起经济增长的变动,同样,经济增长的变动也引起失业的相应变动。从失业增加引起经济增长减少的角度看,奥肯法则其实说明了失业对经济带来的损失。

2. 失业的经济影响

（1）失业对家庭的影响。失业增加使失业者的家庭收入和消费受到消极影响。失业后，家庭收入急剧下降，消费支出也随之下降。

（2）对厂商的影响。失业增加后，厂商产品的销售市场萎缩，有效需求下降。于是产出降低，生产能力闲置，利润率开始下降。厂商面临如此景况，就减少投资需求，减少新生产能力的形成。

（3）对国民经济的影响。失业增加后，由于家庭消费减少和厂商投资下降，使整个国民经济的增长受到抑制。

根据奥肯法则，失业率提高 1%，可使经济增长率下降 2%。那么，如果失业率提高 2%，经济增长率就下降 4%。美国在 1930～1939 年的大萧条时期，平均失业率为 18.2%，经济下降带来的损失占该时期潜在国内生产总值的 38.5%。美国经济学家萨缪尔森指出，高失业时期的损失是一个现代经济中最大的有记录的损失，它们比垄断所引起的微观经济浪费的无效率或关税、配额引起的浪费要大许多倍。

3. 失业的社会影响

从社会层面看，失业给失业者本身及其家庭造成了损失。这种损失是两方面的：一方面，是失业者和家庭收入的下降，尽管政府对失业者会发放失业津贴，但毕竟是杯水车薪，而且失业津贴来自政府税收，因而失业津贴的发放也就意味着间接给社会增加了负担。另一方面，失业会给人的心理造成极大的创伤和痛苦，由此带来一系列社会问题。经济学家和社会学家根据调查认为，在严重的经济衰退中，即失业问题尖锐时，心脏病、酒精中毒、婴儿死亡、精神错乱、虐待儿童以及自杀的比率都会上升。

从政治角度看，当失业率增加时，由于民众对政府失去信任从而会直接影响到政府的威信甚至影响到政府的权力稳定。作为政府，在失业增加时，要相应增加转移支付，救济补助失业人口，也会加重政府的财政危机。

11.1.4　自然失业率

充分就业是宏观经济学的首要目标。那么，如何才算得上是充分就业呢？经济当中能不能实现充分就业呢？前文的分析让我们认识到现实生活中永远达到不百分之百的就业，因为即使有足够的职业空缺，失业率也不会等于零，也仍然会存在摩擦性失业和结构性失业。在一个变化快速的现代社会中，永远存在着职业流动和行业的结构性兴衰，所以，总有少部分人会处于失业的状态。

因此，现代经济学认为，当一个社会中的周期性失业被消灭，只剩下摩擦性失业和结构性失业等失业类型时，这个经济社会就实现了充分就业。与充分就业相对应的一个概念是自然失业。所谓自然失业率，是指在没有货币因素干扰的情况下，让劳动市场和商品市场的自发供求力量起作用时,总需求和总供给处于均衡状态下的失业率。换句话说,自然失业率(natural rate of unemployment)就是指经济中消灭了周期性失业以后的失业率,即摩擦性失业和结构失业占劳动人口的比重。自然失业率并不是一个固定不变的值,它随着经济社会的发展而变化,一般由政府根据有关调研数据来确定,如美国在一个较长的时期内确认其自然失业率为5%,也就是说,当美国的失业率在5%或以下时,政府就不会采取有关措施来干预劳动市场的运行。因此,如何确定一个符合本国国情的自然失业率,是各国政府面临的一个较大的课题。

【推荐阅读】

失业造成的经济损失

奥肯法则告诉我们,失业会造成产出损失,从而导致整个社会财富缩水和居民生活水平下降。那么,失业究竟会造成多大的产出损失呢?经济学家们给出了其分析结论。表11-3给出了20世纪中的高(低)失业率期间,美国实际产出相对潜在GDP的减少量。

表11-3

失业的经济损失

时　　　期	产　出　损　失		
	平均失业率(%)	国内生产总值损失(1990年价格,10亿美元)	占该时期国内生产总值百分比(%)
大危机时期(1930～1939年)	18.2	2 420	27.6
大滞胀时期(1975～1984年)	7.7	1 480	3.0
新经济时期(1985～1999年)	5.7	240	0.3

(资料来源:萨缪尔森,《经济学》(第十七版),人民邮电出版社,2004年)

从表中可知,美国最大的经济损失发生在大萧条时期。而20世纪70年代和80年代的石油危机与通货膨胀也使产出损失高达1万亿多美元。相比之下,1985～1999年的稳定增长时期,经济周期的损失非常小。

11.2　通货膨胀理论

11.2.1　通货膨胀的概念

通货膨胀是指总体物价水平在一定时期内呈现持续的显著上升的状态,或者说是指货币的单位购买力在一定时期内呈现持续下降的状态。在理论界,关于通货膨胀一般有两种观点:一种是货币主义的观点,认为通货膨胀是由于纸币发行过多导致的货币贬值的现象。另一种是物价学派的观点,认为通货膨胀就是指一种物价的普遍上涨现象。可见,货币学派是从通货膨胀产生的原因定义,而物价学派则是从通货膨胀的表现形式上定义。我们在理解通货膨胀的概念时,要注意以下几点:

(1) 总体物价水平上涨不是指一种或几种商品价格的上升,而是广泛地包括所有商品和劳务在内的平均价格上涨,但并不排除某些商品价格不变甚至下降。

(2) 价格水平的上涨不是暂时的,而是在一定时期持续地上涨。

(3) 物价水平的上涨必须是较大幅度的,而且是人们可以觉察到的。

11.2.2　通货膨胀的衡量

衡量通货膨胀的指标是物价指数。物价指数是表明商品价格从一个时期到下一个时期变动程度的指数。物价指数一般采用加权平均的方式,即根据某种商品在总支出中所占的比重来确定其价格的加权数的大小。物价指数的计算公式如下:

$$物价指数 = \frac{\sum P_t Q_t}{\sum P_0 Q_t} \times 100\%$$

式中: P_0 和 P_t ——基期和本期的价格水平;

Q_t ——本期的商品量(上式采用了报告期加权平均法,计算物价指数还有一种方式,即采用基期加权法,即用基期的商品量作为权数来计算物价指数)。

根据计算物价指数时包括的产品和劳务种类的不同,可以计算出三种主要的物价指数:

(1) 消费者价格指数(简称 CPI 又称零售物价指数或生活费用指数,是衡量各个时期居民个人的日常生活用品和劳务的价格水平变化的指标。这是与居民个人生活最为密切的物价指数,因为这个指标最能衡量居民货币的实际购买力水平。很多国家选取一篮子消费品和劳务,以它们在消费者支出中的比重为权数来衡量的市场价格变动率。美国的 CPI 选择了 265 种商品和劳务。

(2) 生产者价格指数(简称 PPI 又称批发价格指数,是衡量各个时期生产者在生产过程中用到的产品的价格水平的变动而得到的指数。通常这些产品包括产成品和原材料。在美国它包括了 3 400 种产品,但不包含劳务。

(3) 国内生产总值折算指数,是衡量各个时期所有产品和劳务的价格变化的指标。这种指数用于修正国内生产总值数值,从中去掉通货膨胀因素,其统计计算对象包括所有计入国内生产总值的最终产品与劳务,因而能较全面地反映一般物价水平的变化。

可以根据物价指数计算出一定时期内物价上升或下降的精确幅度,也就是通常所说

的通货膨胀率。所谓通货膨胀率,是指从一个时期到另一个时期内价格水平变动的百分比。其计算公式为:

$$通货膨胀率 = \frac{P_t - P_{t-1}}{P_{t-1}} \times 100\%$$

式中:P_t 和 P_{t-1}——t 时期和($t-1$)时期的价格水平。

假定某国去年的物价水平为 102,今年的物价水平上升到 108,那么,这一时期的通货膨胀率就为 5.82%[(108-102)÷102×100%]。

11.2.3　通货膨胀的分类

按不同的标准可以把通货膨胀划分为不同的类型。

1. 按价格上升的速度划分

(1) 温和的通货膨胀。即每年物价上升的比例在 10% 以内。一般来说,爬行的通货膨胀的物价上涨率不超过 2%~3%,而且不存在通货膨胀预期的状态。爬行的通货膨胀常常被看成是实现充分就业的一个必要条件。因此,适度的通货膨胀从某种意义上说是有益无害的。

(2) 奔腾的通货膨胀。即年通货膨胀率在 10% 以上和在 100% 以下。这时,货币流通速度提高而货币的实际购买力下降,这种通货膨胀对于经济具有较大的破坏作用,因为当这种通货膨胀发生以后,由于价格上涨速度快、幅度大,公众预期价格还会进一步上涨,因而会采取各种手段来保持自己,如将货币换成房产、汽车、黄金和珠宝等保值商品,或者大量的囤积商品,从而使得产品市场和劳动市场的均衡遭到破坏,正常的经济运行秩序被破坏,经济体系受损。

(3) 超级通货膨胀。即通货膨胀率在 100% 以上。发生这种通货膨胀时,价格持续猛涨,人们都尽快地使货币脱手,从而大大加快货币流通速度。其结果是货币完全失去了人们的信任,货币的购买力大幅下降,各种正常的经济联系遭到破坏,致使货币体系的价格体系最后完全崩溃,在严重的情况下,还会出现社会动乱。

2. 按通货膨胀的表现形式划分

(1) 公开性通货膨胀。这种通货膨胀是可以通过价格指数或通货膨胀率公开反映出来的一种价格上涨。

(2) 隐蔽性通货膨胀。这种通货膨胀是指经济中存在着通货膨胀压力,但由于政府实行了严格的价格管制与实物配给制,通货膨胀并没有发生。一旦解除价格管制并取消配给,就会发生比较严重的通货膨胀。

3. 按对经济主体影响的差别划分

(1) 平衡性通货膨胀。即各种商品及劳务的价格都按相同比例上升,包括各种生产要素的价格,如工资率、利率、地租等。这种通货膨胀对单个经济主体的影响不大。

（2）非平衡性的通货膨胀。即各种商品和劳务价格上涨幅度并不完全相同。这种通货膨胀对不同经济主体的影响不同。与平衡性通货膨胀相比，这种通货膨胀的存在更为普遍。

4. 按是否可以预期划分

（1）预期到的通货膨胀。引入预期因素是 20 世纪 70 年代通货膨胀理论的重大进展。如果通货膨胀事先被完全预期到，那么各经济主体就将按照其预期来调整其行为，如工会要求增加工资、银行的贷款利率要提高等，这样通货膨胀在短期的扩张效应将不复存在。

（2）未预期到的通货膨胀。如果通货膨胀事先未被预期到，经济主体没有按照预期来调整行为，就会出现物价的上涨率超过工资增长率的情况，从而导致厂商利润上升，会在短期内出现一种大就业、扩大总产量的效应。

5. 按通货膨胀的成因划分

按照成因可以将通货膨胀划分四种类型，即需求拉上的通货膨胀、成本推动的通货膨胀、供求混合推动的通货膨胀和结构性通货膨胀。

11.2.4 通货膨胀的成因

形成通货膨胀的原因是多方面的。宏观经济主体及其行为、微观经济主体及其行为，都会从需求、供给、货币供给量和经济结构等方面促成通货膨胀。

1. 需求拉上的通货膨胀

需求拉上的通货膨胀又称超额需求通货膨胀，是指总需求超过总供给所引起的一般价格水平的持续显著的上涨。需求拉上的通货膨胀的理论是一种比较古老的通货膨胀理论，这种理论将通货膨胀解释为"过多的货币追求过少的商品"。需求拉上的通货膨胀，如图 11 - 1 所示。

下面用图 11 - 1 来说明总需求是如何拉动物价上涨的。在图 11 - 1 中，横轴 Y 表示国民收入，纵轴 P 表示一般物价水平，AD 为总需求曲线，AS 为总供给曲线，总供给曲线 AS 起初为水平状态，这表示在国民收入水平较低时，总需求的增加不会引起价格水平的上涨，图中总需求从 AD_0 增加到 AD_1，国民收入也从 Y_0 的水平上升到 Y_1，但价格水平仍保持在 P_1 水平；当国民收入增加到 Y_1 时，总需求继续增加，此

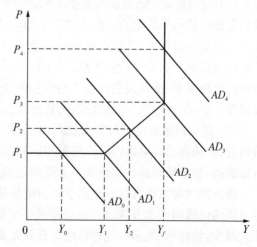

图 11 - 1 需求拉上的通货膨胀

时将导致国民收入和一般价格水平同时上升,图中总需求从 AD_1 增加到 AD_2 时,国民收入从 Y_1 增加到 Y_2 的水平,价格也从 P_1 上升到 P_2 的水平。也就是说,在这个阶段,总需求的增加,在提高国民收入的同时也拉升了一般价格水平;当国民收入增加到潜在的国民收入水平即 Y_f 时,国民经济已经处于充分就业的状态,在这种情况下,总需求的增加只会拉动价格上升,而不会使国民收入增加。图中总需求从 AD_3 上升到 AD_4,国民收入仍然保持在 Y_f,但物价水平从 P_3 上升到 P_4 水平。

也就是说,当经济体系中有大量资源闲置时,总需求的增加不会引起物价上涨,只会导致国民收入增加;当经济体系中的资源接近充分利用时,总需求的增加会同时拉升国民收入和一般价格水平,当经济体系中的资源利用达到充分就业状态时,总需求的增加不会使国民收入增加,而只会导致一般价格水平上升。

2. 成本推动的通货膨胀

成本推动型通货膨胀又称成本通货膨胀或供给通货膨胀,是指在没有超额需求的情况下由于供给方面成本的提高所引起的通货膨胀。引起成本增加的原因并不完全相同,因此,成本推动的通货膨胀又可以根据其原因的不同而分为以下几种:

(1) 工资推动的通货膨胀是指不完全竞争的劳动力市场上过高的工资所导致的总体价格水平的上涨。工资过高的主要原因是劳动市场上的"垄断者"——工会运用它所掌握的市场权力,通过集体谈判的形式要求增加工资,资方因惧怕工人罢工而同意增加工资,而同时为了避免利润的损失而将工资的上升加入产品成本转嫁给消费者,从而造成物价上涨。西方学者进而认为,工资提高和价格上涨之间存在着这样的因果关系:工资提高引起价格上涨,价格上涨又会引起工资提高。这样,工资提高和价格上涨形成了螺旋式的上升运动,即所谓的工资—价格螺旋。

(2) 利润推动的通货膨胀是指垄断企业和寡头企业利用市场势力谋取过高利润所导致的总体物价水平的上涨。西方学者认为,不完全竞争市场是利润推动通货膨胀的前提。在不完全竞争市场上,垄断企业和寡头企业为了追求更大的利润,可以操纵价格,把产品价格定得很高。而某个行业产品价格的上升又会使其他行业提高成本从而影响到整个经济中的价格水平,或者某个行业产品价格的上升通过示范作用使其他行业产生攀比而波及诸多行业,从而形成利润推动的通货膨胀。

(3) 进口成本推动的通货膨胀是由于进口商品价格提高,特别是重要原材料的进口价格过高,从而引起国内以该原材料为原料的产品的生产成本提高,从而引起了国内商品价格提高,最终导致总体物价水平上涨的现象。

成本的增加意味着只有在高于以前的价格水平时,才能达到与以前同样的产量水平,即总供给曲线向左上方移动。在总需求不变的情况下,总供给曲线向左上方移动使国民收入减少,价格水平上升,这种价格上升就是成本推动的通货膨胀,如图 11-2 所示。

在图 11-2 中,原来的总供给曲线 AS_0 与总需求曲线 AD 决定了价格水平为 P_0,成

本不断增加,总供给曲线向左上方移动到
AS_1、AS_2,总需求保持不变,从而决定了价
格水平不断的上升为 P_1、P_2。

3. 供求混合推动的通货膨胀

通货膨胀的形成不是单纯由需求因素
引起也不是单纯由供给因素引起,它往往
是需求和供给两方面因素共同作用的结
果。如果通货膨胀是由需求因素引起的,
即由于总需求的增加导致物价上升,但物
价上升以后,又会迫使工会要求增加工资,
使生产成本增加,从而引起成本推动的通
货膨胀;如果通货膨胀是由成本推动引起,

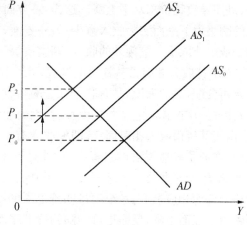

图 11-2 成本推动的通货膨胀

成本的提高导致物价上涨,这时如果总需求不相应增加就会导致大量商品卖不出去,而迫
使企业收缩生产,解雇工人,成本推动的通货膨胀就会中止。由此可知,成本推动引起的
通货膨胀也只有在需求拉上的配合下,才能进行下去。

4. 结构性通货膨胀

结构性通货膨胀是指收入结构与经济结构不适应和错位引起的通货膨胀。包括以下
四种类型:

(1)高成长性部门和行业因种种限制,不能获得资源和人力,导致资源价格和工资水
平上升;而夕阳产业和衰退行业尽管资源和人力过剩,收入不仅不会下降,反而因攀比而
上升,形成工资成本推动物价上涨。

(2)劳动生产率高的部门工资上升,其他部门向高增长部门看齐,使工资增长率超过
劳动生产率而引起通货膨胀。

(3)劳动力市场的技术结构、地区结构、性别结构互不适应,而工资又存在刚性,从而
使失业与空缺并存,最终导致通货膨胀。

(4)大国示范效应,小国向大国、强国看齐,非开放部门工资水平向开放部门看齐,最
终通过工资水平和通货膨胀的国际传递导致通货膨胀。

11.2.5 通货膨胀的效应

通货膨胀的经济效应是指通货膨胀对收入分配、就业和产出等经济变量的作用。

1. 实际收入和实际财富的再分配效应

(1)政府的"通货膨胀税收"。如果政府把向中央银行的借款作为财政融资的一种途
径,并由此造成中央银行向社会过量增加货币供给时,就会使政府获得所谓的"通货膨胀
税收"。这是因为,超过实际需要量的货币投放必然形成超过实际社会总供给的过度需

求,进而导致物价总水平上涨。这样,一方面,是公众和企业因货币贬值,所获得的货币收入的购买力下降而实际收入减少;另一方面,则是政府以推动物价上涨的形式从社会公众和企业中获取了一笔额外的收入,其实质等于政府向社会变相征税。

(2) 使收入和财富从社会的低收入阶层向高收入阶层转移。通货膨胀所造成的国民收入再分配,总的来说,是有利于社会的高收入阶层而不利于社会的低收入阶层。大多数工薪阶层、靠退休养老金维持生存者、因失业和贫困而接受政府救济或保障的那些社会成员,由于其货币收入相对固定,即便收入有所调整也往往跟不上物价上涨的程度和幅度,因此,在通货膨胀发展的过程中,往往处于不利地位。而那些高收入阶层和社会集团,如企业家、银行家和公司经理等等,由于其收入主要来自资产和利润收益,而这两者往往随价格上涨而相应上升,甚至超过物价上涨的幅度和速度,因此,其实际收入水平通常不会因物价上涨而下降,反而更可能随物价上涨而提高。

(3) 使债务人受益而债权人受损。由于利息率的变动往往滞后于价格的变动,物价的上涨使得债务人能够用已经贬值了的货币偿还其所欠债务的本金和利息,从而减轻了债务负担;而债权人的利息、租金等预期收益,由于已经用合同契约的形式固定下来,即使有所调整也是滞后于物价上涨幅度,因此,其实际收益将会减少甚至出现负收益。

(4) 改变工资和利润各自在国民收入中所占的相对份额,使工资所占的比重下降,利润所占的比重上升。这是因为,随着物价水平的上涨,企业利润随之增长,使利润在国民收入中的比重上升。另外,货币工资的增长由于存在货币幻觉、预期不准并相对滞后等因素却往往低于物价上涨率。因此,在通货膨胀期间(尤其是物价总水平上升速度较快,幅度较大时),实际工资的增长往往停滞,使工资在国民收入中所占比重也随之下降。

2. 资源的重新配置

在通货膨胀过程中,那些价格上涨超过成本上升的行业得到扩张,而价格上涨慢于成本上升的行业将收缩。当价格上涨反映生产率的提高时,价格变动和资源的配置将更趋于合理,使各种资源由低利润部门向高利润部门集中;反之,如果通货膨胀使价格信号扭曲,无法正常反映社会供求状况,使价格信号失真,失去调节经济的作用时,通货膨胀将破坏正常的经济秩序,使价格失去核算功能,降低经济运行效率。

3. 国民收入和就业水平的变化

需求拉动产生的通货膨胀,在短期内能促使厂商扩大生产规模。增雇工人,导致国民收入上升,失业率下降,同时通货膨胀使银行的实际利率下降,这又会刺激消费和投资需求,促进资源的充分利用和总供给的增加。可见,在短期内,通货膨胀对产出及就业具有一定影响,但是在长期内,通货膨胀与产出及就业之间并不存在必然联系。

上述通货膨胀影响的大小还取决于物价上涨的程度。随着物价以温和、奔腾和超级的速度上升,通货膨胀对经济产生的影响,即对收入分配及产量和就业的影响程度就越来越大。

11.2.6　治理通货膨胀的对策

西方经济学家提出的反通货膨胀的政策主张源于他们对产生通货膨胀原因的分析，前面介绍的通货膨胀的成因基本上是需求拉上和成本推动两种，因此，治理通货膨胀的主张也基本上分两种。

1. 与需求拉上的通货膨胀理论相适应的凯恩斯主义者和货币主义者的政策主张

凯恩斯主义者主张，通过紧缩性的财政和货币政策来解决通货膨胀的问题。一方面，在财政政策上采取增收节支措施，以压缩需求；另一方面，紧缩银根，以减少货币流通量和投资需求。而货币主义者则主张，采取降低货币供给量增长率的单一规则，并坚决反对依靠财政政策。建议政府把每年货币供应量的增长率定在4％～5％的水平上，压缩货币供给，抑制通货膨胀。事实证明，在20世纪70年代资本主义经济滞涨时期，货币主义的政策确实起到了一定的积极作用。

2. 与成本推动论相适应的收入政策的主张

西方经济学家认为，既然通货膨胀是由于工资、利润这些成本要素的增加而引起的，而利润增加又是由垄断企业通过操纵价格来实现的。因此，遏制通货膨胀就需要制定适当的收入政策，限制工资和物价增长，特别是要限制工资增长。这种以限制工资增长为主要内容的收入政策可以是政府强制性的，也可以是指导性的。

第二次世界大战后，美国、英国、法国、荷兰、瑞典、加拿大和意大利等国，都实行过收入政策，包括：

（1）对工资和价格进行管制，即企业和工会不经政府有关部门同意，不得提高工资和价格。

（2）对工资和价格进行指导，即由政府规定工资和价格的指导指标，指令工会和企业参照执行。

（3）对企业和工会进行"道德规劝"和"协商恳谈"，即劝说企业和工会自动限制价格和工资的上涨。

【推荐阅读】

津巴布韦与通货膨胀

中新网2009年8月17日电　据香港星岛环球网报道，非洲南部的津巴布韦共和国是全世界恶性通胀最严重的国家。最近在首都哈雷拉，一位大妈抱着总值3万亿津巴布韦元的钞票搭公车，只为了支付约合3.5元人民币的车费。更有意思的是，司机大叔根本懒得清点，收下就对了。

据报道，津巴布韦去年7月的通胀率写下天文数字：2.31亿％。今年1月16日，津巴布韦发行了一套世界上最大面额的新钞，这套面额在万亿以上的新钞包括10万亿、20

万亿、50万亿和100万亿津元四种。为了抑制有如脱缰野马的通胀,津巴布韦政府在4月正式废掉国币,宣布以美元和南非币为流通货币,不过旧津巴布韦元还是在民间继续流通。

在津巴布韦,一旦出了大都市,强势货币一文难求。城市的巴士司机有小额美元金或南非币可找零,乡下商店虽然没有,但山不转水转,店家会给顾客糖果、巧克力,或是在收据上注明下次消费可享折扣。

乡间商店的老板娘还说,现在许多乡亲拿羊肉、鸡和一桶桶的玉米来换东西,老祖宗时代的以物易物又回来了。有人甚至连搭车都拎着两只活鸡充当车费,苦中作乐的津巴布韦人开玩笑说,如果鸡在车上下蛋,那就当成司机找的零钱吧。

津巴布韦的通货膨胀不是近期内造成的,自2004年开始,其通货膨胀率过高已被西方国家关注。2006年通胀率达1 042.9%,人们普遍认为,高通胀率主要是因为该国粮食短缺,食品价格上涨过快造成的。为此,政府采取各种措施以遏制高通胀率的上升趋势。造成通胀的原因还有津巴布韦连续4年遭遇旱灾,粮食歉收。雪上加霜的是,该国自2000年起受到以英、美为首的西方国家对其实行经济封锁,要求其尽快偿还外债,从而造成该国外汇、燃油和电力的严重短缺。

津巴布韦政府为了扭转经济面临崩溃的局面,已经制定了一项国民经济发展优先计划,包括增加对农业发展的投入以确保粮食安全;逐步减少粮食进口以增加外汇储备等。

穆加贝担任津巴布韦总统已有27年,但该国目前可供军队支配的资金数额却为"零";国内失业率约为80%;人均GDP只有130美元;经济呈现负增长,比率为-4.4%;经济窘境也导致了该国人均寿命的下降,目前,该国人均寿命只有39岁。

津巴布韦总统穆加贝拥有伦敦大学的经济学学士学位,他坚持认为可以多印刷钞票来压低价格。2007年,他又出了新招来应对通货膨胀,并签署法律成立了一个收入和低价委员会。该委员会拥有唯一的定价权,所有违背所定价格的人都将获罪,最长将被判"入狱5年"。

关于采取怎样的政策应对通胀暂时不提,但是津巴布韦总统的这种政策显然行不通。在他采取"大量发行货币"应对通胀政策出台之初,便有经济学家指出该政策一经执行会导致更高的通货膨胀率。但是这位"经济学"总统却认为津巴布韦的高通胀是由于西方国家制裁所致。

（资料来源：中新网）

11.3　失业与通货膨胀的关系

11.3.1　菲利普斯曲线

1958年,在英国任教的新西兰经济学家菲利普斯在研究了1861～1957年的英国失业率和货币工资增长率的统计资料后,提出了一条用以研究失业率和货币工资增长率之间替代关系的曲线。在以横轴表示失业率,纵轴表示货币工资增长率的坐标系中,画出一条向右下方倾斜的曲线,这就是最初的菲利普斯曲线。该曲线表明:当失业率较低时,货币工资增长率较高;反之,当失业率较高时,货币工资增长率较低,甚至为负数。菲利普斯曲线,如图 11-3 所示。

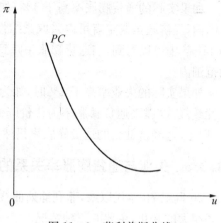

图 11-3 菲利普斯曲线

菲利普斯曲线本来只是用来描述失业率与货币工资增长率之间的关系,但后来有的经济学者认为,工资是成本的主要构成部分,从而也是产品价格的主要构成部分,因此,可以用通货膨胀率来代替货币工资增长率。这样一来,菲利普斯曲线(phillips curve)就变成了一条用来描述失业率与通货膨胀率之间替代关系的曲线了。当失业率高时,通货膨胀率就低;当失业率低时,通货膨胀率就高。图 11-3 中,横轴代表失业率 u,纵轴代表通货膨胀率 π,向右下方倾斜的曲线 PC 即为菲利普斯曲线,菲利普斯曲线说明了失业率与通货膨胀率之间存在着替代关系。

11.3.2 菲利普斯曲线的应用

菲利普斯曲线为政府实施经济干预,进行总需求管理提供了一份可供选择的菜单。它意味着可以用较高的通货膨胀率为代价,来降低失业率或实现充分就业;而要降低通货膨胀率和稳定物价,就要以较高的失业率为代价。也就是说,失业率与通货膨胀率之间存在着一种"替换关系",想要降低或增加其中的一个,就要以增加或降低另一个为代价。

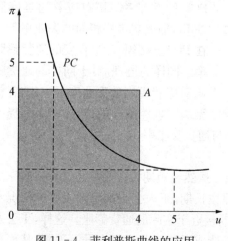

图 11-4 菲利普斯曲线的应用

具体而言,一个经济社会首先要确定一个临界点,由此确定一个失业与通货膨胀的组合区域。如果实际的失业率和通货膨胀率组合在组合区域内,则政策的制定者不采用调节措施,如果在区域之外,则可根据菲利普斯曲线所表示的关系进行调节。菲利普斯曲线的应用,如图 11-4 所示。

在图 11-4 中,假定当时失业率和通货膨胀率在 4% 以内时,经济社会被认为是安全的或可以容忍的,这时在图中就得到了一个临界点,即 A 点,由此形成的一个四边形的区域,称其为安全区域,如图中的阴影部分所示。如果该经济社会的实际失业率与通货膨胀率组合将落在安全区域内,则政策制定者无须采取任何措施(政策)调节。

如果实际的通货膨胀率高于 4%,如达到了 5%,该经济社会的失业率仍在可接受的范围内,经济政策制定者可以采取紧缩性政策,以提高失业率为代价降低通货膨胀率,从图 11－4 中可以看到,当通货膨胀率降到 4%以下时,经济社会的失业率仍然在可以接受的范围内。

如果实际的失业率高于 4%时,如为 5%时,根据菲利普斯曲线,政策制定者可采取扩张性政策,以提高通货膨胀率为代价降低失业率,从图 11－4 中可以看出,当失业率降到 4%以下时,经济社会的通货膨胀率仍然在可接受的范围内。

11.3.3　失业与通货膨胀率关系的新变化

20 世纪 70 年代以来,菲利普斯曲线所表明的失业率与通货膨胀率之间的关系,已发生了很大的变化,主要有三种情况。

1. 整条曲线向右上方移动

随着经济情况的变化,菲利浦斯曲线并不是始终稳定的。菲利浦斯曲线的移动,如图

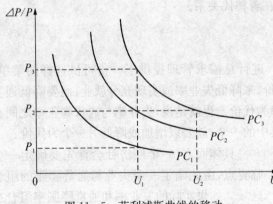

图 11－5　菲利浦斯曲线的移动

11－5 所示。

随着菲利浦斯曲线向右上方移动,说明社会不得不忍受越来越高的失业率和通货膨胀率,也就是说,必须用更高的通货膨胀率换取一定的失业率,或者用更高的失业率换取一定的通货膨胀率。如图 11－5 中,在 PC_1 上,失业率 U_1 对应着通货膨胀率 P_1,而要想维持相同的失业率 U_1,在 PC_2 上必须有 P_2 程度的通货膨胀率。同样的道理,对于同样的通货膨胀率 P_2,在 PC_2 上对应着 U_1 的失业率,而在 PC_3 上则对应着更高的失业率 U_2。随着整条曲线的右移,说明经济环境恶化,原先的临界点已无法实现经济的稳定,要求必须提高临界点,也就是说,社会要忍受更高程度的失业率与通货膨胀率。

2. 菲利浦斯曲线成为一条垂线

这样的菲利浦斯曲线又称长期菲利浦斯曲线。虽然在短期内失业率与通货膨胀率之间存在交替关系,政府的调控在短期内也有效,但在长期,工人会根据实际发生的情况不断调整自己的预期,并且使预期的通货膨胀会不断接近于实际的通货膨胀。这样,工会及工人将要求增加名义工资,使实际工资保持不变,造成通货膨胀率只上升不下降,从而否

定了短期菲利浦斯曲线表明的失业率与通货膨胀率的交替关系,而使菲利浦斯曲线成为一条垂直线,如图 11-6 所示。

　　这表明,无论通货膨胀率怎样变动,失业率总固定在自然失业率的水平(长期内经济能实现充分就业,失业率是自然失业率),采用扩张性财政和货币政策并不能降低失业率,而只能引起进一步的通货膨胀。

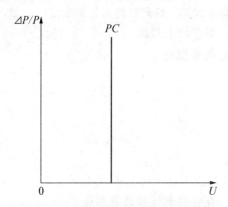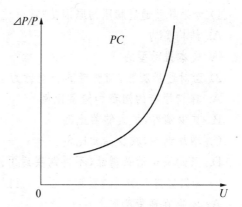

　　图 11-6　菲利浦斯曲线成为一条垂直线　　　　图 11-7　向右上方倾斜的菲利浦斯曲线

　　3. 向右上方倾斜的菲利浦斯曲线

　　这表明,失业率与通货膨胀率成同方向变动,即失业率上升,通货膨胀率也提高。这种情况表明了在经济增长的极度缓慢,失业率居高不下的同时,一般价格水平却不断上涨的经济"滞胀"现象。20 世纪 70 年代,资本主义国家,特别是美国就发生了这样的经济状况。这一时期,凯恩斯主义的理论主张经受了严峻的考验,而货币学派的货币主义观点却在解决滞胀问题上发挥了一定的作用。向右上方倾斜的菲利浦斯曲线,如图 11-7 所示。图 11-7 中的菲利浦斯曲线为 PC,向右上方倾斜,表明了失业率与通货膨胀之间不是替代关系,而是相互作用共同提高的关系。

　　失业与通货膨胀理论的发展是对西方国家经济现实的反映。在介绍通货膨胀和失业的解决对策时,我们都提到了宏观财政和货币政策问题。但是,关于这些政策的有效性问题在经济学领域是有分歧的。在凯恩斯看来,失业与通货膨胀不存在交替关系,因此,他提出了运用宏观的货币和财政政策解决这两种经济现象。而菲利浦斯曲线则提出了失业与通货膨胀的交替存在关系,两者可以并存,但是此消彼长,互为代价,因此在运用宏观货币和财政政策解决通货膨胀和失业时,短期内虽然具有一定效果,却会出现"按下葫芦起了瓢"、解决一种病症反倒加重另一种病症的情况。但是在长期内,由于人们会存在通货膨胀预期,可以调整自己的行为使自己预期的通货膨胀率和实际的通货膨胀率一致。于是在长期内,宏观经济是可以实现充分就业的,因此,通货膨胀不会产生减少失业的作用,通货膨胀和失业之间也就不存在交替关系,因此,预期学派认为宏观财政和货币政策在长期看来是无效的。

思考与练习

1. 选择题

1) 如果导致通货膨胀的原因是"货币过多而商品过少",则此时的通货膨胀是(　　)。

A. 结构型的　　　　　　　　　　　B. 需求拉上型的

C. 成本推动型的　　　　　　　　　D. 混合型的

2) 面对通货膨胀,消费者的合理行为应该是(　　)。

A. 保持原有的消费和储蓄比例

B. 减少消费,扩大储蓄比例

C. 增加消费,减少储蓄比例

D. 只购买生活必需品,不再购买耐用消费品

3) 如果经济已形成通货膨胀压力,但因价格管制没有物价的上涨,则此时经济(　　)。

A. 不存在通货膨胀　　　　　　　　B. 存在抑制性的通货膨胀

C. 存在恶性的通货膨胀　　　　　　D. 存在温和的通货膨胀

4) 某一经济在 3 年中,货币增长速度为 8%,而实际国民收入增长速度为 10%,货币流通速度不变,这 3 年期间价格水平将(　　)。

A. 上升　　　　B. 下降　　　　C. 不变　　　　　D. 上下波动

5) 在充分就业的情况下,(　　)最可能导致通货膨胀。

A. 出口减少　　　　　　　　　　　B. 进口增加

C. 工资不变但劳动生产率提高　　　D. 税收不变但政府支出扩大

6) 菲利普斯曲线说明(　　)。

A. 通货膨胀由过度需求引起　　　　B. 通货膨胀导致失业

C. 通货膨胀与失业率之间呈正相关　D. 通货膨胀与失业率之间呈负相关

7) 由于经济萧条而形成的失业,属于(　　)。

A. 永久性失业　　B. 摩擦性失业　　C. 周期性失业　　D. 结构性失业。

8) "滞胀"理论不符合(　　)的观点。

A. 供应学派　　B. 货币主义　　C. 理论预期学派　　D. 凯恩斯主义

9) 如果实际通货膨胀率低于预期的水平,则(　　)。

A. 债务人和债权人都受损　　　　　B. 债务人和债权人都受益

C. 债务人受损,债权人受益　　　　D. 债权人受损,债务受益

10) 认为菲利浦斯曲线所表示的失业与通货膨胀的关系只在短期存在的根据是(　　)。

A. 完全预期　　B. 静态预期　　C. 适应性预期　　D. 理性预期

11) (　　)会增加失业。

A. 退休工人的数量增加　　　　　　B. 退休劳动力队伍的人数增加

C. 离开学校找工作的人数增加　　　D. 离开工作上学的人数增加

12) 失业率的计算是用(　　)。

A. 失业工人的数量除以工人的数量　　B. 劳动力总量除以失业工人的数量

C. 失业工人的数量除以劳动力的总量　D. 就业工人的数量除以失业工人的数量

2. 判断题

1) 通货膨胀意味着高物价。　　　　　　　　　　　　　　　　　　　(　　)

2) 所有的通货膨胀都伴随着物价的上涨。　　　　　　　　　　　　　(　　)

3) 价格指数是一个时期普遍价格的加权平均数,它用基期价格的百分比来表示。

(　　)

4) 当经济发生通货膨胀时,消费者与生产者均受其害。　　　　　　　(　　)

5) 温和的通货膨胀对经济总会有刺激作用。　　　　　　　　　　　　(　　)

6) 菲利普斯认为在失业与通货膨胀之间存在一种替代关系。　　　　　(　　)

7) 经济的衰退是降低通货膨胀的必要条件。　　　　　　　　　　　　(　　)

8) 消费物价指数、批发物价指数和国民生产总值折算价格指数的变化方向和变化幅度是一致的。　　　　　　　　　　　　　　　　　　　　　　　　　　(　　)

9) 充分就业意味着失业率为零。　　　　　　　　　　　　　　　　　(　　)

10) 因不满工资待遇而不愿就业者为自愿失业者。　　　　　　　　　(　　)

11) 只要存在失业工人,就不可能有工作空位。　　　　　　　　　　　(　　)

12) 隐蔽性的通货膨胀情况下,如果取消价格管制,物价就会急剧上升。(　　)

13) 货币政策和财政政策对治理成本推动通货膨胀作用不大。　　　　　(　　)

14) 通货膨胀的预期会加剧实际的通货膨胀。　　　　　　　　　　　　(　　)

15) 理性预期学派认为,无论在短期还是长期中,菲利浦斯曲线所表示的失业率与通货膨胀的交替关系都不存在。　　　　　　　　　　　　　　　　　　　(　　)

3. 简答题

1) 什么是失业? 失业分为哪几类?

2) 什么是需求拉动的通货膨胀?

3) 通货膨胀对经济有何影响?

4) 能不能说有劳动能力的人都有工作才是充分就业? 为什么西方国家近年来自然失业率有上升趋势?

4. 分析题

1) 充分就业与自然失业矛盾吗? 为什么?

2) 菲利普斯曲线在短期内和长期内的形状是不同的,这说明了什么问题?

5. 实训题

根据表 11 - 4,计算 1985～1990 年、1990～1995 年、1995～2000 年、2000～2003 年等不同时间段内的通货膨胀率,结合表 11 - 4 的数据,查询有关资料,分析其中高通货膨胀率阶段中通货膨胀产生的原因(注:计算时以居民消费价格指数为准)。

表 11 - 4

1978 年以来我国居民消费价格指数

年　份	居民消费价格指数	城市居民消费价格指数	农村居民消费价格指数
1978		100.0	
1980		109.5	
1985	100.0	134.2	100.0
1990	165.2	222.0	165.1
1995	302.8	429.6	291.4
2000	331.0	476.6	314.0
2001	333.3	479.9	316.5
2002	330.6	475.1	315.2
2003	334.6	479.4	320.2

(资料来源:《中国统计年鉴——2003》,中国统计出版社,2004 年。)

12 经济增长与经济周期理论

【学习目标】

学习本章,掌握经济增长的含义及源泉,经济周期的含义与特征;理解乘数——加速原理;注重经济周期理论的应用;了解各种经济增长模型及创新周期理论。

【案例导入】

为什么富国的生活水平高?

当你在世界各国旅行时,你会看到各国民众生活水平的巨大差别。在美国、日本或德国这样的富国,其人均收入是印度、印度尼西亚这样的穷国的十几倍。这种巨大的收入差异反应在生活质量的巨大差异上。富国有更多的汽车,更多的电话、电视机,更好的营养,更安全的住房,更好的医疗以及更长的预期寿命。

即使在一个国家内,生活水平也随着时间推移而发生了巨大变化。在美国过去1个世纪以来,按人均实际国内生产总值衡量的平均收入每年增长2%左右。虽然2%看起来并不大,但这种增长率意味着平均收入每35年翻一番。由于这种增长,今天的平均收入是1个世纪以前的8倍左右。因此,普通美国人享有比他们的父母、祖父母高得多的经济繁荣。

用什么来解释这些呢? 富国如何能确保自己的高生活水平呢? 穷国应该采取什么政策加快经济增长,以便加入发达国家的行列呢? 这些问题是宏观经济学中最重要的问题。我们应该分三步进行研究:第一,我们要考察人均实际国内生产总值的国际数据。使我们对世界各国生活水平程度与增长的差别大小有一个大体了解。第二,我们考察生产率的作用,生产率是一个工人每小时生产的物品与劳务量。特别是,我们要说明一国的生活水平是由其工人的生产率决定的,而且,我们要考虑决定一国生产率的因素。第三,我们要考虑生产率和一国采取的经济政策之间的关系。

(资料来源:www. hzctsm. com. cn)

2003 年,中国的国内生产总值为 11.73 亿元人民币,而同年美国的国内生产总值为 10.99 亿美元,若按当时人民币与美元官方汇价 8.27：1 来计算,美国当年的国内生产总值是我国的 7.75 倍,我国与美国经济发展的整体差距可见一斑。这也决定了在未来一段较长的时间内,经济增长是我国宏观经济的主题之一。

12.1　经济增长理论

12.1.1　经济增长的含义与特征

1. 经济增长的含义

经济增长是指人均国民收入的增长。美国统计学家、经济学家西蒙·史密斯·库兹涅茨在 1971 年接受诺贝尔经济学奖时所做的演说《现代经济增长：发现和反映》中,曾给经济增长下了这样一个定义:"一个国家的经济增长,可以定义为给居民提供种类日益繁多的经济产品的能力长期上升,这种不断增长的能力是建立在先进技术以及所需要的制度和思想意识之相应的调整基础上的。"经济增长这一定义有以下三个含义:

第一,经济增长就是实际国内生产总值的增加。如果考虑到人口的增加,经济增长就是人均实际国内生产总值的增加。

第二,技术进步是实现经济增长的必要条件。在影响经济增长的诸因素中,技术进步是第一位的。一部经济增长的历史,就是一部技术进步的历史。

第三,制度与意识形态的调整或变革是经济增长的充分条件:一方面,社会制度与意识形态的变革是经济快速增长的前提。例如,私有产权的确立是经济增长的起点和基础。只有在制度与意识形态的调整基础上,技术才能极大地进步。另一方面,新的经济制度的出现,使交易费用降低,分工将进一步细化,促进经济增长。

2. 经济增长的基本特征

(1) 实际国内生产总值的增长率超过各种投入的增长率,表明技术进步在经济增长中起着十分重要的作用。

(2) 资本存量的增长超过就业量的增加,导致人均资本占有量的增加。

(3) 实际工资明显上升。工资在国内生产总值中的比重虽有所上升,但非常微小。

(4) 实际利率与利润率没有明显上升或下降趋势,尽管在商业周期中它们会急剧变动。

(5) 资本—产出比率下降。这显然是技术进步的作用。因为若技术既定,根据边际报酬递减规律,资本—产出比率应该上升。

(6) 储蓄在国民收入中的比重比较稳定,发达国家为 10%～20%,美国在 1980 年以后大幅度下降,为 6%。

(7) 社会结构与意识形态迅速改变。例如,教育与宗教的分离、城市化、民主化、法制化、政治生活的公开化和居民生活的科学化等,不仅是经济增长的结果,也是经济进一步增长的条件。

12.1.2　经济增长的源泉

对于经济增长的源泉,不同的经济学家常有不同的看法。亚当·斯密强调分工、专业化生产与国际贸易中的绝对优势;李嘉图强调了比较优势与自由贸易;马克思和恩格斯以及熊彼特强调了创新;而索洛等人强调生产要素;贝克尔和舒尔茨则强调了教育与人力资本;新经济增长理论中,罗默和卢卡斯强调内生性增长,特别是规模报酬递增在经济增长中的贡献,其实质是强调内生性技术创新;诺斯等人强调制度创新对经济增长的作用;最近,鲍默尔在新书中强调了自由市场机制是资本主义经济增长的关键。

一般来说,经济增长的源泉主要有四个,即人力资本、自然资源、资本和技术进步。

可以根据总量生产函数来研究增长的源泉: $Y = AF(L, K, R)$。其中,Y 代表总产量,K 代表资本,L 代表劳动,A 代表技术,R 代表自然资源。由总量生产函数可以看出,经济增长的源泉是资本积累、自然条件的改良、劳动素质的提高或人力资本的积累与技术进步。

1. 人力资源

劳动力的数量与质量是决定一国经济增长的重要因素。尤其是劳动力的质量或素质,如劳动者的生产技术水平、知识水平与结构、纪律性以及健康程度,是决定一国经济增长最重要的因素。一个国家可以购买最先进的生产设备,但是这些先进的生产设备只有拥有一定技术、受过良好训练的劳动者才能使用,并使它们充分发挥效用。提高劳动者的知识水平与生产技能,增强他们的身体素质与纪律意识,将极大地提高劳动生产率。一般来说,在经济增长的开始阶段,人口增长率较高,这时,经济增长主要依靠劳动力数量的增加。而经济增长到了一定阶段,人口增长率下降,劳动时间缩短,这时,就要通过提高劳动力的质量或人力资本的积累来促进经济增长。

2. 自然资源

自然资源也是影响一国经济增长的重要因素。一些国家,如加拿大和挪威,就是凭借其丰富的自然资源,在农业、渔业和林业等方面获得高产而发展起来的。但在当今世界上,自然资源的拥有量并不是取得成功的必要条件。许多几乎没有自然资源可言的国家,如日本,通过大力发展劳动密集型与资本密集型的产业而获得经济发展。

3. 资本

资本分为物质资本和人力资本。物质资本又称有形资本,是指设备、厂房、基础设施等存量。人力资本又称无形资本,是指体现在劳动者身上的投资,如劳动者的文化技术水平、纪律性与健康状况等,已经包含在人力资源之中。因此,这里的资本是指物质资本,包括厂房、机器设备、道路以及其他基础设施等。

资本积累是经济增长的基础。英国古典经济学家亚·当斯密曾把资本的增加作为国民财富增加的源泉。现代经济学家认为,只有人均资本量的增加,才有人均产量的提高。许多经济学家都把资本积累占国民收入的 10%～15% 作为经济起飞的先决条件,把增加资本积累作为实现经济增长的首要任务。西方各国经济增长的事实表明,储蓄多从而资本积累多的国家,经济增长率往往是比较高的,如德国、日本等。

4. 技术进步

技术进步在经济增长中的作用,主要体现在生产率的提高上,使得同样的生产要素投入量能提供更多的产品。随着 K、L、R 投入的增加,产出虽然也增加,但由于其 MP 递减,经济增长的速度会日益减慢。而技术水平的提高可以使一国的经济快速增长。

技术进步在经济增长中有着十分重要的作用。据罗伯特·默顿·索洛(Robert Merton Solow)估算,1909～1940 年,美国 2.9% 的年增长率中,由技术进步引起的增长率为 1.49%,即技术进步在经济增长中所作出的贡献占 51% 左右。而且,随着经济的发展,技术进步的作用越来越重要。生产要素对 1948～1994 年美国实际国内生产总值的贡献,如表 12-1 所示。

表 12-1

不同生产要素对 1948～1994 年美国实际国内生产总值的贡献

项　　　目	增长速度(%)	所占比重(%)
实际国内生产总值的增长	3.4	100
投入品的贡献	2.1	62
资　　本	1.1	32
劳　　务	1.0	30
时　　间	0.8	24
构　　成	0.2	6
总要素生产率的增长	1.3	38
教　　育	0.4	12
研究和开发	0.2	6
知识和其他资源的进步	0.7	21

(资料来源:丹尼森,《美国经济增长的趋势,1929～1996》,华盛顿,布鲁金斯研究所)

上述分析,隐含着现存的社会政治经济制度和意识形态符合经济增长的要求的假定。若不具备这一假设条件,社会政治经济制度和意识形态的相应调整对促进经济增长具有十分重要的作用。一个社会只有在具备了经济增长所要求的基本制度条件,有了一套能促进经济增长的制度之后,上述影响经济增长的因素才能发挥其作用。第二次世界大战后,许多发展中国家经济发展缓慢的关键原因,并不是缺乏资本、劳动或技术,而是没有改变他们落后的制度。

【推荐阅读】

诺贝尔经济学奖得主认为: 中国人力资本投资偏低

2003年12月4日,2000年诺贝尔经济学奖得主、芝加哥大学经济学教授詹姆斯·赫克曼在北京大学演讲时指出,中国目前对人力资本的投资低于世界平均水平,甚至低于一些发展中国家。中国现阶段存在物质资本投资与人力资本投资比例失衡的现象,这将阻碍中国的经济发展。

他对美国经济发展的研究及其他国家经济发展的数据都表明,人力资本对各个国家生产率的提高起到重要作用。人在创造财富和维持经济健康发展方面,与物质资本一样重要。因此,中国领导人在政策选择上就应该多注意,中国是否存在教育投资不足问题,中国在物质资本和人力资本方面的投资组合是否应当调整。

赫克曼教授说,中国教育的真实回报率高达30%～40%。中国政府应该对各种项目进行评估,这样才能做出更好的投资决策。成本收益分析对各级地方政府与中央政府都有益处。对物质资本和人力资本进行优化配置将促进中国经济的发展。"人力资本是决定中国财富状况的最终决定因素,"赫克曼最后说,"如果中国能够提高工人的受教育程度,使他们能够使用21世纪的新科技,中国的潜力就能实现。"

我国的教育经费长期严重不足。发展中国家教育经费占国内生产总值的比例平均是4%,我国的教育经费低于发展中国家的平均水平。2003年9月9～21日,联合国专员托马舍夫斯基考察了中国的教育状况。结果发现,中国的教育经费只占国内生产总值的2%。而政府预算只占教育总经费的53%,剩下的47%则要求家长或其他来源填补。其他来源往往不能保证,使得实际教育经费又低于计划的目标值。据统计,在1993年以来的10年间各级政府实际少支付的教育经费超过6 000亿元。

国务院1993年《中国教育改革发展纲要》提出的目标是到20世纪末,国家财政性教育经费支出占国民生产总值的比例要达到4%。但是2000年,这个指标仅为2.86%。2005年是多少呢? 2.79%。芬兰的教育经费占国内生产总值的18%,已连续3年被评为世界上最有竞争力的经济体。芬兰的名言就是:"教育是芬兰的国际竞争力"。芬兰从小学到大学,都是免费的。

12.1.3 经济增长理论与模型

宏观经济学对经济增长理论所进行的有影响的研究有3个时期,即20世纪40年代、

20 世纪 50 年代后期和整个 60 年代、20 世纪 80 年代后期与 90 年代初期,分别产生了哈罗德—多马经济增长模型、新古典经济增长模型和内生增长经济理论。

1. 哈罗德—多马经济增长模型

哈罗德—多马经济增长模型简称哈罗德—多马模型,是 20 世纪 40 年分别由英国经济学家 R·哈罗德和美国经济学家 E·多马提出的,他们所提出的模型基本相同,故合称哈罗德—多马模型。

哈罗德—多马模型是以一些严格的假定条件为前提的,这些假设主要包括:第一,整个社会只生产一种产品,这种产品既可以作为消费品,也可以作为资本品。第二,生产中只使用两种生产要素,即劳动与资本,这两种生产要素为固定技术系数(即它们在生产中的比率是固定的),不能互相替代。第三,规模收益不变,也就是说,生产规模扩大时不存在收益递增或递减的情况。第四,技术水平不变。

有了这些基本假定后,可以给出该模型的基本公式:

$$G = \frac{S}{C}$$

式中:G——国民收入增长率,即经济增长率;

　　　S——储蓄率,即储蓄量在国民收入所占的比例;

　　　C——资本—产量比率,即生产一单位产量所需求的资本量。

根据这一模型的假设,资本与劳动的配合比例是固定不变的,从而资本—产量比率也就是不变的。这样,经济增长率实际就取决于储蓄率。从该公式可知,在资本—产量比率不变的条件下,储蓄率高,则经济增长率高,储蓄率低,则经济增长率低。可见,这一模型强调的是资本增长对经济增长的作用,分析的是资本增加与经济增长之间的关系。

哈罗德—多马模型根据上述公式,分别提出实际增长率、有保证的增长率与自然增长率这三个概念,用来分析经济长期稳定增长的条件与波动的原因。实际增长率(G)是实际所发生的增长率,它由实际储蓄率(S)和实际资本—产量比率(C)决定,即

$$G = \frac{S}{C}$$

均衡增长率(G_W)又称保证的增长率或合意增长率,是长期中理想的增长率,它由合意的储蓄率(S_D)的合意资本—产量比率(C_R)决定,即

$$G_W = \frac{S_D}{C_R}$$

自然增长率(G_N)是长期中人口增长和技术进步所允许达到的最大增长率,它由最适宜的储蓄率(S_O)和合意的资本—产出比率(C_R)决定,即

$$G_N = \frac{S_O}{C_R}$$

哈罗德—多马模型认为,长期中实现经济稳定的增长条件是实际增长率、均衡增长率与自然增长率相一致,即 $G = G_w = G_N$。如果这三种增长率不一致,则会引起经济波动,具体来说,实际增长率与均衡增长率的背离,会引起经济短期波动,当实际增长率大于均衡增长率时,会引起累积性的扩张,因为这时实际的资本—产量比率小于均衡资本—产量比率,厂商会增加投资,使两者一致,从而就刺激了经济的扩张。相反,当实际增长率小于均衡增长率时,会引起累积性的收缩,因为这时实际的资本—产量比率大于均衡的资本—产出比率,厂商就会减少投资,使两者一致,从而引起了经济收缩。在长期中,有保证的增长率与自然增长率的背离也会引起经济波动,当有保证的增长率大于自然增长率时,由于有保证的增长率超过了人口增长和技术进步所允许的程度,将会出现长期停滞。反之,当有保证的增长率小于自然增长率时,由于有保证的增长率不会达到人口增长和技术进步所允许的程度,将会出现长期繁荣。所以,应该使这三种增长率达到一致。

2. 新古典经济增长模型

满足哈罗德—多马模型关于经济稳定增长的条件十分苛刻,因为实际增长率取决于有效需求,很难和短期及长期稳定增长所要求的增长率相一致,之所以如此,是由于给定了储蓄率就给定了一个增长率。新古典经济增长模型的代表人物索洛用改变资本—产出比率的办法来解决上述难题。他们的理论之所以被称为新古典经济增长理论,是因为他们像新古典学派一样,认为通过市场机制,资本—劳动比率可改变,充分就业的稳定增长就可以实现。

新古典经济增长理论的基本假定包括:第一,社会储蓄函数 $S = sY$,其中 s 是作为参数的储蓄率;第二,劳动力按一个不变的比率 n 增长;第三,生产的规模报酬不变。这样,在一个只包括居民户和厂商的两部门经济体系中,经济的均衡是投资等于储蓄(即 $I = S$),也就是说,投资或资本存在量的增加等于储蓄。资本存量的变化等于投资减去折旧,当资本存量为 K 时,假定折旧是资本存量 K 的一个固定比率 σK($0 < \sigma < 1$),则资本存量的变化 ΔK 为:

$$\Delta K = I - \sigma K$$

根据 $I = S = sY$,上式可写为:

$$\Delta K = sY - \sigma K$$

令 $y = Y/N$,表示人均产出水平;令 $k = K/N$,表示人均资本存量,于是人均资本存量的增长率可以写为:

$$\frac{\Delta k}{k} = \frac{\Delta K}{K} - \frac{\Delta N}{N} = \frac{\Delta K}{K} - n$$

也就是说,人均资本存量的增长率等于资本增长率减去劳动力增长率,再将 $\Delta K = sY - \sigma K$ 代入上式,可得:

$$\Delta k = sy - (n+\sigma)k$$

上面的公式是新古典经济增长模型的基本方程,这个方程表明,人均资本增加等于人均储蓄 sy 减去 $(n+\sigma)k$ 项。$(n+\sigma)k$ 项可以这样理解:劳动力的增长率为 n,一定量的人均储蓄必须用于装备新工人,每个工人占有的资本为 k,这一用途使用的储蓄为 nk。另外,一定量的储蓄必须用于替换折旧资本,这一用途使用的储蓄为 σ。也就是说,人均储蓄扣除用于装备新工人和替换折旧资本用去的部分后即为人均资本增加量。总量为 $(n+\sigma)k$ 的人均储蓄被称为资本的广化,人均储蓄超过了 $(n+\sigma)k$ 的部分导致了人均资本 k 的上升,即 $\Delta k > 0$,这被称为资本的深化。因此,新古典增长模型的基本方程可以用语言表述为:资本深化 = 人均储蓄 - 资本广化。

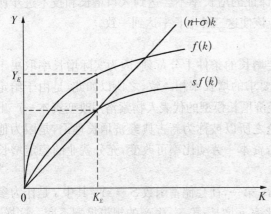

图 12-1　新古典经济增长模型图示

这个方程中,如果 $\Delta k = 0$,则 $sy = (n+\sigma)k$,若 s、n、σ 均保持不变,则人均产量也保持不变,这一状态被称为长期均衡状态。新古典经济增长模型图示,如图 12-1 所示。

在图 12-1 中,$f(k) = y$,代表人均产出曲线,由于资本边际生产力递减,故 $f(k)$ 呈图中形状,$sf(k)$ 是人均储蓄曲线,$(n+\sigma)k$ 表示资本广化,由于假定 n 和 σ 都是不变的,故 $(n+\sigma)k$ 是条直线,它和 $sf(k)$ 线相交于 A,表示处于均衡状态,这时产量为 Y_E。若经济运行在 A 点左面,$sf(k)$ 大于 $(n+\sigma)k$,表示有资本深化现象,$\Delta k > 0$,即人均资本 k 上升;反之,则 k 下降。经济趋于资本深化阶段时,表示 y 和 k 上升,y 上升说明产量比人口增长快。从图 12-1 中可以看出,k 越小,即资本越贫乏的国家,越有可能资本深化,故经济增长中穷国会快于富国,各国在增长中有着向均衡值靠拢的趋势。

该图对于现实有一定的指导意义,如在其他条件不变的情况下,一国可以通过提高储蓄率 s,可以使 $sf(k)$ 曲线向上移动,从而使人均资本和人均产量提高;或者可以通过降低人口增长率 n,可使 $(n+\sigma)$ 曲线向右下方移动,从而人均资本和人均产量提高;此外,还可以通过调整人均资本 k 的值而使人均产量 $f(k)$ 变动。

3. 内生增长理论

新古典经济增长理论在 20 世纪 60～80 年代占据经济增长理论的主流地位,但随着人们对经济问题认识的深入和经济形势的发展,这一模型逐渐暴露出一些问题。例如,根据该模型的观点,落后国家的经济增长要快于发达国家,因为落后国家的人均资本水平较低,单位资本的回报率比较高,但近些年来,各国经济发展的实际情况告诉我们,有些落后国家的增长速度反而低于发达国家的增长速度,落后国家与发达国家之间的差距有拉大的趋势。正是在这种情况下,20世纪80年代以来,以罗默和卢卡斯为代表的经济学家在反思新古典经济增长理论的基础上,逐渐形成了一种新的增长理论,即内生增长理论。

以往的增长理论,将储蓄率、人口增长和技术进步等经济增长重要因素视为外生变量(即一个给定的量),也就是说,这些因素是经济增长的动力而不是经济增长的后果,而现实经济中,储蓄率的变化、人口增长率的变化和技术进步不仅是经济增长的动力,同时也是经济增长的后果,因而不可能是一个外生变量,而是随着经济增长而变化的量。内生增长理论试图避免这一缺陷,将这些重要因素作为内生变量,用规模收益递增和内生技术进步来说明各国经济如何增长,其显著特点是将增长率内生化,故称内生增长理论。

内生增长理论比较集中地讨论了技术进步这一因素在经济增长中的作用,该理论认为,一个经济社会的技术进步快慢和路径是由这个经济体系中的家庭、企业在经济增长中的行为决定的。该理论主要代表人物罗默认为,企业通过增加投资的行为,提高了知识水平,知识有正的外部性,从而引起物质资本和劳动等其他要素也具有收益递增的特点。另一代表人物卢卡斯认为,发达国家拥有大量人力资本,经济持续增长是人力资本不断积累的结果。还有的学者强调从事生产过程也是获得知识的过程,即所谓的"干中学"。"干中学"积累起来的经验使劳动力和固定资产的效率在生产过程中不断提高。总之,一句话,技术进步是经济体系的内生变量。

内生增长理论对现实有着较强的指导意义,依据其观点,政府应当通过各种政策,如对研究和开发提高补贴,对文化教育事业给予支持,用税收等政策鼓励资本积累等,以促进经济增长。

12.1.4 关于经济增长的争论

1. 零增长论

零增长论是西方国家20世纪60年代末开始流行的一种主张人口和国民生产总值必须停止增长,才能使人类停止避免灾难的思潮。这种理论的主要代表著作有:米香(E. J. Mishan)于1967年发表的《经济增长的代价》、福来斯特(J. Forresters)于1971年发表的《世界动态》和米都斯(D. H. Meadows)等人于1972年发表的《增长的极限》。

零增长论认为:① 按目前增长速度,到20世纪末21世纪初,不可更新的矿物资源都将耗竭,可耕地都将被全部开垦;② 如果增长速度不变,及时发现新的代用资源,发明能回收部分资源循环使用的新技术,绿色革命取得新的进展,也只能推迟世界末日的来临;③ 经济增长和技术进步使环境污染日甚一日,最终必将失去生态平衡,危及人类生存;④ 使人类免于灾难或毁灭的根本途径在于经济的零增长,即经济发展要绝对服从生态环境保护的需要。

零增长论是在 20 世纪 60 年代末工业化国家相继出现污染公害事件的历史背景下产生的。现在,这种理论无论是对发达国家还是发展中国家都是难以接受的。

2. 没有极限的增长

围绕着零增长论,在全球范围内展开一场关于人类社会发展前景的大讨论。国际社会对它的批评主要有:一是认为《增长的极限》纯粹是无稽之谈,宣扬恐怖,制造惊慌气氛,这是一种极为不负责的态度。二是认为零增长论不仅无助于问题的解决,而且还会加剧社会不平等,降低社会效益,导致社会停滞。三是认为《增长的极限》基本上持科技决定论的立场,它没有充分估计科学技术在解决人口、粮食、资源和污染等方面的巨大潜力,鼓吹技术悲观主义;同时,它所选择的五个因素都是自然因素,忽视了社会因素和精神因素,而一个为考虑价值系统影响的全球模型不可能真实反映情况,更谈不上真正解决问题。其中对《增长的极限》提出系统批评的是赫德森研究所所长赫尔曼·卡恩。在赫德森研究所职员的协助下,卡恩于 1976 年完成了《下一个二百年》的报告,提出一种有异于零增长论的乐观主义理论,简称为"没有极限的增长"的理论。其基本观点如下:

(1) 必须从长期性视野出发来研究全球性环发问题。卡恩提出了"大过渡"的理论,将之作为自己研究全球性环发问题、预测未来社会前景的基础和根据。他认为,不能着眼于短期的问题,而必须从长期性的视野出发,这样,得出的结论才是可信的。他也以工业化为标准,把人类社会化分为工业化以前的社会、工业经济社会、超工业经济社会和后工业经济社会四个不同的阶段,并认为这是一个持续增长的过程。

(2) 全球性环发问题是一种暂时性和地区性的问题。从长期性的视野出发,卡恩认为,人类目前正处于大过渡的转折点上,而全球性问题正是在社会发展的转折点上产生的暂时性问题。同样,现在世界上不同的国家和地区还存在着发展水平的差异,上述问题是贫穷地区向富裕过渡过程中产生的问题,随着发展中国家(地区)的日益发展,这些问题就会迎刃而解。即人口不会爆炸、经济能够增长、资源不会枯竭、粮食能够保证供应和环境污染能够得到治理。

(3) 增长是没有极限的,人类的前景是美好的。针对罗马俱乐部对技术的批评,卡恩认为,目前的环发问题的形成原因不在于技术自身,而是由于用了尚不完善和不发达的技术造成的;而随着技术的改进和完善,环发问题将会得到解决,因此,增长是完全可以持续下去的,同时也有机会增长,如果能运用合情合理的经营技巧来处理目前的种种问题,那么,对人类有益无害的经济增长必能持续相当长的一段时间。

美国经济学家西蒙也是持乐观主义立场的。在 1981 年出版的《最后的资源》一书中(中文节译本名为《没有极限的增长》),他以《增长的极限》为对立面,根据自己搜集的资料和数据,经过分析后得出如下结论:人类资源的供应是无限的,人类的环境会日益好转,粮食在未来不会成为问题,凭借技术进步和市场调节能解决人类的发展问题,人口的增长也不必控制,它将自动达到平衡。

【推荐阅读】

半个世纪人类发展观大反省

自从 18 世纪工业革命在西方发轫以来,人类便对经济增长充满乐观情绪。但这种乐观最终被 20 世纪发生的一系列环境问题击碎。"可持续"增长模式逐渐占据主导地位。20 世纪发生的一系列公害事件,促使人类开始反思经济增长的模式:1930 年比利时马斯河谷烟雾事件、1948 年美国宾州多诺拉烟雾事件、1961 年日本四日市哮喘病事件和 1955 年开始的日本富士山县骨痛病事件等等。

1962 年,美国生物学家卡森发表著作《寂静的春天》,该书描述了杀虫剂,特别是滴滴涕对鸟类和生态环境所造成的毁灭性危害。此书的问世,给作者带来了一些麻烦,但发展必须顾及环境问题的思维,却从此根深蒂固地走进了全球政治、经济议程的中心。书中提到的"可持续性"一词,逐渐成为流行概念。1968 年,来自全球(主要是欧洲)的 100 多位学者、名流聚会罗马,成立了一个名为"罗马俱乐部"的组织。讨论人类面临的困境与出路,研究人口增长、工业发展、粮食生产、资源耗费和环境污染等重大问题。4 年后,这个组织发表了震动世界的研究报告《增长的极限》。报告预言:在未来一个世纪中,人口和经济增长,将导致地球资源耗竭、生态破坏和环境污染;除非人类自觉限制人口增长和工业发展,否则,这一悲剧将无法避免。

报告给出了一个激烈的解决方案:零增长。这显然有失偏激,以致反对者以同样的关键词撰书《没有极限的增长》进行反驳。但在"可持续发展"大行其道之后,这个闪耀着人类自我反省光辉的报告,被"绿色行动组织"奉为"圣经"。

1972 年,联合国人类环境会议在斯德哥尔摩举行,同年联合国环境署(UNEP)成立。联合国选择了"可持续发展"的经济增长模式。20 世纪 80 年代初,美国连续出版《公元 2000 年的地球》与《建设一个可持续发展的社会》两个报告。1983 年 11 月,联合国成立世界环境与发展委员会(WECD)。

WECD 于 1987 年发表了《我们共同的未来》报告,正式提出了"可持续发展"的模式,强调需要从当代和后代两个维度谋划发展,并注意生态环境的保护与改善,明确提出要变革人类沿袭已久的生产方式和生活方式,并调整现行的国际经济关系。1992 年,联合国环境与发展大会(UNCED)通过《21 世纪议程》,更进一步确认和明晰了"可持续发展观"的理念与内涵。

不少后发国家在自己的经济赶超阶段都声明,自己不会重复"先发展、后治理"的老路——然而结果还是很不理想。我国同样如此。

(资料来源:李文凯,《南方周末》,2004.3.12)

12.2　经济周期理论

西方媒体曾经颂扬凯恩斯拯救了资本主义,近年来持续的经济增长似乎再一次让不少人淡忘了经济周期。然而,2007年开始爆发的美国次贷危机正在引发一场全球性的金融海啸,何去何从? 经济周期理论不仅能够帮助我们从理论与历史的维度厘清当前危机的性质,更有助于我们分析情势的演变和探寻应对之策。

12.2.1　经济周期的含义

所谓经济波动,是指国民经济中的许多重要变量(如国民收入、投资和储蓄、物价水平、利润率、利息率和就业量等),每年均不是按相同的幅度增长,而是在一定时期内呈现出波浪式的上升与下降。国民收入及经济活动表现出的有规律的扩张与收缩相互交替的运动过程,就是经济周期(business cycle),又称商业周期或商业循环。

对于经济周期有两种不同的理解,古典经济学的经济周期是指实际国内生产总值或总产量的绝对量上升和下降的交替过程。但是,现代经济发展的实际情况告诉我们,实际国内生产总值或总产量的绝对量下降的情况是很少见的,所以,现代宏观经济学中认为,经济周期是经济增长率上升或下降的交替过程。根据这一定义,衰退不一定表现为国内生产总值绝对量的下降,而主要是国内生产总值增长率的下降,即使其值不是负值,也可以称之为衰退,经济学中称之为增长性衰退。

在理解经济周期内涵时,需要注意以下三点:第一,经济周期的中心是国民收入的波动,由于这种波动而引起了失业率、一般物价水平、利率以及对外贸易活动的波动,所以,研究经济周期的关键是研究国民收入波动的规律与根源;第二,经济发展的周期性波动是客观存在的经济现象,任何国家的经济发展都无法避免;第三,虽然每次经济周期并不完全相同,但它们却有共同之处,即每个周期都是繁荣与萧条的交替。

12.2.2　经济周期的阶段

经济周期可以分为两大阶段,即扩张阶段与收缩阶段。扩张阶段由复苏、繁荣组成;收缩阶段则由衰退、萧条组成。其中,繁荣、萧条是经济周期的两个主要阶段,衰退和复苏是两个过渡阶段。也可以认为,一个经济周期通常由繁荣、衰退、萧条和复苏四个阶段组成。假定一个经济周期从繁荣阶段开始,此时的经济处于高水平时期,消费旺盛,就业增加,产量扩大,社会总产出逐渐达到最高水平。繁荣阶段不可能长期保持下去,当消费趋缓、投资下降时,经济就开始下滑,走向衰退阶段。在衰退阶段初期,由于消费需求的减少,投资也逐步减少,进而生产下降、失业增多。随着消费的不断减少,产品滞销,价格下降,企业利润减少,致使企业投资进一步减少,相应地,社会收入也不断减少,最终使得经济跌落到萧条阶段。在萧条阶段,经济活动处于最低水平,这一阶段存在着大量的失业,

大批生产能力闲置,工厂亏损甚至倒闭。随着时间的推移,现有设备不断损耗和消费引起的库存减少,企业开始增加投资,于是就业开始增加,产量逐渐扩大,经济便进入复苏阶段。复苏阶段是经济走出萧条并走向上升的阶段。这一阶段的生产和销售逐渐回升,就业增加,价格有所上涨,整个经济呈现上升的势头。随着就业与生产的继续扩大,价格上升,经济又走向繁荣阶段,开始了又一个经济循环。经济周期,如图12-2所示。

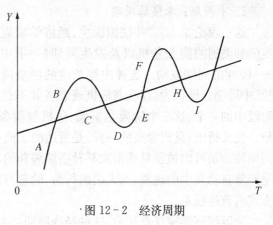

·图12-2 经济周期

在图12-2中,向右上方倾斜的直线代表经济的长期稳定增长趋势,曲线部分则用来表示经济活动围绕"长期趋势"上下波动的实际水平,图中,A～E部分代表了一个完整的经济周期,其中,A～B为繁荣阶段,B～C为衰退阶段,C～D为萧条阶段,D～dE为复苏阶段,B点是整个经济周期的峰顶,D点是整个经济周期的谷底。

西方经济学家一般认为,经济周期的形式和持续时间是不规则的。没有两个完全相同的经济周期,也没有像测定行星或钟摆那样的精确公式可用来预测经济周期的发生时间和持续时间。相反,经济周期可能更像天气那样变化无常。例如,一次周期的谷底或峰顶可能仅仅持续几周,也可能持续几个月甚至是几年、十几年。另外,由于存在着生产能力的增长趋势,所以,在某一谷底阶段中,其实际的生产和就业水平有可能出现比以前周期的峰顶时期还要高的状况,这也是正常的。这就增加了人们对经济周期认识上的复杂性。

12.2.3 经济周期的分类

西方的经济学者通过大量的历史资料研究,发现经济周期并非只有一种单一的模式,而是有多种类型。它们在发生的频率、上下波动的幅度和循环时间的长短等方面各不相同,据此,经济周期可划分为短周期(短波)、中周期(中波)和长周期(长波)。

1. 短周期:基钦周期

这一理论是1923年美国经济学家约瑟夫·基钦在《经济因素中的周期与倾向》中提出的。他认为,经济周期有大小两种。资本主义的经济周期只有3～5年,大周期约包括2个或3个小周期,小周期平均长度约40个月。基钦根据美国和英国1890～1922年的利率、物价、生产和就业等统计资料,从厂商生产过多时就会形成存货,从而减少生产的现象

出发,发现了在 40 个月中存在有规则上下波动的短周期。有的学者认为,短周期很可能只是一些适应性的波动。

2. 中周期:朱格拉周期

这一理论是 1862 年法国医生、经济学家克里门特·朱格拉(C·Juglar)在《论法国、英国和美国的商业危机以及发生周期》一书中首次提出的。他提出了市场经济存在着 9~10 年的周期波动。这种中等长度的经济周期被后人称为"朱格拉周期",又称"朱格拉"中周期。他认为,存在着危机或恐慌并不是一种独立的现象,而是社会经济运动三个阶段中的一个,这三个阶段是繁荣、危机与萧条。三个阶段的反复出现就形成了周期现象。他又指出,危机像疫病一样,是发达的工商业中的一种社会现象,在某种程度内,这种周期波动是可以被预见或采取某种措施缓和的,但并非可以完全抑制。他认为,周期波动是经济自动发生的现象,与人民的行为、储蓄习惯以及他们对可利用的资本与信用的运用方式有直接联系。

美国经济学家汉森认为,这种经济周期是主要的经济周期,并根据统计资料计算出美国的 1795~1937 年间共有 17 个这样的周期,其平均长度为 8.35 年。

3. 长周期:康德拉季耶夫周期

这一理论是 1925 年由苏联经济学家康德拉季耶夫在美国发表的《经济生活中的长波》一文中首先提出的。他对英、法、美等资本主义国家 18 世纪末到 20 世纪初 100 多年的批发价格水平、利率、工资和对外贸易等 36 个系列统计项目的加工分析,认为资本主义的经济发展过程可能存在三个长波:① 1789~1849 年,上升部分为 25 年,下降部分 35 年,共 60 年;② 1849~1896 年,上升为 24 年,下降为 23 年,共 47 年;③ 从 1896 年起,上升 24 年,1920 年以后是下降趋势,全过程为 140 年,包括了两个半的长周期,显示出经济发展中平均为 50~60 年一个周期的长期波动。

康德拉季耶夫认为,长波产生的根源是资本主义经济实质固有的那些东西,尤其与资本积累密切相关。

4. 另一种长周期:库兹涅茨周期

这一理论是 1930 年美国经济学家西蒙·库兹涅兹在《生产和价格的长期运动》一书中提出的。他认为,现代经济体系是不断变化的,这种变化存在一种持续、不可逆转的变动,即"长期运动"。他根据对美、英、法、德、比利时等国 19 世纪初叶到 20 世纪初期 60 种工、农业主要产品的生产量和 35 种工、农业主要产品的价格变动的时间数列资料,剔除其间短周期和中周期的变动,着重分析了有关数列的长期消长过程,提出了在主要资本主义国家存在着 15~20 年不等、平均长度为 20 年的"长波"论点。

5. 经济周期的综合:熊彼特周期

熊彼特经济周期理论是以技术创新为基础研究经济周期运动的理论,是 1939 年美籍奥国经济学家约瑟夫·阿洛伊斯·熊彼特在《经济周期》一书中提出的。他在总结归纳前人观点的基础上,提出资本主义经济发展历史中,同时存在着三种经济周期的论点,分别为康德拉季耶夫长周期、朱格拉周期和基钦周期。熊彼特以重大创新为标志把资本主义经济发展分为三个长周期:① 从 18 世纪 80 年代到 1840 年,是产业革命发展时期,纺织工业的"创新"在其中起了重要作用;② 1840~1897 年,是蒸汽和钢铁时代;③ 从 1897 年到 20 世纪 50 年代是电气、化学和汽车工业时代。

他认为,在每个长周期中仍有中等创新所引起的波动,这就形成了若干个中周期,每个中周期中还有小创新引起的波动,这就形成了若干个短周期。从历史上看,每个长周期的长度约为 48~60 年,其中包含了 6 个中周期;每个中周期的长度为 9~10 年,其中包含了 3 个短周期;短周期约为 40 个月,3 个短周期构成 1 个中周期,18 个短周期构成 1 个长周期。经济增长正是经由经济周期的变动实现的。

12.2.4　经济周期的波动原因

对导致经济周期性波动的原因,西方经济学家做了不少探讨。

早期的马尔萨斯与西斯蒙第等人、近代以霍布森为代表的学者,持消费不足的观点。他们认为,由于收入分配不均,产生富人储蓄过度,致使消费品需求无法赶上消费品供给的增长,引起经济萧条,最终导致经济波动。这是一种历史悠久的理论,主要用于解释经济周期中危机阶段的出现以及生产过剩的原因,并没有形成为解释经济周期整个过程的理论。

以哈耶克、密塞斯和卡塞尔为代表的经济学家们认为,由于投资过度,造成了重生产资本品的产业、轻生产消费品的产业,从而导致产业结构的失衡,引起经济周期性的波动。

以庇古、凯恩斯为代表的经济学家则持心理预期论的观点,他们认为,预期对人们的经济行为具有决定性的影响,乐观与悲观预期的交替引起了经济周期中的繁荣与萧条的交替。当任何一种原因刺激了投资活动,引起高涨之后,人们对未来的预期的乐观程度一般总会超过合理的经济考虑下应有的程度。这就导致过多的投资,形成经济过度繁荣。而当这种过度乐观的情绪所造成的错误被觉察以后,又会变成不合理的过分悲观的预期。由此过度减少投资,引起经济萧条。由于生产者对经济繁荣、衰退、萧条和复苏阶段的不同心理预期,引发了经济周期性的波动。

经济学家杰文斯认为,由于太阳黑子的出现,导致了农业减产,进而波及互有联系的工业和商业等产业,对购买力和投资等方面产生消极影响,从而引起整个社会经济的萧条。太阳黑子的周期出现,致使国家经济的波动也相应地周期产生。现代经济学家认为,太阳黑子对农业生产的影响是非常有限的,而农业生产对整个经济的影响更是有限的,因此,在现代工业社会中,这种理论没有多大的说服力。

以霍特里为首的经济学家认为,银行交替地扩张与收缩信用,产生了流通中货币数量的增加与减少,由此引发了经济周期的产生。

经济学家熊彼特、汉森等人认为,创新引发了旧的均衡的破坏和向新的均衡的过渡。

持续不断的创新,会产生持续不断的新的平衡,从而引发了一次又一次经济周期的产生。

盖拉斯基、杜夫特以后的诺德豪斯等经济学家持政治说观点。他们中有的人认为,由于政府为阻止周期性的通货膨胀而采取了相应的紧缩措施,人为地制造了一次停滞和衰退,从而引起经济的周期波动。有的人认为,每届到期的政府为了树立良好的政府业绩以争取选民而采取了扩张性的经济政策,以谋求连任;新一届政府上台后就要采取经济紧缩政策,以消除经济扩张政策所带来的经济问题,由于政府的选举与产生具有周期性,因此,经济也出现了相应的周期。

以萨缪尔森、希克斯等为代表的经济学家,运用乘数和加速系数的交互作用,来解释经济周期运动的产生。

综合以上各种不同的周期理论,大致可以分为外生经济周期理论和内生经济周期理论两大类,如太阳黑子、科技创新和政府行为等属外部因素,即外生经济周期理论;心理预期、消费投资以及乘数—加速数作用等属于内部因素,即内生经济周期理论。

12.2.5　乘数—加速数模型

1. 乘数—加速数模型概述

这是现代宏观经济中最具代表性的内生经济周期理论,其代表人物是美国经济学家萨缪尔森。假设由于新发明的出现使投资的数量增长,投资数量增长会通过乘数作用使收入增加。当人们的收入增加时,他们会购买更多的产品和劳务,从而使整个社会的产品和劳务销售数量增加。加速原理的作用和销售量的增长会促进投资以更快的速度增长,而投资的增长又使国民收入增长,从而使销售数量再次上升。如此循环往返,国民收入不断增大,于是,社会便处于经济周期的扩张阶段。

然而,社会的资源总是有限的,收入的增加迟早会达到资源所能容许的峰顶。一旦经济达到经济周期的峰顶,收入不再增长,从而销售量也不再增长。根据下文所述的加速原理,销售量增长的停止意味着投资量下降为零。由于投资的下降,收入减少,从而销售量也因之而减少。又根据加速原理,销售量的减少使得投资进一步减少,而投资的下降又使国民收入进一步下降。如此循环往复,国民收入会持续下降。这样,社会便处于经济周期的衰退阶段。

收入的持续下降使社会最终达到经济周期的谷底。这时,由于衰退阶段的长时期负投资,生产设备的逐年减少,所以,仍在营业的一部分企业会感到有必要更新设备。这样,投资开始增加,收入开始上升,上升的国民收入通过加速原理又一次使经济进入扩张阶段,于是,一次新的经济周期又开始了。

2. 加速原理

根据现代机器大生产应用大量耐久性固定资本设备的技术特点,说明宏观经济中,产量水平的变动和投资支出数量之间的关系被称为加速原理。一般说来,要生产更多的产量需要更多的资本,进而需要用投资来扩大资本存量。在一定限度内,企业有可能用现有的资本通过集约的使用来生产更多的产品,但对于企业来说,总有一个最优的资本对产量的比率。不同企业的资本对产量比率是不同的,并且资本对产量比率会随着社会技术和生产环境的变动而发生变动,为了简单起见,假定这个比率在一段时间内保持不变。以 K 代表资本,Y 代表产量水平,v 代表资本—产出比率,即一定时期内每生产单位产量所需要的资本存量。则有:

$$K_t = vY_t$$

在上式中,K_t 是 t 期的资本存量,而 Y_t 是 t 期的产出水平,是一个流量。由此式可知,资本存量的增加可以导致产出水平的增加,而资本存量的增加取决于一段时间内的净投资。设 I_t 是 t 时期的净投资,则有:

$$I_t = K_t - K_{t-1}$$

将 $K_t = vY_t$ 代入上式中,可得:

$$I_t = K_t - K_{t-1} = vY_t - vY_{t-1} = v(Y_t - Y_{t-1})$$

上式表明,t 时期的净投资额决定于产量从 $(t-1)$ 到 t 的变动量乘以资本—产出比率。如果 Y_t 大于 Y_{t-1},则在 t 时期内有正的净投资。也就是说,净投资取决于产量水平的变动,变动的幅度大小取决于资本—产出比率的数量,资本—产出比率 v 通常被称为加速数。

由于总投资是由净投资与重置投资(即折旧)构成,因而有 t 时期总投资 $= v(Y_t - Y_{t-1}) + t$ 时期的折旧。

由这两个公式表示的加速原理说明,如果加速数为大于 1 的常数,资本存量所需要的增加必须超过产量的增加。应当指出,加速原理发生作用是以资本存量得到了充分利用,且生产技术不变,从而资本—产量比率固定不变为前提的。

假定资本—产量比率为 $5:1(v=5)$,即生产 1 000 万美元的产品需要使用 5 000 万美元的资本设备,再假定每年的折旧费,即重复投资为 500 万美元不变,那么,年销售量或收入的变动引致的投资或资本品生产的变动情况,如表 12-2 的数字说明。

表 12-2

加速原理数字说明

年 份	年销售量	销售变化量	所需资本存量	重置投资	净投资	总投资
①	②	③	④=②×5	⑤	⑥	⑦=⑤+⑥
1	10	0	50	5	0	5
2	10	0	50	5	0	5

（续表）

年　份	年销售量	销售变化量	所需资本存量	重置投资	净投资	总投资
3	11	1	55	5	5	10
4	13	2	65	5	10	15
5	16	3	80	5	15	20
6	19	3	95	5	15	20
7	22	3	110	5	15	20
8	24	2	120	5	10	15
9	25	1	125	5	5	10
10	25	0	125	5	0	5
11	24	—1	120	5	—5	0

从上述变化过程可以看出，由于资本—产量比率大于 1，因此，净投资的变化⑥倍数于销售量的变动量③，这就是加速原理的作用。加速原理既可以朝正方向起作用，也可以朝相反的方向起作用。

3. 乘数—加速数模型

乘数—加速数模型将乘数原理与加速原理结合起来，以说明经济周期产生的原因，这一模型的基本表达式如下：

$$Y_t = C_t + I_t + G_t \tag{1}$$
$$C_t = cY_{t-1} \quad (0 < c < 1) \tag{2}$$
$$I_t = v(C_t - C_{t-1}) \quad (v > 0) \tag{3}$$

上式中，(1)式为产品市场均衡公式，即收入恒等式，为简便起见，假定政府购买 $G_t = G$（常数）。(2)式为简单的消费函数，它表明本期消费是上期收入的线性函数。(3)式表明了本期投资是本期消费与上期消费的差与加速数乘积（在前文关于加速原理的说明中，是把投资作为本期和上一期的收入之差的函数来论述的。由于在一般情况下，消费量和收入大致会保持固定的比率，所以加速原理也可以用本期与前期消费的改变量来表示）。将(1)式和(2)式代入(3)，可得：

$$Y_t = cY_{t-1} + v(C_t - C_{t-1}) + G_t \tag{4}$$

在表 12-2 中，假设边际消费倾向 c 等于 0.5，加速数 v 等于 1，政府每期开支 G_t 为 1亿元，在这些假定下，若不考虑第 1 期以前的情况，那么，从上期国民收入中来的本期消费为零，引致投资当然也为零，因此，第 1 期的国民收入总额就是政府在第 1 期的支出 1 亿元。第 2 期政府支出仍为 1 亿元，但由于第 1 期有收入 1 亿元，在边际消费倾向为 0.5 的情况下，第 2 期引致消费 $C_2 = cY = 0.5 \times 1 = 0.5$ 亿元，第 2 期的引致投资 $I_2 = v(C_2 -$

C_1)$= 1 \times (0.5 - 0) = 0.5$亿元,因此,第2期的国民收入$Y_t = G_t + C_t + I_t = 1 + 0.5 +$ 0.5$= 2$亿元。同样,可以计算出第3期收入为2.5亿元,第4期的收入为2.5亿元,以下各期的收入也都可以用同样的方法计算出。

乘数和加速数的相互作用,如表12-3所示。

表12-3

乘数和加速数的相互作用

t	G_t	C_t	I_t	Y_t	经济变动
1	1.00	0.00	0.00	1.00	—
2	1.00	0.50	0.50	2.00	复苏
3	1.00	1.00	0.50	2.50	繁荣
4	1.00	1.25	0.25	2.50	繁荣
5	1.00	1.25	0.25	2.25	衰退
6	1.00	1.125	−0.125	2.00	衰退
7	1.00	1.00	−0.125	1.875	萧条
8	1.00	0.937 5	−0.062 5	1.875	萧条
9	1.00	0.937 5	0.00	1.937 5	复苏
10	1.00	0.968 75	0.031 25	2.00	复苏
11	1.00	1.00	0.031 25	2.031 25	繁荣
12	1.00	1.015 625	0.015 625	2.031 25	繁荣
13	1.00	1.015 625	0.00	2.015 625	衰退
14	1.00	1.007 812 5	−0.007 812 5	2.00	衰退

(资料来源:高鸿业,《西方经济学》(第三版,宏观部分),中国人民大学出版社,2004)

从表12-3可以看出,边际消费倾向越大,加速数越大,政府变动支出对国民收入变动的作用也越大。

还可以看出,在社会经济生活中,投资、收入和消费相互影响,相互调节,通过加速数,上升的收入和消费会引致新的投资,通过乘数,投资又使收入进一步增长。假定政府支出为一固定的量,则靠经济本身的力量自行调节,就会自发形成经济周期,经济周期中的阶段正是乘数与加速数交互作用而形成的:投资影响收入和消费(乘数作用),反过来,收入和消费又影响投资(加速数作用)。两种作用相互影响,形成累积性的经济扩张或收缩的局面,这是西方一些经济学者对经济波动做出的一种解释,对于现实经济生活中的经济周期有一定的解释作用。根据这种解释,只要政府对经济干预,就可改变或缓和经济波动。例如,采取适当政策刺激投资,鼓励提高劳动生产率以提高加速数,鼓励消费等措施,就可以克服或缓和经济萧条。

【案例分析】

我国经济周期有逐次加长的趋势

根据 1978～2002 年 GDP 增长趋势图,我国经济周期有逐次加长的趋势。1978 年 GDP 增长率高峰值达到 11.7%,1984 年的 15.2%、1992 年的 14.2% 和 2003 年的 9.0% 以上,是 4 个高峰值;1981 年 GDP 增长率低谷值达到 5.2%,1990 年的 3.8%、1999 年的 7.1% 是三个低谷。从 1978 年形成的第一个峰点 11.7% 到 1984 年形成的第二个峰点 15.2%——峰值周期是 6 年;从 1984 年形成的第二个峰点 15.2% 到 1992 年形成的第三个峰点 14.2%——峰值周期是 8 年;从 1992 年形成的第三个峰点 14.2% 到 2003 年的 9% 以上第四个峰点——峰值周期是 11 年;第一个峰点——峰谷周期为 6 年;第二个峰点——峰谷周期为 8 年;第三个峰点—峰谷周期 11 年。如果这样的规律存在的话,可以初步推断,我国的经济周期将逐次加长。

经济周期逐次加长的大致规律,是以 6 年为基期,其后逐年以 2 的自然数倍率增加,形成 6 年、8 年和大约 10 年左右的周期序列。

经济周期逐次加长的主要原因在于:

1. 市场经济机制日臻完善,支撑我国经济增长的条件已发生根本性变化

随着我国市场经济体制逐渐完善,多种经济所有制形成,充分调动了经济增长的积极性,增强了经济增长自发能力;民间投资、港澳台投资、外资投资高比例较快增长,以及经济体制改革、主导产业逐步形成、市场规模扩大到以企业主体、构造区域经济和建立现代发展观念等综合因素构成支撑我国经济快速增长的基本条件。

2. 对外开放及融入世界贸易体制,使我国经济环境改善

从加入 WTO 前几年开始,到加入 WTO 后,我国向世界市场进军的步伐加快,不断降低市场准入门槛,逐步放宽政府管制,改善投融资环境,健全法律环境,逐步退出计划经济形态下政府主导的经济方式,发挥市场要素的作用,使经济流转更加快速,市场活力也更加增强。到现在,支撑我国经济增长的产业已经由劳动密集型产业向资本和技术密集型产业转变。电子信息产业、房地产业和汽车产业,已经成为我国经济增长的主要推动力量。

可以说,国内自身经济素质提高和国内国际市场的形成,是我国经济长期高增长的主要原因;同时自然加长了经济周期。

经济周期逐次加长的益处主要表现在:经济周期在高增长阶段加长,无疑有利于我国快速积累经济财富,同时为经济继续增长积蓄后劲。在此前提下,我国可以在经济条件允许的情况下,解决在经济体制转型期产生的各种矛盾,诸如医疗保险、养老保险等社会问题,也能够解决就业、增加居民收入、提高社会消费等一系列经济和社会问题。经济周

期加长,对于进一步维持经济高增长有正向激励作用。

经济周期的逐次延长是可能的。在经济高增长阶段,经济也有多峰产生的可能。考察我国GDP增长图,1984年15.2%的主要高峰之后,1987年的11.6%、1988年的11.3%,可以算是两个次高峰,因此在我国经济发展历程中就可以找到先例。所以,刺激经济在高增长期产生双峰甚至多峰是完全可能的。我们同时也测算到,由于1987年、1988年的两个次峰的出现,推迟了经济低谷的产生,使4.1%的低谷迟滞到1989年才出现。根据经济周期逐次加长情况,估计下一个低谷时间至少要7年以上。如果今年的峰值继续向后推迟,高峰多推迟几年,低谷的时间也将多推迟几年。显然,如果产生多峰形态则更好。

目前的任务是,如何在宏观经济上适当施政,使高经济增长的态势保持并延缓峰点出现,力争在好局面下向后延伸经济周期。亚洲经济危机时,我国采取一系列宏观经济政策积极应对,现在经济已经脱离了低谷,并在高增长状态下运行。其宏观经济政策也将和前几年一直施行的政策有所区别,可以考虑重新修订宏观经济政策;现阶段宏观经济政策的目标应该是保持经济持续在高水平上的增长,力图使经济既不过热也不下滑;延长经济峰点的降临,自然也就延长了经济周期。

(资料来源:陈玉营 《中国信息报》2003年11月14日)

思考讨论题:

1. 你是否认同本案例所得出的结论"我国经济周期有逐次加长的趋势"?从3~4个峰点—峰谷得出的结论是否具有可靠性?

2. 试分析"市场经济机制日臻完善,支撑我国经济增长的条件已发生根本性变化"这一论点的正确性。

3. 试分析"保持经济周期加长"论点的正确性。

思考与练习

1. 选择题

1) 经济增长最基本的特征是(　　)。

A. 国内生产总值的增加　　　　　　　B. 技术进步

C. 制度与意识的调整　　　　　　　　D. 思想解放,创新增加

2) 经济增长最关键的因素是(　　)。

A. 资本　　　　　B. 技术　　　　　C. 自然资源　　　　　D. 科技

3) 一个中周期持续的时间一般为(　　)年。

A. 8~9　　　　　B. 3~4　　　　　C. 50~60　　　　　D. 10~15

4) 经济周期中两个主要阶段是(　　)。

A. 繁荣和萧条　　　B. 萧条和复苏　　　C. 繁荣和衰退　　　D. 萧条和衰退

5) 持续时间约为 15～25 年的经济周期,是由(　　)提出的。

A. 基钦　　　　　　　B. 朱格拉　　　　　　C. 库兹涅斯　　　　　D. 熊彼特

2. 判断题

1) 经济增长和经济发展所研究的问题是一样的。　　　　　　　　　　　　(　　)

2) 经济增长的充分条件是技术进步。　　　　　　　　　　　　　　　　　(　　)

3) 经济周期的中心是国民收入的波动。　　　　　　　　　　　　　　　　(　　)

4) 朱格拉周期是一种短周期。　　　　　　　　　　　　　　　　　　　　(　　)

3. 简答题

1) 经济周期分为哪几个阶段? 各阶段的基本特征是什么?

2) 什么是经济周期? 经济周期是如何分类的?

3) 为什么个人投资的波动被认为是引起经济活动波动的主要原因?

4) 举例说明什么是乘数—加速数原理。

5) 什么是经济增长? 它有哪些基本特征?

6) 经济增长的源泉是什么?

7) 发达国家经济增长的特征主要有哪些?

8) 简要说明哈罗德—多马模型的假设条件、基本公式和主要结论。

4. 技能题

图 12－3 中有一个完整的经济周期,请划分出其中的各阶段,并说明各个阶段的特征。

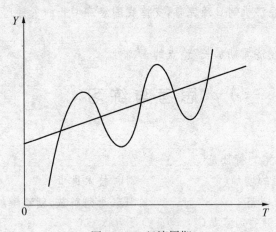

图 12－3　经济周期

5. 分析题

1) 经济增长就是国内生产总值的增长,这种理解对吗?

2) 经济周期是指实际国内生产总值或总产量绝对量上升和下降的交替过程,这种理解对吗?

13 宏观经济政策

【学习目标】

学习本章,掌握财政政策与货币政策的运用,宏观经济政策目标及工具;理解内在稳定器的内容;注重赤字财政政策与公债的应用;了解财政—货币政策的相互配合。

【案例导入】

减税刺激经济

1961 年,当一个记者问肯尼迪总统为什么主张减税时,肯尼迪回答:"为了刺激经济。"他的目的是通过实行减税,增加消费支出,扩大总需求,并增加经济的生产和就业。

虽然税收变动会对总需求有潜在的影响,但也有其他影响。特别是,通过改变人们面临的激励,税收还会改变物品与劳务的供给。肯尼迪建议的一部分是投资税减免,它给投资于新资本的企业减税。高投资不仅直接刺激了总需求,而且也增加了经济长期的生产能力。因此,通过较高的需求增加生产的短期目标与通过较高的总供给增加生产的长期目标是相对称的。而且,实际上,当肯尼迪提出的减税最终在 1964 年实施时,它促成了一个经济高增长的时期。

自从 1964 年减税以来,决策者不时地主张把财政政策作为控制总需求的工具。正如布什总统企图通过减少税收扣除来加快从衰退中复苏。同样,当克林顿总统 1993 年入主白宫时,他的第一批建议之一就是增加政府支出的"一揽子刺激"。其目的是帮助美国经济更快地从刚刚经历的衰退中复苏。但是,一揽子刺激最后遭到了失败。许多议员认为克林顿的建议提得太晚了,以至于对经济没有多大帮助。此外,一般认为减少赤字鼓励长期经济增长比短期总需求扩张更重要。

(资料来源:www.tjufe.edu.cn)

宏观经济政策(macro-economic policy)是建立在宏观经济理论基础上,通过运用财政政策、货币政策,来调节、控制宏观经济变量以达到预期目的。本章基于对宏观经济理论认识,全面介绍宏观经济政策。

13.1　宏观经济政策概述

13.1.1　宏观经济政策目标及其关系

宏观经济政策是指国家或政府有意识、有计划地运用一定的政策工具,调节控制宏观经济的运行,以达到一定的政策目标。

1. 宏观经济政策目标

经济学家认为,宏观经济政策应该同时达到四个目标,即充分就业、物价稳定、经济增长和国际收支平衡。

(1) 充分就业。充分就业是指包含劳动在内的一切生产要素都以愿意接受的价格参与生产活动的状态。充分就业包含两种含义:一是指除了摩擦失业和自愿失业之外,所有愿意接受各种现行工资的人都能找到工作的一种经济状态。二是指包括劳动在内的各种生产要素,都按其愿意接受的价格,全部用于生产的一种经济状态,即所有资源都得到充分利用。失业意味着稀缺资源的浪费或闲置,从而使经济总产出下降,社会总福利受损。降低失业率,实现充分就业常常成为西方宏观经济政策的首要目标。

(2) 物价稳定。物价稳定是指物价总水平的稳定。物价稳定不是指每种商品价格的固定不变,也不是指价格总水平的固定不变,而是指价格指数的相对稳定。价格指数又分为消费物价指数(CPI)、批发物价指数(PPI)和国民生产总值折算指数(GNP deflator)三种。物价稳定并不是通货膨胀率为零,而是允许保持一个低而稳定的通货膨胀率。所谓低,就是通货膨胀率在1%~3%之间;所谓稳定,就是指在相当时期内,能使通货膨胀率维持在大致相等的水平上。这种通货膨胀率能为社会所接受,对经济也不会产生不利的影响。

(3) 经济增长。经济增长是指在一个特定时期内,经济社会所生产的人均产量和人均收入的持续增长。它包括:一是维持一个高经济增长率;二是培育一个经济持续增长的能力。一般认为,经济增长与就业目标是一致的。经济增长通常用一定时期内实际国民生产总值年均增长率来衡量。经济增长会增加社会福利,但并不是增长率越高越好。这是因为,一方面,经济增长要受到各种资源条件的限制,不可能无限地增长,尤其是对于经济已相当发达的国家来说更是如此。另一方面,经济增长也要付出代价,如造成环境污染、引起各种社会问题等。因此,经济增长就是实现与本国具体情况相符的适度增长率。

(4) 国际收支平衡。国际收支平衡具体分为静态平衡与动态平衡、自主平衡与被动平衡。静态平衡是指一国在一年的年末,国际收支不存在顺差也不存在逆差;动态平衡不强调一年的国际收支平衡,而是以经济实际运行可能实现的计划期为平衡周期,保持计划期内的国际收支均衡。自主平衡是指由自主性交易,即基于商业动机,为追求利润或其他利益而独立发生的交易实现的收支平衡;被动平衡是指通过补偿性交易,即一国货币当局为弥补自主性交易的不平衡而采取调节性交易而达到的收支平衡。国际收支平衡的目标要求做到汇率稳定,外汇储备有所增加,进出口平衡。国际收支平衡不是消极地使一国在国际收支账户上经常收支和资本收支相抵,也不是消极地防止汇率变动和外汇储备变动,而是使一国外汇储备有所增加。适度增加外汇储备被看做是改善国际收支的基本标志。同时,由于一国国际收支状况不仅反映了这个国家的对外经济交往情况,还反映出该国经济的稳定程度。

　　2. 宏观经济目标之间的关系

　　以上四大目标相互之间既存在互补关系,又有交替关系。互补关系是指一个目标的实现对另一个的实现有促进作用。例如,为了实现充分就业水平,就要维护必要的经济增长。交替关系是指一个目标的实现对另一个有排斥作用,如物价稳定与充分就业之间就存在两难选择。为了实现充分就业,必须刺激总需求,扩大就业量,这一般要实施扩张性的财政和货币政策,由此就会引起物价水平的上升。而为了抑制通货膨胀,就必须紧缩财政和货币,由此又会引起失业率的上升。又如,经济增长与物价稳定之间也存在着相互排斥的关系。因为在经济增长过程中,通货膨胀是难以避免的。再如,国内均衡与国际均衡之间存在着交替关系。这里的国内均衡是指充分就业和物价稳定,而国际均衡是指国际收支平衡。为了实现国内均衡,就可能降低本国产品在国际市场上的竞争力,从而不利于国际收支平衡;为了实现国际收支平衡,又可能不利于实现充分就业和稳定物价的目标。

　　宏观经济政策目标之间的矛盾,就要求政策制定者或者确定重点政策目标,或者对这些政策目标进行协调。不同流派的经济学家,对政策目标有不同的理解。例如,凯恩斯主义经济学家比较重视充分就业与经济增长,而货币主义经济学家则比较重视物价稳定。这些对政策目标的确定都有相当的影响。

13.1.2 宏观经济政策工具

　　宏观经济政策工具是用来达到政策目标的手段。在宏观经济政策工具中,常用的有需求管理、供给管理和国际经济政策。

　　1. 需求管理

　　需求管理是指通过调节总需求来达到一定政策目标的宏观经济政策工具。它包括财政政策和货币政策。需求管理政策是以凯恩斯的总需求分析理论为基础制定的,是凯恩斯主义所重视的政策工具。

　　需求管理是通过对总需求的调节,实现总需求等于总供给,达到既无失业又无通货膨胀的目标。它的基本政策有实现充分就业政策和保证物价稳定政策两个方面。在有效需求不足的情况下,也就是总需求小于总供给时,政府应采取扩张性的政策措施,刺激总需求增长,克服经济萧条,实现充分就业;在有效需求过度增长的情况下,也就是总需求大于总供给时,政府应采取紧缩性的政策措施,抑制总需求,以克服因需求过度扩张而造成的通货膨胀。

2. 供给管理

20 世纪 70 年代初,石油价格大幅度上升对经济产生严重影响,使经济学家们认识到了总供给的重要性。总需求—总供给模型中分析了总供给对国民收入和价格水平的影响。这样,宏观经济政策工具中就不仅有需求管理,而且还有供给管理。供给管理是要通过对总供给的调节,来达到一定的政策目标的宏观经济政策工具。供给即生产,在短期内影响供给的主要因素是生产成本,特别是生产成本中的工资成本;在长期内,影响供给的主要因素是生产能力,即经济潜力的增长。因此,供给管理包括控制工资与物价的收入政策、指数化政策、改善劳动力市场状况的人力政策,以及促进经济增长的增长政策。

(1) 收入政策。收入政策是指通过限制工资收入增长率从而限制物价上涨率的政策,因此,又称工资和物价管理政策。之所以对收入进行管理,是因为通货膨胀有时是由成本(工资)推进所造成的。收入政策的目的就是制止通货膨胀。它有以下三种形式:一是工资与物价指导线。根据劳动生产率和其他因素的变动,规定工资和物价上涨的限度,其中主要是规定工资增长率。企业和工会都要根据这一指导线来确定工资增长率,企业也必须据此确定产品的价格变动幅度,如果违反,则以税收形式以示惩戒。二是工资物价的冻结。即政府采用法律和行政手段禁止在一定时期内提高工资与物价,这些措施一般是在特殊时期采用,在严重通货膨胀时也被采用。三是税收刺激政策。即以税收来控制增长。

(2) 指数化政策。指数化政策是指定期地根据通货膨胀率来调整各种收入的名义价值,以使其实际价值保持不变。指数化政策主要有:一是工资指数化,二是税收指数化。即根据物价指数自动调整个人收入调节税等。

(3) 人力政策。人力政策又称就业政策,是一种旨在改善劳动市场结构,以减少失业的政策。主要有:一是人力资本投资。由政府或有关机构向劳动者投资,以提高劳动者的文化技术水平与身体素质,适应劳动力市场的需要。二是完善劳动市场。政府应该不断完善和增加各类就业介绍机构,为劳动的供求双方提供迅速、准确而完全的信息,使劳动者找到满意的工作,企业也能得到其所需的员工。三是协助工人进行流动。劳动者在地区、行业和部门之间的流动,有利于劳动的合理配置与劳动者人尽其才,也能减少由于劳动力的地区结构和劳动力的流动困难等原因而造成的失业。对工人流动的协助包括提供充分的信息、必要的物质帮助与鼓励。

(4) 经济增长政策。经济增长政策主要有:一是增加劳动力的数量和质量。增加劳动力数量的方法包括提高人口出生率、鼓励移民入境等;提高劳动力质量的方法有增加人力资本投资。二是资本积累。资本的积累主要来源于储蓄,可以通过减少税收、提高利率等途径来鼓励人们储蓄。三是技术进步。技术进步在现代经济增长中起着越来越重要的作用。因此,促进技术进步成为各国经济政策的重点。四是计划化和平衡增长。现代经济中各部门之间协调的增长是经济本身所要求的,国家的计划与协调要通过间接的方式来实现。

3. 国际经济政策

国际经济政策是对国际经济关系的调节。现实中,每一个国家的经济都是开放的,各国经济之间存在着日益密切的往来与相互影响。一国的宏观经济政策目标中有国际经济关系的内容(即国际收支平衡),其他目标的实现不仅有赖于国内经济政策,而且也有赖于国际经济政策。因此,在宏观经济政策中也应该包括国际经济政策。

13.1.3 宏观经济政策的理论基础

宏观经济政策的理论基础是凯恩斯主义的经济学的总需求决定国民收入的理论,即 IS-LM 模型。该模型说明了商品市场和货币市场同时达到均衡时利息率和国民收入是如何决定的,并且指出了模型中的 IS 曲线和 LM 曲线的位置变动会对均衡的利息率水平和国民收入水平产生何种影响。该模型是分析财政政策和货币政策效应的工具。在 LM 曲线的不同区域,财政政策和货币政策的有效性有着很大的不同。LM 曲线可以呈现水平、递增和垂直三种形式。据此,可以把 LM 曲线划分为凯恩斯区域(萧条区域)、中间区域和古典主义区域。LM 曲线三个区域,如图13-1所示。

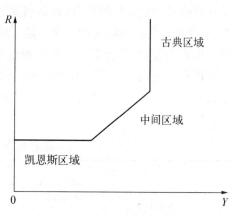

图 13-1 LM 曲线三个区域

图 13-1 中,在凯恩斯区域,IS 变动对国民收入影响最大,而 LM 变动对国民收入没有影响,因而财政政策有效,货币政策无效;在古典主义区域,IS 变动只影响利息率,不影响均衡国民收入,而 LM 变动则对国民收入产生最大影响,因而货币政策有效,财政政策无效;在中间区域,财政政策和货币政策都影响均衡国民收入和利息率,财政政策和货币政策均有效。

13.2 财政政策

13.2.1 财政政策的内容与运用

1. 财政政策的内容

宏观财政政策是国家调控经济,实现政策目标最主要的政策工具之一。所谓财政政策,就是政府通过调整税收和开支来影响国民经济,以使其达到理想状态的一种宏观经济调节政策。

（1）政府支出体系。财政支出主要是各级政府的支出，包括政府用于国防及安全方面的支出，社会福利支出，公共卫生、教育、环保、运输、农业及公债利息等方面的支出。按照支出的补偿性区分，财政支出可以区分为政府购买和政府的转移支付（见表13-1）。政府购买是指政府对商品和劳务的购买。政府的转移支付主要是社会保险、救济及其各种补贴。由于政府购买对产品直接构成需求，并且必须以产品作为交换，而转移支付不需要以产品作为交付，只是一种货币性支付，因此，从经济政策的角度来看，政府的购买性支出对经济运行产生的影响大。

（2）政府收入体系。政府收入主体上来源于税收和公债两个部分（见表13-1）。税收是政府收入中最主要的部分，它是国家为了实现其职能，按照法律预先规定的标准，强制地、无偿地取得财政收入的一种手段。税收是财政收入最主要的来源。在西方国家中，税收制度较为复杂，税种繁多。依照税收对象的不同，税收可分为所得税、财产税和货物税。所得税在税收中占有较大的比重。依照纳税方式区分，税收包括直接税和间接税。根据税率的变动来划分，税收又分为累进税和比例税。所得税往往采取累进的税率征收。

表 13 - 1

政府收入与支出体系表

财政支出	政府购买	军需品	军服、棉被、靴子、军用车等
		机关办公用品	超市购物发票可以开"办公用品"
		政府雇员工资	隔一定时间涨一次
		公共项目支出	铁路、公路、环保、公共卫生等
	转移支付	社会保障社会福利	社会保险、救济金、困难补助等
		对农业补贴	
		公债利息	
财政收入	税　收	所得税（个人所得与公司所得）	对个人和公司的所得征的税
		财产税（不动产、房地产）	对不动产或房地产即土地及建筑物征的税
		流转税（营业税、消费税、增值税）	流通中商品和劳务买卖总额征税
	公　债	内债	政府欠国内公众的债
		外债	一个国家向另一个国家借的债

公债是政府运用信用形式筹集财政资金的特殊方式，是各级政府借债的统称。中央政府的债务称为中央债，又称国债；地方政府的债务称为地方债。我国地方政府无权以自身名义发行债务，故人们常将公债与国债等同起来。从财政角度看，公债是财政收入的补

充形式,是弥补赤字、解决财政困难的有效手段。当国家财政一时支出大于收入、遇有临时急需时,发行公债比较简捷,可济急需。从长远看,公债还是筹集建设资金的较好形式。一些投资大、建设周期长、见效慢的项目,如能源、交通等重点建设,往往需要政府积极介入。

2. 财政政策的运用

财政政策就是要运用政府开支与税收来调节经济的宏观经济政策。

(1) 扩张性的财政政策。在经济萧条时期,总需求小于总供给,经济中存在失业,政府就要实行扩张性的财政政策,包括增加政府支出与减税。减税可以增加企业和居民的可支配收入,从而增加消费和投资;政府支出的增加则直接刺激总需求,从而可能使经济走出萧条。扩张性的财政政策的运用如图 13-2 所示。

图 13-2 扩张性的财政政策的运用

财政支出增加,*IS* 曲线向右上方平行移动,利率上升,国民收入增加;反之,亦然。扩张性财政政策图示,如图 13-2 所示。

(2) 紧缩性的财政政策。在经济繁荣时期,总需求大于总供给,经济中存在通货膨胀,政府则要通过紧缩性的财政政策来压抑总需求,以实现物价稳定。紧缩性的财政政策包括减少政府支出与增税。减少政府支出则直接使总需求下降;征税可以减少居民和企业的消费和投资。紧缩性的财政政策的运用,如图 13-4 所示。

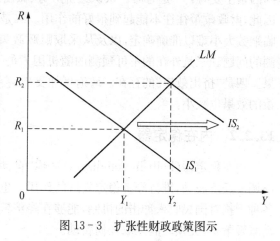

图 13-3 扩张性财政政策图示

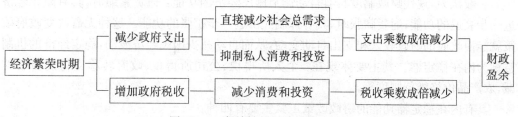

图 13-4 紧缩性的财政政策的运用

（3）中性财政政策。中性财政政策是指通过财政收支的大体平衡，以保持社会总需求与总供给基本平衡的政策。其政策功能在于保持社会总供求的同步增长，以维持社会总供求对比的既定格局；政策实施表现为财政收支在数量上基本一致。因此，中性财政政策对社会总供求关系产生不具倾向性的调节作用。

3. 酌情使用的财政政策

酌情使用的财政政策是指政府根据经济形势的分析，主动采用的增减政府收支的决策。例如，当认为总需求非常低，即出现经济衰退时，政府应通过削减税收，降低税率，增加支出或双管齐下以刺激总需求。反之，当认为总需求非常高，即出现通货膨胀时，政府应增加税收或减少支出以抑制总需求。究竟什么时候采取扩张性财政政策，什么时候采取紧缩性财政政策，应由政府对经济发展的形势加以分析权衡，斟酌使用。它是凯恩斯主义的需求管理的内容。凯恩斯分析的是需求不足型的萧条经济，因此，他认为调节经济的重点应放在总需求的管理方面，使总需求适应总供给。当总需求小于总供给出现衰退和失业时，政府应采取扩张性财政措施以刺激经济，当总需求大于总供给出现通货膨胀时，政府应采取紧缩性财政措施以抑制总需求。

但是，在采用以上财政政策过程中，会遇到许多制约因素影响其作用的发挥。这些制约因素主要有：一是时滞。认识经济形势、做出决策和实施财政政策都需要一定的时间，因此，财政政策往往不能起到很好的作用。二是不确定性。实行财政政策时，政府主要面临乘数大小难以准确确定，以及从采取财政政策到实现预定目标之间的时间难以准确预测的问题。三是外在的不可预测的随机因素的干扰，也可能导致财政政策达不到预期效果。四是"挤出效应"的存在。政府增加支出，会挤占私人投资支出的减少，从而使财政政策的效果也减小。

13. 2. 2　内在稳定器

内在稳定器（built-in stabilizers）又称"自动稳定器"，是指财政制度本身所具有的能够调节经济波动，维持经济稳定发展的作用。也就是说，经济系统本身存在的一种会减少各种干扰对国民收入冲击的机制，能够在经济繁荣时期自动抑制膨胀，在经济衰退时期自动减轻萧条，无须政府采取任何行动。

一般认为，现代财政制度具有自动调节国民经济的功能：通货紧缩时，具有阻止经济进一步衰退的功能；通货膨胀时，具有抑制经济进一步扩张的功能。这种无需改变政府政策就能使政府的财政收入和支出自动变动，从而自动减少国民经济波动，稳定经济的机制被称为内在稳定器。其主要体现在：个人所得税、公司所得税、政府转移支付的自动增减，农产品价格维持制度等。

具有内在稳定器功能的财政政策工具主要有四种：

（1）自动改变的累进税收制度。在经济萧条时期，政府征收的个人所得税和公司利润税自动下降,个人和公司保留的可支配收入增多,从而使消费和投资增加,导致总需求下降,克服危机;而在经济上升时,个人和公司收入增加,政府征收的所得税率也自动上升,使个人和公司的消费和投资受到抑制,物价上涨得到控制,经济趋于稳定。例如,日本的所得税的累进结构与法人税就具有这种功能,从个人所得税来看,经济过热——个人收入增加——税收随之增加——税收增加速度高于收入增加速度(因为税率结构是累进)——个人可支配收入减少——个人消费增长减慢——抑制经济过热,这就起到了所谓的"自动稳定作用"。

(2)失业补助和其他福利支付。在经济萧条时,工人失业增加,政府的失业补助及其他福利开支则自动增加,从而维持了失业工人的支出,有利于克服生产过剩;在经济上升时期,失业减少,从而失业救济及其他补助也自动减少,而征收作为失业补助的资金来源的税收却自动增加。

(3)私人储蓄和公司储蓄。一般家庭在短期内收入下降时,通常不减消费,而是动用过去的储蓄;在收入增加时,也不立即增加消费,而是增加储蓄,使消费保持相对的稳定。公司也是如此,在收入减少时,不轻易减少股息,而是减少保留利润;在收入增加时,也不轻易增加股息,而是增加保留利润。

(4)农产品价格支持制度。政府要按照农产品价格维持法案把农产品价格维持在一定水平上,如果农产品市场中农产品价格高于这一价格,政府抛出农产品,压低农产品价格;低于这一价格,政府收购农产品,提高农产品的价格。在萧条时期,农产品价格下跌,政府收购剩余农产品,就会增加农场主的收入,维持他们既定的收入与消费水平。在通货膨胀时期,农产品价格上升,政府抛出农产品,既可以抑制农场主收入与消费的增加,又可以稳定农产品价格,防止通货膨胀。

内在稳定器自动地发挥作用,调节经济,无需政府做出任何决策,但是,这种内在稳定器调节经济的作用是十分有限的。它只能减轻萧条或通货膨胀的程度,并不能改变萧条或通货膨胀的总趋势;只能对财政政策起到自动配合的作用,并不能代替财政政策。因此,尽管某些财政政策具有内在稳定器的作用,但仍需要政府有意识地运用财政政策来调节经济。

13.2.3　财政政策的挤出效应

挤出效应,或者具体地说,是政府扩张性财政政策的挤出效应。社会财富的总量是一定的,政府这边占用的资金过多,就会使私人部门可占用资金减少,经济学将这种情况,称为财政的"挤出效应"。即政府通过向公众(企业、居民)和商业银行借款来实行扩张性的财政政策,引起利率上升和借贷资金需求上的竞争,导致民间部门(或非政府部门)支出减少,从而使财政支出的扩张部分或全部被抵消。民间支出的减少主要是民间投资的减少,但也有消费支出和净出口的减少。扩张性的财政政策导致利率上升,从而使投资减少,最终导致国民收入的增加量低于利率不变时的国民收入的增加量。扩张性财政政策的挤出效应,如图 13-5 所示。

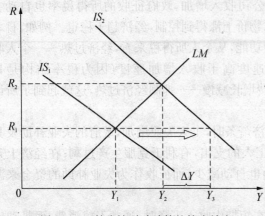

图 13-5 扩张性财政政策的挤出效应

图 13-5 中,扩张性的财政政策(如政府增加投资)导致 IS 曲线向右上方平行移动,在货币供给量不变时,利率上升。即 IS 曲线从 IS_1 移到 IS_2,利率从 R_1 上升到 R_2。利率的上升导致部分投资(主要是私人投资)减少,从而使国民收入的增加没有达到 Y_3,只达到 Y_2。利率上升导致国民收入相应的减少 ΔY 这就是挤出效应。

对挤出效应的发生机制有两种解释:一种解释是:财政支出扩张引起利率上升,利率上升抑制民间支出,特别是抑制民间投资。另一种解释是:政府向公众借款引起政府和民间部门在借贷资金需求上的竞争,减少了对民间部门的资金供应。

13.2.4 赤字财政政策与公债

政府支出的主要来源是税收。政府当年的税收和支出之间的差额称为预算余额。预算余额为零称为预算平衡,为正数的称为预算盈余,为负数的称为预算赤字。如果政府增加支出而没有相应地增加税收,或者减少税收而没有相应地减少支出,这种做法称为赤字财政。当政府发生预算赤字时,就可以通过发行公债向公众借钱或增发货币来弥补。

1. 运用赤字财政政策的理由

(1) 在经济萧条时期,财政政策是增加政府支出,减少政府税收,这样就必然出现财政赤字。凯恩斯认为,财政政策应该为实现充分就业服务,因此,必须放弃财政收支平衡的旧信条,实行赤字财政政策。

(2) 凯恩斯主义经济学家认为,赤字财政政策不仅是必要的,而且是可能的。第一,债务人是国家,债权人是公众。国家与公众的根本利益是一致的。第二,政府的政权是稳定的。这就保证了债务的偿还是有保证的,不会引起信用危机。第三,债务用于发展经济,使政府有能力偿还债务,弥补赤字。

(3) 政府实行赤字财政政策是通过发行公债来进行的。公债直接卖给中央银行,而不是直接卖给公众。

2. 公债政策

公债是指政府的举债行为。它一般与财政赤字相联系,当年的公债与同期财政赤字相等,而累积的公债则等于历年的财政赤字再减去财政结余。

(1) 政府公债政策的益处。主要表现在:

第一,有利于政治上的稳定。特别是财政支出大幅度增加时,如果用大幅度地提高税率来弥补赤字,往往会引起纳税人的普遍不满,以致影响整个社会的稳定。如果以借债的形式筹措资金,人们是比较容易接受的。

第二,有助于将项目收益者和纳税人联系在一起。政府用大量财政支出所举办的公共工程,如公路、水利工程和学校等,受益者可能要分布或延续到几代人中去,如果用大量征税的办法来支付这些建设项目的费用,结果是把整个费用重担都压到了项目建设时期那些纳税人身上,真正的或大多数的受益者反而没有负担任何费用。如果采用举债的办法,可在短期内筹措大量资金,使这些公共项目尽快上马,然后再从税收中将这些资金收回来,使这些项目所需资金更多地负担到它的收益人身上。

第三,有助于刺激经济。增加税收,公众的收入降低,会对经济产生紧缩的作用。而公债与税收不同,它是政府暂时将公众手中的部分钱借走,对经济是有刺激作用的。

(2) 发行公债的方法。发行公债的方法有向中央银行借款和向国内公众和外国借款。

一种观点认为,政府实行赤字财政,发行公债时,公债不能直接卖给居民户、厂商和商业银行。这是因为,如果由居民户与厂商直接购买公债,则会减少他们的支出,在一定程度上产生挤出效应,不能起到应有的扩大总需求的作用;如果由商业银行直接购买公债,则会减少它们的放款,同样间接产生挤出效应。只有把公债卖给中央银行,才能起到扩大总需求的作用。具体的做法是:政府(由财政部代表)把公债券作为存款交给中央银行,中央银行给政府以支票簿,政府就可以把支票簿作为货币使用,或用于增加公共工程,或用于增加购买,或用于增加转移支付。中央银行可以把政府债券作为发行货币的准备金或作为运用货币政策的工具。

这是在萧条时期,由于政府支出增加,税收减少,需要按上述办法发行公债来弥补财政赤字。那么,在通货膨胀时期,由于政府支出减少,税收增加,会有盈余。但这时的盈余不能花掉,不能用以偿还债务,因为这样用掉财政盈余,最终会直接或间接地增加消费与投资,从而加剧通货膨胀。比较可行的办法是,在通货膨胀时期,把财政盈余冻结起来,以备萧条时期使用。

【推荐阅读】

我国财政赤字政策的走向选择

财政赤字政策是宏观经济政策的重要组成部分,它既是应对短期经济波动,熨平经济周期的重要手段,在经济发展某些阶段上,又是扩大公共投资、提高经济长期增长率的重要方式。从历史上看,美国、日本和欧洲的赤字率在短期内都曾出现过较大的波动,如1981~2000年的20年间里,美国、日本、法国、德国和英国的赤字率最高分别达到过6%、7.3%、6.0%、3.3%和7.7%,但其长期赤字率则基本稳定在2.5%左右。上述几国过去20年间平均赤字率分别为2.6%、2.5%、3.1%、2.2%和2.6%。这说明,在一定时期根据实际需要实行一些短期的财政赤字,以此换来财政长期的平衡是必要的。归根结底,财政平衡是要以经济长期持续发展为基础的,脱离经济总体情况的财政平衡既无意义也不可持续。

一般认为,赤字对宏观经济的影响有以下几类,一是导致通货膨胀率提高;二是挤出私人投资;三是降低储蓄率进而影响资本形成和长期经济增长率。但是,以上这些结论都是在假设经济处于充分就业状态下得出的,当经济运行处于不充分就业状态时,以上这些结论都不能成立。经济运行处于不充分就业状态的标志是需求不足、生产能力利用率低和失业率高等。这时,增加赤字可以降低失业率,提高经济资源的利用率,改善全体人民的福利。在这种情况下,政府支出不但不会挤出私人投资,还会由于乘数效应而带动、挤入私人投资。

不仅处于经济周期不同阶段的赤字对经济的影响不同,不同性质的政府支出对经济的影响也是不同的。长期以来,西方国家统计中对政府支出没有严格区分投资性支出和消费性支出,很多分析只是笼统地把政府支出作为非生产性的消费支出,由此得出了高赤字将降低储蓄率、减少资本形成并影响长期经济增长率的结论。但实际上,政府投资也可以成为资本形成的重要渠道,这对私人部门发展相对滞后的后发国家更是如此。政府公共投资形成的基础设施是高生产性资本,对一国经济长期发展起到重要的推动与保障作用。从另一方面看,政府的投资支出同时形成了资产,政府总的资产负债状况没有恶化,这和其他性质的政府支出只增加政府债务不增加政府资产的情况迥然不同。从历史上看,政府支出中投资比例较高的日本的经济增长率也一直高于其他西方国家,日本长期发行建设国债为政府投资项目融资取得了很好的成效。在国际上,赤字只为政府投资支出融资的规则被称为黄金法则(golden rule)。日本在20世纪80年代财政重建时实行这一法则,既保证了经济增长,又在一定程度上改善了财政状况。英国从1997年也开始采用黄金法则,目前英国已是欧盟成员中财政状况最好的国家之一。

无论是从我国目前所处的发展阶段来看,还是从我国政府的决策机制来看,我国当前都有实施积极财政政策的有利条件。要积极利用财政政策来促进社会基础设施建设和经济结构的战略性调整,促进建立和完善社会主义市场经济基本制度,提高公共服务水平,推动全面建设小康社会。中国财政收支的黄金规则应是:赤字只能为公共投资、社会保障基金和重点公共服务领域融资,这几项赤字合计最高不应超过当年国内生产总值的5.5%。也就是说,在经济增长最低谷的年份,财政赤字最高不能超过5.5%。这是一个既能够积极利用财政政策促进经济发展,又具有充分谨慎性的比例,美、日、法、意等国历史上都有过财政赤字达到 6% 左右,而后随着经济的好转又重新实现财政平衡的先例。除黄金规则之外,还应设立一个财政可持续性的原则,以避免债务余额在国内生产总值中的比例失控。这一原则可以表述为当政府债务余额达到国内生产总值的 60% 左右,应把债务余额增长率和债务利率之和控制在国内生产总值名义增长率之下,这样,债务余额在国内生产总值中的比例就不会继续升高。

(资料来源:www.tjufe.edu.cn)

13.3 货币政策

货币政策的根本目标是帮助经济达到无通货膨胀、充分就业条件下的总产出水平。货币政策通过改变经济中的货币供给,帮助稳定总产出、就业和价格水平。

13.3.1 商业银行和中央银行

西方主要国家的金融机构主要包括中央银行和金融中介机构。金融中介机构主要包括商业银行、储蓄贷款协会、信用协会和保险公司等,其中最主要的是商业银行。商业银行之所以称为商业银行,是因为早先向银行借款的人都经营商业,但是,后来工业、农业、建筑业和消费者也都日益依赖商业银行融通资金,故其客户遍及经济各部门,业务也多种多样。

中央银行是一个国家最高的金融当局,统筹管理全国的金融活动,实施货币政策以影响经济。当今世界几乎所有的独立国家都设有自己的中央银行,只不过称呼不同罢了。美国是联邦储备局,英国是英格兰银行,德国是联邦银行,法国是法兰西银行,日本是日本银行,在中国就是中国人民银行。

一般认为中央银行有三个职能:

(1) 发行的银行:发行货币。

(2) 银行的银行:为商业银行提供贷款。

(3) 国家的银行:代理国库,提供政府所需资金,代表政府与外国发生金融业务关系,执行货币政策,监督管理全国金融市场活动。

13.3.2 凯恩斯主义的货币政策

1. 货币政策概述

货币政策是指中央银行运用货币政策工具来调节货币供给量以实现经济发展既定目标的经济政策手段的总和。

凯恩斯主义货币政策的直接目标是利息率,最终目标是总需求变动。凯恩斯主义认为,货币量可以调节利息率,是以人们的财富只有货币与债券这两种形式的假设为前提的。它与财政政策的不同之处在于:财政政策是直接影响社会总需求的规模,中间不需要任何变量;而货币政策则是通过货币供给量的变化来调节利率,进而间接地调节总需求,因而,货币政策是间接地发挥作用的。

2. 货币政策的工具

在凯恩斯主义的货币政策中,中央银行一般通过调整法定准备金率、调整再贴现率和公开市场业务这三种主要的货币政策工具来改变货币供给量,以达到宏观经济调控的目标。

(1) 调整法定准备金率。经常保留的供支付存款提取用的一定金额成为存款准备金,这种存款准备金在存款中起码应当占的比例是由政府(中央银行)规定的,这一比率称为法定准备金率。法定准备金率由最高限和最低限组成,要突破必须请求立法机构赋予这项权利。

中央银行可以通过改变商业银行的法定准备金率来控制货币供给量。当经济萧条时,中央银行在法律允许的范围内调低法定准备金率,增加货币供给,从而刺激消费与投资,达到促进经济发展的目的;反之,当经济过热时,中央银行在法律规定的上限以下提高法定准备金率,商业银行的贷款数量减少,减少货币供给,从而减少消费和投资,达到抑制经济过热的目的。一般不采用这个方法,因为这个方法力度太大,使整个银行系统信用受到影响,而且从中央到地方的政策传递也有一个时滞。

(2) 调整再贴现率。贴现和再贴现是商业银行和中央银行的业务活动之一。商业银行的贴现是指客户将所持有的未到期票据,因急需使用资金,而将这些票据出售给商业银行,兑现现款以获得短期融资的行为。商业银行在用现金购进未到期票据时,可按该票据到期值的一定百分比作为利息预先扣除,这个百分比就称为贴现率。商业银行在将贴现后的票据保持到票据规定的时间向票据原发行单位自然兑现。但商业银行若因储备金临时不足等原因急需现金时,则商业银行可以将这些已贴现的但仍未到期的票据售给中央银行,请求再贴现。这样,中央银行从商业银行手中买进已贴现了的但仍未到期的银行票据的活动就称为再贴现。并且在再贴现时同样要预先扣除一定百分比的利息作为代价,这种利息就称为中央银行对商业银行的贴现率,即再贴现率。但在当前美国,商业银行主要不再用商业票据而是用政府债券作为担保向中央银行借款。所以,现在都把中央银行给商业银行及其他金融机构的借款称为"贴现",相应的放款利率都称为"贴现率"。

中央银行通过变动再贴现率可以调节货币供给量。若中央银行感到市场上银根紧缩,货币供给量不足时,便可以降低再贴现率,商业银行向中央银行的"贴现"就会增加,从而使商业银行的准备金增加,可贷出去的现金增加,在货币乘数的作用下使整个社会货币供给量倍数增加。反之,若市场上银根松弛,货币供给量过多,中央银行可以提高再贴现率,商业银行就会减少向中央银行的"贴现",于是商业银行的准备金减少,可贷出去的现金也减少,通过货币乘数的作用,社会上的货币供给量将倍数减少。

中央银行调整贴现率对货币供给量的影响不是很大,实际上,中央银行调整贴现率更多的是表达自己的意图,而不是发挥调整贴现率对货币供给量的直接影响。

(3)公开市场业务。公开市场业务是指中央银行在金融市场上公开买卖政府债券以影响货币供给量的货币政策手段。当经济不景气时,为了刺激总需求,中央银行便在公开市场上买进商业银行持有的政府债券,增加货币供给,从而刺激消费与投资,达到促进经济发展的目的。当经济过热,中央银行便在市场上卖出政府债券。商业银行购买债券后,可以贷出的货币减少,使中央银行达到了控制货币、控制投资,减少货币供给,从而减少消费和投资,达到抑制经济过热的目的。买进债券,导致货币供应量增加,属扩张性货币政策;卖出债券,导致货币供应量减少,属紧缩性货币政策。

在多数发达国家,公开市场操作是中央银行吞吐基础货币,调节市场流动性的主要货币政策工具,通过中央银行与指定交易商进行有价证券和外汇交易,实现货币政策调控目标。中国公开市场操作包括人民币操作和外汇操作两部分。外汇公开市场操作于 1994年 3 月启动,人民币公开市场操作于 1998 年 5 月 26 日恢复交易,规模逐步扩大。1999 年以来,公开市场操作已成为中国人民银行货币政策日常操作的重要工具,对于调控货币供应量、调节商业银行流动性水平、引导货币市场利率走势,发挥了积极的作用。

公开市场业务与上述两项政策工具相比有下述优点。第一,公开市场业务可以按任何规模进行,中央银行既可以大量也可以小量买卖政府债券,使货币供给量发生较大的或迅速的变化。第二,公开市场业务比较主动和灵活,且可以连续进行。在公开市场业务中,中央银行可根据经济情况的需要,自由决定有价证券的数量、时间和方向,即使中央银行有时会出现某些政策失误,也可以及时纠正。第三,公开市场业务还可以比较准确地预测出其对货币供给的影响。一旦买进或卖出一定数量金额的证券,就可以根据货币乘数估计出货币供给量增加或减少了多少。基于上述原因,公开市场业务就成为中央银行控制货币供给量最重要最常用的工具。

除了上述三种调节货币供给量的主要工具外,中央银行还有其他一些次要的货币政策工具。例如,道义上的劝告、控制利息率的上限以及"垫头规定"的局部控制等。

3. 货币政策的运用

(1)在经济萧条时,$AD < AS$,为了刺激 AD,就要采用扩张性的货币政策。即在公开市场买进有价证券,降低贴现率并放松贴现条件,降低法定准备金率等。扩张性货币政策可以提高货币供给量,降低利息率,刺激总需求增长。

(2)在经济繁荣时,$AD > AS$,为了抑制 AD,就要采用紧缩性的货币政策。即在公开市场卖出有价证券,提高贴现率并严格贴现条件,提高法定准备金率等。紧缩性的货币政策可以减少货币供给量,提高利息率,抑制总需求增长。

4. 货币政策的局限性

货币政策是政府宏观干预的重要手段之一,它通过影响货币供给量而对利息率产生影响,并影响投资,最终影响收入。但是,在实际应用中,货币政策对收入的影响会受到下列因素的制约。

(1) 在通货膨胀期实行紧缩性的货币政策效果较明显,而在经济衰退期实行扩张性的货币政策效果就不明显。因为投资前景不好,厂商不愿投资,银行不愿贷款。

(2) 政策时滞的影响。与财政政策一样,货币政策的效果也受到政策时滞的影响。从中央银行对经济形势做出判断、分析、制定政策到实施,都会产生滞后。这些滞后制约着货币政策准确有效地发挥作用。

(3) 货币政策手段本身的局限性。变更再贴现率是中央银行间接控制商业银行准备金的重要手段,但这种手段的效果受到商业银行行为的制约。例如,当中央银行降低再贴现率时,商业银行未必增加贴现,至少不一定按照中央银行的意图增加再贴现数量。

以上原因使得货币政策在实践中的作用受到某些限制。普遍认为,货币政策是调节宏观经济运行的间接手段,它对通货膨胀的影响程度要大于对收入的影响。

13.3.3　货币主义的货币政策

货币主义是 20 世纪 50～60 年代,在美国出现的一个经济学流派,又称货币学派。其创始人为美国芝加哥大学教授弗里德曼。货币学派在理论上和政策主张方面,强调货币供应量的变动,是引起经济活动和物价水平发生变动的根本的和起支配作用的原因。人们的财富具有多种形式,即货币、债券、股票、住宅、珠宝、耐用消费品等。

货币主义学派理论主要由现代货币数量论和自然率假说构成。

(1) 现代货币数量论。货币主义学派把货币作为影响经济的最重要因素,认为物价水平或名义收入水平是货币需求与货币供应均衡的结果。但货币供应由法律和货币当局的政策决定,是外生的。因此,货币数量论主要研究货币需求的决定。弗里德曼说:"货币数量论首先是货币需求理论,而不是关于产量、货币收入或价格水平的理论。"

(2) 自然率假说。货币主义学派认为,私人经济具有内在的有效性和稳定性,国家干预会破坏其稳定性。这种内在的有效性和稳定性被称为自然率假说。它认为自由市场经济具有内在的动态平衡机制,外生力量只能产生短期影响,而不能影响其长期均衡。其他主要论点有:一是货币数量变动导致了货币收入的短期波动;二是货币数量在长期只影响价格和货币收入,不影响实际收入和就业量,因此通货膨胀归根到底是一种货币现象;三是货币供给量在短期影响实际国民收入和就业量。

第二次世界大战后,美、英等发达资本主义国家长期推行凯恩斯主义扩大有效需求的管理政策,虽然在刺激生产发展、延缓经济危机等方面起了一定作用,但同时却引起了持续的通货膨胀。

　　弗里德曼从20世纪50年代起,以制止通货膨胀和反对国家干预经济相标榜,向凯恩斯主义的理论和政策主张提出挑战。他在1956年发表的《货币数量论——重新表述》一文,对传统的货币数量说做了新的论述,为货币主义奠定了理论基础。

　　自60年代末期以来,美国的通货膨胀日益剧烈,特别是1973～1974年,在所有发达资本主义国家出现的剧烈的物价上涨与高失业率并存的"滞胀"现象,凯恩斯主义理论无法做出解释,更难提出对付这一进退维谷处境的对策。于是,货币主义开始流行起来,并对美、英等国的经济政策产生了重要影响。货币主义的代表在美国有哈伯格、布伦纳和安德森等人,在英国有莱德勒和帕金等人。

　　货币主义认为,引起名义国民收入发生变化的主要原因,在于货币当局决定的货币供应量的变化。假如货币供应量的变化会引起货币流通速度的反方向变化,那么,货币供应量的变化对于物价和产量会发生什么影响,将是不确定的、无法预测的。

　　弗里德曼突出强调货币需求函数是稳定的函数,正在于尽可能缩小货币流通速度发生变化的可能性及其对产量和物价可能产生的影响,以便在货币供应量与名义国民收入之间建立起一种确定的可以做出理论预测的因果关系。

　　在短期内,货币供应量的变化主要影响产量,部分影响物价,但在长期内,产出量完全是由非货币因素(如劳动和资本的数量,资源和技术状况等)决定的,货币供应只决定物价水平。

　　弗里德曼强烈反对国家干预经济,主张实行一种"单一规则"的货币政策。这就是把货币存量作为唯一的政策工具,由政府公开宣布一个在长期内固定不变的货币增长率,这个增长率(如每年增加3%～5%)应该是在保证物价水平稳定不变的条件下与预计的实际国民收入在长期内会有的平均增长率相一致。

　　凯恩斯主义货币政策与货币主义货币政策对比,如表13-2所示。

表13-2

凯恩斯主义货币政策与货币主义货币政策对比

对比内容	凯恩斯主义货币政策	货币主义货币政策
目　标	通过利率调节总需求	通过控制货币量实现物价稳定
机　制	货币量→利率→总需求	货币量→物价
手　段	公开市场业务、再贴现率、准备金率	单一规则的货币政策

13.3.4　财政政策与货币政策的协调

　　财政政策和货币政策是国家调控宏观经济的两大政策。总的来说,财政政策和货币政策的调控目标都是一致的,但是,财政政策和货币政策各自使用的政策工具和作用不尽相同,各有其局限性。因此,为了达到理想的调控效果,通常需要将财政政策和货币政策配合使用。

(1)当经济萧条时,可以把扩张性财政政策与扩张性货币政策混合使用,这样,能更有力地刺激经济。扩张性财政政策使总需求增加但提高了利率水平,采用扩张性货币政策就可以抑制利率的上升,以消除或减少扩张性财政政策的挤出效应,使总需求增加。

(2)当经济出现严重通货膨胀时,可实行"双紧"组合,即采用紧缩性财政政策与紧缩性货币政策来降低需求,控制通货膨胀。一方面,采用紧缩性的财政政策,从需求方面抑制了通货膨胀;另一方面,采用紧缩性货币政策,从货币供给量方面控制通货膨胀。由于紧缩性财政政策在抑制总需求的同时会使利率下降,而紧缩性货币政策使利率上升,从而不使利率的下降起到刺激总需求的作用。

(3)当经济萧条但又不太严重时,可采用扩张性财政政策与紧缩性货币政策相混合。这样是为了刺激总需求的同时又能抑制通货膨胀,这种混合的结果往往是对增加总需求作用不确定,但却使利率上升。

(4)当经济中出现通货膨胀又不太严重时,可采用紧缩财政政策与扩张性货币政策相配合。一方面,用紧缩性财政政策压缩总需求;另一方面,用扩张性货币政策降低利率,刺激投资,以免财政过度紧缩而引起衰退。财政政策与货币政策的配合,如表13-3所示。

表13-3

财政政策与货币政策的配合

	双松政策	双紧政策	紧财政松货币	紧货币松财政
经济背景	社会需求严重不足,生产资源大量闲置,解决失业和刺激经济增长成为宏观调控首要目标	社会总需求极度膨胀,社会总供给严重不足,物价大幅攀升,抑制通胀成为首要目标	政府开支过大,物价基本稳定,经济结构合理,但企业投资并不旺盛,促使经济较快增长成为主要目标	通胀与经济停滞并存,产业结构和产品结构失衡,治理滞胀、刺激经济增长成为首要目标
具体政策	财政扩大支出降低税率;同时,央行采取扩张性的货币政策,增加货币供应,降低市场利率,以抵消财政政策的"挤出效应"	财政削减政府支出,提高税率;央行紧缩货币政策,减少货币供应,调高利率	财政削减政府支出,提高税率	紧的货币政策同时实施减税和增加财政支出,利用财政杠杆调节产业结构和产品结构

除了以上财政政策与货币政策配合使用的一般模式,财政、货币政策还可呈中性状态。中性的财政政策,是指财政收支量入为出、自求平衡的政策。中性的货币政策是指保持货币供应量合理、稳定地增长,维持物价稳定的政策。若将中性货币政策与中性财政政

策分别与上述松紧状况搭配,又可产生多种不同配合。

【推荐阅读】

怎样看待当前宏观经济政策

2007年以来,发端于美国的次贷危机已演变成国际金融危机,并对世界经济产生了重大影响。从总体上看,我国国民经济基本面较好,如经济平稳增长、外汇储备充足、通货膨胀下降等。但作为世界经济的一部分,我国经济不可避免地会受到国际金融危机影响。中央审时度势,见事早、行动快,及时做出一系列重要决策部署,对稳定经济、稳定市场、稳定人心起到了积极作用。但与此同时,世界上越来越多的国家受国际金融危机影响,出现经济困难。在这样的国际背景下,我国经济增长明显放缓,东南沿海的一些外向型企业因订单减少而经营困难。面对近几年最为严峻的形势,我国政府为了保持国民经济长期稳定发展,当机立断,果断决定实施积极的财政政策和适度宽松的货币政策,并明确提出了进一步扩大内需、促进经济增长的10项措施,总投资将达到4万亿元。

解读这些政策措施可以看出,它们对于克服当前的经济困难和保持经济长期稳定发展具有重大意义,也表明我国宏观经济政策发生了重要转变。第一,宏观经济政策的目标发生转变。去年以来,我国宏观调控的目标是"两防",即防止经济增长由偏快转为过热、防止物价由结构性上涨演变为明显通货膨胀;今年中,根据经济形势变化,中央提出的宏观调控目标为"一保一控",即保持经济平稳较快发展和控制物价过快上涨;而11月初中央新政策的出台,表明宏观经济政策的目标已转变为"保字当先",即把保持经济平稳较快增长放在首要位置。第二,宏观经济政策的重点发生转变。此次政府投资不再着重于竞争性领域和产业领域,而是重点投资于城乡基础设施领域,注重医疗卫生、教育文化等社会事业发展,注重生态环境保护,这充分体现了科学发展观的要求和政府投资的公共性。第三,宏观经济政策的力度发生转变。这次政策的出台具有系统性、全局性和密集性,不仅出手快、出拳重、措施准、工作实,而且伴随有大量的配套性政策,着力于国民经济全局发展,政策力度超过以往。第四,宏观经济政策的推进方式发生转变。以往根据经济运行情况,政府政策的出台一般着重于市场环境的改善,在推进方式上大多是渐进式的。而此次政策的出台,突出了政府的强力推动,其目的就是要在短期内尽快显现出政策效果,而不贻误时机。这些变化表明,我国政府宏观调控的能力日臻成熟,我国宏观经济政策的灵活性和针对性不断增强。这是我国国民经济避免大起大落的基本保障。

把保持经济平稳较快增长放在首位,这是宏观经济政策的新变化,也是我国国民经济发展在当前形势下的正确选择。从宏观经济管理目标看,它包括经济增长、充分就业、稳定物价和国际收支平衡等方面,而其中经济增长是最基本的目标,因为保持经济持续平稳较快增长是实现充分就业、稳定物价和国际收支平衡的基本手段。从增强经济信心看，经济信心就是对未来经济前景的预期，这是经济发展的一个重要因素。如果公众对未来经济前景不看好，企业就会减少投资，银行就会减少贷款，居民就会减少消费，市场就会陷入萧条，最终会导致经济陷入停滞。因此，在经济困难时期，提振经济信心和经济预期尤为重要。中央关于进一步扩大内需、促进经济增长10项措施的推出，其重要意义之一就是提振公众经济信心。从保持国内外经济稳定看，目前欧美国家经济下滑严重，有的国家经济甚至已出现负增长。这对世界经济和国际市场产生了非常不利的影响。我国政府强力拉动经济增长，不仅对稳定国内经济而且对稳定世界经济都将起到积极作用。

（资料来源：丁任重，人民网-《人民日报》）

【资料链接】

我国目前实行积极财政政策和适度宽松的货币政策

积极财政政策

（1）宽松的财政政策：减少税收（已实施了证券交易税的下降和利息税的取消），扩大政府支出（40 000亿拉动内需正在实施中）。

（2）促进对外贸易：进出口行业是首当其冲地受到影响，并且从业人员众多（据统计已达亿人）。一是增加出口退税；二是人民币升值，都是增加出口竞争力的手段。

（3）减少企业负担：劳动法的调整等。

（4）加强公共财政的社会保障/医疗等方面的支出，保持社会经济发展环境的稳定.

适度宽松的货币政策

货币政策则从2008年7月份就及时进行了较大调整。

一是调减公开市场对冲力度，相继停发3年期中央银行票据、减少1年期和3个月期中央银行票据发行频率，引导中央银行票据发行利率适当下行，保证流动性供应。

二是于9月和10月连续3次下调基准利率，2次下调存款准备金率，释放保经济增长和稳定市场预期的信号。

三是取消了对商业银行信贷规划的约束。

四是坚持区别对待、有保有压，鼓励金融机构增加对灾区重建、"三农"、中小企业等贷款。

五是扩大商业性个人住房贷款利率下浮幅度，支持居民首次购买普通自住房和改善型普通住房。

财政政策与货币政策的内容框架图，如图13-6所示。

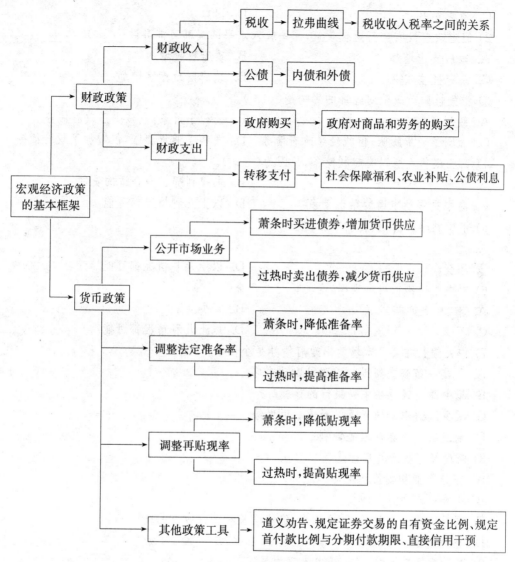

图 13 - 6 财政政策与货币政策的内容框架图

思 考 与 练 习

1. 选择题

1) 政府的财政收入政策通过( )对国民收入产生影响。

A. 政府转移支付 　　　　　　　　　　B. 政府购买

C. 消费支出　　　　　　　　　　　　D. 出口

2) 假定政府没有实行财政政策,国民收入水平的提高可能导致(　　)。

A. 政府支出增加　　　　　　　　　　B. 政府税收增加

C. 政府税收减少　　　　　　　　　　D. 政府财政赤字增加

3) 扩张性财政政策对经济的影响是(　　)。

A. 缓和了经济萧条,但增加了政府债务　　B. 缓和了萧条,也减少了政府债务

C. 加剧了通货膨胀,但减轻了政府债务　　D. 缓和了通货膨胀,但增加了政府债务

4) 商业银行之所以有超额储备,是因为(　　)。

A. 吸收的存款太多　　　　　　　　　B. 未找到那么多合适的贷款

C. 向中央银行申请的贴现太多　　　　D. 以上几种情况都可能

5) 市场利率提高,银行的准备金会(　　)。

A. 增加　　　　　　　　　　　　　　B. 减少

C. 不变　　　　　　　　　　　　　　D. 以上几种情况都可能

6) 中央银行降低再贴现率,会使银行准备金(　　)。

A. 增加　　　　　　　　　　　　　　B. 减少

C. 不变　　　　　　　　　　　　　　D. 以上几种情况都可能

7) 中央银行在公开市场卖出政府债券是企图(　　)。

A. 收集一笔资金帮助政府弥补财政赤字

B. 减少商业银行在中央银行的存款

C. 减少流通中基础货币以紧缩货币供给

D. 通过买卖债券获取差价利益

8) 宏观经济政策的目标是(　　)。

A. 充分就业和物价稳定

B. 物价稳定和经济增长

C. 同时实现充分就业、物价稳定、经济增长和国际收支平衡

D. 充分就业

9) 以下政策工具中,属于需求管理的是(　　)。

A. 收入政策　　　B. 人力政策　　　C. 货币政策　　　D. 国际经济政策

10) 当经济中存在失业时,应该采取的财政政策工具是(　　)。

A. 增加政府支出　　　　　　　　　　B. 提高个人所得税

C. 提高公司所得税　　　　　　　　　D. 减少个人所得税

2. 判断题

1) 不同的政策工具可以达到相同的政策目标。　　　　　　　　　　　(　　)

2) 凯恩斯主义所重视的政策工具是需求管理。　　　　　　　　　　　(　　)

3) 需求管理包括财政政策和货币政策。　　　　　　　　　　　　（　　）

4) 扩张性的财政政策包括增加政府支出和增税。　　　　　　　　（　　）

5) 内在稳定器有自发地稳定经济的作用,但其作用是十分有限的并不能代替财政政策的运用。　　　　　　　　　　　　　　　　　　　　　　　　　　　　　　（　　）

6) 收入政策以控制工资增长率为中心,其目的在于制止成本推动的通货膨胀。

　　　　　　　　　　　　　　　　　　　　　　　　　　　　　　　　　（　　）

3. 简答题

1) 宏观经济政策的目标是什么? 这些目标之间有什么矛盾? 应该如何协调?

2) 什么是需求管理和供给管理?

3) 在不同的时期,应该如何运用财政政策?

4) 凯恩斯主义经济学家为什么主张运用赤字财政政策?

5) 央行调控货币的主要手段及工具有哪些?

6) 供给管理政策有哪些?

4. 分析题

1) 为什么说税收是自动稳定器?

2) 简述公债的利弊得失。

参考答案(部分)

1

1. 选择题

1) C 2) B 3) D 4) B 5) C 6) B 7) D 8) C 9) B

3. 技能题

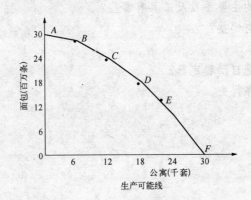

生产可能线

4. 分析题

答案不矛盾。因为每个人所追求的个人利益,不仅包括物质利益,同样也有精神利益,他捐资兴建学校,虽然未获经济利益,但精神上得到了满足。理性行为的含义可以延伸为:人在经济生活中不会做与己无利(更准确地说是无益)的事,但这种与己有利的事情在很多情况下与对别人或社会也有利并不矛盾,在很多情况下两者可以是一致的。

2

1. 选择题

1) B 2) B 3) C 4) A 5) D 6) C 7) C 8) B 9) C 10) A 11) A 12) A 13) C 14) B

2. 判断题

1) × 2) √ 3) × 4) × 5) √

6. 技能题

参考答案:一般来说,某商品(如工业品电视机、空调等)的需求是富有弹性的,则价格与总收益成反方向变动,即价格上升,总收益减少;价格下降,总收益增加。这个结论可以解释"薄利多销"这类现象。

谷贱伤农是我国流传已久的一句俗语,是指在丰收的年份,农民的收入反而减少的现象。造成这种现象的根本原因在于农产品是缺乏弹性的商品,农产品均衡价格的下降幅度大于均衡数量的增加幅度,致使农民收入减少。与此类似,在歉收年份,由于缺乏弹性的需求曲线的作用,农产品的均衡价格的上升幅度大于农产品均衡数量的减少幅度,致使农民的总收入增加。

3

1. 选择题

1) D 2) D 3) D 4) C 5) C 6) A 7) C 8) D 9) B 10) B 11) B 12) B 13) B 14) B 15) B

2. 判断题

1) × 2) × 3) × 4) √ 5) ×

4. 技能题

解:$MRS_{XY} = \Delta Y/\Delta X = 80/20 = 4$

5. 单元实训

参考答案:可用提高自来水的使用价格来缓解或消除这个问题。自来水的价格提高,一方面,用户会减少(节约)用水;另一方面,可扩大自来水的生产或供给。这样,自来水供应紧张的局面也许可得到缓解或消除。

1) 采取这种措施,会使用户消费者剩余减少。在下图中,横轴代表自来水的数量,纵轴代表自来水的价格,直线 d 代表自来水的需求曲线。当自来水价格从 $0P_1$ 提高到 $0P_2$ 时,用户对自来水的需求量从 $0Q_1$ 下降到 $0Q_2$,于是,消费者剩余从 $\triangle P_1AC$ 减少为 $\triangle P_2BC$。

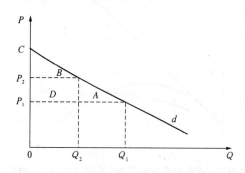

2) 对生产资源配置的有利效应是节约了用水,可使之用于人们更需要的用途上,从而使水资源得到更合理更有效的使用。但这样做,也许会造成其他资源的浪费,比方说,工厂里本来用水来冷却物体,现在要改用电来冷却,增加了对电和其他有关装置的需求。如果自来水价格提高过度,必然会带来更多其他资源的消耗。这是不利的一面。

4

1. 选择题

1) B 2) B 3) A 4) D 5) C

2. 判断题

1）×　2）√　3）×　4）√　5）×

3. 简答题

1）答：生产要素（经济资源）是指生产过程中所使用的各种资源。生产要素具体划分为四类，即劳动、资本、土地和企业家才能。生产函数（production function）是指在一定的技术水平条件下，一定时期内厂商生产过程中所使用的各种要素的数量与它们所能生产出来的最大产量之间依存的函数关系。

2）答：

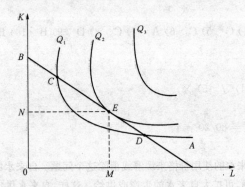

把等产量线与等成本线合在一个图上，那么，等成本线必定与无数条等产量线中的一条切于一点。在这个切点上就实现了生产要素的最适组合。

3）答：

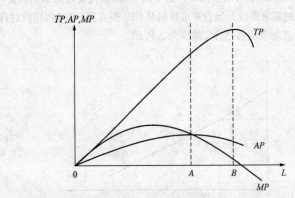

第一，在资本量不变的情况下，随着劳动量的增加，最初总产量、平均产量和边际产量都是递增的，但各自增加到一定程度以后就分别递减。所以，总产量曲线、平均产量曲线和边际产量曲线都是先上升而后下降。

第二，边际产量曲线与平均产量曲线相交于平均产量曲线的最高点。在相交左侧，平均产量是递增的，边际产量大于平均产量（$MP > AP$）；在相交右侧，平均产量是递减的，边际产量小于平均产量（$MP < AP$）；在相交时，平均产量达到最大，边际产量等于平均产量（$MP = AP$）。

第三，当边际产量为正数时（$MP > 0$），总产量就会增加；当边际产量为零时（$MP = 0$），总产量停止增加，并达到最大；当边际产量为负数时（$MP < 0$），总产量就会绝对减少。

4）答：适度规模（appropriate degree dimensions）是指两种生产要素的增加使规模扩大的同时，并使产量或收益递增达到最大。当收益递增达到最大时就不再增加生产要素,并使这一生产规模维持下去。在确定适度规模时,应该考虑的因素主要有:第一,厂商的技术特点和生产要素的密集程度。一般来说,像钢铁、汽车、造船、重化工之类的资本密集型企业,投资规模大,技术复杂,所以就适宜采用大规模生产。而对于纺织业、服务业之类的劳动密集型企业,就适宜采用小规模生产。第二,市场需求的影响。一般来说,生产市场需求量大,而且标准化程度高的产品的厂商,适度规模就应该大。相反,生产市场需求小,而且标准化程度低的产品的厂商,适度规模就应该小。第三,自然资源状况。比如,矿山储藏量的大小、水力发电站的水资源的丰裕程度等。

4. 技能题

工人人数	汽车产量(万辆)	平均产量	边际产量
0	0	0	0
1	5	5	5
2	11	5.5	6
3	19	6.3	8
4	27	6.8	8
5	34	6.8	7
6	40	6.7	6
7	40	5.7	0
8	39	4.9	−1

5. 分析题

参考答案:边际收益递减规律(law of diminishing marginal returns)是指在技术不变的条件下,若其他生产要素固定不变,只连续投入一种可变生产要素,随着这种可变生产要素投入量的增加,最初每增加一单位该要素所带来的产量增量是递增的,但在达到一定限度之后,增加一单位要素投入所带来的产量增量将要递减,最终还会使产量绝对减少。如果人员增加过多,会使生产效率下降,从而造成三个和尚没水吃的结局。

6. 计算题

1) 解:$AP_L = -L^2 + 24L + 240$,$(AP_L)' = 0$ 时,AP_L 最大。即 $-2L + 24 = 0$,$L = 12$。

$MP_L = -3L^2 + 48L + 240 = 0$ 时,$L_1 = 20$,$L_2 = -4$(舍)

∴在第 I 阶段,$L < 12$;在第 II 阶段,$12 \leqslant L \leqslant 20$;在第 III 阶段,$L > 20$。

2) 解:$3L + 6K = 160$

$\dfrac{MP_L}{MP_K} = \dfrac{P_L}{P_K} = \dfrac{3}{6}$,解方程组得,$L = 154/27$,$K = 643/27$。

3) 解:

$$\frac{MP_L}{MP_K} = \frac{\frac{2}{3}L^{-\frac{1}{3}}K^{\frac{1}{3}}}{\frac{1}{3}L^{\frac{2}{3}}K^{-\frac{2}{3}}} = 2\frac{K}{L} = \frac{w}{r} = \frac{2}{1}$$

∴ $K = L$

(1) $C = wL + rK = 3L = 3\,000$ $\therefore L = K = 1\,000$ $Q = 1\,000$

(2) $Q = L^{\frac{2}{3}} K^{\frac{1}{3}} = 800, L = K = 800$ $C = wL + rK = 2\,400$

4) 解:$K = \sqrt{2}, L = 2\sqrt{2}$。

5

1. 选择题

1) B 2) B 3) C 4) C 5) C 6) B 7) A 8) C 9) B 10) C

2. 判断题

1) × 2) √ 3) √ 4) √ 5) √ 6) × 7) √ 8) √ 9) √ 10) × 11) × 12) ×

13) × 14) × 15) ×

3. 简答题

1) 答:他的选择无道理。

企业在进行经济决策时,必须重视隐性成本的计算。所谓隐性成本,指的是企业在生产过程中所使用的自己所拥有的资源的价值,这个价值必须按照它可能的最好用途来计算。本题中,如果企业将自己的利润不投入到自己的企业,而贷给其他人或企业经营,届时,他有可能得到10%或超过10%的利息收入,这样,他用本企业的利润作为投资来扩大生产所支付的成本(利息)比向银行贷款支付的成本(利息)还多,因此说,他的选择无道理。

2)(略)

3)(略)

4) 答:这句话是正确的。因为,在短期,不管固定成本有多高,只要销售收入能补偿可变成本,厂商总可以营业。在长期,一切成本都是可变的,就不存在固定成本高不高的问题了,因此,无论长期还是短期,高固定成本不是厂商关门的原因。

5. 技能题

产　量	固定成本	可变成本	总成本	边际成本	平均固定成本	平均可变成本	平均总成本
0	3	0	3	—	—	—	—
1	3	0.3	3.3	0.3	3.0	0.3	3.3
2	3	0.8	3.8	0.5	1.5	0.4	1.9
3	3	1.5	4.5	0.7	1.0	0.5	1.5
4	3	2.4	5.4	0.9	0.75	0.6	1.35
5	3	3.5	6.5	1.1	0.6	0.7	1.3
6	3	4.8	7.8	1.3	0.5	0.8	1.3
7	3	6.3	9.3	1.5	0.43	0.9	1.33
8	3	8.0	11.0	1.7	0.38	1.0	1.38
9	3	9.9	12.9	1.9	0.33	1.1	1.43
10	3	12.0	15.0	2.1	0.3	1.2	1.5

6. 分析题

答：短期平均成本曲线与长期平均成本曲线都表明了随着产量的增加而变动,开始时呈递减趋势,达到最低点后转而递增,是一条先下降然后缓慢上升的 U 型曲线。

长期平均成本曲线就是由无数条短期平均成本曲线集合而成,从而就表现为一条与无数条短期平均成本曲线相切的曲线。

7. 案例题

1) 答：如果大型零售商场卖出商品而增加收益大于 1 万元的成本,就会延长营业,否则就不会延长营业时间。

2) 答：假日消费可以给商场带来更多的利润。原因在于,光顾商场的顾客增多,销售额增多,收益大于成本。

6

1. 选择题

1) C　2) C　3) A　4) C　5) B　6) C　7) B　8) A

2. 判断题

1) √　2) ×　3) √　4) ×　5) ×

3. 简答题

1) 答：

(1) 市场上有许多生产者与消费者。并且每个生产者和消费者的规模都很小,即任何一个市场主体所占的市场份额都极小,都无法通过自己的行为影响市场价格和市场的供求关系,因而每个主体都是既定市场价格的接受者,而不是决定者。

(2) 市场上的产品是同质的,即不存在产品差别。产品差别是指同种产品在质量、包装、牌号或销售条件等方面的差别,不是指不同产品之间的差别。例如,是创维彩电与长虹彩电的差别,而不是彩电与空调的差别。因此,厂商不能凭借产品差别对市场实行垄断。

(3) 各种资源都可以完全自由流动而不受任何限制。任何一个厂商可以按照自己的意愿自由地扩大或缩小生产规模,进入或退出某一完全竞争的行业。

(4) 市场信息是畅通的。厂商与居民户双方都可以获得完备的市场供求信息,双方不存在相互的欺骗。

2) 答：寡头垄断市场上的价格的决定也要区分存在或不存在勾结。在不存在勾结的情况下,价格决定的方法是价格领先制;在存在勾结的情况下,则是卡特尔。① 价格领先制包括：支配型价格领袖、晴雨表型价格领袖、效率型价格领袖；② 成本加成法；③ 卡特尔。

3) 答：

市场结构比较表

	完全竞争市场	垄断竞争市场	寡头垄断市场	垄断市场
产　　量	最大	中	较小	最小
长期平均成本	最低	中	较高	最高
市场价格	最低	中	较高	最高

（续表）

	完全竞争市场	垄断竞争市场	寡头垄断市场	垄断市场
超额利润	0	0	有	有
经济效率	最高	中	较低	最低
企业数目	非常多	许多	几个	一个
产品性质	无差别	有差别	标准或有差别	唯一
价格与产出决策	$MR = MC$	$MR = MC$	考虑到战略依存	$MR = MC$
进出市场情况	进出市场容易	进出市场容易	进入市场困难	几乎无法进入
举例说明	农副产品、证券	饭店、服饰	汽车、电子产品	公用事业、水电

4. 技能题　答：

项　目	产　　量							
	0	1	2	3	4	5	6	7
总成本	8	9	10	11	13	19	27	37
总收益	0	8	16	24	32	40	48	56
利　润	−8	−1	6	13	19	21	21	19
MR		8	8	8	8	8	8	8
MC		1	1	1	2	6	8	10

当 $MR = MC$ 时，企业生产 6 个单位的产量可以实现利润最大化为 21。

5. 分析题

完全竞争厂商短期均衡，即取得最大利润的必要条件是 $MC = MR = AR = P$。

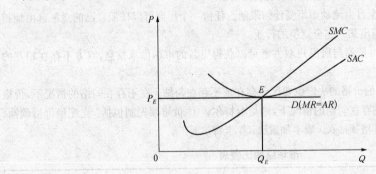

7

1. 选择题

1）B　2）B　3）B　4）C　5）A　6）D

2. 判断题

1) × 2) √ 3) √ 4) √ 5) √ 6) × 7) × 8) × 9) × 10) √ 11) × 12) √

13) × 14) × 15) √

3. 简答题

1) 答：资本是由经济制度本身生产出来并被用做投入要素,以便进一步生产更多的商品和劳务的物品。它有如下特点:① 它的数量是可以改变的,即它可以通过人们的经济活动生产出来;② 它之所以被生产出来,其目的是为了以此而获得更多的商品和劳务;③ 它是作为投入要素,即通过用于生产过程来得到更多的商品和劳务的。

2)（略）

4. 技能题

答：生产要素需求的性质表现为:

(1) 生产要素的需求是一种派生需求,即厂商对要素的需求是人们对要素所产出的产品的需求派生出来的。

(2) 生产要素的需求是一种联合的需求或相互依存的需求。

影响生产要素需求的因素主要有:

(1) 市场对产品的需求以及产品的价格。市场对某种产品的需求越大,该产品的价格越高,则生产这种产品所用的各种生产要素的需求也就越大;反之,就越小。

(2) 生产技术状况。生产技术水平决定了对某种生产要素需求的大小。如果技术是资本密集型的,则对资本的需求大。

(3) 生产要素的价格。厂商一般用低价格的生产要素替代高价格的生产要素。

5. 分析题

1) 答：我国目前的基尼系数为 0.45,超过 0.4 的警戒线,说明中国收入差距进一步扩大。

2) 答：

(1) 对于高收入群体缺乏必要的"限高"。

(2) 社会保障事业以及社会转移支付表现出一种明显滞后的情形。农民、城镇的退休人员、城镇的失业人员最有可能成为贫困者,从而使整个社会的贫富差距迅速拉大。

(3) 经济领域中存在着许多不平等的竞争。

8

1. 选择题

1) D 2) C 3) C 4) A

2. 判断题

1) × 2) × 3) × 4) ×

3. 简答题

1) 答：

(1) 导致市场失灵的因素主要有四个,即公共物品、外部性、垄断和信息不对称。

(2) 公共物品的非排他性和非竞争性,使得任何私人部门都不愿意或不能充分提供。

(3) 外部性的存在,使私人的边际成本或边际收益与社会的边际成本或边际收益发生背离,从而使竞争的结果变得没有效率,资源的配置达不到最优水平。

(4) 垄断的存在,不仅造成资源浪费和市场效率低下,而且使社会福利减少。

(5) 信息不对称,使逆向选择和道德风险问题普遍存在,这一方面,造成了交易市场的严重萎缩;另一方面,导致社会资源的极大浪费,影响了资源的配置效率。

2) 答:

(1) 信息不对称,使逆向选择和道德风险问题普遍存在。

(2) 逆向选择使市场的一方不能完全了解市场另一方的商品详情,从而有可能做出使市场达不到均衡的选择,造成了交易市场的严重萎缩。

(3) 道德风险使人在最大限度地增加自身利益的同时,做出不利于他人的行动,导致社会资源的极大浪费,影响了资源的配置效率。

3) 答:针对外部性原因导致的市场失灵,政府干预的方式主要有:① 税收与补贴;② 实行"内部化"政策;③ 界定产权;④ 运用行政措施。

4. 分析题

答:(1) 公共物品的非排他性是搭便车行为产生的根本原因。非排他性使得任何购买公共物品的人都不能独自占有该产品所能提供的全部效用或收益,都不能阻止别人去无偿地享用该产品。此时,任何人都想无偿地去享用别人提供的公共物品,继而出现搭便车行为。

(2) 搭便车行为产生后,会使得公共物品的提供者减少或几乎没有,最终导致资源配置效率的低下,造成市场失灵。

5. 案例题

1) 答:漏水的水管是公共物品。因为它是同时具有非排他性和非竞争性的产品。任何人修水管都不能独自使用该水管,也不会由于自己的使用而对其他人的使用造成太大的影响。

2) 答:(1) 公共物品的非排他性导致市场失灵。由于潜在的购买者在做出支付决策时并不会将他人的潜在收益考虑在内,公共产品的提供者就要独自承担提供该物品的全部成本。这样一来,就会出现搭便车行为。搭便车者的增多,就会使得公共物品的提供者减少或几乎没有,最终导致资源配置效率的低下,造成市场失灵。

(2) 公共物品的非竞争性导致市场失灵。有些公共物品,虽然可以通过排他性使用,收回提供公共物品的成本,提高其生产者的积极性,增加供给,但不能使所有人免费使用,致使公路的社会效用得不到有效地、充分地发挥,也会造成市场失灵。

3) 答:漏水水管作为一种公共物品,使得市场机制在该产品的提供方面不能有效地发挥作用,即已经出现市场失灵。此时,任何私人部门都不愿提供公共物品,只能由政府出面解决。本例中,只有政府可以依靠强制力向各用水居民收取水管维修费用,而朱大爷实际上替政府干了活,无权向居民收费。

6. 实训题

参考答案:如果双方谈判的成本是每方承担 5 000 元,界定产权将消除外部性影响,市场机制将正常发挥作用,不会出现市场失灵。因为此时交易成本小于外部性影响。若成本是每方承担 20 000 元,则会由于交易成本过大使渔民宁愿遭受损失,此时外部性影响将继续存在。

9

1. 选择题

1) D　2) B　3) C　4) D　5) B　6) C　7) D　8) C　9) A　10) B　11) D　12) B　13) C

2. 判断题

1) √　2) ×　3) √　4) √　5) √　6) ×　7) ×　8) ×　9) ×　10) ×　11) √　12) ×

13) ×

3. 简答题

1) 答:1991 年以前,美国一直用国民生产总值作为产量的主要测量值,从 1991 年起改为国内生产总值。国民生产总值测量一国居民的收入,包括居民从国外取得的收入(工资、利润、利息),但要减去支付给国外的同类报酬。与国民生产总值不同,国内生产总值不考虑从国外获得的报酬和支付给国外的报酬,它是一国在国内实际生产的产品和劳务的测量值。国内生产总值是大多数欧洲国家采用的产量标准计量,因为这些国家的对外贸易在传统上比在美国重要得多。由于国际贸易在美国变得越来越重要,因此,美国从 1991 年以后也开始用国内生产总值,作为衡量产量的主要测量,这种转变也可以使美国对其他国家的经济比较更加容易些。一般说来,一个国家对外经济往来的开放度越大,用国内生产总值作为测量收入的重要性也越大。此外,由于来自国外的要素收入的数据较难准确获得,而国内生产总值的数据较易获得;由于相对国民生产总值而言,国内生产总值是经济中就业潜力的一个较好的测量指标,比方说,外国人到东道国投资,解决的是东道国的就业问题,所有这些原因,都表明把国内生产总值作为经济中产生的基本测量指标更合理一些。

2) 答:(1) 国内生产总值是指一国范围内在某一给定时期内运用生产要素所生产的最终产品(包括产品和劳务)的市场价值的总和。

(2) 国民生产总值是指一国所拥有的生产要素所生产的最终产品的价值。

国民生产总值和国内生产总值的关系:两者统计口径不一样。国民生产总值是一个国民概念,国内生产总值是一个地域概念。这两者之间的关系为:

国民生产总值 = 国内生产总值 + 本国公民在国外生产的最终产品的价值总和 —

外国公民在本国所生产的最终产品的价值总和

(3) 国内生产净值即一个国家 1 年中的国内生产总值减去生产过程中消耗掉的资本(折旧费)所得出的净增长量。

(4) 国民收入即一个国家在 1 年内各种生产要素所得到的实际报酬的总和,即工资、利息、租金和利润的总和。从国内生产净值中扣除企业间接税和企业转移支付,加政府补助金就得到这一狭义的国民收入。

国内生产总值			
国内生产净值			折　旧
国民收入		间接税	

(5) 个人收入指个人实际得到的收入。

个人收入 = 国民收入 - 公司未分配利润 - 公司所得税和社会保险税 + 政府转移支付

(6) 个人可支配收入指缴纳了个人所得税以后留下的可为个人所支配的收入。

3) 答：名义国内生产总值是以当年市场价格（现期价格）来测算的国内生产总值。

实际国内生产总值是以不变价格，即用过去某一年（称为基年）的价格为标准的国内生产总值。

名义国内生产总值和实际国内生产总值两者之间最主要的区别是计算时使用的价格不同，注重整体。

预测国内生产总值数值通常使用实际国内生产总值，因为它可以衡量两个不同时期经济中的物质产量的变化。实际国内生产总值的变动剔除了名义国内生产总值中的价格变动因素，它能准确地反映一国实际产量的变化。因此，估计一个国家的经济增长状况是通常使用实际国内生产总值。

4) 答：不能。在国民收入核算中，一件产品究竟是中间产品还是最终产品，不能根据产品的物质属性来加以区别，而只能根据产品是否进入最终使用者手中这一点加以区别。例如，我们不能根据产品物质属性来判断面粉和面包究竟是最终产品还是中间产品。粗看起来，面粉一定是中间产品，面包一定是最终产品。其实不然，如果面粉为面包厂所购买，这包面粉是中间产品，如果这包面粉为家庭主妇所购买，则是最终产品。同样，如果面包是面包商店卖给消费者，此面包是最终产品，但面包在生产厂出售给面包商店时，它还属中间产品。

5) 答：不能。该公司对国内生产总值创造的作用表现，是看它在某年生产了多少汽车，而不是卖掉了多少汽车。多卖掉一些还是少卖掉一些，只会使存货投资多一些还是少一些，而不会使国内生产总值发生变化。

6) 答：算。因为这里虽没有发生市场交换活动，但自己住自己的房子时，房子也提供了效用，因而看做提供了生产性服务，创造了价值。他的房子如果不自己住而租借出去也可以收到房租，这部分房租也应计入国内生产总值。总之，不管房子是自己住还是出租，这部分房租都应计入国民生产总值。

7) 答：住宅建筑当年建造为私人购买和使用的房屋总值之所以列为投资的一部分，是由于住宅能长期供人居住，提供服务。它比一般耐用消费品的使用寿命更长，因此，把住房的增加看做是投资的一部分。当然，房屋被消费的部分可算做消费，假定它是出租的话，所取得的房租可以计入国内生产总值。

4. 技能题

1) 答：(1) 填表。

生产阶段	产品价值	中间产品成本	增　　值
小　麦	100	—	100
面　粉	120	100	20
面　包	150	120	30
	370	220	150

(2) 最终产品面包的价值是 150。

(3) 总产值 370。

(4) 增值和是 150。

(5) 中间产品成本 220。

2) 答：

国内生产总值	4 070
1. 私人消费支出	2 600
耐用品	360
非耐用品	900
劳务	1 340
2. 私人国内总投资	650
固定投资	640
存货投资	10
3. 政府购买支出	800
4. 净出口	20
出口	380
进口	360

3) 答：

(1) 1990 年名义国内生产总值 $= 1.5 \times 25 + 7.5 \times 50 + 6 \times 40 + 5 \times 30 + 2 \times 60 = 922.5$(美元)

1992 年名义国内生产总值 $= 1.6 \times 30 + 8 \times 60 + 7 \times 50 + 5.5 \times 35 + 2.5 \times 70 = 1\ 245.5$(美元)

(2) 1992 年实际国内生产总值 $= 1.5 \times 30 + 7.5 \times 60 + 6 \times 50 + 5 \times 35 + 2 \times 70 = 1\ 110$(美元)

(3) 国内生产总值折算指数 $= 1\ 245.5 \div 1\ 110 \times 100\% = 112.2\%$

可见价格上升了 12.2%。

10

1. 选择题

1) A　2) A　3) B　4) C　5) A　6) B　7) A　8) C

2. 判断题

1) ×　2) ×　3) ×　4) √　5) √　6) √

3. 简答题

1) 在宏观经济学中，乘数有双重含义：一是指均衡国民收入的变化量与引起这一变动的变量的变化量之间的比率；二是特指投资乘数。

2) IS 曲线是用来描述产品市场均衡的曲线，是一条向右下方倾斜的曲线，其经济含义是：在其他条件不变的情况下，利率下降，投资需求增加，总需求增加，均衡国民收入增加。反之，当利率上升后，投资需求下降，总需求减少，均衡国民收入减少。LM 曲线是用来描述货币市场均衡的曲线，是一条向右上方倾斜的曲线，其经济含义是：在其他条件不变的情况下，在国民收入上升时，货币需求将增加，为使货币市场保持均衡，市场利率必须相应上升；反之，在国民收入下降时，货币需求将减少，为使货币市场保持均衡，市场利率必须相应下降。

3) 所谓总供给曲线，是表明产品市场和货币市场同时达到均衡时，总供给与价格水平之间关系的曲线。第一种情况是资源未充分利用阶段,这种水平的总供给曲线又称凯恩斯主义总供给曲线。第二种情况是资源接近充分利用阶段,这种向右上方倾斜的总供给曲线称为短期总供给曲线。第三种情况是资源充分利用阶段,这种垂直的总供给曲线称为长期总供给曲线。

4. 技能题

均衡收入 $Y = \dfrac{100+50}{1-0.8} = 750$

消费 $C = 100 + 0.8 \times 750 = 700$

储蓄 $S = Y - C = 750 - 700 = 50$

投资乘数 $K = \dfrac{1}{1-0.8} = 5$

收入的增量 $\Delta Y = \dfrac{100+100}{1-0.8} - 750 = 250$

5. 分析题

答:两个市场同时均衡时的收入不一定是充分就业的收入。IS 和 LM 曲线都只是表示产品市场均衡和货币市场均衡时收入和利率的组合,因此,两者达到均衡时的国民收入也只能说明这两个市场同时达到了均衡。充分就业的国民收入是衡量资源达到充分利用时的国民收入,是国民收入的理想状态。而 IS 和 LM 曲线完全可以在资源未达到充分利用时达到同时均衡,因此,这是两个不同的概念。当然,极少数情况下,IS 和 LM 均衡点刚好处于充分就业状态时,IS 和 LM 两条曲线相交时所形成的均衡收入就等于充分就业的国民收入了。

6. 案例题

1) 答:政府实施"黄金周"休假制度的目的有二:一是启动消费和刺激"内需";二是提高居民的生活水平。

2) 答:"黄金周"促使大量的中国人利用长假期间出游,一方面,使其自身的生活质量得以提高和改善;另一方面,对于社会来讲,极大地刺激了内需,推动了与旅游相关的行业(包括交通运输、酒店餐饮娱乐、工艺品加工等)的发展。

3) 答:"黄金周"背后的经济学原理有二:一是,提倡合理消费,避免"节俭悖论"阻碍我国经济发展;二是当资源处于未充分利用阶段时,"黄金周"休假制度显然会增加总需求,从而增加国民收入。

7. 实训题

答:$Y_D = T - T + TR = Y - 250 + 62.5 = Y - 187.5$

$Y = C + I + G = 100 + 0.8 \times (Y - 187.5) + 50 + 200 = 0.8Y + 200$,可得均衡收入 $Y = 1\,000$

投资乘数 $K_I = \dfrac{1}{1-b} = \dfrac{1}{0.2} = 5$

政府购买乘数 $K_G = \dfrac{1}{1-b} = \dfrac{1}{0.2} = 5$

税收乘数 $K_T = \dfrac{B}{1-b} = \dfrac{-0.8}{0.2} = -4$

转移支付乘数 $K_{TR} = \dfrac{b}{1-b} = \dfrac{0.8}{0.2} = 4$

11

1. 选择题

1) B　2) C　3) B　4) B　5) D　6) D　7) C　8) D　9) C　10) C　11) C　12) C

2. 判断题

1) ×　2) ×　3) √　4) ×　5) ×　6) √　7) √　8) ×　9) ×　10) √　11) ×　12) √
13) √　14) √　15) √

4. 分析题

1) 答：充分就业与自然失业并不矛盾。经济学中所说的充分就业并不是指100%的劳动人口都就业，而是指经济中消灭了周期性失业时的状态，此时一般还可能存在摩擦性失业和结构性失业，这是经济发展本身所无法避免的失业类型，即自然失业。

2) 答：菲利普斯曲线是用来描述失业与通货膨胀之间关系的曲线，在短期中，是一条向右下方倾斜的曲线，表明了短期内失业率与通货膨胀率之间存在着替换关系，即政府可以通过一定的宏观经济政策牺牲其中一个来保全另一个。在长期中，是一条垂直于横轴的直线，表明了长期内失业率与通货膨胀率之间并不存在着替换关系，即宣告了政府的宏观经济政策在长期中是无效的。

5. 实训题

$$通货膨胀率 = \frac{P_t - P_{t-1}}{P_{t-1}} \times 100\%$$

据此公式，可以计算出下表(1985～1990年、1990～1995年这两个阶段通货膨胀率高的原因略)。

年　　份	1985～1990	1990～1995	1995～2000	2000～2003
通货膨胀率	65.2%	83.3%	9.31%	1.1%

12

1. 选择题

1) A　2) B　3) A　4) A　5) C

2. 判断题

1) ×　2) ×　3) √　4) ×

4. 技能题

答：图略。经济周期各个阶段主要特征如下：扩张阶段是总需求和经济活动增长的时期，通常伴随着就业、生产、工资、利率和利润的上升；而衰退阶段则是总需求和经济活动下降的时期，通常伴随着就业、生产、工资、利率和利润的下降。

5. 分析题

1) 答：这种理解不对，对经济增长正确的理解至少包括以下三点：第一，提供产品和劳务能力的长期上升，因而不断提高国民生活水平，是经济增长的结果，也是经济增长的标志。第二，先进技术是经济增长的基础或者说是必要条件。第三，制度与意识的调整是技术得以发挥作用的充分条件。

2) 答：这种观点是不正确的，经济周期又称商业周期或商业循环，是指国民收入及经济活动的周期性波动。古典经济学的确认为经济周期是指实际国内生产总值或总产量绝对量上升和下降的交替过程。但是,现代经济发展的实际情况告诉我们,实际国内生产总值或总产量的绝对量下降的情况是很少见的,所以,现代宏观经济学认为,经济周期是经济增长率上升或下降的交替过程。根据这一定义,衰退不一定表现为国内生产总值绝对量的下降,而主要是国内生产总值增长率的下降,即使其值不是负值,也可以称之为衰退,即经济学中经常出现的增长性的衰退之说。

13

1. 选择题

1) B　2) B　3) A　4) B　5) B　6) A　7) C　8) C　9) A　10) A

2. 判断题

1) ×　2) ×　3) √　4) ×　5) √　6) √

4. 分析题

1) 答:某些财政政策由于其本身的特点,具有自动地调节经济,使经济稳定的机制,被称为自动稳定器或内在稳定器。

税收主要是个人所得税和公司所得税。之所以说是自动稳定器,这是因为,个人所得税和公司所得税等税收有其固定的起征点和税率。当经济萧条时,由于收入减少,税收也会自动减少,从而就抑制了消费与投资的减少,有助于减轻萧条的程度。当经济繁荣时,由于收入增加,税收也会自动增加,从而就抑制了消费与投资的增加,有助于减轻由于需求过大而引起的通货膨胀。这就是说,税收具有自动地调节经济,使经济稳定的机制。

2) 答:凯恩斯主义功能财政思想是对传统的预算平衡思想的否定,这种财政思想主张财政预算不在于追求政府收支平衡,而在于追求无通货膨胀的充分就业。为实现这一目标,预算可以是盈余,也可以是赤字,且多数情况下是赤字。在经济萧条时期,财政政策是减少税收和增加政府支出,这样就必然出现财政赤字。为了弥补赤字,通常要依靠发行公债。

对于公债的利弊得失,人们的看法不一。凯恩斯主义经济学家认为,通过发行公债实行赤字财政政策,这不仅是必要的,而且也是可能的。这是因为:第一,债务人是国家,债权人是公众。国家与公众的根本利益是一致的。政府的财政赤字是国家欠公众的债务,也是自己欠自己的债务。第二,只要政府不垮台,债务的偿还就是有保证的,不会引起信用危机。第三,债务用于发展经济,使政府有能力偿还债务,弥补赤字。这就是所谓的"公债哲学"。

但也有许多经济学家认为,国债是个累赘,甚至是经济活动的障碍。其一,国债虽然是政府的债务,但归根到底是由纳税者负担的。公债不仅是加在当代人身上的负担,而且是加给下一代人的负担,是当代人提前支取下一代人的面包。其二,由于提高税收方面的困难,政府不得不举新债还旧债、债台高筑,最终可能迫使政府多印纸币,造成通货膨胀。其三,国债增加意味着公众以国库券和公债形式占有财富比重增加而以不动产的形式占有财富的比重减少,而人们拥有的实物资本减少,不利于经济的长期增长。

参 考 文 献

1. 陈淑君. 西方经济学[M]. 成都：西南财经大学出版社,2008.
2. 缪代文. 微观经济学与宏观经济学[M]. 北京：高等教育出版社,2007.
3. 高焕喜. 西方经济学[M]. 济南：山东大学出版社,2004.
4. 陈建萍. 微观经济学[M]. 北京：中国人民大学出版社,2006.
5. 梁小民. 微观经济学纵横谈[M]. 北京：生活·读书·新知三联书店,2000.
6. 刘东,梁东黎. 微观经济学[M]. 南京：南京大学出版社,2002.
7. 宋承先. 现代西方经济学[M]. 上海：复旦大学出版社,2005.
8. 高鸿业. 西方经济学[M]. 北京：中国经济出版社,2007.
9. 梁东黎. 宏观经济学[M]. 南京：南京大学出版社,2007.
10. 刘厚俊. 现代西方经济学原理[M]. 南京：南京大学出版社,2005.
11. 李国政. 经济学原理[M]. 北京：北京大学出版社,2005.
12. 保罗·A·萨缪尔森,威廉·D·诺德豪斯. 经济学[M]. 北京：邮电出版社,2004.
13. 斯蒂格利茨. 经济学[M]. 北京：中国人民大学出版社,2005.
14. 格利高利·曼昆. 宏观经济学[M]. 北京：中国人民大学出版社,2000.
15. 多恩布什·费希尔. 宏观经济学[M]. 北京：中国人民大学出版社,1998.
16. 平狄克,鲁宾费尔德. 微观经济学[M]. 北京：中国人民大学出版社,1999.
17. 格利高利·曼昆. 经济学原理[M]. 北京：机械工业出版社,2005.
18. 萨缪尔森,诺德豪斯. 经济学[M]. 萧琛译. 北京：人民邮电出版社,2007.
19. 曼昆. 经济学原理[M]. 3版英文版. 北京：清华大学出版社,2006.
20. Pindyck Rubinfeld. 微观经济学[M]. 6版. 北京：清华大学出版社,2005.
21. Robert H. Frank 等. 微观经济学原理[M]. 3版. 北京：清华大学出版社,2007.
22. Olivier Blanchard. 宏观经济学[M]. 3版. 北京：清华大学出版社,2008.
23. Robert H. Frank 等. 宏观经济学原理[M]. 3版. 北京：清华大学出版社,2007.

21世纪高等职业教育财经专业核心课程系列教材

序号	书号 978-7-5429-	书　名	编著者	定估价	开本	出版年月-印次
1	1519-1	成本会计	张世体	29	16	2007-9-3
2	1835-2	市场营销学	兰亦青	24	16	2009-5-2
3	1841-3	会计学原理	张世体	29	16	2008-7-4
4	1849-9	金融概论	陈秀花	27	16	2008-1-2
5	1850-5	统计学原理	于政红	27	16	2007-7-2
6	1887-1	会计模拟实习教程	谭树利	30	16	2008-5-5
7	1892-5	国际商务基础	刘召成	28	16	2007-9-1
8	1901-4	经济法概论	蔡敬田	30	16	2007-8-1
9	1976-2	管理学原理	刘邦治	30	16	2008-2-1
10	1992-2	中级财务会计	于政红	39	16	2009-8-2
11	2038-6	现代物流管理概论	范庆玉	31	16	2008-7-1
12	2149-9	仓储与配送管理	管莉军	28	16	2008-9-1
13	2182-6	财政与税收	张世体	32	16	2008-11-1
14	2199-4	财务管理	张卫东	34	16	2009-2-1
15	2212-0	电子商务概论	王绍军	28	16	2009-2-1
16	2214-4	经贸英语导读	展春蕾	28	16	2009-1-1
17	2256-4	审计学原理	张世体	33	16	2009-4-3
18	2288-5	经济数学	侯玉娟	24	16	2009-6-1
19	2306-6	财经应用文写作	司晓辉	28	16	2009-8-1
20	2372-1	现代礼仪	王振林	26	16	2009-8-1
21	2387-5	国际金融	王雅松	30	16	2009-10-1
22	2462-9	物流运输管理	冯同海	30	16	2010-2-1
23	2524-4	基础会计	吴玉梅	28	16	2010-5-1
24	2592-3	税务会计	翟美佳	28	16	2010-8-1
25	2593-0	西方经济学	王景馨	33	16	2010-8-1
26	2559-6	推销实务	张红妮	30	16	2010-8-1
27		外贸函电	殷秀玲	编辑出版中	16	
28		国际结算	王雅松	编辑出版中	16	
29		商业会计	张世体	编辑出版中	16	
30		市场营销实务	刘菊	编辑出版中	16	

社址：上海市徐汇区中山西路 2230 号 1 号楼　　邮编：200235
网址：www.lixinaph.com　　E-mail：faxing@lixinaph.com
汇款信息：户名：立信会计出版社有限公司　　纳税号：310104132633053
　　　　　账号：03386900801001092　　开户银行：农行上海市徐汇区田林支行
电话：021-64411361　　传真：021-64411325

教学课件索取单

敬爱的老师：

感谢您使用王景馨主编的《西方经济学》。为了方便教学，本书配有相关教学课件。如果您需要，请您填写下面表格中的相关信息，并以电子邮件的形式发到我社，我们在核对您的信息后，即免费向您提供教学课件。

我们的联系方式：

地址：上海市中山西路 2230 号 1 号楼 1505 室　　　　邮编：200235

立信会计出版社　　　　　　　　　　　　　　　　　电话：(021)64411183

电子邮件：chenmin0114@126.com

姓　名		性别		身份证号	
学　校		院系		教研室	
学校地址				邮　编	
职　务		职称		办公电话	
E-mail		手机		宅　电	
通信地址				邮　编	
教材用量		册	委托订购单位		

您对本书的意见和建议是：